DuMont's Kriminal-Bibliothek

Ellery Queen ist das gemeinsame Pseudonym von Frederic Danney (1905–1982) und Manfred Bennington Lee (1905–1971). Sie gehören mit zu den einflußreichsten und produktivsten Kriminalromanautoren. »Der mysteriöse Zylinder«, der erste Band der Reihe der Ellery-Queen-Romane, liegt hier erstmals in ungekürzter deutscher Übersetzung vor.

Von Ellery Queen ist in der DuMont's Kriminal-Bibliothek ebenfalls erschienen: »Sherlock Holmes und Jack the Ripper« (Band 1017).

Herausgegeben von Volker Neuhaus

Ellery Queen

Der mysteriöse Zylinder

DuMont Buchverlag Köln

Herrn Professor Dr. Alexander Goettler, dem obersten Toxikologen im Dienste der Stadt New York, sei an dieser Stelle herzlich für seine freundliche Unterstützung bei den Recherchen zu diesem Buch gedankt.

Umschlagmotiv von Pellegrino Ritter
Aus dem Amerikanischen von Marianne Bechhaus-Gerst und Thomas Gerst

© 1929 by Ellery Queen
© 1987 der deutschsprachigen Ausgabe by DuMont Buchverlag, Köln
4. Auflage 1993
Alle deutschsprachigen Rechte vorbehalten
Editorische Betreuung: Petra Kruse
Die Originalausgabe erschien unter dem Titel »The Roman Hat Mystery« bei Hamlyn Paperbacks Edition, Feltham, Middlesex, Großbritannien
Satz: Froitzheim Satzbetriebe, Bonn
Druck und buchbinderische Verarbeitung:
Interdruck GmbH, Leipzig

Printed in Germany   ISBN 3-7701-1915-0

INHALT

Vorwort 12

Erster Teil

Erstes Kapitel, *in welchem uns ein Theaterpublikum und eine Leiche vorgestellt werden* 19

Zweites Kapitel, *in welchem der eine Queen arbeitet, während der andere zuschaut* 27

Drittes Kapitel, *in welchem ein ›Pfarrer‹ in Schwierigkeiten gerät* 42

Viertes Kapitel, *in welchem viele berufen, doch nur zwei auserwählt sind* 58

Fünftes Kapitel, *in welchem Inspektor Queen einige ernste Unterredungen führt* 66

Sechstes Kapitel, *in welchem der Staatsanwalt zum Biographen wird* 86

Siebtes Kapitel, *in welchem die Queens Bestandsaufnahme machen* 97

Zweiter Teil

Achtes Kapitel, *in welchem die Queens Mr. Fields beste Freundin kennenlernen* 109

Neuntes Kapitel, *in welchem der geheimnisvolle Mr. Michaels auftritt* 125

Zehntes Kapitel, *in welchem Mr. Fields Zylinderhüte Gestalt annehmen* 132

Elftes Kapitel, *in welchem die Vergangenheit ihre Schatten wirft* 145

Zwölftes Kapitel, *in welchem die Queens die feine Gesellschaft unsicher machen* 157

Dreizehntes Kapitel, *in welchem Gespräche im Hause Queen geführt werden* 172

Dritter Teil

Vierzehntes Kapitel, *in welchem sich alles um den Hut dreht* 191

Fünfzehntes Kapitel, *in welchem jemand beschuldigt wird* 206

Sechzehntes Kapitel, *in welchem die Queens ins Theater gehen* 217

Siebzehntes Kapitel, *in welchem sich weitere Hüte finden* 230

Achtzehntes Kapitel, *in welchem man einen toten Punkt erreicht* 249

Zwischenspiel, *in welchem der geneigte Leser höflichst um Aufmerksamkeit gebeten wird* 257

Vierter Teil

Neunzehntes Kapitel, *in welchem Inspektor Queen weitere ernste Unterredungen führt* 259

Zwanzigstes Kapitel, *in welchem Mr. Michaels einen Brief verfaßt* 269

Einundzwanzigstes Kapitel, *in welchem Inspektor Queen einen Fang macht* 273

Zweiundzwanzigstes Kapitel, *in welchem der Inspektor alles erklärt* 277

Verzeichnis der in die Untersuchung verwickelten Personen

Vorbemerkung: Die anschließend aufgeführte vollständige Liste der männlichen und weiblichen Personen, die in dem Roman um Monte Fields Ermordung auftreten, soll eine praktische Hilfe für den Leser sein. Sie ist als Vereinfachung, nicht als Täuschung gedacht. Im Verlauf der Lektüre geheimnisvoller Kriminalromane neigt der Leser höchstwahrscheinlich dazu, eine Anzahl scheinbar unwichtiger Charaktere, die sich schließlich als von entscheidender Bedeutung für die Auflösung des Falles erweisen, aus den Augen zu verlieren. Der Autor empfiehlt daher dem Leser dringend, auf seiner langen Reise durch die Erzählung dieses Verzeichnis häufig zu konsultieren, und sei es zu keinem anderen Zwecke, als den unvermeidlichen Aufschrei »wie unfair!« abzuwenden – der die zu trösten pflegt, die lesen, ohne nachzudenken.

E. Q.

MONTE FIELD, eine wirklich wichtige Person – das Opfer.

WILLIAM PUSAK, Sekretär. Jemand mit einer eigentümlichen Schädelform.

DOYLE, ein Gendarm mit Köpfchen.

LOUIS PANZER, ein Theatermanager am Broadway.

JAMES PEALE, der Don Juan von ›Spiel der Waffen‹.

EVE ELLIS. Die Freundschaft wird nicht aufs Spiel gesetzt.

STEPHEN BARRY. Man kann die Unruhe des jugendlichen Helden sehr gut verstehen.

LUCILLE HORTON, die ›Schöne der Straße‹ – nur auf der Bühne.

HILDA ORANGE, eine gefeierte englische Charakterdarstellerin.

THOMAS VELIE, Detective-Sergeant, der einiges über Verbrechen weiß.

HESSE, PIGGOTT, FLINT, JOHNSON, HAGSTROM, RITTER, Herren vom Morddezernat.

DR. SAMUEL PROUTY, der Polizeiarzt.

MADGE O'CONNELL, Platzanweiserin auf dem verhängnisvollen Gang.

DR. STUTTGARD. Es befindet sich immer ein Arzt im Publikum.

JESS LYNCH, der hilfsbereite Getränkejunge.

JOHN CAZZANELLI, alias ›Pfarrer Johnny‹, ist schon aus beruflichen Gründen an ›Spiel der Waffen‹ interessiert.

BENJAMIN MORGAN. Was halten Sie von ihm?

FRANCES IVES-POPE. Hier beginnt die feine Gesellschaft.

STANFORD IVES-POPE, Lebemann.

HARRY NEILSON. Er ergötzt sich an der Verführung der Massen.

HENRY SAMPSON, ausnahmsweise einmal ein intelligenter Staatsanwalt.

CHARLES MICHAELS, die Fliege – oder die Spinne?

MRS. ANGELA RUSSO, eine Dame von zweifelhaftem Ruf.

TIMOTHY CRONIN, ein Spürhund auf seiten des Rechts.

ARTHUR STOATES, noch einer.

OSCAR LEWIN, hält die Fäden im Büro des Toten in der Hand.

FRANKLIN IVES-POPE. Wenn Reichtum alleine glücklich machen würde...

MRS. FRANKLIN IVES-POPE, eine eingebildete Kranke.

MRS. PHILLIPS. Ein Engel mittleren Alters erweist sich als hilfreich.

DR. THADDEUS JONES, Toxikologe im Dienste der Stadt New York.

EDMUND CREWE, Experte für Architekturfragen bei der Kriminalpolizei.

DJUNA, Faktotum im Hause der Queens.

Die Frage lautet:
Wer ermordete Monte Field?
Lernen Sie die scharfsinnigen Gentlemen kennen, deren Aufgabe es ist, die Antwort auf diese Frage zu finden:

Mr. Richard Queen
Mr. Ellery Queen

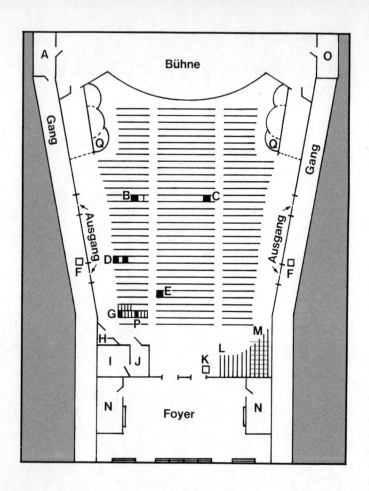

ERLÄUTERUNGEN ZUM PLAN DES RÖMISCHEN THEATERS

A: Umkleideräume der Schauspieler
B: Frances Ives-Popes Platz
C: Benjamin Morgans Platz
D: Die zum Gang liegenden Plätze von ›Pfarrer‹ Johnny Cazzanelli und Madge O'Connell
E: Dr. Stuttgards Platz
F: Der Stand des Getränkejungen (nur während der Pausen)
G: Der Bereich in unmittelbarer Nähe des Verbrechens; das geschwärzte Quadrat zeigt Monte Fields Platz an. Die weißen Quadrate rechts davon und die vier weißen Quadrate direkt davor bezeichnen leere Plätze
H: Büro des Werbeleiters Harry Neilson
I: Büro des Managers Louis Panzer
J: Vorzimmer zum Büro des Managers
K: Stand des Kartenabreißers
L: Einzige Treppe, die auf den Balkon hinaufführt
M: Treppe, die zum Theaterfoyer hinunterführt
N: Theaterkassen
O: Requisitenkammer
P: William Pusaks Platz
Q: Orchesterlogen

Vorwort

Sowohl der Autor als auch der Verleger haben mich gebeten, eine kurzgefaßte Einleitung zu vorliegendem Buch über den Mord an Monte Field zu schreiben. Von vornherein möchte ich klarstellen, daß ich weder Schriftsteller noch Kriminologe bin. So sehe ich mich auch nicht in der Lage, maßgebliche Bemerkungen über kriminelle Machenschaften und deren Verarbeitung in Kriminalromanen zu machen. Dennoch gibt es einen gewichtigen Grund, warum ich das Recht für mich in Anspruch nehme, das Vorwort zu dieser bemerkenswerten Geschichte, die auf dem vielleicht rätselhaftesten Verbrechen des letzten Jahrzehnts basiert, zu verfassen... Wäre ich nicht gewesen, so wäre ›Der mysteriöse Zylinder‹ dem geneigten Leser nie zu Gesicht gekommen. Auf mich geht es zurück, daß er ans Licht der Öffentlichkeit gebracht worden ist, und das ist auch schon alles, was mich damit verbindet.

Während des letzten Winters schüttelte ich den Staub der Straßen New Yorks von meinen Schuhen und begab mich auf eine Fahrt nach Europa. Ziellos strich ich dort in der Alten Welt herum – ein Umherschweifen aus Langeweile, das wie bei Conrad über jeden kommt, der sich auf die Suche nach seiner Jugend begibt. An einem Tag im August befand ich mich in einem winzigen italienischen Bergdorf. Wie ich dort hinkam, wo es liegt und wie es heißt, spielt keine Rolle. Ein Versprechen bleibt ein Versprechen – auch wenn es von einem Börsenmakler kommt. Ich erinnerte mich schwach, daß dieser hoch oben am Rande eines Gebirges gelegene Flecken zwei alte Freunde von mir beherbergte, die ich seit zwei Jahren nicht mehr gesehen hatte. Sie waren dem Großstadtgetümmel New Yorks entflohen, um sich hier im lichten Frieden der italienischen Landschaft niederzulassen – nun, vielleicht war es auch nur meine Neugierde zu erfahren, ob sie ihren Entschluß inzwischen bereuten, die mich veranlaßte, sie in ihrer Ruhe zu stören.

Der Empfang durch den alten Richard Queen, scharfsinniger und ergrauter als jemals zuvor, und durch seinen Sohn Ellery war äußerst herzlich. In den alten Zeiten waren wir mehr als nur Freunde gewesen; vielleicht hatte auch die berauschende italienische Luft die verstaubten Manhattan-Erinnerungen verklärt. Auf jeden Fall schienen sie überglücklich, mich zu sehen. Mrs. Ellery Queen – Ellery war nun der Ehemann eines wundervollen Geschöpfes und der überraschte Vater eines Stammhalters, der seinem Großvater außerordentlich ähnlich sah – machte dem Namen, den sie trug, alle Ehre. Sogar Djuna, nicht mehr der Taugenichts, den ich kannte, begrüßte mich mit allen Anzeichen wehmütiger Erinnerung.

Obwohl Ellery verzweifelte Anstrengungen unternahm, mich New York vergessen zu lassen und mir die erhabenen Schönheiten der ländlichen Szenerie vor Augen zu führen, war ich kaum ein paar Tage in ihrer winzigen Villa, als mich der Teufel ritt und ich begann, Ellery bis aufs Blut zu quälen. Wenn schon für nichts anderes, so bin ich doch bekannt für meine Hartnäckigkeit; so gab Ellery schließlich, bevor ich abfuhr, voller Verzweiflung nach. Er nahm mich mit in seine Bibliothek, verschloß die Tür und nahm sich einen alten Aktenschrank vor. Nach bedächtigem Suchen schaffte er es endlich, das hervorzubringen, was ich schon lange in seinem Besitz vermutet hatte. Es handelte sich um ein verblichenes Manuskript, das, wie von Ellery nicht anders zu erwarten, in blaues Juristenpapier eingebunden war.

Ein Streit brach aus. Ich wollte seine geliebten italienischen Gestade mit dem Manuskript in meinem Koffer verlassen, während er darauf bestand, das fragliche Objekt in seinem Aktenschrank verborgen zu halten. Der alte Richard wurde von seinem Schreibtisch weggezerrt, wo er gerade eine Abhandlung über »Amerikanisches Verbrechertum und Methoden zu seiner Aufdeckung« für eine deutsche Zeitschrift schrieb, um den Streit beizulegen. Mrs. Queen hielt den Arm ihres Mannes fest, als er kurz davor stand, die Episode mit einem kunstgerechten Faustschlag abzuschließen; Djuna gluckste vor sich hin; und sogar Ellery Jr. ließ sein Patschhändchen lange genug vom Mund weg, um etwas in der ihm eigenen Gurgelsprache anzumerken.

Das Ende vom Lied war, daß ›Der mysteriöse Zylinder‹ sich bei meiner Rückkehr in die Staaten in meinem Gepäck befand. Jedoch nicht ohne Bedingungen – Ellery ist ein sonderbarer Mensch. Man zwang mich dazu, feierlich und bei allem, was mir heilig ist, zu schwören, daß die Identität meiner Freunde und aller wichtigen Personen des Buches mit Pseudonymen verschleiert wird und daß – unter Androhung sofortiger Annullierung – ihre Namen für immer der Leserschaft vorenthalten bleiben werden.

Folglich sind also »Richard Queen« und »Ellery Queen« nicht die wahren Namen dieser Herren. Ellery selbst wählte die Namen aus; und ich sollte sofort hinzufügen, daß die Namen bewußt so ausgewählt wurden, daß sie den Leser, der es unternehmen sollte, den richtigen Namen über offensichtliche Hinweise in der Form eines Anagramms auf die Spur kommen zu wollen, in die Irre führen.

›Der mysteriöse Zylinder‹ basiert auf Akten, die tatsächlich in den Polizeiarchiven der Stadt New York vorhanden sind. Ellery und sein Vater haben wie üblich gemeinsam an dem Fall gearbeitet. Zu diesem Zeitpunkt seiner Laufbahn hatte Ellery einen nicht unbedeutenden Ruf als Autor von Detektivromanen. Getreu dem Leitspruch, daß die Fiktion oft noch von der Wirklichkeit übertroffen wird, machte er es sich zur Gewohnheit, Aufzeichnungen von interessanten Kriminalfällen zum eventuellen späteren Gebrauch in seinen Mordgeschichten anzufertigen. Der Fall mit dem Zylinder faszinierte ihn dermaßen, daß er sich ungewöhnlich ausführliche Notizen machte; bei Gelegenheit verarbeitete er das Ganze zu einem Roman, den er auch veröffentlichen wollte. Sofort danach jedoch wurde er wieder in eine neue Ermittlung verwickelt, die ihm kaum die Möglichkeit für andere Aufgaben ließ. Und als dann dieser letzte Fall erfolgreich abgeschlossen war, erfüllte sich Ellerys Vater, der Inspektor, einen lebenslangen Traum – nämlich sich zur Ruhe zu setzen und mit Sack und Pack nach Italien zu gehen. Ellery, der im Verlauf dieser Untersuchung[1] auf die Frau seiner Träume gestoßen war, wurde von einem quälenden Verlangen getrieben, etwas »Großes« in der Literatur zu leisten. Italien klang für ihn sehr idyllisch. Mit dem Segen seines Vaters verheiratete er sich, und begleitet von Djuna zogen die drei fort in ihre neue europäische Heimat. Das Manuskript blieb völlig vergessen, bis ich es retten konnte.

---

1 ›Die vorgetäuschten Morde‹. Der Roman um dieses Verbrechen ist noch nicht veröffentlicht worden. J. J. McC.

Über eine Sache würde ich gerne noch einige Worte verlieren, bevor ich dieses arg umständliche Vorwort beende.

Ich habe es immer schon als äußerst schwierig empfunden, Fremden die besonders enge Bindung zu erklären, die zwischen Richard und Ellery Queen, wie ich sie hier nennen muß, bestand. Zum einen sind die beiden alles andere als unkomplizierte Charaktere. Richard Queen, in zweiunddreißigjährigem New Yorker Polizeidienst in Ehren ergraut, verdiente sich seine Streifen weniger durch Eifer als durch außergewöhnliche Beherrschung des polizeilichen Ermittlungsverfahrens. Anläßlich seiner geradezu brillanten kriminalistischen Leistungen im jetzt schon lange zurückliegenden Mordfall Barnaby-Ross[2] hieß es, daß »Richard Queen mit diesem Meisterstück seinen Ruhm begründet neben solchen Meisterdetektiven wie Tamaka Hiero, dem Franzosen Brillon, Kris Oliver, Renaud und James Redix dem Jüngeren«.[3]

Mit dem ihm eigenen Mißtrauen gegenüber Zeitungselogen war Queen der erste, der sich über diesen überschwenglichen Kommentar lustig machte; Ellery versichert allerdings, der alte Herr habe den Zeitungsausschnitt über lange Jahre heimlich aufbewahrt. Wie auch immer – trotz aller Versuche einfallsreicher Journalisten, eine Legende aus ihm zu machen, ist für mich Richard Queen eher ein Mensch aus Fleisch und Blut – man kann gar nicht deutlich genug betonen, daß viele seiner beruflichen Erfolge in starkem Maße vom Denkvermögen seines Sohnes abhingen.

Das ist nicht jedermann bekannt. Einige Gegenstände werden immer noch als Erinnerungsstücke von Freunden in Ehren gehalten: Ihre kleine New Yorker Junggesellenwohnung auf der 85. Straße (West), heute ein halbprivates Museum für die Kuriositäten, die sie in ihrer Schaffenszeit gesammelt haben; Thirauds wirklich ausgezeichnetes Gemälde von Vater und Sohn, heute in der Kunstgalerie eines ungenannten Millionärs; Richards Schnupftabakdose, eine alte florentinische Kostbarkeit, die er auf einer Auktion erstand und die ihm mehr als alle Edelsteine bedeutete, bis er schließlich den Überredungskünsten einer reizenden älteren Dame erlag, deren Namen er von Verleumdung befreit hatte;

2 Ellery Queen hatte seinen ersten Auftritt als privater Berater im Verlauf dieser Ermittlung.
3 Chicago Press, 16. Januar 191-.

Ellerys umfängliche Sammlung von Büchern über Gewaltverbrechen, vielleicht eine der vollständigsten in der Welt, die er mit großem Bedauern aufgeben mußte, als die Familie in Richtung Italien zog; und natürlich die vielen bis heute unveröffentlichten Akten, die Aufzeichnungen über die von den Queens gelösten Fälle enthalten und vor dem Zugriff Neugieriger geschützt im Polizeiarchiv von New York aufbewahrt werden.

Aber die mehr persönlichen Dinge – das geistige Band zwischen Vater und Sohn – sind bis heute außer für wenige bevorzugte Vertraute, zu denen ich mich glücklicherweise zählen darf, ein Geheimnis geblieben. Der alte Herr, der vielleicht berühmteste Beamte der Kriminalpolizei in den letzten fünfzig Jahren, der, was seinen Ruf in der Öffentlichkeit angeht, selbst diejenigen Herren, die kurz einmal auf dem Stuhl des Polizeichefs saßen, in den Schatten stellte – dieser alte Herr verdankte, erlauben Sie diese Wiederholung, einen beträchtlichen Teil seines Ansehens dem Genie seines Sohnes.

Wenn es nur um Hartnäckigkeit ging und es eindeutige Spuren zu verfolgen gab, war Richard Queen ein einzigartiger Ermittler. Er besaß einen messerscharfen Blick für das Detail; ein gutes Gedächtnis für Verwicklungen bei Planung und Motiv; einen klaren Blick, wenn ein Hindernis unüberwindbar schien. Würde man ihm hundert völlig zusammenhanglose und ungeordnete Einzelinformationen zu einem Fall geben, so hätte er sie innerhalb kürzester Zeit zu einem Gesamtbild zusammengesetzt. Er war wie ein Spürhund, der der richtigen Fährte in einem hoffnungslosen Spurengewirr folgt.

Aber Intuition und Vorstellungsgabe waren mehr die Sache von Ellery Queen, dem Romanautor. Die beiden hätten Zwillinge mit jeweils übernatürlich entwickelten geistigen Fähigkeiten sein können, jeder für sich schwach und hilflos, aber kraftvoll, wenn sie sich gegenseitig ergänzten. Richard Queen, der – wie es vielleicht bei einer weniger hochherzigen Natur der Fall gewesen wäre – weit davon entfernt war, über solche Bande, die seinen so spektakulären Erfolg erst möglich machten, verärgert zu sein, war sehr darum bemüht, das seinen Freunden verständlich zu machen. Der schlanke, grauhaarige alte Herr, dessen Name den Gesetzesbrechern dieser Zeit verhaßt war, pflegte seine ›Bekenntnisse‹, wie er sie nannte, mit einer Naivität vorzutragen, die sich nur mit seinem Vaterstolz erklären ließ.

Noch eine letzte Bemerkung. Die Krönung aller von den beiden Queens durchgeführten Ermittlungen war – aus Gründen, die im folgenden rasch klar werden – diejenige, die Ellery unter dem Titel ›Der mysteriöse Zylinder‹ beschrieben hat. Der Amateurkriminologe, der aufmerksame Leser von Detektivromanen wird im Verlauf der Geschichte verstehen, warum Ellery den Mord an Monte Field einer ausführlicheren Darstellung wert erachtete. Motive und Verhalten eines Durchschnittsmörders sind für den Experten leicht zu durchschauen. Nicht so jedoch bei dem Mord an Monte Field. Hier hatten es die Queens mit einer Person von genauer Auffassungsgabe und außergewöhnlicher Finesse zu tun. Wie schon Richard kurz nach der Auflösung des Falles betonte, war das geplante Verbrechen tatsächlich so perfekt, wie es sich der menschliche Verstand nur ausdenken konnte. Wie jedoch bei so vielen ›perfekten Verbrechen‹ gab ein winziger unglücklicher Zufall in Verbindung mit Ellerys scharfsinnigen Schlußfolgerungen den beiden Queens den einen Hinweis in die Hand, der schließlich den Untergang des Verbrechers herbeiführte.

J. J. McC.

New York
1. März 1929

Erster Teil

»*Ein Polizist muß oft den Weg der* ›*bakadori*‹ *gehen – jener Vögel, die, obwohl sie wissen, daß die Strandräuber mit Fäusten und Knüppeln auf sie warten, dem schmachvollen Tod ins Auge sehen, um ihre Eier im Sand zu vergraben... Genau so sollte ganz Nippon einen Polizisten nicht davon abhalten können, das Ei der Gründlichkeit auszubrüten.*«

Aus *Tausend Blätter*
von *Tamaka Hiero*

Erstes Kapitel

in welchem uns ein Theaterpublikum und eine Leiche vorgestellt werden

Die Theatersaison 192- begann alles andere als vielversprechend. Eugene O'Neill hatte es versäumt, rechtzeitig ein
neues Stück zu schreiben und so für die finanzielle Unterstützung
durch die Intelligenzija zu sorgen, und das Durchschnittspubli-
kum, das sich ohne sonderliches Interesse ein Stück nach dem
anderen angesehen hatte, hatte die echten Theater längst aufgege-
ben zugunsten der raffinierteren Vergnügungen der Filmpaläste.

Als daher am Montagabend, dem 24. September, ein feiner
Sprühregen den Neonglanz im Theaterviertel des Broadway
dämpfte, wurde dies von den Geschäftsführern und Produzenten
zwischen der 37. Straße und dem Columbus Circle mit Verdros-
senheit aufgenommen. Diverse Theaterstücke wurden auf der Stelle
von den Männern in den oberen Etagen, die sich auf Gott und den
Wetterdienst als Zeugen für ihre Niederlage beriefen, vom Spiel-
plan abgesetzt! Der durchdringende Regen fesselte die potentiellen
Theaterbesucher an ihre Radios und Bridgetische. Das Broadway-
Viertel bot wahrlich einen öden Anblick für die wenigen, die die
Verwegenheit besaßen, seine leeren Straßen zu durchstreifen.

Der Gehweg vor dem Römischen Theater auf der 47. Straße
westlich des White Way war jedoch verstopft von einer Menschenmenge, so als ob Hochsaison und schönes Wetter wären. Der Titel
des Stückes – ›Spiel der Waffen‹ – leuchtete grell über dem Eingang.
Die Kassierer bedienten behend die schnatternde Menge, die für
Karten der Abendvorstellung Schlange stand. Ein gelb-blau gekleideter Portier, der durch die Würde seiner Uniform und die Gelassenheit seines Alters beeindruckte, geleitete unter Verneigungen
die befrackten und mit Pelz behangenen Gäste in den Zuschauerraum; er tat dies mit einem Anflug von Befriedigung darüber, daß
die Unbilden der Witterung niemandem etwas anhaben konnten,
der an der Produktion von ›Spiel der Waffen‹ beteiligt war.

Im Theater selbst – einem der neuesten am Broadway – drängten die Leute sichtbar nervös zu ihren Plätzen, da der stürmische Beginn des Stückes allgemein bekannt war. Rechtzeitig hörte der letzte Besucher auf, mit seinem Programmheft zu rascheln; der letzte Nachzügler stolperte über die Füße seines Platznachbarn; die Lampen verlöschten, und der Vorhang hob sich. Ein Schuß zerriß die Stille, ein Mann schrie... Das Stück war im Gange.

›Spiel der Waffen‹ war das erste Theaterstück der Saison, das Geräusche verwendete, die gewöhnlich mit der Unterwelt in Verbindung gebracht wurden. Schnellfeuergewehre, Maschinenpistolen, Überfälle auf Nachtclubs, der tödliche Klang von Bandenkriegen – das komplette Repertoire einer romantisierten Verbrecherwelt war in drei kurze Akte zusammengedrängt worden. Es war ein übersteigertes Abbild der Zeit – ein wenig roh, ein wenig häßlich und alles in allem zufriedenstellend für das Theaterpublikum. Egal ob es regnete oder die Sonne schien, die Vorstellungen waren ausverkauft. Auch der heutige Abend zeigte deutlich die Popularität des Stückes.

Die Vorstellung ging glatt voran. Das Publikum war – wie es sich gehörte – am donnernden Höhepunkt des ersten Aktes von Erregung gepackt. Da der Regen aufgehört hatte, schlenderten die Leute in der ersten zehnminütigen Pause nach draußen in die Nebenstraßen, um Luft zu schnappen. Als der Vorhang sich zum zweiten Akt hob, steigerte sich die Lautstärke der Knallerei auf der Bühne. Der zweite Akt wirbelte mit einem geschossenen Dialog, der zwischen den Rampenlichtern abgefeuert wurde, auf seinen Höhepunkt zu. Ein leichter Tumult im hinteren Teil des Theaters blieb unbeachtet – nicht ungewöhnlich in diesem Lärm und in der Dunkelheit. Niemand schien zu bemerken, daß etwas nicht stimmte, und das Stück ging zügig voran. Nach und nach jedoch wurde der Aufruhr heftiger. Zu diesem Zeitpunkt rutschten einige Zuschauer am Ende des linken Parketts auf ihren Sitzen herum, um ihre Rechte mit ärgerlichem Geflüster geltend zu machen. Der Protest war ansteckend. In unglaublich kurzer Zeit wandten sich unzählige Augenpaare diesem Teil des Zuschauerraums zu.

Ein schriller Schrei durchdrang plötzlich das Theater. Die Zuschauer, aufgeregt und gefesselt von der raschen Folge der Ereignisse auf der Bühne, reckten ihre Hälse erwartungsvoll in die Richtung, aus der der Schrei kam, begierig darauf, etwas mitzubekommen, was sie für eine neue Überraschung des Stückes hielten.

Ohne Vorwarnung gingen die Lichter im Theater an und enthüllten verwirrte, furchtsame oder erwartungsvolle Gesichter. Ganz auf der linken Seite, nahe bei einem verschlossenen Ausgang, stand ein stattlicher Polizist, der einen schmächtigen aufgeregten Mann am Arm festhielt. Er wehrte mit seiner mächtigen Hand eine Gruppe Neugieriger ab und brüllte mit durchdringender Stimme: »Jeder bleibt, wo er ist! Keine Bewegung! Niemand verläßt seinen Platz!«

Die Leute lachten.

Die lachenden Gesichter verschwanden bald, als das Publikum anfing, ein merkwürdiges Zögern auf seiten der Schauspieler wahrzunehmen. Obwohl sie damit fortfuhren, im Scheinwerferlicht ihre Zeilen zu rezitieren, warfen sie verwirrte Blicke in den Zuschauerraum. Als die Leute dies bemerkten, richteten sie sich halb auf ihren Plätzen auf, übernervös angesichts eines spürbaren Unheils. Die dröhnende Stimme des Beamten donnerte weiter. »Bleiben Sie auf Ihren Plätzen, sage ich! Bleiben Sie, wo Sie sind!«

Ganz plötzlich wurde den Zuschauern bewußt, daß der Zwischenfall kein Theater, sondern Realität war. Frauen kreischten und klammerten sich an ihre Begleiter. Der Balkon, von wo die Besucher keine Möglichkeit hatten, den Zuschauerraum einzusehen, glich einem Tollhaus.

Der Polizist wandte sich wütend einem untersetzten fremdländisch aussehenden Mann in Abendgarderobe zu, der händeringend in der Nähe stand.

»Ich muß Sie bitten, alle Ausgänge sofort zu schließen und dafür zu sorgen, daß sie auch verschlossen bleiben, Mr. Panzer«, knurrte er. »Postieren Sie Platzanweiser vor jede Tür und weisen Sie sie an, jeden zurückzuhalten, der versucht, hinaus- und hereinzugelangen. Schicken Sie auch jemanden nach draußen, um die Gänge zu kontrollieren, bis Verstärkung von der Zentrale kommt. Bewegen Sie sich, Mr. Panzer, sonst ist hier gleich der Teufel los!«

Der dunkelhäutige Mann eilte davon und schob dabei eine Reihe aufgeregter Menschen beiseite, die den gebrüllten Ermahnungen des Beamten zum Trotz aufgesprungen waren, um ihn zu befragen.

Der Uniformierte stand breitbeinig am Zugang zur letzten Reihe des linken Parketts und verdeckte mit seiner massigen Figur die zusammengefallene Gestalt eines Mannes in Abendkleidung, die in einer etwas merkwürdigen Haltung auf den Boden zwischen den Reihen gesackt war. Der Polizist sah auf und warf, während er immer noch den Arm des sich ängstlich duckenden Mannes an seiner Seite in eisernem Griff hielt, einen kurzen Blick in den hinteren Teil des Zuschauerraumes.

»Hey, Neilson!« rief er.

Ein großer strohblonder Mann stürzte aus einem kleinen Raum neben dem Haupteingang und kämpfte sich zu dem Beamten durch. Er warf einen raschen Blick auf die schlaffe Gestalt auf dem Boden.

»Was ist passiert, Doyle?«

»Das fragen Sie besser diesen Burschen hier«, antwortete der Polizist grimmig. Er schüttelte den Arm des Mannes, den er festhielt. »Es gibt einen Toten hier, und Mr.« – er richtete einen grimmigen Blick auf den immer kleiner werdenden kleinen Mann, und der stotterte: »Pusak, W-William Pusak« – »dieser Mr. Pusak«, fuhr Doyle fort, »hat ihn angeblich flüstern gehört, er wäre abgemurkst worden.«

Neilson starrte verblüfft auf die Leiche.

Der Polizist biß sich auf die Lippen. »Ich bin da in einem schönen Schlamassel, Harry«, bemerkte er heiser. »Der einzige Polyp hier und ein Haufen grölender Irrer, um die ich mich kümmern muß... Ich möchte, daß Sie mir einen Gefallen tun.«

»Sagen Sie's nur... Das ist ja ein Höllenlärm!«

Doyle drehte sich wütend um, um einen Mann anzuschreien, der sich drei Reihen weiter vorne gerade erhoben hatte, nun auf seinem Sitz stand und die Geschehnisse beobachtete. »Hey Sie!« grölte er. »Sofort runter da! Hier, sofort zurück, der ganze Haufen! Zurück zu euren Plätzen, auf der Stelle, oder ich schnappe mir die ganze naseweise Meute!«

Er wandte sich wieder zu Neilson. »Gehen Sie in Ihr Büro, Harry, und melden Sie den Mord dem Präsidium«, flüsterte er. »Sagen Sie ihnen, sie sollen einen Trupp herschicken – einen großen am besten. Sagen Sie ihnen, daß es ein Theater ist – die wissen dann schon, was zu tun ist. Und hier, Harry – nehmen Sie meine Trillerpfeife, und blasen Sie sich draußen die Lunge aus dem Leib. Ich muß unbedingt sofort Hilfe bekommen.«

Während Neilson sich zurück durch die Menschenmenge kämpfte, rief Doyle ihm nach: »Sagen Sie ihnen lieber, daß sie den alten Queen herschicken sollen, Harry!« Der strohblonde Mann verschwand in sein Büro. Einige Augenblicke später hörte man ein schrilles Pfeifen vom Bürgersteig vor dem Theater.

Der dunkelhäutige Theatermanager, den Doyle angewiesen hatte, Wachen an den Eingängen und Fluren zu postieren, kam durch das Gedränge zurückgehastet. Sein Frackhemd war zerknittert, und er wischte sich in offensichtlicher Bestürzung über die Stirn. Eine Frau hielt ihn an, während er sich vorwärtsschlängelte. Sie kreischte.

»Warum hält uns dieser Polizist hier fest, Mr. Panzer? Sie sollten wissen, daß es mein gutes Recht ist, diesen Ort zu verlassen! Es ist nicht mein Problem, wenn ein Unfall passiert ist – ich hatte nichts damit zu tun – das ist Ihre Sache – sagen Sie ihm bitte, er soll damit aufhören, unschuldige Menschen herumzukommandieren!«

Der kleine Mann stammelte, während er versuchte zu entkommen. »Aber ich bitte Sie, Madam. Ich bin sicher, der Beamte weiß, was er tut. Hier wurde ein Mann getötet – das ist eine ernste Sache. Das sehen Sie doch ein... Als Manager dieses Theaters habe ich seinen Befehlen Folge zu leisten... Seien Sie ganz ruhig – haben Sie doch ein wenig Geduld...«

Er wand sich aus ihrem Griff und war weg, bevor sie protestieren konnte.

Doyle stand wild gestikulierend auf einem Sitz und brüllte: »Ich hab' gesagt, Sie sollen sich hinsetzen und sich ruhig verhalten, der ganze Haufen hier. Es ist mir wurscht, ob Sie der Bürgermeister persönlich sind, Sie – ja, Sie da drüben, mit dem Monokel – bleiben Sie unten, oder ich muß nachhelfen! Merkt ihr Leute eigentlich nicht, was passiert ist? Mund halten, sage ich!« Er sprang auf den Boden und schimpfte vor sich hin, während er sich den Schweiß vom Rand seiner Mütze wischte.

In der ganzen Unruhe und Aufregung, mit einem Zuschauerraum, der wie ein riesiger Kessel zu kochen schien, und Hälsen, die sich über die Brüstung des Balkons reckten, da die Leute dort sich vergebens bemühten, die Ursache des Durcheinanders zu entdecken, war das abrupte Ende aller Aktivitäten auf der Bühne dem Publikum völlig entgangen. Die Schauspieler hatten sich noch einige Zeilen abgestottert, die durch das Drama vor der Bühne bedeutungslos geworden waren. Das langsame Sinken des Vorhangs setzte nun der Abendunterhaltung ein Ende. Die Schauspieler eilten schwatzend auf den Bühnenaufgang zu. Wie die Zuschauer spähten auch sie zum Zentrum des Aufruhrs hin.

Eine üppige ältere Dame in grellen Kleidern – der Name der hochbegabten überseeischen Schauspielerin, die für die Rolle der

Madame Murphy, »Inhaberin einer Bar«, angekündigt war, war Hilda Orange; die schlanke, graziöse Gestalt des »Straßenmädchens Nanette« – Eve Ellis, die weibliche Hauptdarstellerin des Stückes; der große, starke Held von ›Spiel der Waffen‹, James Peale, bekleidet mit einem groben Tweedanzug und Schirmkappe; der elegante junge Mann in Abendkleidung, der den Jungen aus der guten Gesellschaft darstellte, der in die Klauen der »Bande« geraten war – Stephen Barry; Lucille Horton, deren Darstellung der »Königin der Straßen« die Theaterkritiker, die sich in dieser unglücklichen Saison über wenig genug aufregen konnten, zu einem Sturzbach charakteristischer Adjektive hingerissen hatte; ein spitzbärtiger alter Mann, dessen tadellose Abendkleidung das außerordentliche Genie von M. Le Brun, des speziell für ›Spiel der Waffen‹ engagierten Kostümbildners, bezeugte; der schwergewichtige Schurke, dessen finsteres Bühnengesicht sich in verunsicherte Fügsamkeit auflöste, während er über die außer Kontrolle geratene Zuschauerschaft blickte; tatsächlich hastete das komplette Ensemble des Stückes, perückt, gepudert und geschminkt – wobei einige rasch mit Hilfe von Handtüchern ihr Make-up entfernten –, geschlossen unter dem niedergehenden Vorhang hervor und zog den Bühnenaufgang herunter, wo sie sich ihren Weg durch den Mittelgang in Richtung des Unruheherdes freischubsten.

Ein neuer Tumult, diesmal am Haupteingang, brachte viele Leute dazu, sich – den vehementen Befehlen Doyles zum Trotz – von ihren Plätzen zu erheben, um besser sehen zu können. Eine Gruppe ›Uniformierter verschaffte sich mit bereitgehaltenen Schlagstöcken Zugang. Doyle stieß einen Seufzer der Erleichterung aus, als er den großen Mann in Zivil an ihrer Spitze begrüßte.

»Was ist los, Doyle?« fragte der Neuankömmling, während er mißbilligend das Inferno um sie herum betrachtete. Die Uniformierten, die mit ihm gekommen waren, trieben die Menge ans Ende des Zuschauerraumes hinter die Sitzreihen. Einige Leute, die herumgestanden hatten, versuchten, auf ihre Plätze zurückzuschlüpfen; sie wurden festgehalten und gezwungen, sich zu dem wütenden Haufen zu gesellen, der hinter der letzten Reihe zusammengedrängt wurde.

»Sieht so aus, als sei dieser Mann ermordet worden, Sergeant«, sagte Doyle.

»So.« Der Mann in Zivil blickte ohne Neugierde auf die einzige ruhige Gestalt im Theater – sie lag zu ihren Füßen, einen schwarzgewandeten Arm über das Gesicht geworfen, die Beine unbeholfen unter die Sitze der Vorderreihe gestreckt.

»Mit 'ner Kanone?« fragte der Neuankömmling Doyle, während er seinen Blick wandern ließ.

»Nein, Sir, scheint nicht der Fall zu sein«, antwortete der Polizist. »Ich habe als erstes dafür gesorgt, daß ein Arzt aus dem Publikum ihn untersucht. Er glaubt, daß es Gift war.«

Der Sergeant brummte. »Wer ist das?« knurrte er und zeigte auf die zitternde Gestalt von Pusak, der immer noch an Doyles Seite war.

»Der Bursche, der die Leiche gefunden hat«, gab Doyle zurück. »Er hat sich seitdem nicht von der Stelle bewegt.«

»Das ist gut.« Der Detective wandte sich einer geschlossenen Gruppe zu, die zusammengedrängt wenige Meter hinter ihm stand, und fragte in die Menge: »Wer ist hier der Manager?«

Panzer trat hervor.

»Ich bin Velie, Detective-Sergeant vom Polizeipräsidium«, sagte der Mann in Zivil knapp. »Haben Sie denn nichts unternommen, um diesen grölenden Haufen von Idioten ruhig zu halten?«

»Ich habe mein Bestes versucht, Sergeant«, murmelte der Manager händeringend. »Aber sie scheinen alle erbost zu sein wegen der Art und Weise, wie dieser Officer hier« – er zeigte entschuldigend auf Doyle – »herumgetobt hat. Ich glaube, man kann von ihnen nicht erwarten, daß sie auf ihren Plätzen bleiben, als sei nichts geschehen.«

»Gut, wir werden uns darum kümmern«, unterbrach ihn Velie. Er gab einen kurzen Befehl an einen neben ihm stehenden Uniformierten. »Nun« – er wandte sich wieder zu Doyle – »wie steht's mit den Türen, den Ausgängen? Haben Sie irgend etwas in dieser Richtung unternommen?«

»Aber sicher, Sir«, grinste der Polizist. »Ich habe Mr. Panzer veranlaßt, Platzanweiser an jeder Türe zu postieren. Sie waren sowieso den ganzen Abend über dort. Aber ich wollte einfach sichergehen.«

»Da hatten Sie recht. Hat niemand versucht herauszukommen?«

»Ich denke, dafür kann ich mich verbürgen«, warf Panzer bescheiden ein. »Die Handlung des Stückes verlangt nach Platzanweisern an jeder Tür – wegen der Atmosphäre. Es ist ein Gaunerstück, mit einer Menge Schießerei und Geschrei und diesen ganzen

Sachen, und die Anwesenheit von Wachen an den Ausgängen steigert noch die allgemeine Spannung. Ich kann sehr leicht für Sie herausfinden, ob ...«

»Wir werden uns selbst darum kümmern«, sagte Velie. »Doyle, wen haben Sie rufen lassen?«

»Inspektor Queen«, antwortete Doyle. »Ich habe ihn von Neilson, dem Werbemann, im Präsidium anrufen lassen.«

Velie konnte nicht umhin zu lächeln. »Sie haben aber auch an alles gedacht, nicht wahr? Was ist nun mit der Leiche? Hat irgend jemand sie angefaßt, seitdem dieser Bursche sie gefunden hat?«

Der zusammengesunkene Mann in Doyles unbarmherzigem Griff platzte fast schluchzend heraus. »I-Ich hab' ihn nur gefunden, Officer, das schwör' ich bei Gott, ich –«

»Schon gut, schon gut«, sagte Velie kühl. »Sie halten schön den Mund, klar? Warum flennen Sie überhaupt? Nun, Doyle?«

»Kein Mensch hat die Leiche berührt, seit ich hier bin«, antwortete Doyle, mit einem Anflug von Stolz in seiner Stimme. »Außer natürlich ein Doktor Stuttgard. Ich ließ ihn aus dem Publikum holen, damit er den Tod des Mannes feststellt. Das tat er, und sonst kam niemand in die Nähe.«

»Sie waren fleißig, nicht wahr, Doyle? Ich werde dafür sorgen, daß Sie das nicht bereuen müssen«, sagte Velie. Er drehte sich um zu Panzer, der zurückschrak. »Sie begeben sich besser auf die Bühne und machen eine Durchsage, Mr. Manager. Die ganze Mannschaft hat zu bleiben, wo sie ist, bis Inspektor Queen sie nach Hause gehen läßt – klar? Sagen Sie ihnen, daß es keinen Zweck hat, sich zu beschweren – je mehr sie sich beschweren, um so länger werden sie hier bleiben müssen. Machen Sie außerdem klar, daß alle auf ihren Plätzen zu bleiben haben und daß jeder, der eine verdächtige Bewegung macht, Ärger bekommen wird.«

»Ja. Ja. Mein Gott, was für eine Katastrophe!« stöhnte Panzer auf seinem Weg durch den Mittelgang in Richtung Bühne.

Im selben Moment stieß eine kleine Gruppe von Leuten die große Eingangstür am Ende des Theaters auf und kam geschlossen über den Teppich geschritten.

Zweites Kapitel

in welchem der eine Queen arbeitet, während der andere zuschaut

Weder in der Art noch im Aussehen von Inspektor Richard Queen schien etwas Ungewöhnliches zu liegen. Er war ein kleiner, freundlich wirkender älterer Herr mit vom Alter zerfurchtem Gesicht. Er ging ein wenig vornübergebeugt mit einem Anflug von Bedachtsamkeit, was bestens zu dem vollen grauen Haar und dem Schnurrbart, den verschleiert wirkenden grauen Augen und den schlanken Händen zu passen schien.

Als er den Läufer mit kurzen, schnellen Schritten überquerte, war Inspektor Queen weit davon entfernt, besonderen Eindruck auf die neugierigen Augen, die seine Ankunft von allen Seiten verfolgten, zu machen. Und doch war die einfache Würde seiner Erscheinung so ungewöhnlich, war das Lächeln, das in seinem zerfurchten alten Gesicht lag, so arglos und wohlwollend, daß ein hörbares Raunen durch das Auditorium fuhr und ihm in seltsam passender Weise voraneilte.

Bei seinen eigenen Leuten änderte sich das Verhalten spürbar. Doyle zog sich in eine Ecke neben den Ausgängen zur linken Seite zurück. Detective-Sergeant Velie, der zynisch, kalt und wie unberührt von der drohenden Hysterie um ihn herum über die Leiche gebückt stand, entspannte sich ein wenig – so als wäre er zufrieden, seinen Platz im Scheinwerferlicht abzutreten. Die Männer in Uniform, die die Gänge bewachten, grüßten voller Eifer. Das aufgeregte, murrende und zornige Publikum sank, ohne zu wissen warum, voller Erleichterung in seine Sitze zurück.

Inspektor Queen ging auf Velie zu und gab ihm die Hand. »Wirklich zu schade, Thomas, mein Junge. Ich hab' gehört, daß du gerade auf dem Sprung nach Hause warst, als das hier passierte«, sagte er leise. Doyle warf er ein väterliches Lächeln zu. Dann sah er sich mit einem Anflug von Mitleid den Mann auf dem Boden an. »Thomas, sind alle Ausgänge bewacht?« fragte er. Velie nickte.

Queen drehte sich um und nahm interessiert die ganze Szenerie in Augenschein. Leise stellte er Velie eine Frage, worauf dieser zustimmend nickte. Mit einer Handbewegung winkte er dann Doyle heran.

»Doyle, wo sind die Leute, die auf diesen Plätzen saßen?« Er zeigte auf die drei Sitze neben dem des Toten und auf vier weitere leere Plätze direkt in der Reihe davor.

Der Polizist schien verwirrt zu sein. »Ich hab' da niemanden gesehen, Inspektor...«

Queen stand einen Moment ruhig da; dann ließ er Doyle wieder abtreten und bemerkte leise zu Velie: »Und das in einem überfüllten Haus. Sollte man nicht vergessen.« Nachdenklich zog Velie die Augenbrauen hoch. »Noch steck' ich in der ganzen Sache nicht richtig drin«, fuhr der Inspektor freundlich fort. »Alles, was ich bisher sehe, sind ein Toter und ein Haufen schwitzender Leute, die Krach machen. Laß Hesse und Piggott erst einmal ein wenig Ordnung schaffen.«

Velie gab den Befehl weiter an zwei Männer in Zivil, die mit dem Inspektor das Theater betreten hatten. Sie bahnten sich den Weg zum hinteren Ende des Raumes; die Leute, die herumgestanden hatten, wurden beiseite geschoben. Polizisten unterstützten die beiden Detectives. Die Schauspieler mußten sich ein wenig zurückziehen. Ein Abschnitt hinter den mittleren Sitzreihen wurde mit Seilen abgesperrt; etwa fünfzig Männer und Frauen wurden dort hineingeschoben. Männer gingen ruhig umher und wiesen sie an, ihre Eintrittskarten vorzuzeigen und dann einer nach dem anderen zu ihren Sitzplätzen zurückzukehren. Nach fünf Minuten stand niemand aus dem Publikum mehr. Die Schauspieler wurden aufgefordert, zunächst innerhalb der Absperrung zu bleiben.

Inspektor Queen, der sich nun im äußersten linken Gang befand, griff in seine Manteltasche, zog vorsichtig eine braune geschnitzte Schnupftabakdose hervor und nahm mit offensichtlichem Genuß eine Prise.

»So ist es schon besser, Thomas«, sagte er vergnügt. »Du weißt, wie mich dieser Lärm aufregt... Hast du eine Ahnung, wer der arme Teufel da auf dem Boden ist?«

Velie schüttelte den Kopf. »Ich hab' ihn noch nicht einmal angefaßt, Inspektor«, sagte er. »Ich bin erst wenige Minuten vor Ihnen hier angekommen. Jemand aus dem Revier in der 47. Straße rief mich an und berichtete von Doyles Alarmpfiffen. Doyle hat anscheinend die Sache in die Hand genommen. Sein Lieutenant war voll des Lobes.«

»Ach ja«, sagte der Inspektor. »Doyle. Hierher, Doyle.«

Der Polizist kam heran und grüßte.

»Was genau«, fuhr der kleine grauhaarige Mann – gemütlich an einen Sitz gelehnt – fort, »was genau ist hier passiert, Doyle?«

»Alles, was ich darüber sagen kann, Inspektor«, begann Doyle, »ist, daß ein paar Minuten vor dem Ende des zweiten Akts dieser Mann« – er zeigte auf Pusak, der wie ein Bild des Jammers in einer Ecke stand – »zu mir nach hinten gelaufen kam, von wo aus ich mir das Stück ansah, und sagte, ›Ein Mann ist ermordet worden, Officer! ... Ermordet worden!‹ Er war am Flennen wie ein Baby, und ich dachte, er wäre besoffen. Aber ich marschierte schnell hier rüber – es war dunkel, und auf der Bühne wurde geschrien und geschossen – und sah mir den Burschen auf dem Boden an. Ich hab' ihn nicht bewegt, nur nach dem Herzschlag gefühlt – da gab's nicht mehr viel zu fühlen. Um sicher zu gehen, daß er hinüber war, hab' ich gefragt, ob ein Arzt da ist, und es hat sich ein gewisser Stuttgard gemeldet.« Inspektor Queen hörte aufmerksam zu; wie ein Papagei hatte er den Kopf zu einer Seite geneigt. »Ausgezeichnet«, sagte er. »Ausgezeichnet, Doyle. Ich werde Dr. Stuttgard später befragen. Was passierte danach?«

»Dann«, fuhr der Polizist fort, »dann hab' ich mir die Platzanweiserin in dem Gang hier geschnappt und sie ins Büro des Managers Panzer geschickt. Louis Panzer – direkt da vorne steht der Manager.« Queen betrachtete Panzer, der im Gespräch mit Neilson wenige Meter entfernt an der Rückseite des Saales stand, und nickte. »Das ist also Panzer. Gut, gut ... Ellery! Du hast meine Nachricht erhalten?«

Er schoß vorwärts, schob Panzer beiseite, der schüchtern zurückwich, und schlug einem hochgewachsenen jungen Mann, der unbemerkt durch den Haupteingang hineingekommen war und sich nun gemächlich umschaute, auf die Schultern. Der ältere hakte sich bei dem jüngeren Mann unter.

»Hab' ich dir irgendwelche Ungelegenheiten bereitet, mein Sohn? Welchen Buchladen hast du heute abend heimgesucht? Wirklich, Ellery, ich bin froh, daß du hier bist!«

Er griff in seine Tasche, holte wieder die Schnupftabakdose hervor, nahm eine kräftige Prise – so kräftig, daß er niesen mußte – und schaute zu seinem Sohn auf.

»Eigentlich«, sagte Ellery, dessen Augen ruhelos umherwanderten, »kann ich dieses Kompliment nicht erwidern. Du hast mich soeben aus einem richtigen Bücherparadies weggelockt. Ich hatte den Händler gerade soweit, mir eine unbezahlbare Falconer-Erstausgabe zu überlassen; ich hatte vor, mir von dir im Präsidium das Geld zu leihen. Ich rief dort an – und hier bin ich. Eine Falconer-Erstausgabe! Nun gut. Sie wird mir nicht weglaufen, nehme ich an.«

Der Inspektor lachte leise vor sich hin. »Wenn es um eine alte Schnupftabakdose ginge, wäre ich vielleicht interessiert. Aber so – komm mit! Sieht aus, als hätten wir heute abend noch einiges zu tun.«

Er packte seinen Sohn am Ärmel, und zusammen gingen sie auf die kleine Menschentraube zu ihrer Linken zu. Ellery Queen war etwa um einen Kopf größer als sein Vater. Er hatte breite Schultern und einen schwungvollen Gang. Er war in Dunkelgrau gekleidet und trug einen leichten Spazierstock. Der rahmenlose Kneifer, der auf seiner Nase saß, schien nicht so ganz zu seinem athletischen Aussehen zu passen. Aber die Stirn, die feinen Gesichtszüge und die hellen Augen gehörten schon eher zu einem Mann des Geistes als zu einem Mann der Tat.

Sie gesellten sich zu der Gruppe, die um die Leiche versammelt war. Voller Respekt wurde Ellery von Velie begrüßt. Er beugte sich über den Sitz, musterte die Leiche gewissenhaft und schritt dann wieder zurück.

»Also weiter, Doyle«, sagte der Inspektor lebhaft. »Sie haben sich die Leiche angeschaut, den Mann festgehalten, der sie gefunden hat, den Manager herangeholt... Was dann?«

»Auf meine Anweisung hin schloß Panzer sofort alle Türen und achtete darauf, daß niemand herein- oder herauskam«, antwortete Doyle. »Es gab ziemlichen Ärger mit dem Publikum, aber sonst ist nichts passiert.«

»Gut so«, sagte der Inspektor, während er nach seiner Schnupftabakdose tastete. »Sie haben wirklich gute Arbeit geleistet. Und jetzt zu diesem Herrn dort.«

Er machte ein Zeichen hinüber in die Ecke zu dem zitternden kleinen Mann, der zögernd vorwärtsschritt, nervös mit der Zunge über seine Lippen fuhr, hilflos umherschaute und dann stumm vor ihnen stand.

»Wie heißen Sie?« fragte der Inspektor freundlich.

»Pusak – William Pusak«, sagte der Mann. »Ich bin Buchhalter. Ich war gerade...«

»Eins nach dem anderen, Pusak. Wo haben Sie gesessen?«

Eifrig zeigte Pusak auf den sechsten Platz vom Gang aus, in der letzten Reihe. Auf dem fünften Platz saß ein aufgeschreckt wirkendes junges Mädchen, das zu ihnen hinüberblickte.

»Ich seh' schon«, sagte der Inspektor. »Gehört diese junge Dame zu Ihnen?«

»Ja, Sir – ja. Das ist meine Verlobte, Sir. Sie heißt Esther – Esther Jablow...«

Etwas im Hintergrund machte sich ein Detective Notizen. Ellery stand hinter seinem Vater und blickte von einem Ausgang zum anderen. Er fing an, einen Plan auf das Vorsatzblatt eines Büchleins zu zeichnen, das er aus der Manteltasche gezogen hatte.

Der Inspektor sah sich das Mädchen, das sofort den Blick abwandte, genau an. »Also, Pusak, ich möchte, daß Sie mir erzählen, was passiert ist.«

»Ich – ich hab' nichts Unrechtes getan, Sir.«

Inspektor Queen gab ihm einen leichten Klaps auf den Arm. »Niemand beschuldigt Sie, irgend etwas getan zu haben, Pusak. Ich will von Ihnen nur wissen, was vorgefallen ist. Lassen Sie sich ruhig Zeit – erzählen Sie es ganz so, wie Sie wollen.«

Pusak schaute ihn verwundert an. Dann befeuchtete er seine Lippen und fing an. »Also, ich saß da auf diesem Platz zusammen mit meiner – mit Miss Jablow; das Stück hat uns wirklich gut gefallen. Der zweite Akt war ganz schön aufregend – es gab viel Schießerei und Gebrüll auf der Bühne; ich stand dann auf und wollte auf den Gang raus, diesen Gang hier.« Aufgeregt zeigte er auf den Teppich unter seinen Füßen. Queen nickte freundlich.

»Ich mußte an meiner – an Miss Jablow vorbei; außer einem Mann war sonst niemand mehr zwischen ihr und dem Gang. Das ist auch der Grund, warum ich diesen Weg genommen habe. Mir ist es nicht so angenehm« – er zögerte entschuldigend – »die Leute mitten im aufregendsten Teil durch mein Hinausgehen stören zu müssen.«

»Das war sehr rücksichtsvoll von Ihnen, Pusak«, sagte der Inspektor lächelnd.

»Ja, Sir. Ich bin also die Reihe runtergegangen, hab' mich so vorwärtsgetastet – denn es war ganz schön dunkel im Theater – und bin dann auf ... auf diesen Mann gestoßen.« Er schauderte und

31

fuhr dann etwas schneller fort. »Der sitzt ziemlich seltsam, dachte ich. Seine Knie berührten den Sitz vor ihm, und ich konnte nicht vorbei. Ich sagte ›Entschuldigung‹ und versuchte es noch einmal, aber seine Knie hatten sich kein bißchen bewegt. Ich wußte nicht, was ich machen sollte, Sir; ich bin nicht so rücksichtslos wie manche Zeitgenossen, wollte mich also herumdrehen und zurückgehen, als ich auf einmal spürte, wie der Körper des Mannes auf den Boden rutschte – ich war immer noch ganz nah an ihm dran. Selbstverständlich hab' ich einen Riesenschreck gekriegt – ist ja nur natürlich.«

»Würd' ich auch so sehen«, sagte der Inspektor teilnahmsvoll. »Das muß Sie ziemlich mitgenommen haben. Was ist dann passiert?«

»Nun, Sir, ... bevor ich überhaupt richtig merkte, was passierte, fiel er schon ganz von seinem Sitz herunter, und sein Kopf schlug gegen meine Beine. Ich wußte nicht, was ich tun sollte. Ich konnte nicht um Hilfe rufen – ich weiß nicht, warum, aber ich konnte einfach nicht; ich beugte mich zu ihm hinunter, dachte, er wäre betrunken, krank oder sonst etwas, und wollte ihn hochheben. Darüber, was ich danach zu tun hätte, hatte ich keine Vorstellung...«

»Ich weiß, was Sie empfunden haben, Pusak. Machen Sie weiter.«

»Dann passierte das, wovon ich dem Polizisten erzählt habe. Ich hatte gerade seinen Kopf zu packen bekommen, als ich merkte, wie seine Hand nach oben kam und nach meiner griff, genau so, als würde er verzweifelt versuchen, Halt zu finden. Dann stöhnte er. Es war so leise, daß ich es kaum hören konnte, aber es war so was von furchtbar. Ich kann es nicht genau beschreiben...«

»Jetzt kommen wir voran«, sagte der Inspektor. »Was dann?«

»Dann sprach er. Es war kein richtiges Sprechen, es war mehr wie ein Gurgeln, so als würde er ersticken. Er sagte ein paar Worte, die ich nicht verstand, aber ich begriff, daß da jemand nicht einfach nur krank oder betrunken war. Ich beugte mich also noch tiefer hinunter und hörte genau hin. Ich hörte ihn keuchen, ›Es war Mord... Bin ermordet worden...‹ oder so etwas.«

»Er sagte also ›Es war Mord‹?« Der Inspektor schaute Pusak scharf an. »Nun gut. Das muß Ihnen einen ziemlichen Schock versetzt haben, Pusak.« Dann fuhr er ihn auf einmal an: »Sind Sie sicher, daß der Mann ›Mord‹ sagte?«

»Genau das hab' ich gehört, Sir. Ich hab' gute Ohren«, sagte Pusak verbissen.

»Gut.« Queen lächelte wieder entspannt. »Ich wollte nur ganz sichergehen. Was haben Sie dann gemacht?«

»Dann spürte ich, wie er sich noch einmal aufbäumte und plötzlich in meinen Armen schlaff wurde. Ich hatte Angst, er wäre tot; ich weiß nicht wie – aber das nächste, woran ich mich erinnere, ist, daß ich das alles ein Stück weiter hinten dem Polizisten erzählte, diesem da.« Er zeigte auf Doyle, der unbeteiligt auf seinen Fersen hin und her wippte.

»Und das ist alles?«

»Ja, Sir. Jawohl. Das ist alles, was ich darüber weiß«, sagte Pusak mit einem Seufzer der Erleichterung.

Queen packte ihn vorne an seinem Kragen und schnauzte ihn an: »Das ist nicht alles, Pusak. Sie haben vor allen Dingen vergessen, uns zu erzählen, warum Sie Ihren Platz verlassen haben.« Er blickte dem kleinen Mann genau in die Augen.

Pusak hustete, schwankte einen Augenblick unentschlossen hin und her, so als wäre er sich über seine nächsten Worte nicht ganz im klaren, beugte sich dann aber etwas nach vorne und flüsterte dem erstaunten Inspektor etwas ins Ohr.

»Oh!« Queens Lippen zeigten den Anflug eines Lächelns, aber er sagte ernst: »Ich verstehe, Pusak. Vielen Dank für Ihre Hilfe. Es ist nun alles in Ordnung. Sie dürfen jetzt auf Ihren Platz zurückkehren und dann später mit den anderen das Gebäude verlassen.« Eine Handbewegung zeigte an, daß er entlassen war. Pusak schlich, nachdem er noch einen jammervollen Blick auf die Leiche geworfen hatte, die Rückseite der letzten Reihe entlang und tauchte wieder an der Seite des Mädchens auf. Sie zog ihn sofort in eine zwar im Flüsterton gehaltene, aber dennoch angeregte Unterhaltung.

Als der Inspektor sich leise lächelnd zu Velie umwandte, wirkte Ellery ein wenig ungeduldig, setzte zu reden an, überlegte es sich dann aber anders, zog sich schließlich nach hinten zurück und verschwand aus dem Blickfeld.

»Nun gut, Thomas«, seufzte der Inspektor. »Dann wollen wir mal einen Blick auf den Burschen werfen.«

Er kniete zwischen den beiden Reihen nieder und beugte sich gewandt über den toten Mann. Trotz der guten Beleuchtung durch die Deckenlampen war es am Fußboden in dem beengten Raum zwischen den Sitzreihen dunkel. Velie knipste eine Taschenlampe an und neigte sich etwas nach vorne über den Inspektor, um den hellen Lichtstrahl immer dorthin bewegen zu können, wo die Hände des Inspektors gerade umherwanderten. Schweigend zeigte Queen auf einen häßlichen braunen Fleck auf der sonst so makellosen Hemdbrust.

»Blut?« fragte Velie brummend.

Der Inspektor beschnupperte sehr sorgsam das Hemd. »Nichts Schlimmeres als Whisky«, gab er zurück.

Geschwind fuhr er mit den Händen über den Körper, befühlte die Herzgegend und den Hals – dort, wo der Kragen gelockert war – und schaute dann zu Velie auf.

»Es sieht wirklich nach Gift aus, Thomas. Könntest du mir diesen Dr. Stuttgard mal herholen? Ich würde gerne seine Meinung dazu hören, bevor Prouty eintrifft.«

Velie stieß barsch einen Befehl aus, und einen Moment später erschien hinter einem Kriminalbeamten ein mittelgroßer Mann in Abendkleidung, mit olivbrauner Gesichtsfarbe und einem dünnen schwarzen Schnurrbart.

»Hier ist er, Inspektor«, sagte Velie.

»Ah, ja.« Queen unterbrach die Untersuchung und schaute zu ihm auf. »Guten Abend, Doktor. Ich hörte, daß Sie die Leiche unmittelbar nach ihrer Entdeckung untersucht haben. Ich erkenne keine offensichtliche Todesursache – was ist Ihre Ansicht?«

»Meine Untersuchung war notgedrungen nur eine sehr oberflächliche«, sagte Dr. Stuttgard vorsichtig, während seine Finger ein nichtexistentes Stäubchen von seinem Satinrevers schnippten. »In dem Halbdunkel und unter diesen Umständen konnte ich zunächst keine Anzeichen eines unnatürlichen Todes feststellen. Wegen der Verzerrung der Gesichtsmuskulatur dachte ich zunächst, es wäre ein einfacher Fall von Herzversagen, aber bei näherem Hinsehen bemerkte ich die Blaufärbung des Gesichts – bei diesem Licht ist sie doch ziemlich deutlich, nicht wahr? Das, zusammen mit dem Alkoholdunst vom Mund her, schien auf irgendeine Form von Alkoholvergiftung hinzudeuten. Eines kann ich Ihnen auf jeden Fall sicher sagen – dieser Mann starb nicht an einem Schuß oder einem Stich. Das habe ich natürlich sofort überprüft. Ich habe sogar seinen Hals untersucht – wie Sie sehen, habe ich den Kragen gelockert –, um sicher zu gehen, daß er nicht erwürgt worden ist.«

»Ja klar.« Der Inspektor lächelte. »Vielen Dank, Doktor. Oh, ehe ich es vergesse«, fügte er noch hinzu, als sich Dr. Stuttgard schon mit einem dahingemurmelten Gruß von ihm abwandte, »glauben Sie, dieser Mann könnte an einer Methanolvergiftung gestorben sein?«

Dr. Stuttgard antwortete sofort. »Unmöglich«, sagte er. »Es war etwas sehr viel Stärkeres und schneller Wirkendes.«

»Können Sie uns das Gift nennen, das den Mann hier umgebracht hat?«

Der Arzt zögerte. Dann sagte er förmlich: »Es tut mir leid, Inspektor; vernünftigerweise können Sie keine größere Genauigkeit von mir erwarten. Unter diesen Umständen...« Seine Stimme verlor sich, und er zog sich zurück.

Queen schmunzelte, als er sich wieder an seine schreckliche Arbeit machte.

Der auf dem Boden hingestreckte Tote war kein angenehmer Anblick. Der Inspektor hob vorsichtig die geballte Hand des Toten an und starrte in dessen verzerrtes Gesicht. Dann schaute er unter den Sitz; dort war nichts. Über die Rückenlehne des Sessels war achtlos ein schwarzes, seidengefüttertes Cape geworfen. Queen leerte die Taschen von Frack und Cape; seine Hände durchstöberten die gesamte Kleidung. Aus der inneren Brusttasche holte er einige Briefe und Papiere hervor. Er untersuchte die Westen- und Hosentaschen und stapelte das, was er fand, in zwei Häufchen – das eine enthielt Briefe und Papiere, das andere Münzen, Schlüssel und verschiedene andere Sachen. In einer der Seitentaschen fand er eine kleine silberne Flasche mit den Initialen »M. F.«. Er ging mit der Flasche sehr behutsam um, hielt sie am Hals fest und untersuchte aufmerksam die glänzende Oberfläche auf Fingerabdrücke. Kopfschüttelnd wickelte er die Flasche mit allergrößter Sorgfalt in ein sauberes Taschentuch und legte sie beiseite.

Den blauen Kontrollabschnitt der Eintrittskarte mit der Aufschrift »LL32 Links« verstaute er in seiner eigenen Westentasche.

Er hielt sich nicht mit der Untersuchung der einzelnen Gegenstände auf, sondern ging mit seinen Händen über das Futter von Weste und Rock und fuhr rasch die Hosenbeine entlang. Als er die Tasche im Rockschoß abtastete, rief er auf einmal mit leiser Stimme: »Sehr gut, Thomas – hier hab' ich noch was Nettes gefunden« und zog eine kleine straßbesetzte Damenhandtasche hervor.

Nachdenklich drehte er sie in seinen Händen, knipste sie dann auf, schaute den Inhalt durch und nahm eine Reihe weiblicher

Accessoires heraus. In einem kleinen Seitenfach fand er, neben dem Lippenstift liegend, ein winziges Täschchen für Visitenkarten. Wenig später legte er den Inhalt wieder in die kleine Handtasche zurück und steckte das Ganze in seine eigene Tasche.

Der Inspektor hob die Papiere vom Boden auf und überflog sie. Er runzelte die Stirn, als er zum letzten Blatt kam – es trug einen Briefkopf.

»Hast du den Namen Monte Field schon einmal gehört, Thomas?« fragte er und schaute auf.

Velie kniff die Lippen zusammen. »Das will ich meinen. Einer der schlimmsten Winkeladvokaten der Stadt.«

Der Inspektor blickte ernst. »Nun, Thomas, das ist Mr. Monte Field, oder besser das, was von ihm übriggeblieben ist.« Velie brummte.

»Es könnten einem Zweifel am ganzen Polizeisystem kommen«, ließ sich Ellerys Stimme über die Schulter seines Vaters hinweg vernehmen. »Wenn man bedenkt, daß es erbarmungslos Männer zur Strecke bringen kann, die uns von Krebsgeschwüren wie Mr. Monte Field befreien.«

Der Inspektor richtete sich auf, klopfte den Staub von seinen Knien, nahm eine Prise Schnupftabak und sagte: »Ellery, mein Junge, aus dir wird nie ein Polizist. Ich wußte gar nicht, daß du Field gekannt hast.«

»Ich stand nicht gerade auf sehr vertrautem Fuße mit diesem Herrn«, sagte Ellery. »Aber ich erinnere mich daran, ihm im Pantheon Club begegnet zu sein; und nach dem, was ich damals über ihn gehört habe, wundere ich mich nicht, daß ihn jemand aus dem Weg geräumt hat.«

»Laßt uns über die Verdienste von Mr. Field zu einem passenderen Zeitpunkt reden«, sagte der Inspektor ernst. »Ich weiß eine Menge über ihn, und nichts davon ist besonders erfreulich.«

Er drehte sich um und wollte schon weggehen, als Ellery, der die ganze Zeit angestrengt auf die Leiche und den Sitz starrte, fragte: »Ist hier schon etwas entfernt worden, Dad – irgend etwas?«

Inspektor Queen wandte sich um. »Wie kommst du zu dieser klugen Frage, junger Freund?«

»Wenn mich nicht alles täuscht«, antwortete Ellery mit leicht affektiertem Gesichtsausdruck, »liegt der Zylinder von dem Knaben weder unter dem Sitz noch auf dem Boden neben ihm oder sonstwo in der näheren Umgebung.«

»Das ist dir also auch aufgefallen, Ellery«, sagte der Inspektor grimmig. »Es war das erste, was ich sah, als ich mich runterbeugte, um ihn zu untersuchen – oder vielmehr das erste, was ich nicht sah.« Während er sprach, schien jede Freundlichkeit von ihm abzufallen. Seine Stirn legte sich in Falten, und seine grauen Schnurrbarthaare sträubten sich vor Ärger. Er zuckte mit den Schultern. »Und auch kein Garderobenschein für den Hut unter seinen Sachen... Flint!«

Ein stämmiger junger Mann in Zivil eilte heran.

»Flint, wie wär's, wenn Sie Ihre Muskeln etwas trainieren würden, indem Sie auf allen Vieren auf die Suche nach einem Zylinder gehen. Er müßte hier irgendwo in der Nähe liegen.«

»In Ordnung, Inspektor«, sagte Flint gutgelaunt, und er begann, die angezeigte Fläche systematisch abzusuchen.

»Velie«, sagte Queen geschäftsmäßig, »versuch, Ritter und Hesse und – nein, die beiden werden wohl reichen – für mich aufzutreiben, ja?« Velie ging weg.

»Hagstrom«, rief der Inspektor zu einem anderen Kriminalbeamten, der in der Nähe stand.

»Ja, Chef.«

»Kümmern Sie sich um diesen Kram hier« – er zeigte nach unten auf die zwei kleinen Häufchen von Gegenständen, die er aus Fields Taschen genommen hatte – »und passen Sie auf, daß Sie alles sicher in meiner Aktentasche verstauen.«

Während Hagstrom neben der Leiche kniete, beugte sich Ellery in aller Ruhe darüber und öffnete das Jackett. Sofort schrieb er einige Anmerkungen auf das Vorsatzblatt des Buches, auf das er zuvor bereits die Zeichnung gemacht hatte. »Und das in einem Privatdruck von Stendhause«, murmelte er vor sich hin und strich liebevoll über den Band.

Velie kehrte mit Ritter und Hesse im Gefolge zurück. Der Inspektor sagte scharf: »Ritter, Sie begeben sich in die Wohnung dieses Mannes. Sein Name ist Monte Field, er war Rechtsanwalt; die Adresse ist Nr. 113, 75. Straße, West. Bleiben Sie dort, bis Sie abgelöst werden. Sie schnappen sich jeden, der auftaucht.«

Ritter legte die Hand an die Mütze, murmelte »Ja, Inspektor« und zog ab.

»Nun zu Ihnen, Hesse«, wandte sich der Inspektor an den anderen Detective. »Sie begeben sich so schnell wie möglich zur Chambers Street 51, zum Büro dieses Herrn, und warten dort, bis

Sie von mir hören. Versuchen Sie hereinzukomen, andernfalls postieren Sie sich die ganze Nacht über draußen vor der Tür.«

»In Ordnung, Inspektor.« Hesse verschwand. Queen wandte sich um; er mußte schmunzeln, als er Ellery mit seinen breiten, nach vorne gebeugten Schultern bei der Untersuchung der Leiche sah. »Na, Ellery, traust deinem Vater wohl nichts mehr zu«, sagte er leicht vorwurfsvoll. »Wonach suchst du?«

Ellery lächelte und richtete sich auf. »Ich bin nur neugierig, mehr nicht«, sagte er. »Es gibt da einige Dinge, die mich an dieser wirklich abstoßenden Leiche ungeheuer interessieren. Hast du zum Beispiel das Kopfmaß des Mannes genommen?« Er hielt seinem Vater ein Stück Schnur hin, das er von einem eingepackten Buch in seiner Manteltasche gezogen hatte.

Der Inspektor nahm es in die Hand, blickte finster darauf herab und rief einen Polizisten von der hinteren Seite des Theaters heran. Er gab einen leisen Befehl, worauf der Polizist mit der Schnur in der Hand abzog.

»Inspektor.« Queen blickte auf. Mit leuchtenden Augen stand Hagstrom direkt neben ihm.

»Ich hab' das hier etwas weiter hinten unter Fields Sitz gefunden, als ich die Papiere aufhob. Es lag an der Rückwand.«

Er hielt eine dunkelgrüne Flasche in die Höhe, wie sie die Hersteller von Ginger Ale benutzten. Auf dem bunten Etikett stand: »Paley's Extra Dry Ginger Ale.« Die Flasche war halbleer.

»Nun, Hagstrom, Sie haben doch noch etwas auf Lager. Heraus damit!« sagte der Inspektor knapp.

»Ja, Sir. Als ich die Flasche unter dem Sitz des Toten fand, war mir klar, daß er wahrscheinlich heute abend daraus getrunken hat. Es gab heute keine Frühvorstellung, und die Putzfrauen machen hier täglich sauber. Die Flasche wäre nicht dort gewesen, wenn sie nicht dieser Mann oder jemand, der mit ihm in Verbindung stand, heute abend benutzt und dann dort hingestellt hätte. Ich dachte, das wäre vielleicht eine Spur, und machte den Jungen ausfindig, der in diesem Teil des Theaters die Erfrischungen verkauft. Ich bat ihn, mir eine Flasche Ginger Ale zu verkaufen. Er sagte« – Hagstrom strahlte über das ganze Gesicht – »Ginger Ale würde in diesem Theater nicht verkauft.«

»Diesmal haben Sie wirklich Ihren Kopf gebraucht«, sagte der Inspektor anerkennend. »Schnappen Sie sich den Jungen, und bringen Sie ihn her.«

Nachdem Hagstrom gegangen war, baute sich wichtigtuerisch ein kleiner dicker Mann vor dem seufzenden Inspektor auf; seine Abendgarderobe war etwas zerknittert, und ein Polizist hielt seinen Arm verbissen fest. »Sind Sie in dieser Angelegenheit verantwortlich, Sir?« tobte er und plusterte sich zu der beachtlichen Größe von etwa ein Meter sechzig auf.

»Das bin ich«, sagte Queen ernst.

»Dann sollten Sie wissen«, platzte der Neuankömmling heraus – »he, Sie, lassen Sie meinen Arm los! Hören Sie nicht? – Sie sollten wissen, Sir...«

»Officer, lassen Sie den Arm dieses Herrn los«, sagte der Inspektor mit noch größerem Ernst.

»... daß ich die ganze Angelegenheit hier als unerhörten Skandal betrachte. Seit der Unterbrechung des Stückes sitze ich schon fast eine Stunde hier mit meiner Frau und meiner Tochter, und Ihre Beamten erlauben uns noch nicht einmal aufzustehen. Es ist einfach unerhört, Sir! Bilden Sie sich ein, Sie könnten all die Leute hier ganz nach Ihrem Belieben warten lassen? Glauben Sie nur nicht, ich hätte Sie nicht beobachtet. Sie trödeln nur herum, während wir dasitzen und uns alles gefallen lassen müssen. Und das eine will ich Ihnen sagen, Sir! Wenn Sie mich und meine Familie nicht auf der Stelle gehen lassen, werde ich mich an den Distriktstaatsanwalt Sampson, einen sehr guten Freund von mir, wenden und eine persönliche Beschwerde gegen Sie vorbringen.«

Inspektor Queen betrachtete angewidert das zorngerötete Gesicht des kleinen dicken Mannes. Er seufzte und sagte mit einem strengen Unterton: »Mein lieber Mann, ist Ihnen vielleicht schon einmal in den Sinn gekommen, daß zur gleichen Zeit, während Sie sich wegen einer solchen Kleinigkeit aufregen, jemand, der einen Mord begangen hat, sich hier im Publikum befinden könnte – möglicherweise neben Ihrer Frau oder Ihrer Tochter? Genau wie Sie ist er darauf aus, von hier wegzukommen. Wenn Sie sich beim Distriktstaatsanwalt, Ihrem sehr guten Freund, beschweren wollen, so können Sie dies von mir aus tun, nachdem Sie das Theater verlassen haben. Bis dahin muß ich Sie jedoch bitten, zu Ihrem Platz zurückzukehren und sich solange zu gedulden, bis wir Ihnen den Aufbruch gestatten. Ich hoffe, ich habe mich klar genug ausgedrückt.«

Ein Gekicher kam von einigen Zuschauern, die in der Nähe saßen und sich über die Niederlage des kleinen Mannes zu freuen schienen. Erregt stürmte er davon, der Polizist stur an seine Fersen geheftet. »Dummkopf«, murmelte der Inspektor und wandte sich um zu Velie.

»Geh mit Panzer zur Theaterkasse, und schau nach, ob du für die folgenden Sitznummern hier die entsprechenden Eintrittskarten finden kannst.« Er beugte sich über die letzte Reihe und die Reihe davor und kritzelte auf die Rückseite eines alten Umschlags die Nummern LL30 Links, LL28 Links, LL26 Links, KK32 Links, KK30 Links, KK28 Links und KK26 Links. Den Zettel reichte er Velie, der damit verschwand.

Ellery, der sich die ganze Zeit untätig gegen die Rückseite der letzten Reihe gelehnt und dabei seinen Vater, das Publikum und gelegentlich auch die Ausstattung des Theaters betrachtet hatte, flüsterte dem Inspektor ins Ohr: »Ich überlege, ob es nicht seltsam ist, daß ausgerechnet die sieben Plätze in unmittelbarer Nähe des Ermordeten unverkauft geblieben sind, und das bei einem Reißer wie ›Spiel der Waffen‹.«

»Wann ist dir das denn aufgefallen, mein Sohn?« sagte Queen, und während Ellery abwesend mit seinem Stock auf den Boden klopfte, schnauzte er: »Piggott!«

Der Kriminalbeamte trat näher.

»Bringen Sie die Platzanweiserin her, die auf diesem Gang Dienst hatte, und den Portier – den älteren Mann draußen auf dem Bürgersteig.«

Als Piggott abzog, tauchte ein aufgelöster junger Mann, der sich mit einem Taschentuch das Gesicht wischte, an Queens Seite auf.

»Nun, Flint?« fragte Queen sofort.

»Wie ein Scheuerweib bin ich über den ganzen Boden gekrochen, Inspektor. Wenn Sie in diesem Teil des Theaters noch einen Hut finden wollen, dann muß er verdammt gut versteckt sein.«

»In Ordnung, Flint; halten Sie sich in Bereitschaft.«

Der Beamte trottete davon. »Hast du wirklich geglaubt, Vater, mit dieser Rumkrebserei würde er den Zylinder finden?« fragte Ellery langsam.

Der Inspektor knurrte. Er ging den Mittelgang hinunter. Er machte sich daran, sich zu den dort sitzenden Zuschauern hinunterzubeugen und ihnen mit leiser Stimme Fragen zu stellen. Alle Köpfe waren in seine Richtung gewandt, während er von Reihe zu Reihe ging und nacheinander alle die befragte, deren Platz direkt am Gang lag. Als er mit ausdruckslosem Gesicht wieder zu Ellery zurückkehrte, empfing ihn der Polizist, den er mit dem Stück Schnur weggeschickt hatte, mit einem förmlichen Gruß.

»Welche Größe?« fragte der Inspektor.

»Der Verkäufer im Hutgeschäft sagte, es wäre genau 7⅛«, antwortete der Uniformierte. Inspektor Queen entließ ihn mit einem Kopfnicken.

Velie kam mit dem besorgten Panzer im Schlepptau herbeigeeilt. Ellery beugte sich voller Aufmerksamkeit nach vorne, um Velie besser zu verstehen. Queen stand straff; in seinem Gesicht spiegelte sich gespanntes Interesse wider.

»Also, Thomas«, sagte er, »was hast du an der Kasse herausgefunden?«

»Nur, daß sich die sieben Eintrittskarten, deren Nummern Sie mir gegeben hatten, nicht in der Kartenablage befinden«, berichtete Velie ausdruckslos. »Sie sind draußen an der Kasse verkauft worden; wann, das kann Mr. Panzer nicht feststellen.«

»Die Tickets könnten vielleicht auch an eine Vorverkaufsstelle gegangen sein, nicht wahr, Velie?« bemerkte Ellery.

»Das habe ich überprüft, Mr. Queen«, antwortete Velie. »Diese Tickets sind keiner Vorverkaufsstelle zugeteilt worden. Das läßt sich anhand der Aufzeichnungen genau überprüfen.«

Inspektor Queen stand ganz ruhig da; in seinen grauen Augen lag ein leichtes Schimmern. Dann sagte er: »Mit anderen Worten, meine Herren, sieht es also so aus: Es werden Karten für sieben beieinanderliegende Plätze gekauft – für ein Theaterstück, das von Beginn an vor ausverkauftem Haus gespielt wird –, und dann vergessen die Käufer allesamt, die Vorstellung zu besuchen.«

Drittes Kapitel

in welchem ein ›Pfarrer‹ in Schwierigkeiten gerät

Stille trat ein, als sich die vier Männer, die sich allmählich ein Bild des Geschehens machen konnten, ansahen. Panzer scharrte mit den Füßen und hustete nervös; Velies Gesicht war ein Musterbeispiel konzentrierten Nachdenkens; Ellery trat einen Schritt zurück und versank in eine verzückte Betrachtung der graublauen Krawatte seines Vaters. Inspektor Queen stand da und kaute an seinem Schnurrbart. Dann zuckte er plötzlich mit den Schultern und wandte sich an Velie.

»Ich habe eine ziemlich unangenehme Aufgabe für dich, Thomas«, sagte er. »Ich möchte, daß du ungefähr ein halbes Dutzend Polizisten abkommandierst und sie jeden Anwesenden einzeln überprüfen läßt. Sie sollen nichts anderes tun, als Name und Adresse jedes Zuschauers notieren. Das ist eine ziemliche Arbeit, die einige Zeit in Anspruch nehmen wird, aber ich befürchte, sie ist absolut notwendig. Ganz nebenbei, Thomas: Hast du bei deinem Erkundigungsgang hier herum einen der Platzanweiser, die für den Balkon zuständig sind, befragt?«

»Ich bin sogar genau an denjenigen geraten, der mir alle Informationen geben konnte«, sagte Velie. »Er ist der Bursche, der unten an der Treppe im Parkett steht und die Zuschauer mit Tickets für den Balkon nach oben dirigiert. Ein Knabe namens Miller.«

»Ein sehr gewissenhafter Junge«, warf Panzer ein und rieb sich die Hände.

»Miller kann beschwören, daß absolut niemand in diesem Theater entweder aus dem Parkett nach oben oder auch vom Balkon aus nach unten gegangen ist, nachdem der Vorhang zum zweiten Akt hochgegangen war.«

»Das nimmt dir schon etwas Arbeit ab, Thomas«, bemerkte der Inspektor, der aufmerksam zugehört hatte. »Laß deine Leute nur durch die Logen und das Parkett gehen. Denk daran: Ich will Namen und Adresse von jeder Person hier – jeder einzelnen Person. Und Thomas –«

»Ja, Inspektor?« sagte Velie, während er sich noch einmal herumdrehte.

»Wo sie einmal dabei sind, sollen sie die Leute auch um die Kontrollabschnitte der Tickets für die Plätze, auf denen sie sitzen, bitten. Bei jedem Verlust eines Abschnitts sollte das neben dem Namen des Verlierers vermerkt werden; und für den Fall – was natürlich nur eine Möglichkeit ist –, daß eine Person einen Kontrollzettel besitzt, der nicht mit dem Platz, auf dem sie sitzt, übereinstimmt, muß das auch vermerkt werden. Glaubst du, du schaffst das alles, mein Junge?«

»Na klar«, brummte Velie, während er sich auf den Weg machte.

Der Inspektor strich seinen grauen Schnurrbart glatt, nahm eine Prise Schnupftabak und zog sie tief ein.

»Ellery«, sagte er, »irgend etwas stört dich. Raus damit, mein Sohn!«

»Hm?« begann Ellery und blinzelte mit seinen Augen. Er nahm seinen Kneifer herunter und sagte langsam: »Sehr verehrter Vater, langsam komme ich zu der Überzeugung, daß – nun gut! Es gibt nun einmal in dieser Welt wenig Frieden für einen ruhigen bücherliebenden Menschen.« Er setzte sich auf die Lehne des Sitzes, auf dem der Tote gesessen hatte, und blickte melancholisch drein. Plötzlich lächelte er. »Paß auf, daß du nicht den unglückseligen Irrtum des alten Metzgers wiederholst, der mit seinen vierzig Gesellen auf der Suche nach seinem wertvollsten Messer das ganze Haus auf den Kopf stellte, während er es die ganze Zeit ruhig zwischen seinen Zähnen hielt.«

»Du bist zur Zeit ja äußerst mitteilsam, mein Sohn«, sagte der Inspektor gereizt. »Flint!« Der Detective trat näher.

»Flint«, sagte Queen, »Sie hatten schon eine vergnügliche Arbeit heute abend, und ich habe noch eine für Sie. Glauben Sie, Ihr Kreuz hält noch ein wenig mehr Belastung aus? Ich glaube mich daran zu erinnern, daß Sie beim Polizeisportfest am Gewichtheberwettbewerb teilgenommen haben.«

»Richtig, Sir«, antwortete Flint und grinste dabei breit. »Ich denke, ich kann die Last schon tragen.«

»Also gut«, fuhr der Inspektor fort und schob seine Hände in die Hosentaschen, »Sie sollen folgendes tun. Nehmen Sie sich einen

Trupp Männer – meine Güte, ich hätte besser auch die Reserve mitgebracht –, und suchen Sie gründlich jeden Quadratmeter des gesamten Theaterkomplexes ab, drinnen wie draußen. Ihr sollt dabei nach Kontrollabschnitten suchen, klar? Wenn Ihr fertig seid, muß ich alles haben, was irgendwie aussieht wie ein halbes Ticket. Sucht vor allem den Boden des Theaters ab, aber seid ebenso genau beim gesamten rückwärtigen Teil, der Treppe, die auf den Balkon führt, dem Foyer draußen, dem Gehweg vor dem Theater, den Nebengassen zu beiden Seiten, der Wandelhalle unten, der Herrentoilette, der Damentoilette – halt! Das geht nicht. Rufen Sie beim nächsten Polizeirevier an, sie sollen eine Wärterin schicken, die kann das dann machen. Alles klar?« Flint nickte und war weg.

»Nun weiter.« Queen rieb sich die Hände. »Mr. Panzer, würden Sie für einen Augenblick hier herüberkommen? Sehr freundlich von Ihnen, Sir. Ich befürchte, daß wir heute abend ungeheuer lästig sind; aber das läßt sich nicht vermeiden. Wie ich sehe, stehen die Zuschauer kurz vor einem Aufstand. Ich wäre Ihnen sehr verbunden, wenn Sie auf die Bühne gingen und verkünden würden, daß sie nur noch für eine kurze Zeit hier festgehalten werden, daß sie Geduld haben sollen und was man sonst noch so sagt. Ich danke Ihnen!«

Panzer eilte den Mittelgang hinunter, während Zuschauer nach seiner Jacke griffen, um ihn aufzuhalten. Detective Hagstrom, der einige Schritte vom Inspektor entfernt stand, lenkte dessen Aufmerksamkeit auf sich. Neben ihm stand ein kleiner, schmächtiger Junge von etwa neunzehn Jahren, der heftig Kaugummi kaute und offensichtlich äußerst nervös war angesichts der Qualen, die ihm bevorstanden. Er war in eine schwarzgoldene Uniform gekleidet, reich verziert und funkelnd, aber unpassenderweise ausgestattet mit einer gestärkten Hemdbrust, Eckenkragen und Fliege. Eine Mütze, die der Kopfbedeckung eines Hotelpagen ähnelte, saß auf seinem Kopf. Er stieß ein flehendes Räuspern aus, als der Inspektor ihn vorwärts schob.

»Das ist der Junge, der erzählt, daß sie kein Ginger Ale in diesem Theater verkaufen«, sagte Hagstrom streng, während er den Arm des Jungen ermunternd drückte.

»Ihr verkauft also keins, mein Junge?« fragte Queen freundlich. »Wie kommt das?«

Der Junge hatte offensichtlich eine Mordsangst. Seine Augen schweiften unstet umher, während sie Doyles breites Gesicht suchten. Der Polizist klopfte ihm aufmunternd auf die Schulter und sagte zum Inspektor: »Er ist ein bißchen verängstigt, Sir – aber er ist ein guter Junge. Ich kenne ihn schon, seit er so ein kleiner Grünschnabel war. Er ist in meinem Bezirk aufgewachsen. – Antworte dem Inspektor, Jessie...«

»Nun, ich – ich weiß nicht, Sir«, stotterte der Junge und scharrte nervös mit seinen Füßen. »Das einzige Getränk, das wir in den Pausen verkaufen dürfen, ist Orangeade. Wir haben einen Vertrag mit...« – er nannte den Namen eines bekannten Getränkeherstellers – »und sie geben uns große Rabatte, wenn wir ausschließlich ihr Zeug verkaufen. Also –«

»Ich verstehe«, sagte der Inspektor. »Werden nur in den Pausen Getränke verkauft?«

»Ja, Sir«, antwortete der Junge etwas entspannter. »Sobald der Vorhang fällt, werden die Türen zu den Gängen geöffnet, und da stehen wir dann – mein Partner und ich, die Stände aufgebaut und die Becher fertig gefüllt.«

»Ihr seid also zu zweit?«

»Nein, Sir, zu dritt im ganzen. Ich hab' vergessen, es zu erwähnen – noch ein Junge ist unten im Hauptfoyer.«

»Mmmm.« Der Inspektor sah ihn mit großen freundlichen Augen an. »Nun, mein Junge, wenn das Römische Theater nur Orangeade verkauft, kannst du mir vielleicht erklären, wie die Flasche Ginger Ale hierhin gelangt ist?«

Seine Hand verschwand nach unten, tauchte wieder auf und schwenkte die dunkelgrüne Flasche, die Hagstrom entdeckt hatte. Der Junge erblaßte und biß sich auf die Lippen. Seine Augen schweiften unruhig umher, als suchten sie eine schnelle Fluchtmöglichkeit. Er steckte sich einen großen und schmutzigen Finger zwischen Hals und Kragen und hustete.

»Nun – nun...« Er hatte einige Schwierigkeiten zu reden.

Inspektor Queen legte die Flasche hin und ruhte mit seinem ganzen Gewicht auf der Lehne eines Sitzes. Er schlug seine Arme streng übereinander. »Wie heißt du?« wollte er wissen.

Die Farbe im Gesicht des Jungen ging über von Blauweiß zu einem käsigen Gelb. Er schielte verstohlen zu Hagstrom herüber, der betont auffällig Notizblock und Stift aus seiner Tasche gezogen hatte und drohend auf Antwort wartete.

Der Junge befeuchtete seine Lippen. »Lynch – Jess Lynch«, sagte er heiser.

»Und wo befindet sich dein Stand in den Pausen, Lynch?« fragte der Inspektor unheilvoll.

»Ich – ich bin genau hier, im Gang auf der linken Seite, Sir«, stammelte der Junge.

»Aha!« sagte der Inspektor und legte seine Stirn in furchterregende Falten. »Und du hast heute abend im linken Gang Getränke verkauft, Lynch?«

»Nun, nun – ja, Sir.«

»Kannst du dann etwas über diese Flasche Ginger Ale sagen?«

Der Junge sah sich suchend um, erblickte die stämmige kleine Gestalt von Louis Panzer, der gerade seine Ankündigung machen wollte, auf der Bühne, neigte sich nach vorne und flüsterte: »Ja, Sir, ich weiß von der Flasche. Ich – ich wollte nicht darüber reden, weil Mr. Panzer sehr streng ist, wenn es um das Einhalten von Richtlinien geht, und er würde mich auf der Stelle feuern, wenn er wüßte, was ich gemacht habe. Sie werden es ihm doch nicht erzählen, Sir?«

Der Inspektor lächelte nun, als er erwiderte: »Schieß los, mein Junge. Du hast etwas auf dem Herzen – nur heraus damit.« Er lehnte sich zurück und auf einen Fingerzeig von ihm hin machte sich Hagstrom unbeteiligt davon.

»Das war also so, Sir«, fing Jess Lynch nun eifrig an. »Ich hatte meinen Stand im Durchgang aufgebaut, so ungefähr fünf Minuten vor dem Ende des ersten Aktes, wie wir das auch sollen. Als das Mädchen nach dem ersten Akt die Türen öffnete, fing ich an, den herauskommenden Leuten meine Sachen anzupreisen. Das machen wir alle. Viele Leute kauften Getränke, und ich war so beschäftigt, daß ich nichts mehr um mich herum wahrnehmen konnte. Nach einiger Zeit konnte ich etwas Luft holen, und da kam ein Mann auf mich zu und sagte: ›Ich hätte gern eine Flasche Ginger Ale, Junge.‹ Ich sah auf und bemerkte, daß es ein geschniegelter Kerl in Abendgarderobe war, der sich ein bißchen beschwipst bewegte. Er lachte in sich hinein und sah ganz glücklich aus. Ich dachte so bei mir, ›Ich kann mir denken, wofür der Ginger Ale braucht!‹ und da klopfte er auch schon auf seine Hosentasche und zwinkerte. Nun –«

»Einen Augenblick, mein Junge«, unterbrach ihn Queen. »Hast du schon mal einen Toten gesehen?«

»Nun, nein Sir, aber ich denke, ich werd' es schon aushalten«, sagte der Junge nervös.

»Prima! Ist das der Mann, der dich um das Ginger Ale gebeten hat?« Der Inspektor nahm den Jungen beim Arm und ließ ihn sich über die Leiche beugen.

Jess Lynch betrachtete sie mit ehrfürchtiger Faszination. Er nickte energisch.

»Ja, Sir. Das ist der Herr.«

»Da bist du dir jetzt ganz sicher, Jess?« Der Junge bejahte. »Dabei fällt mir ein – sind das auch die Sachen, die er trug, als er dich angesprochen hat?«

»Ja, Sir.«

»Fehlt irgend etwas, Jess?« Ellery, der sich in einer dunklen Nische niedergelassen hatte, lehnte sich ein wenig nach vorne.

Der Junge sah den Inspektor verwirrt an, sein Blick ging von Queen zur Leiche und wieder zurück. Er schwieg eine volle Minute lang, während die Queens an seinen Lippen hingen. Dann hellte sich sein Gesicht auf, und er rief: »Natürlich – ja, Sir! Er trug einen Hut – einen glänzenden Zylinder –, als er mit mir geredet hat!«

Inspektor Queen war hocherfreut. »Mach weiter, Jess – Doc Prouty! Sie haben ja endlos lang gebraucht, um hierherzukommen. Was hat Sie aufgehalten?«

Ein hoch aufgeschossener, dünner Mann mit einer schwarzen Tasche in der Hand war zu ihnen herübergekommen. Er rauchte eine gefährlich aussehende Zigarre, anscheinend ohne Rücksicht auf die örtlichen Sicherheitsbestimmungen; er schien es sehr eilig zu haben.

»Da sagen Sie was, Inspektor«, sagte er, während er seine Tasche absetzte und Ellery und Queen die Hand schüttelte. »Sie wissen doch, wir sind gerade umgezogen, und ich habe noch kein Telefon. Ich hatte einen harten Tag heute und war schon im Bett. Sie konnten mich nicht erreichen – mußten einen Mann zu meiner neuen Wohnung schicken. Ich bin so schnell es ging hierhergestürzt. Wo ist das Opfer?«

Er ließ sich im Gang auf seine Knie nieder, als der Inspektor auf den Körper am Boden wies. Ein Polizist wurde herbeigerufen, um eine Taschenlampe zu halten, während der Arzt bei der Arbeit war.

Queen nahm Jess Lynch beim Arm und führte ihn etwas abseits. »Wie ging es weiter, nachdem er dich um das Ginger Ale gebeten hatte, Jess?«

Der Junge, der den Vorgängen bewegungslos zugeschaut hatte, schluckte und fuhr fort. »Nun, Sir, ich habe ihm natürlich gesagt,

47

daß wir kein Ginger Ale verkaufen, nur Orangeade. Er kam ein wenig näher, und ich merkte, daß er eine Fahne hatte. Er sagte verschwörerisch: ›Es ist ein halber Dollar für dich drin, wenn du mir eine Flasche besorgst, Junge! Aber ich will sie sofort!‹ Nun – Sie wissen, wie das ist, man bekommt heutzutage keine Trinkgelder mehr... Wie auch immer, ich sagte ihm, daß ich sie nicht sofort beschaffen könnte, daß ich aber schnell verschwinden und eine Flasche für ihn kaufen würde, sobald der zweite Akt angefangen hätte. Nachdem er mir gesagt hatte, wo er saß, ging er weg – ich sah, wie er zurück ins Theater ging. Sobald die Pause zu Ende war und die Platzanweiserin die Türen geschlossen hatte, verließ ich meinen Stand im Seitengang und sprang über die Straße zu Libbys Eiscafé. Ich –«

»Läßt du gewöhnlich deinen Stand im Gang stehen, Jess?«

»Nein, Sir. Bevor sie die Türen schließt, springe ich schnell mit meinem Stand nach drinnen und nehme ihn mit nach unten ins Foyer. Aber da der Mann gesagt hatte, daß er das Ginger Ale sofort will, dachte ich mir, es würde schneller gehen, wenn ich ihm zuerst die Flasche besorge. Ich wollte dann zurückgehen, meinen Stand holen und ihn durch die Vordertüre ins Theater bringen. Niemand hätte was gesagt... Auf jeden Fall, ich habe den Stand dann im Gang stehenlassen und bin zu Libbys rübergelaufen. Ich habe eine Flasche von Paley's Ginger Ale gekauft und sie für diesen Mann da hereingeschmuggelt; er gab mir dafür einen Dollar. Wirklich anständig von ihm, dachte ich, wo er mir doch nur einen halben versprochen hatte.«

»Das hast du alles sehr gut wiedergegeben, Jess«, sagte der Inspektor anerkennend. »Nur noch ein paar Einzelheiten. Saß er auf diesem Platz – war dies der Platz, zu dem du kommen solltest?«

»Oh ja, Sir. Er sagte LL32 Links, und genau da saß er auch.«

»Sehr schön.« Nach einer kurzen Pause fragte der Inspektor beiläufig: »Ist dir aufgefallen, ob er alleine war, Jess?«

»Da bin ich sicher, Sir«, gab der Junge mit fröhlich klingender Stimme zurück. »Er saß ganz alleine auf diesem Eckplatz. Es ist mir deshalb aufgefallen, weil die Vorführungen seit der Premiere brechend voll waren. Ich fand es doch merkwürdig, daß hier so viel Plätze freigeblieben waren.«

»Das ist prima, Jess. Du würdest einen guten Detektiv abgeben ... Du kannst mir nicht zufällig sagen, wie viele Plätze unbesetzt waren, oder doch?«

»Nun, Sir, es war ziemlich dunkel, und ich habe mich nicht weiter darum gekümmert. Ich glaube, es war ungefähr ein halbes Dutzend, alle zusammen – einige neben ihm in derselben Reihe und einige direkt vor ihm.«

»Einen Augenblick, Jess.« Der Junge drehte sich um und fuhr sich verängstigt mit der Zunge über die Lippen beim Klang von Ellerys tiefer, unterkühlter Stimme. »Hast du da den seidenen Zylinder noch einmal gesehen, als du ihm die Flasche Ginger Ale gegeben hast?« fragte Ellery und tippte mit seinem Stock auf die Spitze seines eleganten Schuhs.

»Nun, ja – ja, Sir!« stotterte der Junge. »Als ich ihm die Flasche gab, hatte er den Hut auf seinem Schoß, aber bevor ich wieder ging, sah ich, wie er ihn unter den Sitz schob.«

»Noch eine Frage, Jess.« Der Junge seufzte erleichtert beim beruhigenden Klang der Stimme des Inspektors. »Wie lange ungefähr, würdest du schätzen, hast du gebraucht, um diesem Mann die Flasche abzuliefern, nachdem der zweite Akt angefangen hatte?«

Jess Lynch dachte für einen Augenblick angestrengt nach und sagte dann mit Bestimmtheit: »Das waren nur ungefähr zehn Minuten, Sir. Wir müssen nämlich genau auf die Zeit achten. Ich weiß, daß es zehn Minuten waren, weil gerade, als ich mit der Flasche ins Theater kam, der Teil im Gange war, wo das Mädchen im Unterschlupf der Bande gefangengehalten und von dem Schurken verhört wird.«

»Was für ein aufmerksamer junger Hermes!« murmelte Ellery und lächelte plötzlich. Der Getränkejunge sah das Lächeln und verlor den letzten Rest von Angst. Er lächelte zurück. Ellery krümmte einen Finger und lehnte sich nach vorne. »Sag mir eins, Jess. Warum hast du zehn Minuten gebraucht, um über die Straße zu gehen, eine Flasche Ginger Ale zu kaufen und zum Theater zurückzukehren? Zehn Minuten sind eine lange Zeit, oder nicht?«

Der Junge wurde puterrot und blickte bittend von Ellery auf den Inspektor. »Nun – Sir – ich glaube, ich habe mich ein paar Minuten aufgehalten, um mit meiner Freundin zu sprechen...«

»Deiner Freundin?« In der Stimme des Inspektors schwang eine leichte Neugierde mit.

»Ja, Sir. Elinor Libby – ihrem Vater gehört das Eiscafé. Sie – sie wollte, daß ich bei ihr im Laden blieb, als ich das Ginger Ale kaufen kam. Ich erzählte ihr, daß ich es im Theater abliefern müsse; sie ließ mich unter der Bedingung gehen, daß ich direkt wieder zurückkehrte. Und das tat ich auch. Wir hielten uns dort ein paar Minuten auf, und dann erinnerte ich mich an meinen Stand im Gang...«

»Den Stand im Gang?« fragte Ellery eifrig. »Natürlich, Jess – den Stand im Gang. Erzähl mir nicht, daß eine Laune des Schicksals dich zurück in den Gang geführt hat!«

»Doch, genau das!« erwiderte der Junge überrascht. »Ich meine – wir gingen beide, Elinor und ich.«

»So, Elinor und du, Jess?« sagte Ellery sanft. »Und wie lange wart ihr beiden da?« Bei dieser Frage blitzten die Augen des Inspektors auf. Er murmelte zustimmend vor sich hin und lauschte aufmerksam auf die Antwort des Jungen.

»Nun, eigentlich wollte ich den Stand sofort mitnehmen, Sir, aber Elinor und ich – wir kamen ins Reden –, und Elinor fragte, warum ich nicht gleich bis zur nächsten Pause im Gang bleiben wollte... Ich hielt das für eine gute Idee. Ich hätte bis kurz vor 10:05, wenn der Akt endet, gewartet, hätte noch mehr Orangeade besorgt, und wäre fertig gewesen, wenn sich die Türen zur zweiten Pause geöffnet hätten. So blieben wir also dort, Sir... Das war nichts Unrechtes, Sir. Ich wollte nichts Unrechtes tun.«

Ellery richtete sich auf und heftete seine Augen auf den Jungen. »Jess, ich möchte, daß du jetzt ganz genau überlegst. Um wieviel Uhr genau bist du mit Elinor im Gang angekommen?«

»Nun...« Jess kratzte sich am Kopf. »Es war ungefähr 9:25, als ich dem Mann sein Ginger Ale gegeben habe. Ich ging rüber zu Elinor, blieb ein paar Minuten und kam dann zurück in den Seitengang. Muß ungefähr 9:35 gewesen sein – nur so ungefähr –, als ich zurück zu meinem Getränkestand gegangen bin.«

»Sehr gut. Und um wieviel Uhr genau hast du den Gang wieder verlassen?«

»Das war genau um zehn Uhr, Sir. Elinor sah auf ihre Armbanduhr, als ich sie fragte, ob es nicht Zeit wäre, mich um den Getränkenachschub zu kümmern.«

»Du hast nichts von dem gehört, was im Theater vor sich ging?«

»Nein, Sir. Ich glaube, wir waren zu sehr in unsere Unterhaltung vertieft. Ich hatte keine Ahnung von dem, was drinnen passiert war, bis wir aus dem Gang kamen und auf Johnny Chase trafen, einen der Platzanweiser, der dort stand, als ob er Wache hielte. Er erzählte mir, daß es drinnen einen Unfall gegeben und Mr. Panzer ihn geschickt hätte, draußen im linken Durchgang zu stehen.«

50

»Ich verstehe ...« Ellery nahm in einiger Erregung seinen Kneifer herunter und schwang ihn vor der Nase des Jungen. »Aufgepaßt jetzt, Jess. Ist irgend jemand während der ganzen Zeit, die du mit Elinor verbracht hast, in den Gang hineingegangen oder herausgekommen?«

Die Antwort des Jungen kam spontan und nachdrücklich. »Nein, Sir. Kein Mensch.«

»Danke, mein Junge.« Der Inspektor gab dem Jungen einen anerkennenden Schlag auf die Schulter und schickte ihn grinsend davon. Queen sah sich suchend um, erspähte Panzer, dessen Ankündigungen auf der Bühne wirkungslos geblieben waren, und winkte ihn mit einer gebieterischen Handbewegung heran.

»Mr. Panzer«, sagte er schroff, »ich brauche ein paar Informationen über den zeitlichen Ablauf des Stückes ... Um wieviel Uhr geht der Vorhang zum zweiten Akt hoch?«

»Der zweite Akt fängt um Punkt 9:15 an und hört Punkt 10:05 auf«, sagte Panzer sofort.

»Lief die heutige Vorstellung nach diesem Zeitplan ab?«

»Aber sicher. Wir müssen auf den Punkt genau sein wegen der Einsätze, der Beleuchtung usw.«, antwortete der Manager.

Der Inspektor murmelte einige Berechnungen vor sich hin. »Das macht 9:25, als der Junge Field noch lebend sah«, grübelte er. »Er wurde tot aufgefunden um ...«

Er drehte sich schwungvoll um und rief nach Officer Doyle. Der Mann kam angelaufen.

»Doyle«, fragte der Inspektor, »Doyle, erinnern Sie sich daran, um wieviel Uhr genau dieser Pusak mit seiner Mordgeschichte zu Ihnen gekommen ist?«

Der Polizist kratzte sich am Kopf. »So ganz genau kann ich mich nicht mehr erinnern, Inspektor«, sagte er. »Ich weiß nur noch, daß der zweite Akt so gut wie vorüber war, als er kam.«

»Das reicht nicht, Doyle«, sagte Queen gereizt. »Wo sind die Schauspieler im Augenblick?«

»Ich hab' sie da drüben im hinteren Teil versammelt«, sagte Doyle. »Wir wußten nicht, was wir sonst mit ihnen hätten tun sollen.«

»Holen Sie mir einen her«, befahl der Inspektor.

Doyle machte sich davon. Queen winkte Detective Piggott heran, der einige Schritte abseits zwischen einem Mann und einer Frau stand.

51

»Ist das da der Portier, Piggott?« fragte Queen. Piggott nickte, und ein großer, beleibter alter Mann, der mit zitternden Händen seine Mütze festhielt und dessen Uniform an seinem aufgedunsenen Körper etwas eingelaufen aussah, stolperte herbei.

»Sind Sie der Mann, der vor dem Theater steht – der reguläre Portier?« fragte der Inspektor.

»Ja, Sir«, antwortete der Portier und drehte die Mütze nervös in seinen Händen.

»Sehr gut. Denken Sie jetzt einmal genau nach. Hat irgend jemand – egal wer, denken Sie dran – das Theater durch den Vordereingang verlassen, während der zweite Akt im Gange war?« Der Inspektor hatte sich voller Spannung vorgebeugt.

Es dauerte einen Augenblick, bis der Mann antwortete. Dann sagte er langsam, aber bestimmt: »Nein, Sir. Es hat niemand das Theater verlassen. Das heißt, niemand außer dem Getränkejungen.«

»Waren Sie die ganze Zeit dort?« schnauzte der Inspektor.

»Ja, Sir.«

»Nun gut. Erinnern Sie sich, ob jemand während des zweiten Aktes hereingekommen ist?«

»Ja ... Jessie Lynch, der Getränkejunge, kam herein, kurz nachdem der Akt angefangen hatte.«

»Sonst jemand?«

Alles war ruhig, als der alte Mann den angestrengten Versuch machte, sich zu konzentrieren. Nach einer Weile blickte er hilflos von einem zum anderen. Dann murmelte er: »Ich kann mich nicht erinnern, Sir.«

Der Inspektor sah ihn gereizt an. Die Nervosität des alten Mannes schien aufrichtig zu sein. Er schwitzte stark und sah immer wieder aus den Augenwinkeln zu Panzer hinüber, als ob er befürchtete, seine Vergeßlichkeit würde ihn seine Stellung kosten.

»Es tut mir furchtbar leid, Sir«, wiederholte der Portier. »Ganz furchtbar leid. Vielleicht war da jemand, aber mein Erinnerungsvermögen ist nicht mehr so gut wie früher, als ich noch jünger war. Ich – ich kann mich anscheinend nicht mehr daran erinnern.«

Ellerys unterkühlte Stimme unterbrach die zögernde Rede des alten Mannes. »Wie lange sind Sie schon Portier?«

Der verwirrte Blick des alten Mannes wandte sich seinem neuen Befrager zu. »Fast zehn Jahre, Sir. Ich war nicht immer Portier. Erst als ich alt wurde und nichts anderes mehr tun konnte –«

»Ich verstehe«, sagte Ellery freundlich. Er zögerte einen Moment und setzte dann unnachgiebig hinzu. »Ein Mann, der so viele Jahre wie Sie Portier gewesen ist, vergißt vielleicht etwas aus dem ersten Akt. Aber es kommen nicht sehr häufig Leute noch während des zweiten Aktes. Ich bin sicher, wenn Sie genau nachdenken, können Sie die Frage in der einen oder anderen Weise beantworten.«

Die Antwort kam gequält. »Ich – ich erinnere mich nicht, Sir. Ich könnte behaupten, daß niemand kam, aber das könnte genauso gut nicht stimmen. Ich kann es einfach nicht beantworten.«

»In Ordnung.« Der Inspektor legte dem alten Mann die Hand auf die Schulter. »Vergessen Sie's. Vielleicht verlangen wir zuviel. Das ist im Augenblick alles.« Der Portier schlurfte davon...

Doyle trampelte schweren Schrittes auf die Gruppe zu; ihm folgte ein großer, gutaussehender Mann, der in grobes Tweed gekleidet und noch teilweise geschminkt war.

»Das ist Mr. Peale, Inspektor. Er ist der Hauptdarsteller des Stückes«, berichtete Doyle.

Queen lächelte dem Schauspieler zu und reichte ihm die Hand. »Sehr erfreut, Sie kennenzulernen, Mr. Peale. Vielleicht können Sie uns mit einer kleinen Information behilflich sein.«

»Ich bin gerne behilflich, Inspektor«, antwortete Peale in einer vollen Baritonstimme. Er sah auf den untersuchenden Arzt, der mit der Leiche beschäftigt war, und wandte dann angewidert den Blick wieder ab.

»Ich nehme an, Sie waren auf der Bühne, als das große Geschrei losging in dieser unglücklichen Angelegenheit?« wollte der Inspektor wissen.

»Oh, ja. Die ganze Besetzung war gerade auf der Bühne. Was genau würden Sie gerne wissen?«

»Können Sie uns die genaue Zeit nennen, zu der Sie bemerkten, daß etwas im Zuschauerraum nicht in Ordnung war?«

»Ja, das kann ich. Wir hatten noch ungefähr zehn Minuten bis zum Ende des Aktes. Das war genau der Höhepunkt des Stückes, und meine Rolle sieht vor, daß ich einen Pistolenschuß abgebe. Es gab während der Proben einige Meinungsverschiedenheiten wegen dieser Stelle; deshalb bin ich mir beim Zeitpunkt so sicher.«

Der Inspektor nickte. »Vielen Dank, Mr. Peale. Genau das wollte ich wissen... Bei dieser Gelegenheit möchte ich mich dafür entschuldigen, daß wir Sie alle in dieser Weise zusammengepfercht

53

gehalten haben. Wir waren sehr beschäftigt und hatten keine Zeit, das anders zu organisieren. Ihnen und dem Rest der Belegschaft steht es frei, jetzt hinter die Bühne zu gehen. Natürlich sollten Sie nicht versuchen, das Theater zu verlassen, bis es Ihnen erlaubt wird.«

»Das versteh' ich vollkommen, Inspektor. Freut mich, wenn ich helfen konnte.« Peale verbeugte sich und zog sich nach hinten zurück.

Der Inspektor lehnte sich gedankenversunken gegen den nächsten Sitzplatz. Ellery, der neben ihm stand, polierte abwesend die Gläser seines Kneifers. Der Vater winkte seinem Sohn vielsagend zu.

»Nun, Ellery?« fragte Queen leise.

»Ganz einfach, mein lieber Watson«, murmelte Ellery. »Unser verehrtes Opfer wurde zuletzt um 9:25 lebend gesehen und um ungefähr 9:55 tot aufgefunden. Problem: Was passierte in der Zwischenzeit? Klingt lächerlich einfach.«

»Was du nicht sagst!« murmelte Queen. »Piggott!«

»Ja, Sir.«

»Ist das die Platzanweiserin? Mal ein wenig Bewegung in die Sache bringen.«

Piggott ließ den Arm der jungen Frau neben sich los. Sie war eine auffällig geschminkte Dame mit ebenmäßigen weißen Zähnen und einem aufgesetzten Lächeln. Sie bewegte sich geziert vorwärts und schaute den Inspektor herausfordernd an.

»Sind Sie die reguläre Platzanweiserin in diesem Gang, Miss –?« fragte der Inspektor munter.

»O'Connell, Madge O'Connell. Ja, die bin ich!«

Der Inspektor nahm sie freundlich beim Arm. »Ich fürchte, ich muß Sie bitten, einmal genauso tapfer zu sein, wie Sie sonst vorwitzig sein können, meine Liebe«, sagte er. »Kommen Sie für einen Moment hier herüber.« Das Gesicht des Mädchens wurde totenbleich, als sie an der Reihe LL anhielten. »Entschuldigen Sie, Doc. Dürfen wir Sie für einen Augenblick bei der Arbeit unterbrechen?«

Dr. Prouty sah mit einem zerstreuten Blick auf. »Ja, machen Sie nur, Inspektor. Ich bin fast fertig.« Er erhob sich und trat, auf seiner Zigarre herumbeißend, beiseite.

Queen beobachtete das Gesicht des Mädchens, während es sich über den Körper des toten Mannes beugte. Sie hielt den Atem an.

54

»Erinnern Sie sich daran, daß Sie diesen Mann heute abend zu seinem Platz geführt haben, Miss O'Connell?«

Das Mädchen zögerte. »Wahrscheinlich schon. Aber ich war sehr beschäftigt heute, wie immer, und ich müßte alles in allem zweihundert Leute eingewiesen haben. Ich könnte es daher nicht mit Bestimmtheit sagen.«

»Wissen Sie denn noch, ob diese Plätze, die jetzt leer sind« – er zeigte auf die sieben freien Sitze – »während des gesamten ersten und zweiten Aktes unbesetzt waren?«

»Nun ... ich glaube, ich erinnere mich, daß sie mir aufgefallen sind, als ich im Mittelgang auf und ab gegangen bin... Nein, Sir. Ich glaube, heute abend hat niemand auf diesen Plätzen gesessen.«

»Ging während des zweiten Aktes jemand diesen Gang hinauf oder hinunter, Miss O'Connell? Denken Sie jetzt genau nach; es ist wichtig, daß Sie wahrheitsgemäß antworten.«

Das Mädchen zögerte wiederum, während sie kühn in das unbewegliche Gesicht des Inspektors blickte. »Nein – ich habe niemanden den Gang herauf- oder hinuntergehen sehen.« Sie fügte schnell hinzu: »Ich kann nicht viel dazu sagen. Ich weiß nichts von dieser Angelegenheit. Ich muß mir mein Geld hart verdienen, und ich –«

»Ja, schon gut, meine Liebe, wir verstehen das. Nun – wo stehen Sie normalerweise, wenn Sie gerade keinen Leuten ihre Plätze anweisen?«

Das Mädchen zeigte zum Anfang des Ganges.

»Waren Sie den ganzen zweiten Akt über dort, Miss O'Connell?« fragte der Inspektor vorsichtig.

Das Mädchen befeuchtete seine Lippen, bevor es sprach. »Nun – ja, das war ich. Aber wirklich, ich habe den ganzen Abend über nichts Ungewöhnliches bemerkt.«

»Sehr gut.« Queens Stimme war sanft. »Das ist alles.« Sie machte sich mit kurzen, schnellen Schritten davon.

Hinter der Gruppe bewegte sich etwas. Queen wandte sich um und stand Dr. Prouty gegenüber, der aufgestanden war und gerade seine Tasche schloß. Er pfiff trübselig vor sich hin.

»Nun, Doc – wie ich sehe, sind Sie fertig. Wie lautet das Urteil?« fragte Queen.

»Das ist kurz und knapp, Inspektor. Der Mann starb vor ungefähr zwei Stunden. Die Todesursache hat mich eine Zeitlang verwirrt, aber jetzt bin ich mir sicher, daß es Gift war. Alle

Anzeichen deuten auf eine Art Alkoholvergiftung hin – Sie haben vielleicht das fahle Blau der Haut bemerkt. Haben Sie seine Ausdünstungen gerochen? Der elendste Fusel, den ich jemals habe einatmen dürfen. Er muß stockbetrunken gewesen sein. Es kann allerdings keine normale Alkoholvergiftung gewesen sein – er wäre nicht so schnell zusammengebrochen. Das ist alles, was ich im Augenblick sagen kann.« Er machte eine Pause, um sich den Mantel zuzuknöpfen.

Queen nahm Fields taschentuchumwickelte Flasche aus seiner Tasche und übergab sie Dr. Prouty. »Das ist die Flasche des Toten, Doc. Untersuchen Sie bitte den Inhalt für mich. Lassen Sie sie aber, bevor Sie sich damit beschäftigen, von Jimmy unten im Labor auf Fingerabdrücke prüfen. Und – aber warten Sie einen Moment!« Der Inspektor schaute herum und griff nach der halbleeren Ginger-Ale-Flasche, die in einer Ecke auf dem Teppich stand. »Sie könnten mir auch dieses Ginger Ale untersuchen, Doc«, fügte er hinzu.

Nachdem der Arzt die beiden Flaschen in seiner Tasche verstaut hatte, setzte er vorsichtig den Hut auf seinem Kopf zurecht.

»Gut, ich bin dann weg, Inspektor«, sagte er gedehnt. »Ich werde einen ausführlichen Bericht für Sie anfertigen, wenn ich die Autopsie durchgeführt habe. Damit sollten Sie dann etwas anfangen können. Übrigens müßte der Leichenwagen draußen stehen – ich habe auf dem Hinweg danach telefoniert. Bis dann.« Er gähnte und schlurfte davon.

Nachdem Dr. Prouty verschwunden war, eilten zwei weißgewandete Träger herbei, die eine Bahre mit sich führten. Auf ein Zeichen von Queen hin hoben sie den schlaffen Körper hoch, legten ihn auf die Bahre, deckten ihn mit einem Tuch zu und hasteten davon. Die Detectives und Polizisten an der Tür sahen mit Erleichterung zu, wie die grausige Last davongetragen wurde – der Hauptteil der Arbeit an diesem Abend war für sie fast vorbei. Das Publikum – raschelnd, tuschelnd, herumrutschend, hustend, murmelnd – drehte sich mit wiedererwachtem Interesse herum, als die Leiche so unfeierlich weggeschafft wurde.

Queen hatte sich gerade mit einem müden Seufzer zu Ellery gewandt, als von der äußersten rechten Seite des Theaters ein unheilvoller Tumult zu hören war. Überall erhoben sich Leute von ihren Sitzen und starrten, während Polizisten um Ruhe baten. Queen sprach kurz mit einem uniformierten Polizisten neben sich. Ellery huschte mit leuchtenden Augen auf die andere Seite. Der

Aufruhr kam ruckweise näher. Es tauchten zwei Polizisten auf, die eine um sich schlagende Gestalt mit sich zogen. Sie zerrten ihren Fang bis zum oberen Ende des linken Ganges und stellten ihn gewaltsam auf die Füße.

Der Mann war klein und sah aus wie eine Ratte. Er trug einen düster wirkenden Anzug von der Stange. Auf seinem Kopf saß eine schwarze Kappe, wie sie manchmal von Landpfarrern getragen wird. Sein Mund war auf eine häßliche Art und Weise verzogen; gehässige Flüche kamen daraus hervor. Als er jedoch den Blick, mit dem der Inspektor ihn fixierte, gewahr wurde, gab er augenblicklich jeden Widerstand auf.

»Wir haben diesen Mann geschnappt, als er versuchte, sich durch einen Nebeneingang auf der anderen Seite fortzuschleichen, Inspektor«, keuchte einer der Uniformierten, während er den Gefangenen unbarmherzig schüttelte.

Der Inspektor kicherte, holte seine braune Schnupftabakdose aus der Tasche, nahm seine gewöhnliche erquickende Prise und strahlte den schweigenden, zusammengeduckten Mann zwischen den beiden Polizisten an.

»Schön, schön, Pfarrer«, sagte er herzlich. »Wirklich nett von dir, zu einem so günstigen Zeitpunkt aufzutauchen!«

Viertes Kapitel

in dem viele berufen, doch nur zwei auserwählt sind

Manche Menschen können aus einer besonderen Schwäche heraus den Anblick eines winselnden Mannes nur schwer ertragen. Ellery war der einzige in der schweigsamen und bedrohlich wirkenden Runde, die um die unterwürfige Gestalt mit dem Namen ›Pfarrer‹ versammelt war, der auf das Schauspiel, das der Gefangene darbot, mit Übelkeit und Widerwillen reagierte.

Auf die bissige Bemerkung von Queen hin richtete sich der Pfarrer starr auf, blickte dem Inspektor für den Bruchteil einer Sekunde in die Augen und begann erneut, sich gegen die kräftigen Arme, die ihn umfaßt hielten, zur Wehr zu setzen. Er krümmte sich, spuckte und fluchte, wurde schließlich aber wieder ruhig und hielt den Atem an. Seine Raserei hatte noch andere Polizisten aufmerksam gemacht und in das Handgemenge einbezogen; gemeinsam hielten sie den Gefangenen auf dem Boden fest. Auf einmal wurde er schlapp und fiel zusammen wie ein angestochener Luftballon. Die Polizisten zogen ihn unsanft wieder auf seine Füße, wo er dann ruhig mit niedergeschlagenen Augen und dem Hut in den Händen stehenblieb. Ellery wandte sich um.

»Aber Pfarrer«, fuhr der Inspektor in seinem Tonfall fort, als wäre der Mann vor ihm ein störrisches Kind, das sich von einem Wutanfall ausruht, »du weißt doch, daß du mich mit so etwas nicht beeindrucken kannst. Erinnerst du dich nicht mehr an das letzte Mal, unten am Fluß?«

»Antworte, wenn du gefragt wirst!« knurrte ein Uniformierter und stieß ihm in die Rippen.

»Ich weiß überhaupt nichts, und außerdem muß ich auch nichts sagen«, murmelte der Pfarrer vor sich hin und trat dabei von einem Bein auf das andere.

»Du überraschst mich, Pfarrer«, sagte Queen sanft. »Ich habe gar nicht danach gefragt, was du weißt.«

»Sie haben kein Recht, einen unschuldigen Menschen festzuhalten«, rief der Pfarrer empört. »Bin ich etwa weniger wert als alle anderen hier? Ich hab' eine Eintrittskarte gekauft und dafür auch mit barer Münze bezahlt. Was soll dann das Ganze – mich daran zu hindern, nach Hause zu gehen!«

»So, so, du hast also eine Eintrittskarte gekauft?« fragte der Inspektor und wippte auf den Absätzen. »Also gut. Was hältst du davon, wenn du das, was davon übriggeblieben ist, herausholst und es Papa Queen einmal zeigst?«

Die Hand des Pfarrers fuhr automatisch und mit erstaunlicher Geschicklichkeit in die untere Westentasche. Sein Gesicht war blaß, als er langsam die Hand wieder ohne die Karte herauszog. Dann begann er mit dem Anschein von verbissenem Ärger, der den Inspektor schmunzeln ließ, alle anderen Taschen zu durchsuchen.

»Verdammt!« brummte der Pfarrer. »Wenn das kein verfluchtes Pech ist. Sonst bewahre ich meine Karten immer auf; und ausgerechnet heute abend geh' ich hin und schmeiß' sie weg. Tut mir leid, Inspektor!«

»Ist schon gut«, sagte Queen. Sein Gesicht wurde auf einmal kalt und hart. »Laß die Ausflüchte, Cazzanelli! Was hast du heute abend hier im Theater gemacht? Und warum wolltest du dich auf einmal verdrücken? Antworte schon!«

Der Pfarrer schaute sich um. Er befand sich im sicheren Griff von zwei Polizisten. Eine Anzahl grimmig blickender Männer stand um ihn herum. Die Aussichten, zu entkommen, schienen nicht allzu rosig zu sein. In seinem Gesicht ging eine erneute Wandlung vor; es nahm nun den Ausdruck priesterlicher, geschändeter Unschuld an. Seine kleinen Augen verklärten sich, so als wäre er wahrhaftig ein christlicher Märtyrer und diese Menschenschinder vor ihm seine heidnischen Richter. Der Pfarrer hatte diesen Trick schon oft mit Erfolg angewandt.

»Inspektor«, sagte er, »Sie wissen, daß Sie kein Recht haben, mich so in die Mangel zu nehmen, nicht wahr? Jeder hat das Recht auf einen Anwalt, oder etwa nicht? Sicher hat er das.« Und er verstummte, als gäbe es sonst nichts mehr zu sagen.

Der Inspektor musterte ihn neugierig. »Wann hast du Field zuletzt gesehen?« fragte er.

»Field? Sie meinen doch nicht etwa Monte Field? Noch nie von ihm gehört, Inspektor«, gab der Pfarrer ziemlich unsicher von sich. »Womit wollen Sie mich jetzt schon wieder reinlegen?«

»Mit gar nichts, Pfarrer, mit gar nichts. Aber solange du keine Antworten geben willst, werden wir dich wohl etwas zappeln lassen müssen. Vielleicht willst du später ja noch eine Aussage machen... Und vergiß nicht, Pfarrer, da ist immer noch diese kleine Bonomo-Seidendiebstahlssache, die etwas näher untersucht werden könnte.« Er wandte sich an einen der Polizisten. »Officer, geleiten Sie unseren Freund hier zum Wartezimmer vor dem Büro des Geschäftsführers, und leisten Sie ihm eine Zeitlang Gesellschaft.«

Ellery, der nachdenklich zugeschaut hatte, wie man den Pfarrer wegschleppte, war überrascht, seinen Vater sagen zu hören: »Sehr gescheit ist dieser Pfarrer ja wohl nicht. Sich so einen Patzer zu leisten...!«

»Sei dankbar für die kleinsten Gefälligkeiten«, sagte Ellery lächelnd. »Ein Fehler zieht zwanzig andere nach sich.«

Der Inspektor wandte sich schmunzelnd zu Velie, der gerade mit einem Bündel Papier in der Hand ankam.

»Ah, Thomas kommt zurück«, sagte der Inspektor, der guter Dinge zu sein schien. »Und was hast du gefunden, Thomas?«

»Nun, Inspektor, das läßt sich schwer sagen«, antwortete der Detective, während er mit den Fingern über die Ränder der Blätter strich. »Das ist erst die halbe Liste – die andere Hälfte ist noch nicht fertig. Aber ich denke, Sie werden hier schon etwas Interessantes finden.«

Er übergab Queen einen Stapel Blätter mit eilig niedergeschriebenen Namen und Adressen. Es waren die Namen, die Velie auf Geheiß des Inspektors durch Befragung des Publikums aufnehmen sollte.

Queen ging mit Ellery an seiner Seite die Liste Namen für Namen sorgfältig durch. Er hatte sich etwa durch den halben Stapel gearbeitet, als er auf einmal stutzte. Er blickte noch einmal auf den Namen, der ihn innehalten ließ, und schaute dann verdutzt auf zu Velie.

»Morgan«, sagte er nachdenklich. »Benjamin Morgan. Klingt ziemlich vertraut, Thomas. Sagt dir der Name was?«

Velie lächelte eisig. »Ich dachte mir schon, daß Sie das fragen würden, Inspektor. Benjamin Morgan war bis vor zwei Jahren Monte Fields Partner in der Anwaltskanzlei!«

Queen nickte. Die drei Männer starrten sich gegenseitig an. Dann zuckte der alte Mann mit den Schultern und sagte knapp:

60

»Ich fürchte, wir werden uns etwas mehr mit Mr. Morgan beschäftigen müssen.«

Mit einem Seufzer wandte er sich erneut der Liste zu. Wieder ging er jeden Namen einzeln durch, schaute jedesmal nachdenklich auf, schüttelte den Kopf und fuhr in der Liste fort. Velie, der wußte, wie bekannt Queen für sein gutes Gedächtnis war, beobachtete seinen Vorgesetzten dabei voller Hochachtung.

Schließlich gab ihm der Inspektor die Papiere zurück. »Sonst ist nichts dabei, Thomas«, sagte er. »Außer, dir wäre etwas aufgefallen, was mir entgangen ist. Gibt es da noch etwas?« Er klang ernst.

Velie blickte den alten Mann wortlos an, schüttelte den Kopf und zog wieder los.

»Einen Moment noch, Thomas«, rief Queen ihm nach. »Bevor du die zweite Liste fertig machst, bitte doch Morgan noch in Panzers Büro. Jag ihm keinen Schrecken ein. Und sorg außerdem dafür, daß er seine Eintrittskarte hat, bevor er ins Büro kommt.« Velie ging ab.

Der Inspektor winkte Panzer heran, der eine Gruppe Polizisten beobachtet hatte, die bei ihrer Arbeit für Queen von Detectives befehligt wurden. Der stämmige, kleine Geschäftsführer eilte heran.

»Mr. Panzer«, erkundigte sich der Inspektor, »wann beginnen die Putzfrauen hier gewöhnlich mit ihrer Arbeit?«

»Nun ja, sie sind schon eine ganze Weile hier, Inspektor, und warten darauf anzufangen. Die meisten Theater werden erst am frühen Morgen gesäubert, aber ich lass' immer schon meine Leute direkt nach der Abendvorstellung kommen. Was haben Sie im Sinn?«

Ellerys Miene, die ein wenig finster gewesen war, als der Inspektor sprach, hellte sich bei der Antwort des Managers auf. Voller Befriedigung begann er seinen Kneifer zu putzen.

»Um folgendes möchte ich Sie bitten, Mr. Panzer«, fuhr Queen ruhig fort. »Veranlassen Sie bitte, daß die Putzfrauen heute abend, wenn alle weg sind, besonders gründlich überall durchgehen. Sie sollen alles aufsammeln und aufbewahren – einfach alles, wie unbedeutend es aussehen mag –, ganz besonders sollen sie auf die Reste von Eintrittskarten achten. Können Sie diesen Leuten vertrauen?«

»Oh, vollkommen, Inspektor. Sie arbeiten an diesem Theater, seit es errichtet wurde. Sie können sicher sein, daß nichts übersehen wird. Was soll ich mit dem Abfall anfangen?«

»Sorgfältig verpacken und mir morgen früh durch einen vertrauenswürdigen Boten aufs Revier schicken lassen.« Der Inspektor hielt einen Augenblick inne. »Mr. Panzer, ich möchte, daß Ihnen die große Bedeutung dieser Aufgabe klar ist. Sie ist sehr viel wichtiger, als sie zu sein scheint. Begreifen Sie das?«

»Ja sicher, sicher doch!«

Panzer eilte davon.

Ein Detective mit angegrautem Haar schritt zügig über den Teppich, ging dann den Gang auf der linken Seite hinunter und grüßte Queen förmlich. In der Hand hielt er ein Bündel Papier, ähnlich dem, welches Velie gebracht hatte.

»Sergeant Velie hat mich gebeten, Ihnen diese Namensliste zu geben. Er sagt, es wäre der Rest der Namen und Adressen aus dem Publikum, Inspektor.«

Queen nahm die Blätter mit plötzlichen Anzeichen von Ungeduld in Empfang. Ellery beugte sich nach vorne. Der Blick des alten Mannes wanderte langsam von einem Namen zum anderen; sein Finger fuhr auf jedem Blatt die Liste hinunter. Kurz vor Ende der letzten Seite lächelte er auf einmal, sah Ellery triumphierend an und schaute dann die Seite zu Ende durch. Er drehte sich um und flüsterte seinem Sohn etwas ins Ohr. Ellery nickte; seine Augen leuchteten.

Der Inspektor wandte sich wieder an den wartenden Detective. »Kommen Sie her, Johnson«, sagte er. Queen strich die Seite glatt, die er unter dem prüfenden Blick des Mannes durchgesehen hatte. »Ich möchte, daß Sie Velie suchen und ihm ausrichten, er soll sich auf der Stelle bei mir melden. Nachdem Sie das erledigt haben, schnappen Sie sich diese Frau« – sein Finger zeigte auf einen Namen und die Platznummer daneben – »und bitten sie, mit Ihnen ins Büro des Managers zu kommen. Sie werden dort schon jemanden namens Morgan vorfinden. Bleiben Sie bei den beiden, bis Sie weiteres von mir hören. Im Falle eines Gesprächs zwischen den beiden halten Sie Ihre Ohren offen – ich möchte wissen, was geredet wird. Behandeln Sie die Frau zuvorkommend!«

»Ja, Sir. Velie hat mir auch noch aufgetragen, Ihnen mitzuteilen«, fuhr Johnson fort, »daß er eine Gruppe von Leuten vom Rest des Publikums abgesondert hat – es sind diejenigen ohne Eintrittskarte. Er möchte wissen, was mit ihnen angestellt werden soll.«

»Erscheinen ihre Namen in den beiden Listen, Johnson?« fragte Queen und reichte ihm den zweiten Stoß zur Rückgabe an Velie.

»Ja, Sir.«

»Dann sagen Sie Velie, daß er sie gehen lassen kann – aber erst, nachdem er eine spezielle Liste mit ihren Namen angefertigt hat. Es ist nicht nötig, daß ich sie sehe oder mit ihnen spreche.«

Johnson grüßte und verschwand.

Queen begann sich leise mit Ellery zu unterhalten, der etwas auf dem Herzen zu haben schien. Sie wurden durch das Wiederauftauchen von Panzer unterbrochen.

»Inspektor?« Der Manager hüstelte höflich.

»Ach ja, Panzer«, sagte der Inspektor und wandte sich ihm rasch zu. »Geht alles klar mit den Putzfrauen?«

»Ja, Sir. Gibt es da sonst noch etwas, was ich tun könnte…? Ach, übrigens – ich hoffe, Sie verzeihen mir die Frage – wie lange wird das Publikum noch warten müssen? Es gab schon eine Reihe lästiger Nachfragen von vielen Leuten. Ich hoffe, es wird wegen dieser Sache keinen Ärger geben.« In seinem dunklen Gesicht stand glänzend der Schweiß.

»Oh, machen Sie sich darüber keine Sorgen, Panzer«, sagte der Inspektor gleichgültig. »Ihr Warten wird bald ein Ende haben. Ich werde gleich meine Leute anweisen, sie gehen zu lassen. Aber bevor sie das Theater verlassen, werden sie noch einen weiteren Grund haben, sich zu beschweren«, fügte er mit einem grimmigen Lächeln hinzu.

»Wirklich, Inspektor?«

»Oh, ja«, sagte Queen. »Sie werden eine Durchsuchung über sich ergehen lassen müssen. Zweifellos wird es Proteste geben; man wird Ihnen mit Gerichtsverfahren und auch mit den Fäusten drohen, aber seien Sie unbesorgt. Ich bin verantwortlich für alles, was hier heute abend geschieht, und ich werde dafür sorgen, daß Sie aus dem Ärger herausgehalten werden… Wir brauchen jetzt noch eine Frau, die meinen Leuten bei der Durchsuchung behilflich ist. Wir haben zwar eine Gefängniswärterin hier, aber die ist bereits unten beschäftigt. Wäre es Ihnen möglich, mir eine verläßliche Frau, möglichst mittleren Alters, zu besorgen, die nichts gegen eine undankbare Aufgabe einzuwenden hätte und die zudem noch verschwiegen ist?« Der Geschäftsführer dachte einen Augenblick nach.

»Ich glaube, ich habe die richtige Person für Sie. Sie heißt Mrs. Phillips und ist unsere Garderobenaufsicht. Sie ist schon etwas älter und für eine solche Aufgabe bestens geeignet.«

»Wunderbar«, sagte Queen lebhaft. »Sie holen sie sofort und postieren sie am Hauptausgang. Detective-Sergeant Velie wird ihr die nötigen Anweisungen geben.«

Velie traf gerade noch rechtzeitig ein, um die letzte Bemerkung mitzubekommen. Panzer hetzte den Gang hinunter in Richtung der Logen.

»Hast du Morgan?« fragte Queen.

»Ja, Inspektor.«

»Gut, dann nur noch eine weitere Sache; danach hast du es für heute nacht erst einmal hinter dir, Thomas. Ich will, daß du den Abzug der Leute, die im Parkett und in den Logen gesessen haben, überwachst. Laßt sie nur einzeln heraus, und überprüft sie dabei gründlich. Alle müssen zum Hauptausgang hinaus. Um sicher zu gehen, sag den Männern an den Seitentüren Bescheid, daß sie alle nach hinten schicken sollen.« Velie nickte. »Und nun zur Durchsuchung selbst. Piggott!« Der Detective kam herangesprungen. »Piggott, Sie begleiten Mr. Queen und Sergeant Velie und helfen dabei, jeden, der zum Hauptausgang hinausgeht, zu durchsuchen. Eine Aufseherin wird dort sein, um die Frauen zu durchsuchen. Sucht alles ab! Geht die Taschen nach Verdächtigem durch! Sammelt alle Kontrollabschnitte der Eintrittskarten! Und paßt besonders auf, ob irgendwo *ein Hut zuviel* ist! Der Hut, den ich brauche, ist ein seidener Zylinder. Aber auch wenn jemand im Besitz von zwei anderen Hüten ist, schnappt ihn euch und sorgt dafür, daß er festgehalten wird. Also, Jungs, an die Arbeit!«

Ellery, der sich gegen eine Säule gelümmelt hatte, richtete sich auf und folgte Piggott. Als auch Velie sich ihnen angeschlossen hatte, rief Queen noch: »Laßt die Leute auf dem Balkon erst gehen, wenn im Parkett alles leer ist. Schickt jemanden hoch, um sie ruhig zu halten.«

Nachdem er diese letzte wichtige Anweisung gegeben hatte, wandte sich der Inspektor an Doyle, der in der Nähe Wache stand, und sagte ruhig: »Laufen Sie schnell die Treppe zur Garderobe runter, Doyle, mein Junge, und halten Sie die Augen offen, während die Leute ihre Sachen holen. Wenn alle weg sind, durchsuchen Sie alles aufs genaueste. Sollte irgend etwas auf den Garderobenständern zurückbleiben, bringen Sie es mir.«

Queen lehnte sich zurück gegen den Pfeiler, der wie ein marmorner Wächter steil neben der Stelle aufragte, an der der Mord geschehen war. Mit leerem Blick, die Hände am Revers, stand er dort, als der breitschultrige Flint mit vor Erregung glänzenden Augen herbeieilte. Inspektor Queen musterte ihn kritisch.

»Irgendwas gefunden, Flint?« fragte er und tastete nach seiner Schnupftabakdose.

Der Detective reichte ihm, ohne etwas zu sagen, die Hälfte einer Eintrittskarte; sie war blau und trug den Aufdruck »LL30 Links«.

»Sehr gut!« rief Queen aus. »Wo haben Sie das gefunden?«

»Direkt am Haupteingang«, sagte Flint. »Sieht so aus, als hätte sie der Besitzer gleich nach Betreten des Theaters dort fallenlassen.«

Queen gab keine Antwort. Er nahm den blauen Kontrollabschnitt, den er bei der Leiche gefunden hatte, aus seiner Westentasche. Schweigend betrachtete er sie – beide in der gleichen Farbe und mit annähernd dem gleichen Aufdruck. Auf dem einen stand LL32 Links, auf dem anderen LL30 Links.

Er kniff die Augen zusammen, als er die harmlos scheinenden Eintrittskarten einer näheren Untersuchung unterzog. Er beugte sich näher darüber und hielt die Kontrollabschnitte mit ihren Rückseiten gegeneinander. Ein wenig verdutzt drehte er dann die Vorderseiten zueinander. Immer noch unzufrieden, hielt er dann eine Rückseite gegen eine Vorderseite.

In keiner der drei Positionen stimmten die abgerissenen Enden der Eintrittskarten überein!

Fünftes Kapitel

in welchem Inspektor Queen einige ernste Unterredungen führt

Queen hatte seinen Hut in die Stirn gezogen und ging über den breiten roten Teppich, der im Hintergrund den Boden des Zuschauerraumes bedeckte. Er suchte in den Ecken seiner Hosentasche nach der unvermeidlichen Schnupftabakdose. Der Inspektor war offensichtlich mit schwerwiegenden Gedanken beschäftigt, da er mit seiner Hand die beiden blauen Kontrollabschnitte fest umklammert hielt und das Gesicht verzog, als sei er alles andere als zufrieden mit seinen Überlegungen.

Bevor er die grüngesprenkelte Türe mit der Aufschrift ›Büro des Managers‹ öffnete, drehte er sich noch einmal herum, um die Szene hinter sich zu betrachten. Im Zuschauerraum herrschte ein geordnetes Gedränge. Lautes Geschnatter erfüllte die Luft; Polizisten und Detectives gingen zwischen den Reihen umher, gaben Anweisungen, beantworteten Fragen, schoben Leute aus ihren Sitzen und stellten sie im Mittelgang in eine Reihe, um sie dann an der wuchtigen Haupttüre zu durchsuchen. Der Inspektor bemerkte geistesabwesend, daß die bevorstehende Prozedur auf wenig Protest unter den Zuschauern stieß. Sie schienen mittlerweile zu müde zu sein, um sich über das Entwürdigende einer Durchsuchung aufzuregen. Eine lange Schlange halb verärgerter, halb belustigter Frauen hatte sich auf der einen Seite gebildet, wo sie – eine nach der anderen – von einer mütterlichen, ganz in Schwarz gekleideten Frau schnell durchsucht wurden. Queen warf einen kurzen Blick auf die Detectives, die die Türe absperrten. Piggott, der eine langjährige Erfahrung besaß, fuhr mit flinken Händen über die Kleidung der Männer. Velie, der neben ihm stand, beobachtete die unterschiedlichen Reaktionen der Leute, die durchsucht wurden. Ab und zu kontrollierte er selbst einen Mann. Ellery stand ein wenig abseits, hatte seine Hände in den Taschen seines weiten Überziehers vergraben, rauchte eine Zigarette, und schien an nichts

Bedeutenderes zu denken als an die verpaßte Gelegenheit, eine Erstausgabe zu erstehen. Queen seufzte und trat ein.

Das Vorzimmer zum Büro war ein winziger Raum mit einer Einrichtung aus Bronze und Eiche. In einem der Sessel an der Wand saß Pfarrer Johnny – vergraben in weiche Lederpolster – und paffte völlig unbeteiligt eine Zigarette. Ein Polizist stand neben dem Sessel, eine wuchtige Hand auf seine Schulter gelegt.

»Hinter mir her, Pfarrer«, sagte der Inspektor im Vorbeigehen. Der kleine Gangster erhob sich träge, schleuderte die Kippe geschickt in einen blinkenden Messingspucknapf und schlurfte hinter dem Inspektor her, den Polizisten an seine Fersen geheftet.

Queen öffnete die Tür zum eigentlichen Büro und schaute sich schnell um, während er noch auf der Schwelle stand. Dann trat er zur Seite und ließ dem Gangster und dem Uniformierten den Vortritt. Die Türe fiel knallend zu.

Die Büroeinrichtung zeugte vom ungewöhnlichen Geschmack Louis Panzers. Eine hellgrüne Lampe erleuchtete den geschnitzten Schreibtisch. Stühle und Rauchtischchen, ein kunstvoll gewundener Kleiderständer, ein seidener Diwan – diese und andere Stücke waren geschmackvoll über den Raum verteilt. Im Unterschied zu den Büros der meisten Theatermanager fehlten bei Panzer die Photographien von Stars, Managern, Produzenten und Mäzenen. Dafür zierten einige anspruchsvolle Drucke, ein großer Gobelin und ein Gemälde von Constable die Wände.

Aber der prüfende Blick des Inspektors galt im Moment nicht den künstlerischen Qualitäten des Privatbüros von Mr. Panzer. Er galt vielmehr den sechs Personen, denen er sich gegenüber sah. Neben Detective Johnson saß ein zu Dickleibigkeit neigender Mann mittleren Alters mit klug blickenden Augen und verwirrtem Gesichtsausdruck. Er trug tadellose Abendgarderobe. Auf dem Stuhl daneben saß ein schönes junges Mädchen, in ein einfaches Abendkleid und einen Umhang gehüllt. Sie sah empor zu einem gutaussehenden jungen Mann in Abendgarderobe, der einen Hut in der Hand hielt, sich über ihren Stuhl neigte und in ernstem Ton mit ihr sprach. Zu ihrer Seite standen zwei weitere Frauen, die sich nach vorn neigten, um zuhören zu können.

Der beleibte Mann hielt sich von den anderen fern. Als der Inspektor eintrat, stand er sofort mit fragendem Blick auf. Die kleine Gruppe verstummte und wandte ihre ernsten Gesichter Queen zu.

Mit einem mißbilligenden Husten und von seiner Eskorte begleitet, schlich Pfarrer Johnny durch das Zimmer in eine Ecke. Er
schien überwältigt zu sein von der noblen Gesellschaft, in der er
sich wiederfand. Er scharrte mit seinen Füßen und warf einen
verzweifelten Blick in Richtung Inspektor.

Queen ging zum Schreibtisch herüber, um die ganze Gruppe im
Blick zu haben. Auf seinen Wink hin eilte Johnson an seine Seite.

»Wer sind die drei, die da noch hinzugekommen sind, Johnson?« fragte er unhörbar für die anderen im Raum.

»Der alte Knabe da drüben ist Morgan«, flüsterte Johnson, »und
die Schönheit, die ihm am nächsten sitzt, ist die Frau, die ich
herholen sollte. Als ich sie im Zuschauerraum suchte, war sie in
Begleitung dieses jungen Burschen und der beiden anderen Frauen.
Die vier schienen ziemlich vertraut miteinander. Ich gab Ihre Bitte
an sie weiter, und sie schien sehr nervös zu werden. Sie stand aber
auf und kam mit mir – nur die drei anderen kamen auch. Ich wußte
nicht, ob Sie sie nicht vielleicht sehen wollten, Inspektor ...« Queen
nickte. »Irgend etwas aufschnappen können?« fragte er leise.

»Nicht einen Ton, Inspektor. Der alte Knabe scheint niemanden
von diesen Leuten zu kennen. Die anderen wundern sich nur die
ganze Zeit darüber, warum Sie gerade dieses Mädchen sprechen
wollen.«

Der Inspektor winkte Johnson in eine Ecke und wandte sich an
die wartende Gruppe.

»Ich habe zwei von Ihnen zu einer kleinen Unterhaltung herbe-
stellt«, sagte er freundlich. »Da die anderen freiwillig hier sind,
müssen sie auch die Wartezeit in Kauf nehmen. Im Augenblick
muß ich Sie jedoch alle bitten, ins Vorzimmer zu gehen, während
ich ein kleines Geschäft mit diesem Herrn hier abwickle.« Er wies
mit seinem Kopf auf den Gangster, der peinlich berührt erstarrte.

Die zwei Männer und drei Frauen verließen in aufgeregter
Unterhaltung das Zimmer, und Johnson schloß die Tür hinter
ihnen. Queen wandte sich geschwind Pfarrer Johnny zu.

»Bring die Ratte her!« befahl er dem Polizisten. Er setzte sich auf
Panzers Stuhl und verschränkte seine Finger. Der Gangster wurde
hochgezerrt und quer über den Teppich direkt vor den Schreibtisch
geschubst.

»Jetzt hab' ich dich da, wo ich dich hinhaben wollte, Pfarrer«,
sagte Queen drohend. »Wir werden uns nett unterhalten, ohne daß
uns jemand stört. Klar?«

68

Der Pfarrer gab keine Antwort, seine Augen blickten argwöhnisch.

»Du willst also nichts sagen, Johnny? Wie lange, glaubst du, kommst du damit durch?«

»Ich hab' es Ihnen schon gesagt – ich weiß nichts, und ich werde außerdem nichts sagen ohne meinen Anwalt«, sagte der Gangster stur.

»Dein Anwalt? Nun, Pfarrer, wer ist denn dein Anwalt?« fragte der Inspektor in einem unschuldigen Ton.

Der Pfarrer biß sich auf die Lippen und schwieg. Queen wandte sich an Johnson.

»Johnson, mein Junge, Sie haben doch damals an dem Babylon-Überfall gearbeitet, nicht wahr?« fragte er.

»Klar doch, Chef«, sagte der Detective.

»Das war«, erklärte Queen dem Gangster sanft, »als du ein Jahr bekommen hast. Erinnerst du dich, Pfarrer?«

Immer noch Schweigen.

»Und Johnson«, fuhr der Inspektor fort, während er sich in seinem Stuhl zurücklehnte, »helfen Sie mir doch auf die Sprünge. Wer war der Anwalt, der unseren Freund da verteidigt hat?«

»Field«, rief Johnson und starrte den Pfarrer an.

»Ganz genau. Der feine Herr, der jetzt auf einer unserer harten Unterlagen im Leichenschauhaus liegt. Nun, Pfarrer, wie ist es damit? Hör mit der Komödie auf! Wann hörst du auf zu behaupten, du würdest Monte Field nicht kennen? Du wußtest sofort seinen Vornamen, als ich nur seinen Nachnamen nannte. Jetzt sag endlich, was du weißt.«

Der Gangster war voll gespielter Verzweiflung zu dem Polizisten herübergesunken. Er leckte sich die Lippen und sagte: »Da haben Sie mich erwischt, Inspektor. Aber ich – ich weiß nichts über diese Sache hier, ehrlich. Ich habe Field seit einem Monat nicht mehr gesehen. Hab' ich nicht – mein Gott, Sie wollen mir diese Sache doch nicht anhängen, oder?«

Er sah Queen ängstlich an. Der Polizist brachte ihn wieder in eine aufrechte Position.

»Pfarrer, Pfarrer«, sagte Queen, »was du doch für voreilige Schlüsse ziehst. Es geht mir ausschließlich um eine kleine Information. Wenn du natürlich den Mord gestehen willst, rufe ich meine Leute herein, und wir können deine ganze Geschichte aufnehmen und nach Hause ins Bett gehen. Wie wär's damit?«

»Nein!« schrie der Gangster und schlug auf einmal mit seinem Arm um sich. Der Officer fing den Arm geschickt ab und drehte ihn auf den sich windenden Rücken. »Wie kommen Sie darauf? Ich werde überhaupt nichts gestehen. Ich weiß nichts. Ich habe Field heute abend nicht gesehen; ich wußte gar nicht, daß er hier war! Gestehen... Ich habe ein paar ganz schön einflußreiche Freunde, Inspektor, Sie können mir nichts anhängen, das sage ich Ihnen!«

»Das ist zu schade, Johnny«, seufzte der Inspektor. Er nahm eine Prise Schnupftabak. »Gut dann. Du hast Monte Field nicht umgebracht. Um wieviel Uhr bist du heute hierhergekommen, und wo ist dein Ticket?«

Der Pfarrer drehte den Hut in seinen Händen. »Ich habe bisher nichts gesagt, Inspektor, weil ich den Eindruck hatte, daß Sie mir einfach was ans Zeug flicken wollten. Ich kann einwandfrei erklären, wann und wie ich hergekommen bin. Es war ungefähr halb neun, und ich kam mit einer Freikarte rein. Hier ist der Abschnitt als Beweis.« Er durchsuchte sorgfältig seine Manteltaschen und zog einen gelochten blauen Abschnitt hervor. Er gab ihn an Queen weiter, der einen flüchtigen Blick darauf warf und ihn in seine Tasche steckte.

»Und woher«, fragte er, »woher hast du die Freikarte bekommen, Johnny?«

»Ich – meine Freundin hat sie mir gegeben, Inspektor«, antwortete der Gangster nervös.

»Ah – da kommt eine Frau in die Sache hinein«, sagte Queen vergnügt. »Und wie ist wohl der Name der jungen Circe, Johnny?«

»Wer? – nun, sie ist – hey, Inspektor, Sie werden ihr doch keinen Ärger machen, oder?« platzte der Pfarrer heraus. »Sie ist ein anständiges Mädchen, und sie weiß außerdem auch nichts. Ehrlich, ich –«

»Ihr Name?« fiel ihm Queen ins Wort. »Madge O'Connell«, jammerte Johnny. »Sie ist Platzanweiserin hier.«

Queens Augen leuchteten auf. Er wechselte einen schnellen Blick mit Johnson. Der Detective verließ das Zimmer.

»So«, fuhr der Inspektor fort und lehnte sich wieder entspannt zurück. »Mein alter Freund Pfarrer Johnny weiß überhaupt nichts über Monte Field. Gut, gut! Wir werden sehen, ob die Geschichte deiner Freundin mit deiner Version übereinstimmt.« Während er sprach, blickte er fortwährend auf den Hut, den der Gangster in seinen Händen hielt. Es war ein billiger schwarzer Filzhut, der zu dem klerikalen Anzug paßte, den der Mann trug. »Los, Pfarrer«, sagte er plötzlich. »Gib mir doch mal deinen Hut rüber.«

Er nahm den Hut aus der widerstrebenden Hand des Gangsters und untersuchte ihn. Er zog das Lederband auf der Innenseite herunter, warf einen kritischen Blick darauf und gab den Hut schließlich zurück.

»Wir haben etwas vergessen, Pfarrer«, sagte er. »Officer, was halten Sie davon, Mr. Cazzanelli zu filzen, eh?«

Der Pfarrer fügte sich nur widerwillig in die Durchsuchung, verhielt sich aber ruhig. »Kein Schießeisen«, sagte der Polizist kurz und fuhr fort. Er steckte seine Hand in eine der Hosentaschen und zog eine dicke Brieftasche hervor. »Wollen Sie die, Inspektor?«

Queen nahm sie, zählte kurz das Geld und gab sie dem Polizisten zurück, der sie wieder in die Tasche steckte.

»Einhundertzweiundzwanzig Dollar, Johnny«, murmelte der alte Mann. »Irgendwie stinkt dieses Geld nach Bonomo-Seide. Aber was soll's!« Er lachte und fragte den Uniformierten: »Keine Flasche?« Der Polizist schüttelte den Kopf. »Irgend etwas unter seiner Weste oder seinem Hemd versteckt?« Wieder negativ. Queen schwieg, bis die Durchsuchung beendet war. Pfarrer Johnny seufzte erleichtert.

»Gut, Johnny, das ist ja ein gelungener Abend für dich. Herein!« sagte Queen, als es an der Türe klopfte. Sie wurde geöffnet, und zum Vorschein kam das schlanke Mädchen in der Uniform der Platzanweiser, das er vorher schon befragt hatte. Johnson kam hinter ihr herein und schloß die Tür.

Madge O'Connell stand da und starrte mit finsterem Blick auf ihren Liebhaber, der gedankenverloren den Boden musterte. Sie warf einen kurzen Blick zu Queen herüber. Der Zug um ihren Mund herum verhärtete sich, und sie fuhr den Gangster an: »Nun? Haben sie dich schließlich geschnappt, du Flasche! Ich hab' dir gesagt, du sollst nicht versuchen abzuhauen!« Sie kehrte dem Pfarrer verächtlich den Rücken zu und fing an, sich kräftig mit Puder zu bestäuben.

»Warum haben Sie mir nicht direkt erzählt, mein Kind«, sagte Queen mit sanfter Stimme, »daß Sie Ihrem Freund Johnny Cazzanelli eine Freikarte besorgt haben?«

»Ich erzähl' doch nicht alles, Mr. Bulle«, antwortete sie schnippisch. »Warum sollte ich? Johnny hat mit dieser Sache nichts zu tun.«

»Davon ist auch nicht die Rede«, sagte der Inspektor und spielte dabei mit seiner Schnupftabakdose. »Was ich jetzt gerne von Ihnen wissen möchte, Madge, ist, ob sich Ihr Erinnerungsvermögen in irgendeiner Weise gebessert hat, seit ich mit Ihnen gesprochen habe.«

»Was soll das heißen?« wollte sie wissen.

»Das heißt folgendes. Sie haben mir erzählt, daß Sie an Ihrem gewöhnlichen Standort waren, bevor die Vorstellung begann, daß Sie eine Menge Leute auf ihre Plätze gewiesen haben, daß Sie sich nicht daran erinnern, ob Sie Monte Field – den Toten – in seine Sitzreihe geführt haben oder nicht und daß Sie während der ganzen Vorstellung am Anfang des linken Ganges gestanden haben. Während der ganzen Vorstellung, Madge. Ist das richtig?«

»Natürlich, Inspektor. Behauptet jemand das Gegenteil?« Das Mädchen wurde immer unruhiger, aber als Queen auf ihre zitternden Finger schaute, hielt sie sie wieder ruhig.

»Oh, Madge, hör auf damit«, platzte der Pfarrer plötzlich heraus. »Mach's nicht schlimmer, als es schon ist. Er wird früher oder später eh rausfinden, daß wir uns getroffen haben, und dann hat er was gegen dich in der Hand. Du kennst diesen Vogel nicht. Nur raus damit, Madge!«

»So!« sagte der Inspektor und blickte gutgelaunt zuerst auf den Gangster und dann auf das Mädchen. »Pfarrer, mit fortschreitendem Alter wirst du noch richtig vernünftig. Hab' ich das richtig gehört, daß ihr zwei euch getroffen habt? Wann, warum und für wie lange?«

Madge O'Connells Gesicht war abwechselnd rot und weiß geworden. Sie bedachte ihren Liebhaber mit einem vernichtenden Blick und wandte sich dann wieder Queen zu.

»Anscheinend kann ich es genauso gut ausplaudern«, sagte sie angewidert, »wo dieser Schwachkopf es schon hat durchblicken lassen. Das ist jetzt alles, was ich weiß, Inspektor – und wehe Ihnen, wenn Sie das diesem Bastard von Manager erzählen!« Queen zog die Brauen nach oben, unterbrach sie jedoch nicht. »Ich habe eine Freikarte für Johnny besorgt, das stimmt«, fuhr sie trotzig fort, »weil – nun, Johnny mag solche Räuberpistolen, und das war sein freier Abend. Also hab' ich ihm die Freikarte besorgt. Sie war für zwei Personen – das sind alle Freikarten –, so daß der Platz neben Johnny die ganze Zeit über frei blieb. Es war ein Eckplatz auf der linken Seite, das Beste, was ich für diesen vorlauten Knirps bekommen konnte! Während des ersten Aktes war ich zu beschäftigt, um mich neben ihn zu setzen. Aber nach der ersten Pause, als der Vorhang zum zweiten Akt aufging, flaute der Betrieb ab, und das gab mir Gelegenheit, mich zu ihm zu setzen. Gut, ich gebe es ja zu – ich habe fast den ganzen Akt über neben ihm gesessen! Warum auch nicht – kann ich mir nicht auch ab und zu eine Pause gönnen?«

»Ich verstehe.« Queens Brauen senkten sich wieder. »Sie hätten mir eine Menge Zeit und Ärger erspart, junge Frau, wenn Sie mir das direkt erzählt hätten. Sind Sie während des ganzen zweiten Aktes nicht aufgestanden?«

»Doch, ich glaube, sogar einige Male«, sagte sie vorsichtig. »Aber da alles in Ordnung und der Manager nicht in Nähe war, ging ich wieder zurück.«

»Haben Sie diesen Field bemerkt, als Sie vorbeigingen?«

»Nein – nein, Sir.«

»Haben Sie bemerkt, ob jemand neben ihm saß?«

»Nein, Sir. Ich wußte ja nicht einmal, daß er im Theater war. Ich hab' wahrscheinlich einfach nicht in seine Richtung geguckt.«

»Dann gehe ich auch davon aus«, fuhr Queen kühl fort, »daß Sie sich nicht daran erinnern, jemanden während des zweiten Aktes in die letzte Reihe, direkt neben den Eckplatz geführt zu haben?«

»Nein, Sir ... Oh, ich weiß, ich hätte das nicht machen sollen, wahrscheinlich, aber ich habe den ganzen Abend über nichts Außergewöhnliches bemerkt.« Sie wurde bei jeder Frage nervöser. Sie blickte verstohlen zum Pfarrer herüber, der aber immer noch auf den Boden stierte.

»Sie waren eine große Hilfe, junge Frau«, sagte Queen, während er sich plötzlich erhob. »Und jetzt raus mit Ihnen!«

Als sie sich zur Tür wandte, schlich der Gangster mit unschuldigem Blick durch das Zimmer, um ihr zu folgen. Queen gab dem Polizisten ein Zeichen. Der Pfarrer fand sich mit einem Satz wieder in seine Ausgangsposition befördert.

»Nicht so hastig, Johnny«, sagte Queen eisig. »O'Connell!« Das Mädchen drehte sich um und versuchte, einen unbeteiligten Eindruck zu erwecken. »Im Augenblick werde ich Mr. Panzer noch nicht davon unterrichten. Aber ich rate Ihnen, aufzupassen, was Sie tun, und sich im Umgang mit Höhergestellten zurückzuhalten. Gehen Sie jetzt, und wenn Ihnen noch ein Schnitzer passiert, dann gnade Ihnen Gott!«

Sie fing an zu lachen, war einen Augenblick unschlüssig und lief dann aus dem Zimmer.

Queen wandte sich rasch an den Polizisten. »Legen Sie ihm die Handschellen an, Officer«, befahl er kurz, indem er mit einem Finger auf den Gangster wies, »und bringen Sie ihn zur Wache!«

Der Polizist salutierte. Man sah das Aufblitzen von Stahl, hörte ein schnappendes Geräusch, und der Pfarrer starrte verblüfft auf die Handschellen an seinen Gelenken. Bevor er noch den Mund aufmachen konnte, hatte man ihn schon aus dem Büro befördert.

Queen machte eine verächtliche Handbewegung, ließ sich in den Ledersessel fallen, nahm eine Prise Schnupftabak und sagte in einem völlig anderen Tonfall zu Johnson: »Johnson, mein Junge, ich möchte, daß Sie Mr. Morgan hereinbitten.«

Benjamin Morgan betrat Queens augenblickliches Heiligtum mit festem Schritt, der jedoch eine gewisse Erregung nicht vollständig verbergen konnte. Er sagte mit heiterer und kräftiger Baritonstimme: »Nun, Sir, da bin ich« und ließ sich in einen der Sessel fallen, wie ein Mann, der es sich nach einem harten Tag in seinem Club bequem macht. Queen ließ sich nicht darauf ein. Er bedachte Morgan mit einem langen ernsten Blick, der den fülligen, grauhaarigen Mann unruhig hin- und herrutschen ließ.

»Ich heiße Queen, Mr. Morgan«, sagte er freundlich. »Inspektor Richard Queen.«

»Das habe ich mir schon gedacht«, sagte Morgan, während er aufstand, um die ihm dargebotene Hand zu schütteln. »Ich glaube, Sie wissen, wer ich bin, Inspektor. Sie haben mich vor Jahren mehr als einmal im Gericht beobachten können. Da gab es einen Fall – erinnern Sie sich daran? – Ich verteidigte Mary Doolittle, als sie wegen Mordes angeklagt war . . .«

»Genau, ja!« rief der Inspektor erfreut. »Ich habe mich schon gefragt, woher ich Sie kenne. Sie haben sie auch frei bekommen, wenn ich mich recht entsinne. Das war ein schönes Stück Arbeit, Morgan – sehr, sehr gut. Sie sind das also! Gut, gut!«

Morgan lachte. »Ich war damals nicht schlecht«, gab er zu. »Aber ich fürchte, die Zeiten sind längst vorbei, Inspektor. Wissen Sie – ich arbeite nicht mehr als Strafverteidiger.«

»Nein?« Queen nahm eine Prise Tabak. »Das wußte ich nicht. Irgend etwas« – er mußte niesen – »irgend etwas schiefgelaufen?« fragte er mitfühlend.

Morgan gab keine Antwort. Nach einem Augenblick des Nachdenkens schlug er die Beine übereinander und sagte: »Einiges ist schiefgelaufen. Stört es Sie, wenn ich rauche?« fragte er plötzlich. Auf Queens Zustimmung hin zündete er sich eine dicke Zigarre an, deren Rauch ihn nach und nach einhüllte.

Für eine Weile sprach keiner der beiden Männer. Morgan schien genau zu spüren, daß er scharf beobachtet wurde, da er seine Beine immer wieder nervös übereinanderschlug und Queens Blick mied. Der alte Mann machte einen gedankenverlorenen Eindruck, sein Kopf war auf seine Brust gesunken.

Die Stille wurde immer spannungsgeladener und gleichzeitig peinlich. Im Zimmer war kein Geräusch zu hören, außer dem Ticken einer Standuhr, die in einer Ecke stand. Von irgendwo im Theater war plötzlich der Lärm von Stimmen zu hören, die nach Entrüstung und Ärger klangen. Dann waren auch diese wieder wie abgeschnitten.

»Kommen Sie schon, Inspektor...« Morgan hustete. Er war in den dicken, aufsteigenden Rauch seiner Zigarre gehüllt, und seine Stimme war rauh und angespannt. »Was ist das hier – eine ganz besonders raffinierte Foltermethode?«

Queen sah überrascht auf. »Eh? Entschuldigung, Mr. Morgan. Ich hab' wohl ein wenig geträumt. Ich war mit meinen Gedanken ganz woanders. Mein Gott, ich werde wohl doch allmählich alt.«

Er stand auf und ging durch den Raum, die Hände locker auf dem Rücken zusammengelegt. Morgans Blick folgte ihm.

»Mr. Morgan« – der Inspektor stürzte sich mit einem seiner üblichen Gedankensprünge auf ihn – »wissen Sie, warum ich Sie gebeten habe, noch zu bleiben und sich mit mir zu unterhalten?«

»Nun – nicht so genau, Inspektor. Ich nehme natürlich an, daß es mit dem Unglücksfall heute abend zusammenhängt. Aber ich muß gestehen, daß ich nicht weiß, wie ich damit in Verbindung stehen könnte.« Morgan zog heftig an seiner Zigarre.

»Vielleicht, Mr. Morgan, wird Ihnen das jetzt gleich klar werden«, sagte Queen und lehnte sich gegen den Schreibtisch zurück. »Der Mann, der heute abend hier ermordet wurde – es war kein Unfall, das kann ich Ihnen versichern –, war ein gewisser Monte Field.«

So gelassen diese Eröffnung war, so verblüffend war die Wirkung, die sie auf Morgan hatte. Er schoß geradezu von seinem Sessel hoch, seine Augen traten hervor, seine Hände zitterten, und er atmete rauh und schwer. Seine Zigarre fiel auf den Boden. Queen sah ihm verdrossen zu.

»Monte – Field!« Morgans Aufschrei war erschreckend in seiner Heftigkeit. Er starrte in das Gesicht des Inspektors. Dann fiel er wieder in den Sessel zurück; sein Körper sackte zusammen.

»Heben Sie Ihre Zigarre auf, Mr. Morgan«, sagte Queen. »Ich möchte Mr. Panzers Gastfreundschaft nicht mißbrauchen.« Der Rechtsanwalt griff mechanisch nach unten und nahm seine Zigarre wieder an sich. »Mein lieber Freund«, dachte Queen bei sich, »entweder bist du einer der weltbesten Schauspieler oder hast gerade den Schock deines Lebens bekommen!« Er richtete sich auf. »Kommen Sie, Mr. Morgan – reißen Sie sich zusammen. Warum sollte der Tod von Field Sie so berühren?«

»Aber – aber, Mensch! Monte Field ... Oh, mein Gott!« Er warf den Kopf zurück und lachte – ein verrücktes Lachen, das Queen in Alarmbereitschaft versetzte. Die Zuckungen fuhren fort, während Morgans Körper hysterisch hin- und hergeworfen wurde. Der Inspektor kannte die Symptome. Er gab dem Anwalt einen Schlag ins Gesicht und zog ihn an seinem Mantelkragen auf die Füße.

»Sie vergessen sich, Morgan!« fuhr ihn Queen an. Der strenge Tonfall hatte seine Wirkung. Morgan hörte auf zu lachen, sah Queen verlegen an und fiel schwer in den Sessel zurück – immer noch zitternd, aber wieder er selbst.

»Es – es tut mir leid, Inspektor«, murmelte er und tupfte sein Gesicht mit einem Taschentuch ab. »Das war wirklich etwas überraschend.«

»Scheint so«, sagte Queen trocken, »Sie hätten auch nicht überraschter sein können, wenn sich die Erde unter Ihnen aufgetan hätte. Nun, Morgan, was hat das alles zu bedeuten?«

Der Anwalt wischte immer noch den Schweiß von seinem Gesicht. Er zitterte wie Espenlaub, seine Wangen waren gerötet. Er biß sich unentschlossen auf die Lippen.

»In Ordnung, Inspektor«, sagte er schließlich. »Was wollen Sie wissen?«

»Das klingt schon besser«, sagte Queen zustimmend. »Ich schlage vor, Sie erzählen mir, wann Sie Monte Field zuletzt gesehen haben.«

Der Anwalt räusperte sich nervös. »Nun, ich habe ihn ewig nicht gesehen«, sagte er leise. »Ich nehme an, Sie wissen, daß wir früher Partner waren – wir hatten eine erfolgreiche Kanzlei. Dann gab es einen Zwischenfall, und wir trennten uns. Ich – ich habe ihn seither nicht mehr gesehen.«

»Und das ist wie lange her?«

»Gut zwei Jahre.«

»Sehr schön.« Queen lehnte sich nach vorne. »Ich würde auch gerne wissen, warum Sie sich voneinander getrennt haben.«

Der Anwalt betrachtete den Teppich und spielte mit seiner Zigarre. »Ich – nun, Sie werden Fields Ruf genauso gut kennen wie ich. Wir hatten unsere Differenzen, was das Berufsethos anbelangt, hatten eine kleine Auseinandersetzung und entschieden uns für eine Trennung.«

»Sind Sie freundschaftlich voneinander geschieden?«

»Nun – den Umständen entsprechend würde ich sagen, ja.«

Queen trommelte auf den Schreibtisch. Morgan rutschte unruhig hin und her. Er war anscheinend immer noch mit den Nachwirkungen des Schocks beschäftigt. »Um welche Zeit kamen Sie heute abend ins Theater, Morgan?« fragte der Inspektor.

Morgan schien diese Frage zu überraschen. »So ungefähr um Viertel nach acht«, antwortete er.

»Könnte ich bitte Ihren Kontrollabschnitt sehen?« sagte Queen. Der Anwalt reichte ihn herüber, nachdem er mehrere Taschen danach durchwühlt hatte. Queen nahm ihn, zog aus seiner Tasche die drei Abschnitte, die er dort aufbewahrt hatte, und verschwand mit seinen Händen unter die Oberfläche des Schreibtischs. Einen Moment später sah er schon wieder mit ausdruckslosem Blick auf und steckte die vier Papierschnitzel in seine Tasche.

»Sie saßen also auf M4, Mitte, nicht wahr? Ein sehr guter Platz, Morgan«, bemerkte er. »Wie kamen Sie überhaupt dazu, sich heute abend ›Spiel der Waffen‹ anzusehen?«

»Nun, es ist ein außergewöhnliches Stück, nicht wahr, Inspektor?« Morgan machte einen verlegenen Eindruck. »Ich wäre aber wahrscheinlich nicht auf die Idee gekommen hineinzugehen – ich gehe nämlich nicht oft ins Theater, müssen Sie wissen –, wenn nicht das Management des Römischen Theaters so freundlich gewesen wäre, mir eine Ehrenkarte für die heutige Vorstellung zu schicken.«

»Ist das wahr?« rief Queen erstaunt aus. »Wirklich nett von ihnen, würde ich sagen. Wann haben Sie das Ticket bekommen?«

»Ich habe das Ticket und den Brief am Samstag morgen in meinem Büro erhalten, Inspektor.«

»Oh, Sie haben auch einen Brief dazu bekommen. Sie haben ihn nicht zufällig bei sich?«

»Ich bin – ziemlich – sicher, ich habe«, murmelte Morgan vor sich hin, während er seine Taschen durchsuchte. »Ja! Hier ist er.«

Er reichte dem Inspektor ein kleines, rechteckiges, weißes Blatt Papier mit Büttenrand herüber.

Queen faßte es behutsam an, während er es gegen das Licht hielt. Durch die wenigen, mit Schreibmaschine geschriebenen Zeilen hindurch konnte man deutlich ein Wasserzeichen erkennen. Er spitzte die Lippen und legte das Blatt vorsichtig auf die Schreibunterlage. Während Morgan ihn beobachtete, öffnete er die oberste Schublade von Panzers Schreibtisch und kramte darin herum, bis er ein Stück Schreibpapier gefunden hatte. Es war groß, quadratisch und reich verziert mit einem Theaterwappen, das in eines der oberen Viertel eingestanzt war. Queen legte die beiden Blätter nebeneinander, dachte einen Augenblick nach, seufzte dann und nahm das Blatt, das Morgan ihm gegeben hatte, in die Hand. Er las es langsam durch.

Das Management des Römischen Theaters lädt hiermit Mr. Benjamin Morgan herzlichst zu einem Besuch von ›Spiel der Waffen‹ am Montag, dem 24. September, ein. Um eine Beurteilung des Stückes als eines sozialen und strafrechtlichen Zeitdokuments durch Mr. Morgan, einem führenden Mitglied der New Yorker Anwaltschaft, wird aufrichtig gebeten. Dies ist jedoch in keiner Weise als Bedingung zu betrachten; darüber hinaus möchte das Management versichern, daß mit der Annahme seiner Einladung keinerlei Verpflichtungen verbunden sind.

Das Römische Theater
i. A.: S.

Das »S« war ein beinahe unleserlicher Tintenklecks.

Queen sah auf und lächelte. »Wirklich nett von diesem Theater, Mr. Morgan. Ich frage mich jetzt nur –« Er lächelte immer noch, als er Johnson ein Zeichen gab, der – als schweigender Beobachter der Befragung – in einer Ecke gesessen hatte.

»Holen Sie mir Mr. Panzer, den Manager, Johnson«, sagte Queen. »Und wenn gerade der Werbeleiter – ein Knabe namens Bealson oder Pealson oder so – irgendwo herumläuft, dann bitten Sie ihn ebenfalls herzukommen.«

Nachdem Johnson das Büro verlassen hatte, wandte er sich wieder dem Anwalt zu.

»Darf ich Sie für einen Moment um Ihre Handschuhe bitten, Mr. Morgan«, sagte er in harmlosem Ton.

Morgan sah ihn verdutzt an und ließ sie auf den Schreibtisch vor Queen fallen, der sie neugierig aufhob. Sie waren aus weißer Seide – die üblichen Handschuhe zur Abendgarderobe. Der Inspektor gab vor, sie intensiv zu untersuchen. Er drehte sie auf die linke Seite, betrachtete minutenlang einen kleinen Fleck auf einer Fingerspitze und probierte sie, mit einer scherzhaften Bemerkung Morgan gegenüber, sogar an. Als seine Untersuchung abgeschlossen war, gab er die Handschuhe dem Anwalt feierlich zurück.

»Und – oh, ja, Mr. Morgan – Sie haben da einen ungeheuer schmucken Zylinder. Kann ich ihn einmal kurz sehen?«

Ohne Kommentar legte der Anwalt seinen Hut auf den Schreibtisch. Queen nahm ihn auf, während er sorglos in einer etwas zu tiefen Tonlage ›The Sidewalks of New York‹ pfiff. Er drehte den Hut um. Es war ein glänzendes Exemplar von außerordentlich guter Qualität. Auf das schimmernde weiße Seidenfutter war goldfarben der Name des Herstellers ›James Chauncey Co.‹ aufgedruckt. Zwei Initialen – B. M. – waren in der gleichen Weise in das Band eingelegt.

Queen lächelte verschmitzt, als er sich den Hut auf den Kopf setzte. Er war etwas zu eng. Queen nahm ihn sofort wieder ab und gab ihn an Morgan zurück.

»Es ist sehr freundlich von Ihnen, mir diese Freiheiten zu gestatten, Mr. Morgan«, sagte er, während er schnell eine Notiz auf einen Zettel schrieb, den er seiner Tasche entnahm.

Die Tür wurde geöffnet, und es erschienen Johnson, Panzer und Harry Neilson. Panzer kam nur zögernd näher, und Neilson ließ sich in einen der Sessel fallen. »Was können wir für Sie tun, Inspektor?« fragte Panzer mit leicht zitternder Stimme und machte dabei den heldenhaften Versuch, den grauhaarigen Aristokraten, der in seinem Sessel zusammengesackt war, zu ignorieren.

»Mr. Panzer«, sagte Queen langsam, »wie viele Sorten Briefpapier werden im Römischen Theater verwendet?«

Der Manager sah ihn mit großen Augen an. »Nur eine, Inspektor. Sie haben da ein Blatt vor sich auf dem Schreibtisch liegen.«

»Mmmm.« Queen reichte Panzer das Stück Papier, das er von Morgan hatte. »Ich möchte, daß Sie sich das Blatt sehr genau ansehen, Mr. Panzer. Gibt es Ihres Wissens diese Art Briefpapier hier im Theater?«

Der Manager sah das Papier erstaunt an. »Nein, das glaube ich nicht. Ich bin mir sogar sicher. Was ist das?« rief er aus, als sein Blick auf die ersten maschinengeschriebenen Zeilen fiel. »Neilson!« schrie er, während er sich dem Werbeleiter zuwandte. »Was soll das sein – Ihr letzter Publicitygag?« Er wedelte mit dem Papier vor Neilsons Gesicht herum.

Neilson schnappte es seinem Arbeitgeber aus der Hand und las es schnell durch. »Der Teufel soll mich holen!« sagte er sanft. »Wenn das nicht der Renner der Saison wird!« Er las es noch voller Bewunderung durch. Dann, während vier Augenpaare ihn vorwurfsvoll ansahen, gab er es an Panzer zurück. »Es tut mir leid, daß ich jeden Anteil an dieser brillanten Idee von mir weisen muß«, sagte er gedehnt. »Warum, zum Kuckuck, ist mir das nicht eingefallen?« Er zog sich mit auf der Brust verschränkten Armen in seine Ecke zurück.

Der Manager wandte sich aufgeregt an Queen. »Das ist äußerst merkwürdig, Inspektor. Meines Wissens hat das Römische Theater niemals solches Briefpapier benutzt, und ich kann Ihnen versichern, daß ich einen solchen Werbegag niemals genehmigt habe. Und wenn Neilson bestreitet, damit etwas zu tun zu haben – « Er zuckte die Achseln. Queen steckte das Blatt vorsichtig in die Tasche. »Das ist alles, meine Herren. Ich danke Ihnen.« Er entließ die beiden Männer mit einem Kopfnicken.

Er sah prüfend auf den Anwalt, dessen Gesicht vom Hals bis zu den Haarwurzeln mit feuerroter Farbe überzogen war. Der Inspektor hob die Hand und ließ sie mit einem leichten Knall auf die Schreibtischplatte fallen.

»Was sagen Sie nun, Mr. Morgan?« fragte er knapp.

Morgan sprang auf. »Das ist ein verdammtes abgekartetes Spiel!« rief er und hielt seine Faust drohend vor Queens Gesicht. »Ich weiß auch nicht mehr darüber als – als Sie, wenn Sie diese kleine Unverschämtheit entschuldigen! Außerdem, wenn Sie glauben, Sie könnten mich mit diesem Hokuspokus einschüchtern, von wegen Handschuhe und Hüte untersuchen, mein Gott, Sie haben noch gar nicht meine Unterhosen kontrolliert, Inspektor!« Er hielt inne, um Luft zu holen; sein Gesicht war puterrot.

»Aber mein lieber Morgan«, sagte der Inspektor sanft, »warum regen Sie sich so auf? Man könnte meinen, ich hätte Sie des Mordes an Monte Field beschuldigt. Setzen Sie sich, und beruhigen Sie sich, Mann; ich habe nur eine einfache Frage gestellt.«

Morgan ließ sich in seinen Sessel fallen. Er strich sich mit zitternder Hand über die Stirn und murmelte: »Tut mir leid, Inspektor. Habe die Fassung verloren. Aber von allen gemeinen Tricks – « Er wurde leiser und murmelte nur noch vor sich hin.

Queen saß da und betrachtete ihn spöttisch. Morgan machte ein großes Getue mit seinem Taschentuch und seiner Zigarre. Johnson hustete mißbilligend und sah zur Decke hinauf. Erneuter Lärm drang durch Wände, nur um wiederum auf halbem Wege erstickt zu werden. Queens Stimme unterbrach die Stille. »Das ist alles, Morgan. Sie können gehen.«

Der Anwalt stand schwerfällig auf, öffnete den Mund, als wollte er noch etwas sagen, preßte die Lippen zusammen, setzte seinen Hut auf und spazierte aus dem Zimmer. Auf ein Zeichen des Inspektors hin stand Johnson ebenfalls auf, um ihm die Türe aufzuhalten. Beide Männer verschwanden.

Allein in seinem Zimmer, verfiel Queen in eine wilde Geschäftigkeit. Er nahm die vier Kontrollabschnitte aus der Tasche, den Brief, den Morgan ihm gegeben hatte, und die straßbesetzte Handtasche, die er in der Jacke des Toten gefunden hatte. Diese öffnete er zum zweiten Mal an diesem Abend und breitete ihren Inhalt vor sich auf dem Schreibtisch aus. Einige Visitenkarten, zierlich mit dem Namen ›Frances Ives-Pope‹ bedruckt; zwei verzierte Spitzentaschentücher; ein Kosmetiktäschchen mit Puder, Rouge und Lippenstift; eine kleine Geldbörse, die zwanzig Dollar in Scheinen und einige Münzen enthielt; ein Haustürschlüssel. Queen beschäftigte sich einen Moment lang gedankenverloren mit diesen Gegenständen, legte sie in die Handtasche zurück, und während er Tasche, Papierschnitzel und Brief wieder in seine Taschen zurücksteckte, stand er auf und sah sich langsam um. Er ging herüber zum Kleiderständer, nahm einen einzelnen Hut herunter, einen runden Filzhut, der dort hing, und untersuchte dessen Innenseite. Die Initialen ›L.P.‹ und das Hutmaß ›6¾‹ schienen ihn zu interessieren.

Er hängte den Hut zurück und öffnete die Tür.

Die vier Menschen, die im Vorzimmer saßen, sprangen erleichtert auf. Queen stand lächelnd auf der Türschwelle, die Hände in seine Manteltaschen vergraben.

»Jetzt sind wir endlich so weit«, sagte er. »Würden Sie bitte alle in das Büro kommen?«

Er trat höflich beiseite und ließ sie vorbeigehen – die drei Frauen und den jungen Mann. Sie marschierten aufgeregt herein; die Frauen nahmen Platz, sobald der junge Mann Stühle für sie zurechtgestellt hatte. Vier Augenpaare blickten ernst auf den alten Mann an der Tür. Er lächelte väterlich, sah noch einmal kurz in das Vorzimmer, schloß die Tür und schritt würdevoll zum Schreibtisch, wo er sich niederließ und seine Tabakdose hervorholte.

»Nun!« sagte er freundlich. »Ich muß mich dafür entschuldigen, daß ich Sie so lange habe warten lassen – dienstliche Angelegenheiten, Sie wissen ja ... Jetzt wollen wir mal sehen. Hmmm. Ja ... Ja, ja. Ich muß! Also gut! Nun, zunächst einmal, meine Damen, mein Herr, was haben wir miteinander zu tun?« Er richtete seinen freundlichen Blick auf die schönste der drei Frauen. »Ich nehme an, Miss, Ihr Name ist Frances Ives-Pope, obwohl ich noch nicht das Vergnügen hatte, Ihnen vorgestellt zu werden. Habe ich recht?«

Das Mädchen zog erstaunt die Augenbrauen hoch. »Das stimmt genau, Sir«, sagte sie mit klangvoller Stimme. »Aber ich verstehe nicht, woher Sie meinen Namen kennen.«

Sie lächelte. Es war ein faszinierendes Lächeln, voller Charme und einer Art von Weiblichkeit, die ungeheuer anziehend wirkte. Ein wohlgeformtes Wesen in der Blüte der Jugend, mit großen braunen Augen und einem cremefarbenen Teint, so strahlte sie eine Vollkommenheit aus, die der Inspektor als erfrischend empfand.

Er strahlte sie an. »Nun, Miss Ives-Pope«, kicherte er. »Ich nehme an, für einen Laien ist das etwas mysteriös. Und die Tatsache, daß ich ein Polizist bin, macht es wahrscheinlich noch schlimmer. Aber es ist ganz einfach. Sie sind doch nicht gerade eine unbekannte junge Dame – tatsächlich habe ich Ihr Bild heute noch in der Zeitung gesehen, auf der Gesellschaftsseite.«

Das Mädchen lachte ein wenig nervös. »So war das also!« sagte sie. »Ich fing schon an, mich zu fürchten. Und was ist es nun, was Sie von mir wünschen?«

»Beruf – immer der Beruf«, sagte der Inspektor wehmütig. »Immer, wenn ich mich für jemanden zu interessieren beginne, komme ich in Konflikt mit meinem Beruf ... Bevor wir mit unserer Befragung anfangen, darf ich Sie fragen, wer Ihre Freunde sind?«

Ein verlegenes Hüsteln war von den drei Leuten zu hören, auf die Queen nun sein Augenmerk gerichtet hatte. Frances sagte charmant: »Entschuldigen Sie – Inspektor? Erlauben Sie, daß ich

82

Ihnen Miss Hilda Orange und Miss Eve Ellis vorstelle, zwei sehr liebe Freundinnen von mir. Und das ist Mr. Stephen Barry, mein Verlobter.«

Queen sah sie mit einiger Überraschung an. »Wenn mich nicht alles täuscht – Sie gehören doch zum Ensemble von ›Spiel der Waffen‹?« Die drei nickten einmütig.

Queen wandte sich Frances zu. »Ich möchte nicht zu aufdringlich erscheinen, Miss Ives-Pope, aber ich möchte, daß Sie mir etwas erklären... Warum werden Sie von Ihren Freunden begleitet?« fragte er mit einem entwaffnenden Lächeln. »Ich weiß, es klingt unverschämt, aber ich erinnere mich genau, daß ich meinen Officer angewiesen habe, Sie herzubitten – alleine...«

Die drei Schauspieler erhoben sich steif. Frances sah bittend zuerst auf ihre Begleiter und dann auf den Inspektor.

»Ich – bitte verzeihen Sie mir, Inspektor«, sagte sie hastig. »Ich – ich bin noch nie von der Polizei verhört worden. Ich war nervös und – und ich habe meinen Verlobten und diese beiden Damen, die meine vertrautesten Freunde sind, gebeten, mir während der Befragung zur Seite zu stehen. Mir war nicht klar, daß das Ihren Anordnungen widersprach...«

»Ich verstehe«, gab Queen lächelnd zurück. »Ich verstehe vollkommen. Aber sehen Sie –« Er machte eine abschließende Geste.

Stephen Barry beugte sich über den Stuhl des Mädchens. »Ich werde bei dir bleiben, Liebes, wenn du es wünschst.« Er sah den Inspektor streitlustig an.

»Aber, Stephen, Liebster...« antwortete Frances mit einem hilflosen Jammern. Queen gab sich unnachgiebig. »Ihr – ihr geht besser jetzt alle. Aber wartet bitte draußen auf mich. Es wird nicht lange dauern, nicht wahr, Inspektor?« fragte sie mit unglücklich blickenden Augen.

Queen schüttelte den Kopf. »Nicht sehr lange.« Seine gesamte Ausstrahlung hatte sich verändert. Er schien immer eigensinniger zu werden. Seine Besucher spürten die Veränderung in ihm, und eine Stimmung unterschwelliger Feindseligkeit machte sich breit.

Hilda Orange, eine große, üppige Frau in den Vierzigern, deren Gesicht auch ohne Make-up und im kalten Licht des Büros noch Spuren einstiger Schönheit zeigte, beugte sich über Frances und starrte den Inspektor böse an.

»Wir werden draußen auf dich warten, Liebes«, sagte sie grimmig. »Und wenn du dich schwach fühlst oder sonst etwas, schrei nur einmal kurz, und du wirst sehen, was hier los sein wird.« Sie stürzte aus dem Zimmer. Eve Ellis tätschelte Frances die Hand. »Mach dir keine Sorgen, Frances«, sagte sie mit ihrer sanften, klaren Stimme. »Wir sind ja bei dir.« Sie nahm Barrys Arm und folgte Hilda Orange. Barry sah sich mit einer Mischung aus Zorn und Sorge noch einmal um, wobei er Queen mit einem vernichtenden Blick bedachte, und schlug dann die Türe hinter sich zu.

Sofort war Queen auf den Beinen, sein Ton nun kühl und unpersönlich. Er richtete den Blick auf Frances, seine Handflächen auf die Oberfläche des Schreibtischs gepreßt. »Nun, Miss Frances Ives-Pope«, sagte er betont, »das ist alles, was ich mit Ihnen zu erledigen habe...« Er griff in seine Tasche und zog mit der Geschwindigkeit eines geübten Taschenspielers die Straßtasche hervor. »Ich möchte Ihnen Ihre Tasche zurückgeben.«

Frances erhob sich halb von ihrem Platz, blickte zuerst auf ihn, dann auf die schimmernde Tasche, während alle Farbe aus ihrem Gesicht wich. »Aber, das – das ist ja meine Handtasche!« stotterte sie.

»Ganz genau, Miss Ives-Pope. Man hat sie im Theater gefunden – heute abend.«

»Natürlich!« Das Mädchen ließ sich mit einem kleinen nervösen Lachen wieder zurück auf ihren Platz fallen. »Wie dumm von mir! Und ich habe sie bis jetzt nicht einmal vermißt...«

»Aber, Miss Ives-Pope«, fuhr der kleine Inspektor behutsam fort, »die Tatsache, daß wir Ihre Tasche gefunden haben, ist nicht annähernd so wichtig wie die Stelle, an der sie gefunden wurde.« Er hielt einen Moment inne. »Sie wissen, daß heute abend hier ein Mann ermordet wurde?«

Sie starrte ihn mit offenem Mund und vor Angst aufgerissenen Augen an. »Ja, ich habe davon gehört«, sagte sie atemlos.

»Nun, Ihre Handtasche, Miss Ives-Pope«, fuhr der Inspektor unerbittlich fort, »wurde in einer der Taschen des Ermordeten gefunden!«

Blanke Angst erschien in den Augen des Mädchens. Dann, mit einem erstickten Schrei, kippte sie auf ihrem Stuhl nach vorne, ihr Gesicht schneeweiß und verzerrt.

Queen sprang zu ihr hin, sofort zeigten sich Betroffenheit und Besorgnis auf seinem Gesicht. Er hatte die zusammengesackte Gestalt kaum erreicht, als die Türe aufgerissen wurde und Stephen Barry mit wehenden Rockschößen ins Zimmer schoß. Hilda

Orange, Eve Ellis und Johnson, der Detective, folgten auf dem Fuße.

»Was in aller Welt haben Sie mit ihr gemacht, Sie Schnüffler!« rief der Schauspieler, während er Queen aus dem Weg schob. Er zog Frances zärtlich in seine Arme, strich ihr die schwarzen Haarsträhnen aus dem Gesicht und flüsterte ihr verzweifelt ins Ohr. Sie stöhnte und sah verwirrt auf, als sie das errötete junge Gesicht so nahe bei sich sah. »Steve, ich – bin in Ohnmacht gefallen«, murmelte sie und fiel in seine Arme zurück.

»Jemand muß etwas Wasser besorgen«, knurrte der junge Mann, während er ihre Hände rieb. Sofort wurde ihm von Johnson ein Glas über die Schulter gereicht. Barry ließ einige Tropfen in ihren Mund laufen, sie würgte und kam langsam wieder zu Bewußtsein. Die beiden Schauspielerinnen schoben Barry beiseite und befahlen den Männern in barschem Ton, das Zimmer zu verlassen. Queen schloß sich brav dem protestierenden Schauspieler und dem Detective an.

»Sie sind ja ein feiner Bulle!« sagte Barry in vernichtendem Ton zum Inspektor. »Was haben Sie ihr angetan? Ihr mit dem typischen Einfühlungsvermögen eines Polizisten auf den Kopf gehauen?«

»Nun, nun, junger Mann«, sagte Queen ruhig, »keine groben Worte, bitte. Die junge Dame hat nur einen Schock bekommen.«

Sie standen da in spannungsgeladenem Schweigen, bis sich die Tür wieder öffnete und die Schauspielerinnen mit Frances in ihrer Mitte erschienen. Barry eilte an ihre Seite. »Bist du in Ordnung, Liebes?« flüsterte er, während er ihre Hand drückte.

»Bitte – Steve – bring mich nach Hause«, schluchzte sie und stützte sich mit ihrem ganzen Gewicht auf seinen Arm.

Inspektor Queen stand etwas abseits, um sie vorbeizulassen. Ein trauriger Ausdruck lag in seinen Augen, als er zusah, wie sie langsam auf den Ausgang zugingen und sich der kurzen Schlange auf dem Weg nach draußen anschlossen.

Sechstes Kapitel

in welchem der Staatsanwalt zum Biographen wird

Inspektor Richard Queen war ein eigenartiger Mensch. Klein und drahtig, mit grauem Haar und dem durch Lebenserfahrung gezeichneten faltigen Gesicht, hätte er als Wirtschaftsboß, als Nachtwächter oder was immer er wollte durchgehen können. Sicherlich würde sich seine unauffällige Gestalt im richtigen Gewand jeder Rolle anpassen können.

Diese rasche Anpassungsfähigkeit demonstrierte er auch in seinem Auftreten. Nur wenige Leute kannten ihn, wie er wirklich war. Für seine Kollegen, auch für seine Gegner, den jammervollen Abschaum der Menschheit, den er dem verdienten Gerichtsverfahren überantwortete, blieb er ein steter Quell der Verwunderung. Er konnte theatralisch sein, wenn er es wollte, oder milde oder wichtigtuerisch oder väterlich oder hartnäckig.

Aber neben all dem besaß der Inspektor, wie es jemand einmal mit übergroßer Sentimentalität ausgedrückt hatte, ›ein Herz aus Gold‹. In seinem Innersten war er friedfertig und sensibel; die Grausamkeit dieser Welt hatte ihm manchen Schaden zugefügt. Es stimmte, daß er sich gegenüber Leuten, mit denen er dienstlich zusammentraf, nie zweimal in der gleichen Weise verhielt. Immer wieder schlüpfte er in eine neue Rolle, eine andere Facette seiner Persönlichkeit. Ihm schien dies sehr vorteilhaft; die Leute konnten sich keinen Reim auf ihn machen, wußten nie, was er sagen oder tun würde und hatten deshalb auch immer ein klein wenig Angst vor ihm.

Nun, wo er sich allein in Panzers Büro befand, wo die Tür fest geschlossen war, wo seine Nachforschungen vorübergehend zu einem Stillstand gekommen waren, trat die wahre Natur dieses Mannes auf seinem Gesicht hervor. In diesem Moment schien es ein altes Gesicht zu sein – körperlich alt, aber alt und weise in geistiger Hinsicht. Der Vorfall mit dem Mädchen, dem er einen solchen Schrecken eingejagt hatte, daß es in Ohnmacht fiel, beschäftigte ihn vor allem anderen. Die Erinnerung an sein verzerrtes, entsetztes Gesicht ließ ihn zusammenzucken. Frances Ives-Pope schien all die Vorzüge in sich zu vereinigen, die ein alter Mann für seine eigene Tochter wünschen konnte. Sie wie unter einem Peitschenhieb zurückschrecken zu sehen, peinigte ihn sehr. Die Erinnerung daran, wie ihr Verlobter sie so wütend verteidigte, ließ ihn vor Scham erröten.

Mit einem Seufzer griff der Inspektor nach dem Schnupftabak, seinem einzigen kleinen Laster, und nahm eine große Prise.

Als es wenig später energisch an der Tür klopfte, glich er schon wieder dem Chamäleon – ein Detective-Inspektor, der an einem Schreibtisch saß und ohne Zweifel über kluge und gewichtige Dinge nachdachte. In Wahrheit wünschte er, Ellery würde zurückkehren.

Auf sein herzliches »Herein« hin ging die Tür auf, und ein dünner, helläugiger Mann, dick angezogen und mit einem wollenen Schal um den Hals, trat ins Zimmer.

»Henry!« rief der Inspektor und sprang auf. »Was zum Teufel machst du denn hier? Hat dir der Doktor nicht strikte Bettruhe verordnet!«

Staatsanwalt Henry Sampson zwinkerte mit den Augen und ließ sich in einen Sessel fallen.

»Ärzte«, sagte er in belehrendem Ton, »verursachen bei mir Halsschmerzen. Wie sieht's aus?«

Er stöhnte und befühlte behutsam seinen Hals. Der Inspektor setzte sich wieder hin. »Du bist wirklich der aufsässigste Patient, Henry, der mir jemals unter Erwachsenen vorgekommen ist«, sagte er bestimmt. »Menschenskind, du wirst dir eine Lungenentzündung holen, wenn du nicht aufpaßt.«

»Nun«, grinste der Staatsanwalt, »ich bin hoch versichert, da sollte ich mich tatsächlich vorsehen... Aber du hast meine Frage nicht beantwortet.«

»Ach, ja«, brummte Queen. »Deine Frage. Wie es aussieht, hast du gefragt, glaube ich. Im Moment, mein lieber Henry, sieht es absolut düster aus. Reicht dir das?«

»Drück dich doch bitte etwas deutlicher aus«, sagte Sampson. »Denke bitte daran, ich bin ein kranker Mann, und mir dröhnt der Schädel.«

»Henry«, sagte Queen und lehnte sich mit ernstem Gesicht nach vorne, »ich muß dich darauf aufmerksam machen, daß wir mitten

87

in einem der schwierigsten Fälle stecken, mit denen unsere Abteilung je zu tun hatte. Dir dröhnt also der Schädel? Soll ich dir vielleicht sagen, was in meinem vorgeht?«

Sampson blickte finster in seine Richtung. »Wenn es wirklich so ist, wie du sagst – und davon gehe ich mal aus –, dann kommt das zu einem verdammt ungünstigen Zeitpunkt. Wahlen stehen ins Haus, und so ein ungelöster Mordfall als Vorwand für die Gegenseite...«

»Nun, das ist eine Möglichkeit, die Sache zu betrachten«, bemerkte Queen mit leiser Stimme. »An die Wahlen habe ich dabei eigentlich nicht gedacht, Henry. Jemand ist ermordet worden, und im Augenblick habe ich offen gestanden noch nicht die leiseste Vorstellung, von wem und wie dieser Mord begangen wurde.«

»Ich nehme deinen wohlgemeinten Tadel an, Inspektor«, sagte Sampson schon etwas unbeschwerter. »Aber wenn du gehört hättest, was ich mir gerade eben übers Telefon anhören mußte...«

»Einen Augenblick, mein lieber Watson, wie Ellery immer zu sagen pflegt«, sagte Queen schmunzelnd nach einem der für ihn so charakteristischen Stimmungswechsel. »Ich wette, ich weiß, was passiert ist. Du warst zu Hause, wahrscheinlich im Bett. Das Telefon klingelte. Jemand fing an herumzunörgeln, zu protestieren, vor Wut zu schäumen, halt so zu reden, wie jemand redet, der aufgeregt ist. Es klang etwa so: ›Ich werde es mir nicht gefallen lassen, wie ein gewöhnlicher Verbrecher von der Polizei festgehalten zu werden! Ich will, daß dieser Queen einen strengen Verweis erhält. Er stellt geradezu eine Bedrohung der persönlichen Freiheitsrechte dar.‹ Und so weiter und so weiter...«

»Mein lieber Freund!« sagte Sampson lachend.

»Dieser Gentleman, der so lautstark Protest erhebt«, fuhr der Inspektor fort, »ist klein, ziemlich dick, trägt eine Brille mit Goldrand, hat eine überaus unangenehme weibliche Stimme, entfaltet eine wirklich rührende Sorge um seine Familie – seine Frau und eine Tochter – angesichts der möglichen Gegenwart von Presseleuten und beruft sich stets auf dich als seinen ›sehr guten Freund Staatsanwalt Sampson‹. Richtig?«

Sampson saß da und starrte ihn an. Dann verzogen sich seine scharf geschnittenen Gesichtszüge zu einem Lächeln.

»Wirklich verblüffend, mein lieber Holmes«, brummte er. »Wo du schon so viel über meinen Freund weißt, wird es wohl auch ein Kinderspiel für dich sein, mir seinen Namen zu verraten?«

»Eh – aber ich hab' ihn dir doch richtig beschrieben, oder nicht?« sagte Queen mit purpurrotem Gesicht. »Ich – Ellery, mein Junge! Ich bin froh, dich zu sehen.«

Ellery hatte das Zimmer betreten. Herzlich gaben sich Sampson und Ellery die Hand; der Staatsanwalt begrüßte ihn mit der Freude, die Zeichen einer langen Freundschaft ist. Ellery machte eine Bemerkung über die ständige Lebensgefahr, der sich ein Staatsanwalt aussetzt, und stellte rasch einen großen Behälter mit Kaffee und eine Papiertüte, die etwas so Köstliches wie Kuchen verhieß, auf dem Schreibtisch ab.

»Nun, meine Herren, die große Suchaktion ist beendet, aus und vorbei, und die schwitzenden Detectives werden nun ein mitternächtliches Frühstück zu sich nehmen.« Er lachte und gab seinem Vater einen liebevollen Klaps auf die Schulter.

»Aber, Ellery!« rief Queen entzückt. »Das ist eine willkommene Überraschung! Henry, leistest du uns bei unserer kleinen Feier Gesellschaft?« Er füllte drei Pappbecher mit dampfendem Kaffee.

»Ich weiß zwar nicht, was es zu feiern gibt, aber ich bin mit von der Partie«, sagte Sampson, und die drei langten voller Begeisterung zu.

»Was gibt's Neues, Ellery?« fragte der alte Mann und schlürfte zufrieden seinen Kaffee.

»Weder essen noch trinken die Götter«, brummte Ellery durch einen Windbeutel hindurch. »Ich bin nicht allwissend; wie wäre es, wenn du mir erzählen würdest, was in deiner improvisierten Folterkammer vorgefallen ist... Ich kann dir lediglich eine Sache erzählen, von der du noch nicht weißt. Mr. Libby von Libbys Eiscafé, woher auch dieses erstklassige Gebäck stammt, bestätigt Jess Lynchs Geschichte mit dem Ginger Ale. Miss Elinor Libby bestätigt aufs genaueste seinen Bericht darüber, was er danach gemacht hat.«

Mit einem riesigen Taschentuch tupfte sich Queen die Lippen ab. »Nun, laß Prouty trotzdem der Sache mit dem Ginger Ale nachgehen. Was mich betrifft, so habe ich einige Leute befragt und habe nun nichts mehr zu tun.«

»Vielen Dank«, bemerkte Ellery trocken. »Das war ein vollständiger Bericht. Hast du den Staatsanwalt bereits mit den Ereignissen dieses turbulenten Abends vertraut gemacht?«

»Ich weiß bisher nur folgendes, meine Herren«, sagte Sampson und stellte seinen Becher ab. »Vor etwa einer halben Stunde rief mich ›einer meiner sehr guten Freunde‹ an, der – wie es sich gerade trifft – einigen Einfluß hinter den Kulissen ausübt, und teilte mir recht unmißverständlich mit, daß während der heutigen Abendvorstellung ein Mann ermordet worden sei. Inspektor Richard Queen wäre zusammen mit seinem Gefolge wie ein Wirbelwind über das Publikum hergefallen und hätte dann die Leute über eine Stunde lang warten lassen – ein unverzeihliches und völlig ungerechtfertigtes Vorgehen, wie mein Freund es nannte. Zudem brachte er vor, daß besagter Inspektor sogar so weit gegangen sei, ihn persönlich des Verbrechens zu beschuldigen und ihn, seine Frau und seine Tochter von unverschämten Polizisten durchsuchen zu lassen, bevor sie das Theater verlassen durften.

So weit also die Version meines Informanten; der Rest der Unterhaltung war weniger gewählt im Ton und braucht hier nicht wiedergegeben zu werden. Das einzige, was ich sonst noch weiß, habe ich draußen von Velie erfahren, nämlich wer der Ermordete war. Und das, meine Herren, war bis jetzt für mich das Interessanteste an der ganzen Geschichte.«

»Du weißt über diesen Fall schon fast genauso viel wie ich«, brummte Queen. »Wahrscheinlich sogar mehr; denn ich kann mir vorstellen, daß du recht gut über Fields Geschäfte informiert bist... Ellery, was geschah draußen während der Durchsuchungsaktion?«

Ellery schlug bequem die Beine übereinander. »Wie du dir vielleicht schon gedacht hast, verlief die Durchsuchung des Publikums vollkommen ergebnislos. Es wurde nichts Außergewöhnliches gefunden. Nicht ein einziger Gegenstand. Niemand machte ein schuldbewußtes Gesicht, und niemand wollte es auf sich nehmen, zu gestehen. Mit anderen Worten – es war ein totaler Mißerfolg.«

»Natürlich, natürlich«, sagte Queen. »Hinter der ganzen Sache steckt ein besonders kluger Kopf. Vermutlich ist euch auch nicht die kleinste Spur eines nicht einmal verdächtig aussehenden überzähligen Huts untergekommen?«

»Um die zu finden, Vater, habe ich das Foyer mit meiner Anwesenheit beehrt«, bemerkte Ellery. »Nein – kein Hut zuviel.«

»Sind inzwischen alle durch?«

»Sie waren gerade fertig, als ich hinüber auf die andere Straßenseite schlenderte, um Verpflegung zu holen«, sagte Ellery. »Es blieb nichts anderes mehr zu tun, als dem zornigen Haufen oben auf dem Balkon die Erlaubnis zu geben, herunterzukommen und das Theater zu verlassen. Es sind jetzt alle draußen – die Zuschauer von oben, die Angestellten, die Mitglieder des Ensembles. Ein seltsames Völkchen, diese Schauspieler. Jeden Abend stehen sie wie unsterbliche Götter im Rampenlicht, und dann finden sie sich plötzlich wieder in ihren normalen Straßenanzügen und Kleidern mit all den menschlichen Problemen. Übrigens, Velie hat auch die fünf Leute, die hier aus dem Büro kamen, durchsuchen lassen. Die junge Dame war ziemlich aufgeregt. Miss Ives-Popes und ihr Anhang, vermute ich ... Hätte mich nicht gewundert, wenn du das vergessen hättest«, sagte er schmunzelnd.

»Wir sind also in einer ziemlich verzwickten Lage, was?« brummte der Inspektor. »Also hier noch einmal der ganze Hergang, Henry.« Und er gab Sampson, der schweigend und mit finsterer Miene zuhörte, eine knappe Zusammenfassung dessen, was sich an diesem Abend zugetragen hatte.

»Und das«, schloß Queen, nachdem er noch kurz die Ereignisse, die in dem kleinen Büro stattgefunden hatten, beschrieben hatte, »ist alles. Henry, jetzt hast du uns sicherlich etwas über Monte Field mitzuteilen. Wir wissen, daß er ein raffinierter Kerl war – aber mehr auch nicht.«

»Das wäre noch milde ausgedrückt«, sagte Sampson wütend. »Ich kann seine Lebensgeschichte fast schon auswendig herunterbeten. Es sieht so aus, als hättet ihr eine schwierige Aufgabe vor euch, und irgendein Vorfall in seiner Vergangenheit könnte vielleicht ein Anhaltspunkt für euch sein.

Field war bereits zur Zeit meines Vorgängers zum ersten Mal einer genaueren Beobachtung unterzogen worden. Er stand im Verdacht, an unsauberen Maklergeschäften beteiligt gewesen zu sein. Cronin, der damalige Assistent des Staatsanwalts, konnte ihm nichts nachweisen. Field hatte seine Unternehmungen bestens abgesichert. Alles, was wir in der Hand hatten, war der Bericht eines Zuträgers, der wahr oder aber auch unwahr hätte sein können, eines Spitzels, der von seiner Bande rausgeschmissen worden war. Natürlich ließ Cronin Field weder direkt noch indirekt wissen, daß er unter Verdacht stand. Die ganze Angelegenheit geriet allmählich in Vergessenheit; obwohl Cronin hartnäckig war, stellte sich jedes Mal, wenn er dachte, er hätte etwas gegen Field in der Hand, wieder heraus, daß es doch nichts war. Ja, Field war ausgesprochen raffiniert.

Als ich mein Amt antrat, begannen wir auf Cronins dringendes Anraten hin mit einer erschöpfenden Untersuchung von Fields persönlichem Hintergrund. Natürlich im Geheimen. Herausgefunden haben wir das folgende: Monte Field stammt aus einer wirklich guten Familie aus Neuengland – einer Familie, die es nicht nötig hat, ständig auf ihre Vorfahren von der ›Mayflower‹ hinzuweisen. Als Kind hatte er Privatunterricht, ging anschließend auf eine vornehme Mittelschule, wo er nur mit knapper Not durchkam, und wurde dann – ein letzter verzweifelter Versuch – von seinem Vater nach Harvard geschickt. Er scheint damals schon ein ziemliches Früchtchen gewesen zu sein. Nicht kriminell, aber ziemlich ungestüm. Andererseits muß er da noch ein Fünkchen Ehrgefühl gehabt haben; denn als es zum ersten großen Krach kam, änderte er tatsächlich seinen Namen. Sein Familienname war Fielding – er machte Monte Field daraus.«

Queen und Ellery nickten; Ellerys Blick war eher nach innen gewandt, Queen hielt den Blick unverwandt auf Sampson gerichtet.

»Field«, fuhr Sampson fort, »war jedoch kein völliger Versager. Er hatte Verstand. Er absolvierte ein ausgezeichnetes Jurastudium in Harvard. Eine besondere Begabung schien er für die Redekunst zu haben, wobei ihm noch beträchtlich seine gründliche Kenntnis der juristischen Fachterminologie zur Hilfe kam. Aber kurz nach seinem Examen, noch bevor seine Familie überhaupt die Freude über sein erfolgreiches Studium ganz auskosten konnte, war er in eine schmutzige kleine Sache mit einem Mädchen verwickelt. Sein Vater brach mit ihm auf der Stelle und enterbte ihn. Er war erledigt – er hatte den Namen der Familie in den Schmutz gezogen –, die übliche Geschichte...

Nun, anscheinend ließ sich unser Freund aber nicht vom Kummer überwältigen. Er machte das Beste aus dem Verlust seines netten kleinen Erbteils; er beschloß, draußen auf eigene Faust an Geld zu kommen. Wie er es schaffte, in der ersten Zeit zurecht zu kommen, haben wir nicht herausfinden können; das nächste, was uns von ihm zu Ohren kam, war, daß er mit einem Kerl namens Cohen, einem der raffiniertesten Winkeladvokaten der Stadt, eine Teilhaberschaft einging. Was für ein tolles Paar muß das gewesen sein! Sie heimsten ein Vermögen ein, indem sie sich eine feste Klientel verschafften, die sich aus den größten Gaunern der Unterwelt zusammensetzten. Ihr wißt ja so gut wie ich, wie schwer es ist, einem solchen Kerl, der sich besser mit den Hintertürchen im Gesetz auskennt als die Richter des Obersten Gerichtshofs, etwas anzuhängen. Sie kamen einfach mit allem durch – es war die goldene Zeit des Verbrechens. Gauner hielten sich dann für erstklassig, wenn Cohen & Field sich herabließen, ihre Verteidigung zu übernehmen.

Und dann fand Mr. Cohen, der der Erfahrenere in dem Gespann war, alle Kniffe kannte und die Kontakte mit den Klienten der Praxis herstellte sowie die Gebühren festsetzte und der das alles wunderbar bewerkstelligte trotz seiner Unfähigkeit, ein tadelloses Englisch zu sprechen – dieser Mr. Cohen fand in einer Winternacht am Ufer des North River ein sehr trauriges Ende. Er wurde tot mit einer Kugel im Kopf aufgefunden; und obwohl nun zwölf Jahre vergangen sind seit diesem freudigen Ereignis, ist der Mörder immer noch unbekannt. Unbekannt im streng juristischen Sinne. Wir hatten einen ziemlich starken Verdacht, was die Identität des Täters betrifft. Ich wäre ganz und gar nicht überrascht, wenn wir mit Mr. Fields Tod auch die Akte Cohen schließen könnten.«

»So einer war das also«, murmelte Ellery. »Sogar tot sah sein Gesicht noch äußerst unangenehm aus. Wirklich zu schade, daß mir seinetwegen eine Erstausgabe durch die Lappen ging.«

»Vergiß es, du Bücherwurm«, brummte sein Vater. »Erzähl weiter, Henry.«

Sampson nahm das letzte Stück Kuchen vom Schreibtisch und biß herzhaft hinein. »Nun kommen wir zu einem lichten Punkt in Mr. Fields Leben; denn nach dem unglückseligen Hinscheiden seines Partners schien er ein neues Leben anfangen zu wollen. Er fing tatsächlich an zu arbeiten, wirklich legal zu arbeiten, und natürlich hatte er auch die Fähigkeiten, das erfolgreich zu tun. Mehrere Jahre lang arbeitete er allein; er versuchte nach und nach, den schlechten Ruf, den er in seinem Beruf hatte, loszuwerden. Hier und da gelang es ihm sogar, sich ein wenig Anerkennung von den hochnäsigen Leuchten der Justiz zu verschaffen.

Diese Zeit offensichtlich guter Führung währte ungefähr sechs Jahre lang. Dann traf er auf Ben Morgan, einen zuverlässigen Mann mit einer weißen Weste und einem guten Ruf, dem vielleicht nur ein wenig dieses entscheidende Fünkchen abging, das einen großen Rechtsanwalt ausmacht. Irgendwie überredete Field Morgan, sich mit ihm in einer Anwaltspraxis zusammenzuschließen. Und dann kamen die Dinge ins Rollen.

Ihr werdet euch sicherlich daran erinnern, daß sich zu dieser Zeit in New York eine Reihe höchst zwielichtiger Dinge abspielte. Wir bekamen Wind von einer riesigen Verbrecherorganisation, die sich aus Hehlern, Gaunern, Anwälten und auch einigen Politikern zusammensetzte. Einige bemerkenswerte Raubzüge wurden durchgeführt; Alkoholschmuggel wurde ein florierender Geschäftszweig in den Vororten; und einige tolldreiste bewaffnete Raubüberfälle mit Todesfolge hielten unsere Abteilung auf Trab. Aber ihr wißt das genauso gut wie ich. Ein paar von den Burschen habt ihr geschnappt; aber sprengen konntet ihr den Ring nie, und an die Leute weiter oben seid ihr nicht herangekommen. Und ich habe guten Grund zu der Annahme, daß unser unlängst verstorbener Freund Mr. Monte Field als Kopf hinter diesen ganzen Unternehmungen stand.

Überlegt nur, wie einfach es für jemanden mit seiner Begabung war. Unter der Anleitung von Cohen, seinem ersten Partner, waren seine guten Beziehungen zu den Bossen der Unterwelt hergestellt worden. Als Cohen zu nichts mehr zu gebrauchen war, wurde er folglich umgelegt. Dann – denkt daran, daß ich hauptsächlich auf Vermutungen aufbaue, weil es so gut wie keine Beweise gibt –, dann begann Field unter dem Deckmantel einer korrekten, redlichen Anwaltspraxis in aller Ruhe eine weitverzweigte Verbrecherorganisation aufzubauen. Wie er das zuwege brachte, entzieht sich leider unserer Kenntnis. Als er dann fast bereit war loszuschlagen, verband er sich mit einem bekannten und angesehenen Partner, Morgan, und begann nun aus gesicherter Stellung heraus die meisten der in den letzten fünf Jahren durchgeführten großen Verbrechen in die Wege zu leiten.«

»Wo kommt dieser Morgan ins Spiel?« fragte Ellery träge.

»Darauf wollte ich gerade zu sprechen kommen. Wir können davon ausgehen, daß Morgan absolut nichts mit Fields geheimer Tätigkeit zu tun hatte. Er ist grundehrlich und hat oft Fälle abgelehnt, wenn der Klient ein zwielichtiger Charakter war. Ihre Beziehungen müssen bereits sehr gespannt gewesen sein, als Morgan einen Tip bekam, was wirklich vorging. Ob das alles so stimmt, weiß ich nicht genau, aber das könntest du leicht aus Morgan selbst herausbekommen. Auf jeden Fall brachen sie miteinander. Seit der Trennung hat Field etwas weniger versteckt operiert; aber immer noch gibt es nicht die Spur eines handfesten Beweises, der vor Gericht Bestand haben würde.«

»Entschuldige bitte die Unterbrechung, Henry«, sagte Queen nachdenklich, »aber kannst du mir nicht über den Bruch zwischen den beiden ein paar mehr Informationen geben? Damit ich über Morgan Bescheid weiß, wenn ich nochmals mit ihm rede.«

»Mit Vergnügen«, erwiderte Sampson grimmig. »Gut, daß du mich daran erinnert hast. Bevor noch das letzte Wort in der Auflösung ihrer Partnerschaft gesprochen war, kam es zu einem fürchterlichen Krach zwischen den beiden, der beinahe mit einem Unglück endete. Im Webster Club, wo sie zu Mittag aßen, hörte man sie heftig miteinander streiten. Die Auseinandersetzung spitzte sich dermaßen zu, daß es einigen Zuschauern nötig erschien einzugreifen. Morgan war vollkommen außer sich vor Wut und stieß bei der Gelegenheit sogar Drohungen gegen Fields Leben aus. Soviel ich weiß, war Field ziemlich gelassen.«

»Hatte keiner der Zeugen mitbekommen, worum es bei dem Streit ging?« fragte Queen.

»Leider nicht. Die Sache war übrigens schnell wieder vergessen; die beiden gingen friedlich auseinander. Und das war alles, was man jemals wieder darüber gehört hat. Abgesehen von heute abend natürlich.«

Nachdem der Staatsanwalt seine Ausführungen beendet hatte, trat ein bedeutungsvolles Schweigen ein. Ellery pfiff einige Takte eines Schubertliedes, während Queen mit grimmigem Nachdruck eine Prise Schnupftabak zu sich nahm.

»Zunächst einmal würde ich meinen, daß Mr. Morgan ganz schön in der Tinte sitzt«, murmelte Ellery und schaute dabei ins Leere.

Sein Vater brummte zustimmend. Sampson sagte ernst: »Nun gut, das ist eure Angelegenheit, Gentlemen. Ich weiß, was ich zu tun habe. Jetzt, wo Field aus dem Weg geräumt ist, werde ich seine Akten und seine Aufzeichnungen auf das genaueste durchkämmen lassen. Ich hoffe doch, daß seine Ermordung wenigstens zur völligen Zerschlagung seiner Organisation führen wird. Morgen früh wird einer von meinen Männern in seinem Büro sein.«

»Einer von meinen Männern hat dort schon sein Lager aufgeschlagen«, bemerkte Queen zerstreut. »Du glaubst also, daß es Morgan war?« sagte er und blickte Ellery fragend an.

»Es scheint mir fast, ich hätte vor etwa einer Minute eine Bemerkung in dem Sinne gemacht, daß Mr. Morgan ziemlich in der Tinte sitzt«, sagte Ellery ruhig. »Weiter habe ich mich nicht festgelegt. Ich gebe zu, daß Morgan der richtige Mann zu sein scheint. – Von einer Sache jedoch abgesehen, Gentlemen«, fügte er hinzu.

»Dem Hut«, sagte Inspektor Queen sofort.

»*Nein*«, sagte Ellery, »*dem anderen Hut.*«

Siebtes Kapitel

in welchem die Queens Bestandsaufnahme machen

»**M**al sehen, wo wir im Augenblick stehen«, fuhr Ellery ohne Unterbrechung fort. »Laß uns die Angelegenheit mal auf die grundlegenden Einzelheiten reduziert betrachten.

Das sind in etwa die uns bekannten Fakten: Ein Mann von etwas zweifelhaftem Charakter, Monte Field, möglicherweise der Kopf einer weitreichenden Verbrecherorganisation mit zweifellos einer Menge Feinde, wird ermordet im Römischen Theater aufgefunden, zehn Minuten vor dem Ende des zweiten Aktes um genau 9:55. Er wird von einem Mann namens William Pusak entdeckt, einem ziemlich einfältigen Büroangestellten, der fünf Plätze weiter in derselben Reihe sitzt. Bei dem Versuch, seine Sitzreihe zu verlassen, muß dieser Mann an dem Opfer vorbei, das, bevor es stirbt, noch ›Mord! Bin ermordet worden!‹ oder so etwas Ähnliches flüstert.

Ein Polizist wird herbeigerufen, der sich, um sicherzugehen, daß der Mann tot ist, der Hilfe eines Arztes aus dem Publikum bedient; der erklärt, daß das Opfer an einer Art Alkoholvergiftung gestorben ist. Später bestätigt Dr. Prouty, der Polizeiarzt, diese Aussage, fügt hinzu, daß es da einen störenden Umstand gibt: Niemand würde so schnell an einer tödlichen Dosis Alkohol sterben. Die Frage nach der Todesursache muß daher im Augenblick unbeantwortet bleiben, da nur eine Autopsie sie mit Sicherheit bestimmen kann.

Da er ein großes Publikum zu beaufsichtigen hat, ruft der Polizist Hilfe herbei; Kollegen aus der näheren Umgebung kommen hinzu, um Aufsichtspflichten zu übernehmen, und schließlich kommen auch die Männer aus dem Präsidium an, um die eigentliche Untersuchung durchzuführen. Die erste wichtige Frage, die sich stellt, ist, ob der Mörder Gelegenheit hatte, den Tatort in dem Zeitraum zwischen Ausübung der Tat und ihrer Entdeckung zu verlassen. Doyle, der Polizist, der als erster am Ort des Geschehens war, gab dem Manager unverzüglich die Order, alle Ausgänge und die beiden Seitenwege mit Wachposten zu besetzen.

Als ich ankam, dachte ich genau an diesen Punkt zuallererst und führte selbst eine kleine Untersuchung durch. Ich ging an allen Ausgängen vorbei und befragte die Wachposten. Ich stellte fest, daß während des gesamten zweiten Aktes Aufseher an allen Ausgängen gestanden hatten – von zwei Ausnahmen abgesehen, auf die ich gleich noch zu sprechen komme. Anhand der Zeugenaussage des Getränkejungen Jess Lynch wurde ermittelt, daß das Opfer sich nicht nur in der Pause zwischen dem ersten und dem zweiten Akt – wo der Zeuge Field sah und mit ihm sprach –, sondern auch noch zehn Minuten, nachdem der Vorhang zum zweiten Akt hochgegangen war, offensichtlich guter Gesundheit erfreute. Das war, als der Junge die Flasche Ginger Ale bei Field ablieferte; dieser saß genau auf dem Platz, auf dem er später tot aufgefunden wurde. Was das Innere des Theaters betrifft, so konnte ein Platzanweiser, der am Fuße des Aufgangs zum Balkon postiert war, beschwören, daß während des zweiten Aktes weder jemand hinauf- noch heruntergegangen war. Damit scheidet die Möglichkeit, daß der Mörder Zugang zum Balkon hatte, aus.

Die zwei Ausnahmen, die ich erwähnte, sind die beiden Türen auf der äußersten Linken, die zwar hätten bewacht sein sollen, es aber nicht waren, weil die Platzanweiserin, Madge O'Connell, im Zuschauerraum neben ihrem Liebsten saß. Dadurch erschien es mir zumindest möglich, daß der Mörder durch eine der beiden Türen, die für eine Flucht günstig gelegen waren, hätte verschwinden können, sofern er dies gewollt hätte. Auch diese Möglichkeit konnte jedoch durch die Aussage dieser Madge O'Connell ausgeschlossen werden, die ich noch einmal unter die Lupe nahm, nachdem sie von Vater befragt worden war.«

»Du hast wohl heimlich mit ihr gesprochen, du Schlingel?« bemerkte Queen mit donnernder Stimme.

»Genau das hab' ich getan«, antwortete Ellery leise vor sich hin lachend, »und ich habe die *eine* wichtige Tatsache entdeckt, auf die es zum gegenwärtigen Zeitpunkt der Untersuchung anzukommen scheint. Die O'Connell hat geschworen, daß sie, bevor sie die Ausgänge verließ, um sich neben Pfarrer Johnny zu setzen, die Türen von innen verriegelte. Als die Unruhe ausbrach, stürzte sie von der Seite des Pfarrers weg und fand die Türen verschlossen, wie sie sie zurückgelassen hatte; sie entriegelte sie, während Doyle versuchte, das Publikum im Zaum zu halten. Sofern sie nicht gelogen hat – und ich glaube nicht, daß sie das hat –, beweist dies, daß der Mörder nicht durch eine der Türen geflohen ist, da diese zu dem Zeitpunkt, als die Leiche entdeckt wurde, immer noch von innen verriegelt waren.«

»Das darf doch wirklich nicht wahr sein!« schimpfte Queen. »Davon hat sie mir nicht einen Ton gesagt. Zum Teufel mit ihr! Warte, bis ich die in die Finger kriege!«

»Bleib doch bitte sachlich, Hüter des Gesetzes«, lachte Ellery. »Der Grund dafür, daß sie dir nichts von den verriegelten Türen erzählt hat, ist, daß du sie nicht danach gefragt hast. Sie spürte, daß sie sich ohnehin schon in einer etwas ungemütlichen Position befand.

Wie dem auch sei, auf diese Aussage hin können wir auch die beiden Ausgänge in der Nähe des Ermordeten streichen. Man muß aber zugeben, daß noch andere Möglichkeiten mit ins Spiel kommen könnten – zum Beispiel die, daß Madge O'Connell eine Komplizin ist. Ich erwähne das nur als eine Möglichkeit, nicht einmal als Theorie. So oder so hätte es der Mörder meiner Meinung nach nicht riskiert, beim Verlassen einer der Nebenausgänge gesehen zu werden. Außerdem wäre ein Abgang auf so ungewöhnliche Art und Weise und zu einem so ungewöhnlichen Zeitpunkt um so auffälliger gewesen, als nur wenige Leute während des zweiten Aktes weggehen. Und dazu noch – der Mörder hätte das Pflichtversäumnis der O'Connell nicht vorhersehen können, es sei denn, sie war seine Komplizin. Da das Verbrechen sorgfältig geplant war – und dafür spricht aller Anschein –, wird der Mörder die Seitentüren als Fluchtweg von vornherein ausgeschlossen haben.

Nachdem diese Möglichkeit ausgesondert war, blieb – meiner Meinung nach – nur noch eine Richtung, in die weiter ermittelt werden konnte. Das war der Haupteingang. Doch auch hier erhielten wir eine eindeutige Zeugenaussage durch den Kartenkontrolleur und den Portier draußen; niemand hat das Gebäude auf diesem Wege während des zweiten Aktes verlassen. Mit Ausnahme natürlich des unverdächtigen Getränkejungen.

Da alle Ausgänge bewacht oder verschlossen waren, der Seitengang von 9:35 an unter permanenter Aufsicht von Lynch, Elinor, Johnny Chase – dem Platzanweiser – und später durch die Polizei stand – da dies also die Tatsachen sind, führt meine gesamte

Befragung und Überprüfung, meine Herren«, fuhr Ellery in bedeutungsvollem Tonfall fort, »zu dem unausweichlichen Schluß, daß von dem Zeitpunkt an, als der Mord entdeckt wurde, und während der ganzen folgenden Zeit, während der die Untersuchung stattfand, *der Mörder im Theater war!*«

Ellerys Ausführungen wurden mit Schweigen aufgenommen. »Zufällig«, fügte er ruhig hinzu, »fiel mir, als ich mit den Platzanweisern sprach, ein, danach zu fragen, ob sie jemanden bemerkt haben, der nach Beginn des zweiten Aktes seinen Platz verließ; sie können sich an niemanden erinnern, der seinen Platz gewechselt hat!«

Queen nahm träge eine weitere Prise Schnupftabak. »Gute Arbeit – und eine sehr saubere Beweisführung, mein Sohn –, aber trotz allem nichts, was überraschend oder überzeugend wäre. Angenommen es stimmt, daß der Mörder die Zeit über im Theater war – wie hätten wir ihn denn überhaupt schnappen können?«

»Er hat nicht gesagt, daß du das gekonnt hättest«, warf Sampson lächelnd ein. »Sei nicht so empfindlich, alter Knabe; niemand will dich der Nachlässigkeit bei der Ausübung deiner Pflicht bezichtigen. Nach allem, was ich heute abend gehört habe, hast du die ganze Angelegenheit ausgezeichnet erledigt.«

Queen brummte. »Ich muß gestehen, ich ärgere mich ein wenig über mich selbst, weil ich der Sache mit den Türen nicht sorgfältiger nachgegangen bin. Aber selbst wenn es für den Mörder möglich gewesen wäre, das Theater direkt nach dem Verbrechen zu verlassen, hätte ich die Untersuchung in derselben Weise durchführen lassen müssen, wie ich es tat – allein auf die Möglichkeit hin, daß er sich immer noch im Theater aufhielt.«

»Aber Vater – natürlich!« sagte Ellery ernst. »Du mußtest dich schließlich um so viele Dinge kümmern, während ich nichts anderes zu tun hatte, als herumzustehen und weise dreinzuschauen.«

»Was ist mit den Leuten, die ihr schon näher unter die Lupe genommen habt?« fragte Sampson neugierig.

»Nun, was ist mit ihnen?« nahm Ellery den Faden wieder auf. »Zweifellos können wir weder aus ihren Aussagen noch aus ihren Handlungsweisen irgendwelche definitiven Schlüsse ziehen. Wir haben einmal Pfarrer Johnny, einen Schurken, der anscheinend nur hier war, um ein Stück zu genießen, das interessante Aufschlüsse über sein eigenes Metier bietet. Dann ist da noch Madge O'Connell, ein etwas zwielichtiger Charakter, über den wir uns beim

100

augenblicklichen Stand der Dinge kein endgültiges Bild machen können. Sie könnte eine Komplizin sein – sie könnte unschuldig sein – sie könnte einfach nachlässig sein – sie könnte fast alles sein. Dann haben wir William Pusak, der Field gefunden hat. Haben Sie die auf leichten Schwachsinn hindeutende Form seines Schädels bemerkt? Und Benjamin Morgan – auch hier sind wir völlig auf Spekulationen angewiesen. Was wissen wir schon über seine Aktivitäten heute abend? Natürlich klingt seine Geschichte mit dem Brief und dem beigefügten Ticket seltsam, weil jeder den Brief hätte schreiben können, sogar Morgan selbst. Und wir dürfen nicht die öffentliche Drohung gegen Field vergessen; und ebenso nicht die Feindschaft, die seit zwei Jahren zwischen ihnen bestand. Und zu guter Letzt haben wir Miss Frances Ives-Pope. Es tut mir außerordentlich leid, daß ich während der Befragung nicht dabei war. Die Tatsache bleibt nun einmal bestehen – und das ist doch nicht uninteressant –, daß ihre Handtasche in einer der Taschen des Toten gefunden worden ist. Erkläre das, wer will.

Das wäre also der augenblickliche Stand«, fuhr Ellery traurig fort. »Das ganze Ergebnis unserer heutigen Abendunterhaltung ist ein Zuviel an Verdachtsmomenten und ein Zuwenig an Fakten.«

»Bisher, mein Sohn«, sagte Queen gemütlich, »bist du ja noch auf ziemlich sicherem Terrain geblieben. Aber du hast zum Beispiel die wichtige Sache mit den verdächtig leeren Plätzen vergessen. Ebenso die verblüffende Tatsache, daß Fields Kontrollabschnitt und der einzige andere Abschnitt, der dem Mörder gehört haben könnte – ich meine den Abschnitt zu LL30 Links, den Flint gefunden hat –, daß diese beiden Abschnitte nicht zueinander passen. Das heißt, die abgerissenen Seiten weisen darauf hin, daß der Kartenkontrolleur sie zu unterschiedlichen Zeitpunkten einkassiert hat!«

»Richtig«, sagte Ellery. »Aber lassen wir das für einen Moment beiseite und beschäftigen uns mit dem Problem von Fields Zylinder.«

»Der Hut – nun, wie denkst du darüber?« fragte Queen neugierig.

»Ich sehe das so. Zunächst einmal haben wir eindeutig festgestellt, daß der Hut nicht zufällig fehlt. Der Ermordete wurde von Jess Lynch mit dem Hut in der Hand gesehen, zehn Minuten, nachdem der zweite Akt begonnen hatte. Da er jetzt fehlt, ist die einzig schlüssige Theorie, die sein Fehlen erklärt, daß der Mörder ihn mitgenommen hat. Nun – vergessen wir für einen Augenblick das Problem, wo sich der Hut augenblicklich befindet. Die unmittelbare Schlußfolgerung ist, daß der Hut aus einem der zwei folgenden Gründe entfernt wurde. Erstens: Der Hut selbst war belastend und hätte – wäre er zurückgelassen worden – auf die Identität des Mörders hingewiesen. Welcher Art dieser belastende Hinweis gewesen wäre, können wir im Augenblick nicht einmal vermuten. Zweitens: Der Hut hat etwas enthalten, das der Mörder haben wollte. Man könnte einwerfen: Warum hat er nicht den geheimnisvollen Gegenstand genommen und den Hut zurückgelassen? Vielleicht, wenn diese Annahme richtig ist, weil er entweder nicht genug Zeit hatte, ihn herauszuholen, oder weil er nicht wußte, wie er an ihn herankommen sollte, und deshalb den Hut mitnahm, um ihn in Ruhe zu untersuchen. Stimmst du mir soweit zu?«

Der Staatsanwalt nickte beifällig. Queen saß schweigend da und blickte vor sich hin.

»Wir wollen einmal darüber spekulieren, was der Hut enthalten haben könnte«, nahm Ellery den Faden wieder auf, während er seinen Zwicker polierte. »Aufgrund von Größe und Form gibt es nur eingeschränkte Möglichkeiten. Was kann man in einem Zylinder verstecken? Die einzigen Dinge, die mir einfallen, sind: irgendwelche Papiere, Schmuck, Geldscheine oder andere kleine Wertgegenstände, die nicht so einfach in einem solchen Versteck entdeckt werden können. Es ist klar, daß der besagte Gegenstand kaum in der Höhlung des Hutes getragen wurde, da er jedes Mal herausgefallen wäre, wenn sein Träger ihn abgenommen hätte. Wir gelangen daher zu der Annahme, daß der Gegenstand, was auch immer es war, im Hutfutter versteckt war. Das schränkt unsere Liste der Möglichkeiten noch mehr ein. Feste Gegenstände von einiger Größe scheiden aus. Ein Schmuckstück hätte versteckt sein können; Geldscheine oder Dokumente hätten versteckt sein können. Von dem, was wir über Field wissen, können wir aber meiner Meinung nach das Schmuckstück ausschließen. Wenn er etwas von Wert bei sich trug, dann hatte es wahrscheinlich in irgendeiner Weise mit seinem Beruf zu tun.

Einen Punkt gibt es noch bei dieser vorläufigen Analyse der Zylinderfrage zu bedenken. Und, meine Herren, diese Überlegung könnte bald zum Dreh- und Angelpunkt des Falles werden. Es ist für uns von allerhöchster Bedeutung, herauszufinden, ob der Mörder von *vornherein* gewußt hat, daß es für ihn nötig sein würde,

Monte Fields Zylinder an sich zu nehmen. Mit anderen Worten: Wußte der Mörder von der Bedeutung des Hutes, was auch immer sie gewesen sein mag? Ich behaupte, daß die vorliegenden Tatsachen – so logisch, wie das Tatsachen überhaupt können – beweisen, daß der Mörder nichts davon wußte.

Gebt genau acht... Da Monte Fields Zylinder fehlt und da kein anderer Zylinder an seiner Stelle gefunden wurde, ist das ein unbestreitbarer Hinweis darauf, daß es außerordentlich wichtig war, ihn mitzunehmen. Ihr müßt mir zustimmen, daß – wie ich bereits angedeutet habe – höchstwahrscheinlich der Mörder den Hut entfernt hat. Nun! Ungeachtet der Frage, *warum* er weggenommen werden mußte, stehen wir vor zwei Alternativen: der einen, daß der Mörder von Anfang an wußte, daß er ihn mitnehmen mußte, oder der zweiten, daß er es *nicht* von vorneherein wußte. Laßt uns die Möglichkeiten im ersten Fall durchspielen. Wenn er es vorher gewußt hätte, kann vernünftiger- und logischerweise angenommen werden, daß er eher einen Hut mit ins Theater gebracht hätte, um den von Field zu ersetzen, als eine offensichtliche Spur, die das Fehlen des Hutes nun einmal darstellt, zu hinterlassen. Es wäre das Sicherste gewesen, einen Ersatzhut mitzubringen. Der Mörder hätte keine Probleme mit der Beschaffung eines Ersatzhutes gehabt, da er sich rechtzeitig mit ausreichenden Informationen über Hutmaß, Zylindertyp und anderen kleinen Details hätte versorgen können, wenn er dessen Bedeutung von Anfang an gekannt hätte. *Aber es gibt keinen Ersatzhut.* Bei einem so sorgfältig geplanten Verbrechen wie diesem hier könnten wir mit gutem Recht einen Ersatzhut erwarten. Da es aber keinen gibt, bleibt uns nur der Schluß, daß der Mörder vorher nichts von der Bedeutung von Fields Hut gewußt hat; ansonsten wäre er mit Sicherheit klug genug gewesen, einen anderen Hut dazulassen. Auf diese Weise wäre der Polizei niemals aufgefallen, daß Fields Hut überhaupt eine Bedeutung hat.

Ein weiterer Punkt, der das bekräftigt: Auch wenn der Mörder aus irgendwelchen unklaren Gründen keinen Ersatzhut zurücklassen wollte, hätte er sich darauf vorbereitet, das, was im Hut war, herausschneiden zu können. Er hätte sich nur von vornherein mit einem scharfen Werkzeug – einem Taschenmesser zum Beispiel – ausstatten müssen. Der *leere* Hut hätte – selbst mit einigen Schnitten – nicht das Maß an Folgeproblemen mit sich gebracht wie der *fehlende* Hut. Der Mörder hätte diese Vorgehensweise sicher bevorzugt, wenn er Kenntnis vom Inhalt des Hutes gehabt hätte. Aber selbst das hat er nicht getan. Das, so scheint es, bestätigt in starkem Maße, daß er, bevor er ins Römische Theater kam, nicht gewußt hat, daß er einen Hut oder dessen Inhalt würde an sich nehmen müssen. *Quod erat demonstrandum.*«

Der Staatswanwalt betrachtete Ellery mit geschürzten Lippen. Inspektor Queen schien in völlige Lethargie verfallen zu sein. Seine Hand schwebte auf halbem Wege zwischen seiner Tabakdose und seiner Nase.

»Um was geht es eigentlich genau, Ellery?« wollte Sampson wissen. »Warum ist es für dich so wichtig zu wissen, daß der Mörder keine Vorkenntnis von der Bedeutung des Hutes gehabt hat?«

Ellery lächelte. »Es ist einfach so. Das Verbrechen wurde nach dem Beginn des zweiten Aktes begangen. Ich möchte bei meinen Überlegungen sichergehen, daß der Mörder, da er vorher nichts von der Bedeutung des Hutes wußte, die erste Pause nicht in irgendeiner Weise als wichtigen Bestandteil seines Planes genutzt haben kann... Natürlich, Fields Hut könnte irgendwo im Hause auftauchen, und seine Entdeckung würde alle diese Überlegungen wertlos machen. Aber – ich glaube nicht, daß er das wird...«

»Diese Analyse mag ein wenig einfach sein, mein Junge, aber mir scheint sie ausgesprochen logisch«, sagte Sampson zustimmend. »Du hättest Anwalt werden sollen.«

»Das Gehirn eines Queen ist unschlagbar«, lachte der alte Mann plötzlich vor sich hin; ein breites Lächeln stand auf seinem Gesicht. »Aber ich werde mich noch mit einer anderen Spur beschäftigen, die etwas mit diesem Huträtsel zu tun haben könnte. Ist dir der Name des Ausstatters aufgefallen, Ellery, der in Fields Mantel eingenäht war?«

»Nichts leichter als das«, antwortete Ellery grinsend. Er zog eines der schmalen Bändchen, die er in der Tasche seines Mantels trug, heraus, schlug es auf, und wies auf eine Notiz auf dem Vorsatzblatt. »Browne Bros., meine Herren – keine Geringeren als diese.«

»Richtig, und ich werde Velie morgen früh hinschicken, um das zu überprüfen«, sagte der Inspektor. »Es ist dir wahrscheinlich aufgefallen, daß Fields Kleidung von außerordentlich guter Qualität ist. Dieser Abendanzug kostet wenigstens dreihundert Dollar. Und Browne Bros. sind genau die Könner, die solch vornehme

Preise verlangen. Es gibt noch einen anderen Punkt in diesem Zusammenhang: Jedes Kleidungsstück am Körper des Toten trug dieselbe Herstellerbezeichnung. Das ist bei wohlhabenden Männern nichts Ungewöhnliches; und es ist eine Spezialität von Browne, ihre Kunden von Kopf bis Fuß auszustatten. Was liegt also näher, als – «

»Als daß Field auch seine Hüte dort gekauft hat!« rief Sampson, so als sei er stolz auf seine Entdeckung.

»Richtig, Tacitus«, sagte Queen schmunzelnd. »Velie wird dieser Sache mit der Kleidung nachgehen und, wenn möglich, ein genaues Duplikat von Fields Hut anfertigen lassen. Ich bin richtig gespannt darauf, es mir anzusehen.«

Hustend stand Sampson auf. »Ich denke, ich sollte besser wieder ins Bett gehen«, sagte er. »Ich bin eigentlich nur hergekommen, um zu verhindern, daß du den Bürgermeister einsperrst. Junge, mein Freund war ganz schön böse! Das werde ich noch ewig zu hören kriegen!«

Queen sah ihn mit einem fragenden Lächeln an. »Bevor du gehst, Henry, würde ich gerne von dir wissen, wo genau ich bei diesem Fall dran bin. Ich weiß, daß ich heute abend reichlich eigenmächtig gehandelt habe, aber du mußt einsehen, wie nötig das war. Wirst du jemanden von deinen eigenen Leuten auf den Fall ansetzen?«

Sampson starrte ihn an. »Wie kommst du nur darauf, daß ich mit deiner Durchführung der Untersuchung nicht zufrieden war, alter Knabe!« knurrte er. »Ich habe dir nie Vorschriften gemacht und werde auch jetzt nicht damit beginnen. Wenn *du* diese Angelegenheit nicht zu einem erfolgreichen Abschluß bringen kannst, wüßte ich nicht, wer das sonst könnte. Mein lieber Q, mach weiter, und nimm halb New York in Haft, wenn du das für nötig hältst. Ich stehe hinter dir.«

»Danke, Henry«, sagte Queen. »Ich wollte nur sichergehen. Und nun, weil es dir so gut gefallen hat, solltest du dir meinen nächsten Zug ansehen!«

Er schlenderte durch das Zimmer in den Vorraum, steckte seinen Kopf durch die Türöffnung und rief: »Mr. Panzer, würden Sie für einen Augenblick herkommen?«

Grimmig lächelnd kam er zurück; der dunkelhäutige Theatermanager folgte auf dem Fuße.

»Mr. Panzer, das ist Staatsanwalt Sampson«, sagte Queen. Die beiden Männer gaben sich die Hand. »Nun, Mr. Panzer, ich habe

105

noch eine Aufgabe für Sie, dann können Sie nach Hause und zu Bett gehen. Ich möchte, daß das Theater vorläufig geschlossen bleibt und zwar so fest, daß keine Maus hineingelangen kann!«

Panzer erblaßte. Sampson zuckte die Achseln, als wollte er die Verantwortung an dieser Aktion von sich schieben. Ellery nickte zustimmend.

»Aber – aber Inspektor, gerade jetzt, wo wir jeden Abend volles Haus haben!« stöhnte der kleine Manager. »Ist das wirklich nötig?«

»Es ist so nötig, mein lieber Mann«, antwortete der Inspektor kühl, »daß ich zwei Männer zur permanenten Bewachung des Gebäudes abstellen werde.«

Panzer rang mit den Händen und schielte zu Sampson hinüber. Aber der Staatsanwalt hatte ihnen den Rücken zugekehrt und betrachtete ein Bild, das an der Wand hing.

»Das ist furchtbar, Inspektor!« jammerte Panzer. »Ich kann mir lebhaft vorstellen, was Gordon Davis, der Produzent... Aber selbstverständlich, wenn Sie es anordnen, wird es auch geschehen.«

»Kopf hoch, Mann, sehen Sie doch nicht so schwarz«, sagte Queen freundlicher. »Sie werden dadurch so viel Publicity bekommen, daß Sie nach der Wiedereröffnung noch anbauen müssen. Und ich gehe sowieso nicht davon aus, daß das Theater für mehr als ein paar Tage geschlossen bleibt. Ich werde meinen Männern draußen die notwendigen Anordnungen geben. Sobald Sie Ihre Routinearbeit für heute abend erledigt haben, geben Sie meinen Männern Bescheid und gehen nach Hause. Ich werde Sie benachrichtigen, sobald Sie wieder aufmachen können.«

Panzer schüttelte betrübt den Kopf, gab allen die Hand und ging. Sampson stürzte sich sofort auf Queen und sagte: »Guter Gott, Q, ist das nicht übertrieben? Warum läßt du das Theater schließen? Du hast es doch schon völlig auf den Kopf gestellt, oder?«

»Das schon, Henry«, antwortete Queen bedächtig, »aber der Hut ist noch nicht gefunden worden. Die Leute haben nacheinander das Theater verlassen und sind durchsucht worden – jeder hatte nur einen Hut. Bedeutet das nicht, daß der Hut, nach dem wir suchen, noch irgendwo in der Nähe ist? Und wenn er das ist, werde ich niemandem die Gelegenheit geben, herzukommen und ihn herauszuholen. Wenn ihn jemand in die Finger kriegt, dann werde ich das sein.«

Sampson nickte. Ellery sah immer noch besorgt aus, als die drei Männer aus dem Büro in den fast leeren Zuschauerraum gingen. Hier und da beugte sich noch eine fleißige Gestalt über einen Sitz, um den Boden darunter zu untersuchen. Einige Männer kontrollierten die vorderen Logen. Sergeant Velie stand am Haupteingang und sprach leise mit Piggott und Hagstrom. Detective Flint, der eine Gruppe von Männern beaufsichtigte, arbeitete ganz vorne im Zuschauerraum. Ein kleines Grüppchen von Putzfrauen schob müde Staubsauger vor sich her. In einer Ecke, weiter im hinteren Teil, sprach eine füllige Polizistin mit einer älteren Frau, der Frau, die Panzer als Mrs. Phillips bezeichnet hatte.

Die drei Männer begaben sich zum Hauptausgang. Während Ellery und Sampson schweigend die stets deprimierende Atmosphäre eines verlassenen Zuschauerraumes betrachteten, sprach Queen rasch mit Velie und gab diesem halblaut Anweisungen. Schließlich drehte er sich um und sagte: »Nun, meine Herren, das wäre alles für heute nacht. Wir können gehen.«

Auf dem Gehweg hatten einige Polizisten einen größeren Bereich mit einem Seil abgesperrt, hinter dem sich eine große Schar Neugieriger versammelt hatte.

»Selbst um zwei Uhr morgens bevölkern diese Nachteulen den Broadway«, knurrte Sampson. Er verabschiedete sich mit einem Handzeichen und stieg in sein Auto, nachdem die Queens ein Mitfahrangebot höflich abgelehnt hatten. Eine Horde geschäftiger Reporter drängte sich durch die Menschenmenge hindurch und umringte sie.

»Na, na! Was soll das, meine Herren?« fragte der alte Mann unwirsch.

»Wie wär's mit den genauen Fakten über heute abend, Inspektor?« fragte einer von ihnen aufdringlich.

»Ihr werdet alle Informationen bekommen, die ihr wollt, Jungs, von Detective-Sergeant Velie – drinnen.« Er lächelte, als sie daraufhin geschlossen durch die Glastüren stürzten.

Ellery und Richard standen schweigend auf der Bordsteinkante und beobachteten die Polizisten, die die Menschenmenge im Zaum hielten. Dann sagte der alte Mann in einem plötzlichen Anflug von Müdigkeit: »Komm, mein Sohn, laß uns ein Stück des Heimweges zu Fuß gehen.«

Zweiter Teil

»... *Ein Beispiel zur Verdeutlichung: Eines Tages kam der junge Jean Q. nach einem Monat gewissenhafter Arbeit an einem schwierigen Fall zu mir. Er wirkte verzweifelt. Wortlos überreichte er mir ein förmliches Schreiben. Ich las es voller Bestürzung. Er bat um seine Entlassung.*

›Aber, Jean!‹ rief ich. ›Was hat das zu bedeuten?‹

›Ich habe versagt, M. Brillon‹, sagte er leise. ›Einen Monat Arbeit völlig umsonst. Ich war auf der falschen Spur. Es ist eine Schande.‹

›Jean, mein Freund‹, antwortete ich ernst, ›soviel zu deiner Entlassung.‹ Mit diesen Worten riß ich das Papier vor seinen erstaunten Augen in Stücke. ›Geh jetzt‹, ermahnte ich ihn, ›und fang noch einmal von vorne an. Halte dir stets den Grundsatz vor Augen: Dem Wissen um das, was richtig ist, geht stets das Wissen um das, was falsch ist, voraus!‹«

Aus *Erinnerungen eines Präfekten*
von *Auguste Brillon*

Achtes Kapitel

in welchem die Queens Mr. Fields beste Freundin kennenlernen

Die Wohnung der Queens in der 87. Straße, West, war, angefangen bei dem Pfeifenständer über dem Kamin bis hin zu den glänzenden Säbeln an der Wand, ein ganz und gar männliches Domizil. Sie wohnten im obersten Stock eines Dreifamilienhauses, einem braunen Sandsteingebäude aus spätviktorianischer Zeit. Man schritt über mit schweren Teppichen bedeckte Stufen durch endlos scheinende Flure von erdrückender Geradlinigkeit. Wenn man fast schon zu der Überzeugung gelangt war, daß einen solch trostlosen Ort nur vertrocknete Gemüter bewohnen könnten, gelangte man zu einer riesigen Eichentür mit dem hübsch beschrifteten und gerahmten Namensschild ›Die Queens‹. Dann grinste einen Djuna durch den Türspalt hindurch an, und man betrat eine völlig andere Welt.

Nicht wenige bedeutende Männer hatten nur zu gerne dieses wenig einladende Treppenhaus durchschritten, um dort oben eine Zuflucht zu finden. Mehr als nur einmal trug Djuna wohlgemut eine Karte mit einem berühmten Namen darauf von der Diele in den Wohnraum.

Die Gestaltung der Diele ging auf Ellery zurück, um der Wahrheit die Ehre zu geben. Sie war so klein und eng, daß die Wände ungewöhnlich hoch zu sein schienen. Mit einem seltsamen Sinn für Humor war eine Wand vollständig mit einem Wandteppich, auf dem eine Jagd abgebildet war, bedeckt worden – eine äußerst passende Dekoration für diesen altertümlich wirkenden Raum. Beide Queens verabscheuten den Teppich von ganzem Herzen und ließen ihn nur hängen, weil er ihnen als Ausdruck fürstlichen Dankes vom Duke of – – überreicht worden war, jenem jähzornigen Mann, dessen Sohn Richard Queen vor einem entsetzlichen Skandal bewahrt hatte, dessen Einzelheiten nie an die Öffentlichkeit gelangt sind. Unter dem Wandteppich befand sich ein schwerer Altartisch, auf dem eine mit Pergament bespannte Lampe und ein Paar bronzener Buchstützen, die eine dreibändige Ausgabe der ›Märchen aus Tausendundeiner Nacht‹ hielten, standen.

Zwei Gebetsstühle und ein kleiner Läufer vervollständigten die Einrichtung der Diele.

Wenn man diesen niederdrückenden, fast immer düsteren und abweisenden Ort durchschritten hatte, war man auf alles andere gefaßt als auf die vollkommene Heiterkeit des dahinterliegenden großen Zimmers. Dieser Gegensatz war Ellerys Privatvergnügen; denn der alte Mann hätte – ginge es nach ihm – bereits seit langem die Einrichtungsgegenstände der Diele in irgendeiner Rumpelkammer verstaut.

Das Wohnzimmer war auf drei Seiten von dicht beieinanderstehenden und den Geruch von Leder ausströmenden Bücherschränken umgeben, die bis an die hohe Decke reichten. Auf der vierten Seite befand sich ein echter Kamin mit einer Einfassung aus massivem Eichenholz und einem glänzenden Eisengitter vor der Kaminöffnung. Über dem Kamin hingen die berühmten gekreuzten Säbel, ein Geschenk des alten Fechtmeisters von Nürnberg, bei dem Richard in seinen Jugendjahren während seines Studiums in Deutschland gelebt hatte. Lampen glänzten und blinkten überall in dem großzügigen Raum; bequeme Sessel, Lehnstühle, niedrige Chaiselongues, Fußschemel und helle Lederpolster standen herum. Kurzum, es war ein äußerst gemütlicher Raum, wie ihn sich nur zwei geistig tätige Menschen als ihr Refugium entwerfen konnten. Und wenn vielleicht nach einer bestimmten Zeit ein solcher Ort langweilig geworden wäre – allein durch die bloße Vielfalt der Dinge –, so verhinderte dies der geschäftige Djuna, Laufbursche, Faktotum, Diener und guter Geist des Hauses in einer Person.

Djuna war von Richard Queen während Ellerys Zeit am College aufgenommen worden, als sich der alte Mann oft sehr allein fühlte. Er war ein fröhlicher junger Mann, neunzehn Jahre alt, Waise, solange er zurückdenken konnte und in entzückender Weise ahnungslos, was die Notwendigkeit eines Familiennamens anbelangt. Er war klein und schlank, immer freudig erregt, in überschäumender Stimmung, aber auch mucksmäuschenstill, wenn die Situation es erforderte. Djuna verehrte den alten Richard ungefähr in der gleichen Weise, wie sich die Ureinwohner Alaskas vor ihren Totempfählen niederbeugten. Auch zwischen ihm und Ellery bestand ein scheues Band der Verbundenheit, das seinen Ausdruck aber nur in dem leidenschaftlichen Diensteifer des Jungen fand. Er schlief in einem kleinen Zimmer hinter den Schlafräumen von Vater und Sohn und konnte, wie es Richard stets schmunzelnd ausdrückte, »mitten in der Nacht sogar vom Liebesgesang eines Flohs aufgeweckt werden«.

Am Morgen nach dem ereignisreichen Abend, an dem Monte Field ermordet worden war, deckte Djuna gerade den Tisch fürs Frühstück, als das Telefon klingelte. An Anrufe am frühen Morgen bereits gewöhnt, nahm er den Hörer ab.

»Hier ist Djuna bei Inspektor Queen. Wer ist da bitte?«

»Oh, so, so«, brummte eine tiefe Stimme aus dem Hörer. »Nun, du Sohn eines streunenden Polizisten, weck den Inspektor, und zwar schnell!«

»Inspektor Queen darf nicht gestört werden, Sir, solange sein Vertrauter Djuna nicht weiß, wer anruft.« Djuna, der den Klang von Sergeant Velies Stimme sofort erkannt hatte, grinste und steckte dabei die Zunge in die Backe.

Eine schlanke Hand packte Djuna fest am Nacken und wirbelte ihn halb durchs Zimmer. Der Inspektor, bereits fertig angezogen und mit noch von der ersten Morgenprise Schnupftabak bebenden Nasenflügeln, sprach in den Hörer: »Kümmere dich nicht um Djuna, Thomas. Was ist los? Hier ist Queen.«

»Oh, Sie sind's, Inspektor. Ich hätte Sie nicht schon so früh am Morgen gestört, wenn nicht Ritter gerade aus Monte Fields Wohnung angerufen hätte. Es gibt was Interessantes zu berichten«, polterte Velie.

»Gut, gut«, schmunzelte der Inspektor. »Unser Freund Ritter hat also jemanden eingefangen? Wer ist es denn, Thomas?«

»Sie haben es erraten, Sir«, antwortete Velie mit unbewegter Stimme. »Er sagt, er befände sich dort in einer etwas peinlichen Situation mit einer nur leicht bekleideten Dame, und falls er sich noch länger dort mit ihr aufhalten sollte, wird sich seine Frau wohl von ihm scheiden lassen. Irgendwelche Befehle, Sir?«

Queen lachte herzhaft. »Aber sicher, Thomas. Schick sofort ein paar Männer als Anstandswauwaus dorthin. Ich selbst werde auf der Stelle dort sein, das heißt, sobald ich Ellery aus dem Bett geschmissen habe.«

Grinsend hängte er ein. »Djuna!« rief er. Augenblicklich erschien dessen Kopf in der Küchentür. »Beeil dich mit den Eiern und dem Kaffee, mein Sohn!« Der Inspektor ging ins Schlafzimmer und traf dort auf Ellery, der ihm – noch ohne Kragen, aber unverkennbar dabei, sich anzukleiden – mit abwesendem Gesichtsausdruck gegenüberstand.

»Du bist schon auf?« brummte der Inspektor und machte es sich in einem Lehnstuhl bequem. »Ich dachte, ich müßte dich aus dem Bett schmeißen, du Faulpelz!«

»Du kannst beruhigt sein«, sagte Ellery abwesend. »Ich bin tatsächlich schon auf und werde auch auf bleiben. Und sobald Djuna für mein leibliches Wohl gesorgt hat, bin ich auf und davon.« Er schlenderte noch einmal ins Schlafzimmer und kam wenig später, Kragen und Krawatte schwingend, zurück.

»Hiergeblieben! Wo willst du denn hin, junger Mann«, rief Queen aufgebracht und sprang auf.

»Zu meiner Buchhandlung, liebster Inspektor«, antwortete Ellery widerspenstig. »Du glaubst doch nicht etwa, daß ich es zulasse, daß mir die Falconer-Erstausgabe durch die Lappen geht? Also wirklich – sie könnte tatsächlich noch dort sein.«

»Dieses nutzlose Zeug«, sagte sein Vater grimmig. »Du hast etwas begonnen, und du wirst mir auch helfen, es zu Ende zu bringen. Hierher, Djuna – wo ist der Junge nur wieder?«

Djuna betrat flink den Raum, auf der einen Hand balancierte er ein Tablett, mit der anderen Hand trug er die Milchkanne. Im Nu hatte er den Tisch gedeckt, Kaffe aufgebrüht und das Brot getoastet; wortlos schlangen Vater und Sohn ihr Frühstück hinunter.

»Nun«, bemerkte Ellery und setzte seine leere Tasse ab, »nun, da ich dieses gemütliche Mahl beendet habe, sag mir bitte, wo es brennt.«

»Zieh dir Hut und Mantel an und hör auf, sinnlose Fragen zu stellen«, knurrte Queen. Drei Minuten später standen sie unten auf dem Bürgersteig und winkten ein Taxi herbei.

Das Taxi hielt vor einem imposanten Appartmenthaus. Detective Piggott schlenderte, eine Zigarette im Mund, den Bürgersteig entlang. Der Inspektor zwinkerte ihm zu und trat in die Eingangshalle. Der Aufzug brachte sie geschwind in die vierte Etage, wo Detective Hagstrom sie begrüßte und ihnen die Wohnungstür mit der Nummer 4-D zeigte. Ellery, der sich vorgebeugt hatte, um die Schrift auf dem Namensschild lesen zu können, wollte sich gerade mit einer übermütigen Beschwerde an seinen Vater wenden, als auf Queens energisches Klingeln hin die Tür geöffnet wurde und ihnen das breite gerötete Gesicht von Ritter entgegenblickte.

»Morgen, Inspektor«, murmelte der Detective und hielt die Tür auf. »Ich bin froh, daß Sie kommen, Sir.«

Queen und Ellery gingen hinein. Sie befanden sich in einer verschwenderisch eingerichteten Diele. Direkt vor sich sahen sie das Wohnzimmer, dahinter eine geschlossene Tür. Die offene Tür gab den Blick frei auf eine verzierte Damensandalette und einen schlanken Knöchel.

Der Inspektor ging los, überlegte es sich dann aber anders und rief schnell noch nach Hagstrom, der draußen auf dem Gang herumging. Der Detective kam herangeeilt.

»Kommen Sie rein«, sagte Queen scharf. »Ich hab' hier noch was für Sie.« Mit Ellery und den beiden Männern in Zivil in seinem Gefolge schritt er in das Wohnzimmer.

Eine Frau von reifer, bereits ein wenig verlebter Schönheit, deren blasser, ruinierter Teint unter einer dick aufgetragenen Schicht von Rouge sichtbar wurde, sprang auf. Sie trug ein fließendes, durchscheinendes Négligé; ihr Haar war zerzaust. Nervös trat sie eine Zigarette auf dem Boden aus.

»Sind Sie hier die große Nummer?« brüllte sie Queen voller Wut an. Er rührte sich nicht und betrachtete sie unbeteiligt. »Was erlauben Sie sich eigentlich, einen Ihrer Plattfüße herzuschicken und mich die ganze Nacht über festzuhalten?«

Sie machte einen Satz nach vorne auf Queen zu, so als wollte sie handgreiflich werden. Ritter ging dazwischen und packte ihren Arm. »Sie haben die Klappe zu halten, bis Sie gefragt werden«, knurrte er.

Sie starrte ihn an. Dann entwand sie sich katzenartig seinem Griff und ließ sich keuchend und mit wildem Blick in einem Sessel nieder.

Die Arme in die Seiten gestemmt, musterte der Inspektor sie mit unverhohlener Abscheu von oben bis unten. Ellery hatte ihr nur einen kurzen Blick zugeworfen und dann begonnen, im Zimmer herumzuhantieren, sich die Wandbehänge und die japanischen Drucke anzusehen, ein Buch von einem Beistelltisch zu nehmen, seine Nase in die dunklen Ecken zu stecken.

Queen winkte Hagstrom heran. »Bringen Sie diese Dame ins Nebenzimmer, und leisten Sie ihr eine Zeitlang Gesellschaft«, sagte er. Recht unsanft brachte der Detective die Frau auf die Füße. Trotzig warf sie den Kopf zurück und zog ab ins nächste Zimmer; Hagstrom folgte ihr.

»Nun, Ritter, mein Junge, erzählen Sie mir, was passiert ist«, seufzte der alte Mann und ließ sich in einen Sessel sinken.

Ritter antwortete unbewegt. Seine Augen waren überanstrengt und blutunterlaufen. »Ich bin Ihren Anweisungen letzte Nacht genauestens gefolgt. Ich bin im Polizeiwagen hierher gerast; an der Ecke hab' ich ihn stehenlassen, weil ich nicht wußte, ob nicht schon jemand Ausschau hielt, und bin dann hoch zur Wohnung spaziert. Alles war ruhig; Lichter hab' ich auch nirgends bemerkt – vorher war ich noch kurz in den Hof gerannt, um mir die Fenster der Wohnung von der Hinterseite anzusehen. Ich hab' also brav geklingelt und gewartet.

Keine Reaktion«, fuhr Ritter fort, während sich sein Kiefer anspannte. »Ich hab' noch mal geklingelt – diesmal länger und lauter. Und nun rührte sich was. Ich hörte drinnen das Schloß gehen und diese Frau da trällern: ›Bist du es, Liebling? Wo ist denn dein Schlüssel?‹ Aha – dachte ich – Mr. Fields Liebchen! Ich hab' meinen Fuß zwischen die Tür geschoben und sie gepackt, noch bevor sie wußte, was überhaupt los war. Nun, Sir, ich war dann auch ziemlich verblüfft. Irgendwie hab' ich erwartet« – Ritter grinste dabei dämlich – »hab' ich erwartet, eine angezogene Frau vorzufinden, aber alles, was ich zu fassen bekam, war ein dünnes seidenes Nachthemd. Muß wohl etwas rot geworden sein ...«

»Ah, die günstigen Gelegenheiten für unsere tapferen Häscher«, murmelte Ellery, während er sich eine Lackvase näher anschaute.

»Jedenfalls bekam ich sie zu fassen«, fuhr der Detective fort. »Sie hat ganz schön gekreischt. Hab' sie dann ins Wohnzimmer befördert, wo sie das Licht angemacht hatte, und sie mir angeschaut. Sie war vor Schreck ganz bleich geworden, aber sie war doch irgendwie mutig; denn sie fing an, mich zu beschimpfen, wollte wissen, wer zum Teufel ich wäre, was ich mitten in der Nacht in der Wohnung einer Frau vorhätte und so weiter. Ich zückte schnell meine Polizeimarke. Sobald diese Furie meine Marke sah, Inspektor, ging bei ihr die Klappe runter, und sie hat keine einzige Frage von mir beantwortet!«

»Warum wohl?« Der alte Mann ließ seinen Blick über die Einrichtung des Zimmers schweifen.

»Schwer zu sagen, Inspektor«, sagte Ritter. »Zunächst schien sie erschrocken zu sein, aber als sie meine Marke sah, riß sie sich schnell wieder zusammen. Je länger ich hier war, desto unverschämter wurde sie.«

»Das mit Field haben Sie ihr nicht erzählt?« fragte der Inspektor. Ritter sah seinen Vorgesetzten vorwurfsvoll an. »Nicht ein Sterbenswörtchen, Sir«, sagte er. »Nun, als klar war, daß nichts aus ihr herauszubringen war – sie kreischte immer nur ›Mann, warte nur, bis Monte nach Hause kommt!‹ –, hab' ich mir das Schlafzimmer angeschaut. Es war niemand da; also hab' ich sie dort hineingesteckt, hab' die Tür offen und das Licht brennen gelassen und so die ganze Nacht durchgehalten. Nach einiger Zeit ging sie ins Bett und schlief wohl auch ein. Heute morgen um sieben sprang sie dann auf und fing wieder mit dem Geschrei an. Dachte anscheinend, Field wäre von der Polizei geschnappt worden. Wollte unbedingt eine Zeitung haben. Ich sagte ihr, sie solle gar nichts tun, und dann hab' ich die Dienststelle angerufen. Seitdem ist nichts weiter mehr passiert.«

»Hör mal, Vater«, rief Ellery plötzlich aus einer Zimmerecke. »Was glaubst du wohl, was unser Freund, der Rechtsanwalt, liest? Du würdest es nie erraten. ›Was die Handschrift über die Persönlichkeit verrät‹!«

Der Inspektor erhob sich murrend. »Hör endlich mit diesem ewigen Bücherquatsch auf«, sagte er, »und komm mit.«

Er riß die Tür zum Schlafzimmer auf. Die Frau saß mit übereinandergeschlagenen Beinen auf dem Bett, einem reichverzierten Möbelstück aus einer Mischung französischer Stile, mit Baldachin und von oben bis unten behangen mit schweren Damastvorhängen. Teilnahmslos lehnte Hagstrom am Fenster.

Queen schaute sich rasch um. Er wandte sich an Ritter. »War das Bett zerwühlt, als Sie letzte Nacht hier eindrangen? Sah es so aus, als hätte jemand darin geschlafen?« flüsterte er ihm zu.

Ritter nickte. »Also gut, Ritter«, sagte Queen freundlich. »Gehen Sie nach Hause, und ruhen Sie sich aus. Sie haben es verdient. Schicken Sie Piggott bei der Gelegenheit rauf.« Der Detective grüßte und ging fort.

Queen wandte sich nun der Frau zu. Er trat zum Bett, setzte sich neben sie und betrachtete das halb abgekehrte Gesicht. Trotzig zündete sie sich eine Zigarette an.

»Ich bin Polizeiinspektor Queen, meine Liebe«, stellte sich der Alte mit sanfter Stimme vor. »Ich mache Sie darauf aufmerksam, daß Sie sich mit dem Versuch, weiter hartnäckig zu schweigen oder mich anzulügen, selbst die allergrößten Unannehmlichkeiten bereiten werden. Aber was red' ich! Natürlich begreifen Sie das.«

115

Sie rückte von ihm fort. »Ich werde solange keine einzige Frage beantworten, Inspektor, bis ich weiß, welches Recht Sie haben, überhaupt welche zu stellen. Ich hab' nichts Unrechtes getan, ich hab' eine reine Weste. Das können Sie sich hinter die Ohren schreiben.«

Der Inspektor genehmigte sich zunächst eine Prise Schnupftabak. Dann sagte er besänftigend: »Das ist nicht mehr als recht und billig. Sie, eine einsame Frau, werden plötzlich mitten in der Nacht aus dem Bett geworfen – *Sie waren* doch im Bett, nicht wahr – ?«

»Selbstverständlich«, gab sie auf der Stelle zurück; dann biß sie sich auf die Lippen.

» – und stehen auf einmal einem Polizisten gegenüber... Es wundert mich gar nicht, daß Sie erschrocken sind, meine Liebe.«

»Bin ich überhaupt nicht!« sagte sie schrill.

»Darüber wollen wir uns nicht streiten«, entgegnete der Alte wohlwollend. »Aber sicher haben Sie nichts dagegen, mir Ihren Namen zu nennen?«

»Ich weiß zwar nicht, warum ich das sollte, aber schaden kann es ja niemandem«, erwiderte die Frau. »Ich heiße Angela Russo – Mrs. Angela Russo –, und ich bin, nun – ich bin mit Mr. Field verlobt.«

»Ich verstehe«, sagte Queen ernst. »Mrs. Angela Russo und verlobt mit Mr. Field. Sehr schön! Und was haben Sie letzte Nacht in der Wohnung hier gemacht, Mrs. Angela Russo?«

»Das geht Sie nichts an!« sagte sie unverfroren. »Sie lassen mich jetzt wohl besser gehen – ich hab' nichts Unrechtes getan. Sie haben kein Recht, mir die Ohren vollzuquasseln, alter Knabe!«

Ellery, der aus dem Fenster schaute, mußte lächeln. Der Inspektor beugte sich vor und ergriff sanft die Hand der Frau.

»Meine liebe Mrs. Russo«, sagte er, »glauben Sie mir, wir haben wirklich zwingende Gründe, daß wir unbedingt wissen müssen, was Sie letzte Nacht hier gemacht haben. Kommen Sie schon – erzählen Sie es mir.«

»Ich werd' solange den Mund nicht aufmachen, bis ich weiß, was ihr mit Monte angestellt habt«, schrie sie und schüttelte seine Hand ab. »Wenn ihr ihn geschnappt habt, warum quälen Sie mich dann noch? Ich weiß von nichts.«

»Mr. Field ist zur Zeit sehr gut aufgehoben«, fuhr der Inspektor sie an und erhob sich. »Ich hab' Ihnen jetzt lang genug zuhören müssen. Monte Field ist tot.«

»Monte – Field – ist – « Die Lippen der Frau bewegten sich mechanisch. Sie sprang auf, hielt das Négligé gegen ihre mollige Gestalt gepreßt und starrte in Queens unbewegtes Gesicht.

Sie lachte kurz und warf sich dann wieder aufs Bett. »Weiter so – Sie wollen mich doch nur reinlegen«, sagte sie höhnisch.

»Ich pflege über den Tod keine Scherze zu machen«, antwortete der alte Mann mit einem leisen Lächeln. »Sie können meinen Worten Glauben schenken – Monte Field ist tot.« Sie blickte zu ihm auf, lautlos bewegten sich ihre Lippen. »Und was noch dazu kommt, Mrs. Russo – er wurde ermordet. Vielleicht geruhen Sie nun, meine Fragen zu beantworten. Wo waren Sie gestern abend um Viertel vor zehn?« flüsterte er ihr ins Ohr und brachte sein Gesicht ganz nah an das ihre heran.

Mrs. Russo war kraftlos auf dem Bett zusammengesunken. Furcht spiegelte sich in ihren großen Augen. Sie starrte den Inspektor an, fand aber wenig Trost in seinem Anblick; mit einem Aufschrei warf sie sich herum und schluchzte in das zerdrückte Kopfkissen hinein. Queen trat einen Schritt zurück und sprach leise zu Piggott, der kurz zuvor das Zimmer betreten hatte. Plötzlich hörte die Frau zu schluchzen auf. Sie setzte sich auf und betupfte ihr Gesicht mit einem spitzenbesetzten Taschentuch. Ihre Augen glänzten ungewöhnlich hell.

»Jetzt versteh' ich Sie«, sagte sie ruhig. »Gestern abend um Viertel vor zehn war ich in dieser Wohnung hier.«

»Können Sie das beweisen, Mrs. Russo?« fragte Queen und tastete nach seiner Schnupftabakdose.

»Ich kann überhaupt nichts beweisen und brauch' es auch nicht«, erwiderte sie dumpf. »Aber wenn Sie auf ein Alibi aus sind – der Portier unten muß gesehen haben, wie ich etwa um halb zehn das Gebäude betreten habe.«

»Das läßt sich leicht überprüfen«, gab Queen zu. »Sagen Sie mir, warum sind Sie gestern abend überhaupt hierhergekommen?«

»Ich hatte eine Verabredung mit Monte«, erklärte sie mit matter Stimme. »Er rief mich gestern nachmittag bei mir zu Hause an, und wir verabredeten uns für den Abend. Er sagte, er würde geschäftlich bis etwa zehn Uhr unterwegs sein, und ich sollte hier auf ihn warten. Ich komm' hier« – sie stockte und fuhr dann frech fort – »ich komm' hier öfters einfach so hoch. Meistens machen wir es uns gemütlich und verbringen den Abend gemeinsam. Sie wissen ja, wie das ist, wenn man verlobt ist.«

»Hmm. Versteh' schon.« Der Inspektor räusperte sich verlegen. »Und dann, als er nicht pünktlich kam – ?«

»Ich dachte, er wäre vielleicht etwas länger als geplant aufgehalten worden. Also – nun, ich wurde müde und machte ein Nickerchen.«

»Sehr gut«, sagte Queen rasch. »Hat er Ihnen erzählt, wohin er ging oder um was für Geschäfte es sich handelte?«

»Nein.«

»Ich wäre Ihnen sehr verbunden, Mrs. Russo«, sagte der Inspektor vorsichtig, »wenn Sie mir sagen würden, ob Mr. Field etwas fürs Theater übrig hatte.«

Die Frau blickte ihn neugierig an. Langsam schien sie sich wieder zu fangen. »Er ging nicht allzu oft«, stieß sie hervor. »Warum?«

Der Inspektor strahlte. »Das war nur so eine Frage«, sagte er. Er gab Hagstrom ein Zeichen, der daraufhin ein Notizbuch aus der Tasche holte.

»Können Sie mir die Namen von Mr. Fields persönlichen Freunden geben?« fuhr Queen fort. »Vielleicht wissen Sie auch ein wenig über seine Geschäftsverbindungen Bescheid?«

Mrs. Russo legte kokett die Hände hinter dem Kopf zusammen. »Offen gesagt«, zwitscherte sie, »kenne ich keinen einzigen Namen. Monte habe ich vor ungefähr sechs Monaten bei einem Maskenball in Greenwich Village kennengelernt. Wir haben unsere Verlobung gewissermaßen geheimgehalten, Sie verstehen schon. Ich hab' wirklich nie auch nur einen seiner Freunde getroffen ...Ich glaube auch nicht«, vertraute sie Queen an, »daß Monte viele Freunde hatte. Und selbstverständlich weiß ich nichts darüber, mit wem er geschäftlich zu tun hatte.«

»Wie waren Mr. Fields finanzielle Verhältnisse, Mrs. Russo?«

»Sie trauen einer Frau zu, daß sie darüber Bescheid weiß!« entgegnete sie in ihrer völlig wiederhergestellten schnippischen Art. »Monte war immer sehr großzügig. Schien nie knapp bei Kasse zu sein. Manche Nacht hat er fünfhundert Dollar für mich hingelegt. Das war Monte – ein verdammt anständiger Kerl. Pech für ihn! Armes Schätzchen.« Sie wischte sich eine Träne aus dem Auge und schniefte heftig.

»Aber – wenigstens sein Vermögen auf der Bank?« fuhr der Inspektor entschieden fort.

Mrs. Russo lächelte. Sie schien über einen unerschöpflichen Vorrat stets wechselnder Gefühle zu verfügen. »Bin nie neugierig geworden«, sagte sie. »Solange er mich anständig behandelte, ging mich das nichts an. Und außerdem«, fügte sie hinzu, »hätte er mir sowieso nichts gesagt; was sollte mich das also kümmern?«

»Wo waren Sie gestern abend *vor* halb zehn, Mrs. Russo?« erklang auf einmal Ellerys gleichgültige Stimme.

Überrascht wandte sie sich dieser neuen Stimme zu. Sie schätzten sich gegenseitig ab; und etwas wie Erregung stand in ihren Augen. »Ich weiß nicht, wer Sie sind, Mister, aber wenn Sie das herausfinden wollen, müssen Sie schon die Liebespaare im Central Park fragen. Ich habe einen kleinen Spaziergang im Park gemacht – ich ganz allein –, etwa von halb acht, bis ich hier ankam.«

»Welch ein Glück!« murmelte Ellery. Der Inspektor eilte zur Tür und gab den drei anderen Männern mit dem Finger ein Zeichen. »Wir lassen Sie jetzt allein, damit Sie sich ankleiden können, Mrs. Russo. Das wäre vorläufig alles.« Spöttisch schaute sie zu, wie sie nacheinander das Zimmer verließen. Queen schloß als letzter die Tür, nachdem er ihr zuvor noch einen väterlichen Blick zugeworfen hatte.

Im Wohnzimmer begannen die vier Männer sofort mit einer eiligen, aber gründlichen Durchsuchung. Auf eine Anordnung des Inspektors hin durchstöberten Hagstrom und Piggott die Schubladen eines mit Schnitzereien verzierten Schreibtisches in einer Ecke des Raumes. Ellery durchblätterte interessiert die Seiten des Buches über die Deutung der Persönlichkeit aus der Handschrift. Queen strich unentwegt umher; er verschwand mit seinem Kopf in einer Kleiderkammer direkt am Eingang des Zimmers, von der Diele aus gesehen. Es war ein geräumiger Aufbewahrungsort für Kleider – die verschiedensten Mäntel, Überzieher, Capes und ähnliches waren dort aufgehängt. Der Inspektor durchwühlte die Taschen. Diverse Gegenstände kamen zum Vorschein – Taschentücher, alte Briefe, Schlüssel, Brieftaschen. Er legte sie beiseite. Auf dem oberen Regalbrett lagen mehrere Hüte.

»Ellery – Hüte«, brummte er.

Ellery kam durchs Zimmer geeilt und stopfte sich das Buch, das er gerade las, in die Tasche. Sein Vater wies bedeutungsvoll auf die Hüte; beide langten sie hinauf, um sie zu untersuchen. Es waren vier Hüte – ein ausgeblichener Panamahut, zwei Hüte aus weichem Filz, einer grau, der andere braun, und ein steifer runder Filzhut. Alle trugen sie innen das Zeichen des Herstellers – Browne Bros.

Die beiden Männer beschauten sich die Hüte von allen Seiten. Sie bemerkten sofort, daß drei davon kein Futter hatten – der Panamahut und die zwei aus weichem Filz. Den vierten Hut, eine wirklich vorzügliche Melone, unterzog Queen einer gründlichen Untersuchung. Er tastete das Futter ab, schob das Schweißband zur Seite und schüttelte dann den Kopf.

»Um ganz ehrlich zu sein, Ellery«, sagte er langsam, »weiß ich selbst nicht so genau, warum ich gerade von diesen Hüten einen Anhaltspunkt erwarten sollte. Wir wissen, daß Field gestern abend einen Zylinder trug, und offensichtlich ist es völlig ausgeschlossen, daß sich dieser Hut hier in der Wohnung befindet. Wie wir herausgefunden haben, befand sich der Mörder noch im Theater, als wir dort ankamen. Ritter war um elf Uhr hier. Der Zylinder *konnte* daher überhaupt nicht hierher zurückgebracht werden. Schließlich, welchen erdenklichen Grund hätte denn der Mörder für eine solche Tat haben sollen, selbst wenn er tatsächlich dazu in der Lage war? Er muß gewußt haben, daß wir Fields Wohnung sofort durchsuchen würden. Ich glaube, ich fühle mich ein wenig angeschlagen, Ellery. Aus diesen Hüten läßt sich nichts rausholen.« Verärgert warf er die Melone wieder zurück auf das Ablagebrett.

Ellery stand nachdenklich und ernst da. »Du hast ganz recht, Vater, diese Hüte haben keine Bedeutung. Aber ich habe das unbestimmte Gefühl... Übrigens!« Er richtete sich auf und nahm seinen Kneifer ab. »Ist dir letzte Nacht eigentlich aufgefallen, daß außer dem Hut vielleicht noch ein anderer Gegenstand aus dem Besitz von Mr. Field gefehlt hat?«

»Ich wünschte, alle Fragen ließen sich so leicht beantworten«, sagte Queen verbissen. »Natürlich – ein Spazierstock. Aber was hätte ich deshalb schon unternehmen können? Einmal angenommen, Field hätte einen mit ins Theater gebracht – für jemanden, der ohne Spazierstock ins Theater gekommen war, wäre es ziemlich leicht gewesen, das Theater mit dem von Field wieder zu verlassen. Wie hätten wir ihn aufhalten oder den Stock erkennen können? Deshalb habe ich daran zunächst keinen Gedanken verschwendet. Und sollte er sich immer noch auf dem Theatergelände befinden, wird er dort auch bleiben, keine Sorge.«

Ellery schmunzelte. »Als Ausdruck meiner Bewunderung für deine überragenden geistigen Fähigkeiten sollte ich an dieser Stelle in der Lage sein, Shelley oder Wordsworth zu zitieren«, sagte er.

»Aber ich kann im Moment an keinen poetischeren Satz denken als ›Du hast mich wieder einmal an der Nase herumgeführt‹. Bis gerade eben habe ich überhaupt nicht daran gedacht. Aber das Entscheidende ist: Es ist kein einziger Stock in diesem Schrank. Wenn jemand wie Field so ein Renommierstöckchen für die Abendgarderobe besessen hätte, hätte er sicher auch noch andere Stöcke passend zu den jeweiligen Anzügen sein eigen genannt. Wenn wir nicht noch Stöcke im Schlafzimmerschrank finden – was ich bezweifele, da die gesamte Oberbekleidung hier zu sein scheint –, schließt das also die Möglichkeit aus, daß Field gestern abend einen Stock bei sich trug. *Ergo* – können wir das Ganze auch wieder vergessen.«

»Nicht schlecht, El«, antwortete der Inspektor abwesend. »Daran hatte ich nicht gedacht. Nun – wir wollen sehen, wie die Männer vorankommen.«

Sie gingen quer durch das Zimmer hinüber zu Hagstrom und Piggott, die gerade den Schreibtisch durchwühlten. Auf der Schreibtischplatte hatte sich bereits ein kleiner Stapel aus Blättern und Briefen angesammelt.

»Irgend etwas Interessantes gefunden?« fragte Queen.

»Nichts von Bedeutung, soweit ich es beurteilen kann, Inspektor«, antwortete Piggott. »Nur der übliche Kram: ein paar Briefe, vor allem von dieser Russo – ganz schön heiße Sachen! –, Rechnungen, Quittungen und so weiter. Ich glaub' nicht, daß Sie hier drunter was finden werden.«

Queen ging die Blätter durch. »Nein, wirklich nichts Besonderes«, mußte er zugeben. »Gut, dann wollen wir mal weitermachen.« Sie räumten die Papiere wieder in den Schreibtisch zurück. Piggott und Hagstrom durchsuchten zügig das Zimmer. Sie klopften die Möbel ab, faßten unter die Polsterkissen, schauten unter dem Teppich nach; sie gingen sorgfältig und nach allen Regeln der Kunst vor. Queen und Ellery schauten ihnen schweigend zu, als die Tür zum Schlafzimmer aufging. Mrs. Russo erschien dort in einem keß wirkenden braunen Straßenkostüm mit Hut. Sie blieb in der Tür stehen und besah sich die Szene mit weit aufgerissenen und unschuldig wirkenden Augen. Die beiden Detectives fuhren mit ihrer Arbeit fort, ohne aufzuschauen.

»Was machen die da, Inspektor?« erkundigte sie sich in gelangweiltem Ton. »Suchen sie nach Schmucksachen?« Aber ihr Blick war nun durchdringend und voller Interesse.

»Für eine Frau haben Sie sich aber bemerkenswert rasch angekleidet, Mrs. Russo«, sagte der Inspektor bewundernd. »Sie gehen nach Hause?«

Sie warf ihm einen Blick zu. »Ja, sicher«, antwortete sie und schaute weg.

»Und Sie wohnen wo...?« Sie nannte ihm eine Adresse in der MacDougal Street in Greenwich Village.

»Vielen Dank«, sagte Queen höflich und machte sich eine Notiz. Dann ging sie auf die Haustür zu. »Oh, Mrs. Russo!« Sie wandte sich um. »Bevor Sie gehen – könnten Sie uns vielleicht noch etwas über Mr. Fields Trinkgewohnheiten sagen. War er das, was Sie einen starken Trinker nennen würden?«

Die Frage schien sie zu belustigen. »Wenn das alles ist«, sagte sie lachend. »Ja und nein. Ich habe ihn schon eine halbe Nacht durchsaufen sehen, und er schien nüchtern wie ein Pfarrer. Ein anderes Mal war er schon nach ein paar Gläschen total betrunken. Das kam ganz darauf an, verstehen Sie?« Sie mußte erneut lachen.

»Ja, das geht manchem von uns so«, murmelte der Inspektor. »Ich möchte nicht, daß Sie in Schwierigkeiten kommen, Mrs. Russo – aber vielleicht wissen Sie, woher er seinen Whisky bezog?«

Sie hörte auf der Stelle auf zu lachen; in ihrem Gesicht stand ehrliche Entrüstung. »Was denken Sie eigentlich von mir?« wollte sie wissen. »Ich habe keine Ahnung. Aber selbst wenn ich etwas wüßte, würde ich nichts sagen. Glauben Sie mir, es gibt eine Reihe wirklich hart arbeitender Alkoholschmuggler, die den Kerlen, die versuchen, sie einzulochen, haushoch überlegen sind.«

»So ist nun mal das Leben«, erwiderte Queen beschwichtigend. »Trotzdem, meine Liebe«, fuhr er sanft fort, »bin ich sicher, daß Sie mir, wenn ich diese Information wirklich brauchen sollte, darüber Auskunft erteilen werden. Nicht wahr?« Einen Moment lang herrschte Schweigen. »Ich denke, das war zunächst alles, Mrs. Russo. Bitte bleiben Sie in der Stadt. Es könnte sein, daß wir Ihre Aussage bald brauchen.«

»Also – bis dann«, sagte sie und warf den Kopf zurück. Sie ging hinaus in die Diele.

»Mrs. Russo!« rief Queen auf einmal mit schneidender Stimme. Die Hand bereits auf dem Türgriff, wandte sie sich um. Das Lächeln erstarb auf ihren Lippen. »Wissen Sie eigentlich, was Ben Morgan gemacht hat, seitdem er und Field sich voneinander getrennt haben?«

Ihre Antwort kam nach einem winzigen Zögern. »Wer ist das?« fragte sie und legte dabei die Stirn in Falten.

Queen stand mitten auf dem Teppich. »Ist unwichtig. Guten Tag«, sagte er bekümmert und drehte ihr den Rücken zu. Die Tür schlug zu. Kurz darauf spazierte Hagstrom hinaus; Piggott, Queen und Ellery blieben in der Wohnung zurück.

Wie von einem einzigen Gedanken getrieben, stürzten sie ins Schlafzimmer. Es war offensichtlich so, wie sie es auch verlassen hatten. Das Bett war nicht gemacht; Mrs. Russos Nachthemd und ihr Néglige lagen auf dem Boden. Queen öffnete den Kleiderschrank. »Hui! Der Bursche hat einen gediegenen Geschmack gehabt. Die New Yorker Version eines englischen Dandys.« Ohne Erfolg durchwühlten sie den Kleiderschrank. Ellery streckte sich nach oben, um die Ablage einsehen zu können. »Keine Hüte – keine Stöcke; das wäre also geklärt!« murmelte er befriedigt. Piggott, der in einer kleinen Küche verschwunden war, kam unter der Last einer halbvollen Kiste mit Whiskyflaschen zurückgewankt.

Ellery und sein Vater beugten sich hinunter über die Kiste. Der Inspektor entfernte behutsam einen Korken, beschnüffelte den Inhalt und gab die Flasche dann weiter an Piggott, der dem Beispiel seines Vorgesetzten folgte.

»Sieht gut aus und riecht auch so«, sagte der Dectective. »Aber nach dem, was gestern abend passiert ist, möchte ich es wirklich nicht darauf ankommen lassen, das Zeug zu probieren.«

»Ihre Vorsicht ist durchaus gerechtfertigt«, schmunzelte Ellery. »Aber sollten Sie Ihre Meinung ändern und sich dafür entscheiden, Bacchus anzurufen, so schlage ich folgendes Gebet vor, Piggott: O Wein, wenn du noch keinen Namen hast, an dem man dich kennt, so heiße Tod.«[1]

»Ich werd' das Feuerwasser analysieren lassen«, brummte Queen. »Rye und Scotch durcheinander. Nach den Etiketten zu urteilen wirklich gutes Zeug. Aber sicher kann man da nie sein...« Ellery packte plötzlich seinen Vater am Arm und beugte sich voller Anspannung vor. Die drei Männer erstarrten.

---

1 Wahrscheinlich handelt es sich hierbei um die freie Wiedergabe des Shakespeare-Zitates: »O du unsichtbarer Geist des Weines, wenn du noch keinen Namen hast, an dem man dich kennt, so heiße: Teufel!«

Ein kaum hörbares Kratzen kam aus der Richtung der Diele.

»Hört sich so an, als würde jemand mit einem Schlüssel die Tür öffnen wollen«, flüsterte Queen. »Piggott, schleichen Sie sich raus, und stürzen Sie sich auf die Person, sobald sie hereinkommt.«

Piggott schoß durch das Wohnzimmer in die Diele. Queen und Ellery warteten außer Sichtweite im Schlafzimmer.

Außer dem Kratzgeräusch an der Eingangstür herrschte nun völlige Stille. Der Ankömmling schien Probleme mit dem Schloß zu haben. Doch plötzlich hörte man, wie das Schloß schnappte und die Tür geöffnet wurde. Direkt darauf wurde sie wieder zugeschlagen. Ein dumpfer Schrei, eine harsche laute Stimme, Piggotts halberstickter Fluch, das verzweifelte Scharren von Füßen – und schon schossen Ellery und sein Vater durch das Wohnzimmer in die Diele.

Piggott wand sich in den Armen eines stämmigen, kraftvollen, in schwarz gekleideten Mannes. Ein Handkoffer lag umgekippt auf dem Boden, als wäre er während des Kampfes weggeschleudert worden. Eine Zeitung flog durch die Gegend und landete gerade auf dem Parkett, als Ellery die beiden fluchenden Männer erreichte.

Nur mit vereinten Kräften gelang es den drei Männern, den Besucher niederzuringen. Schwer keuchend lag er schließlich auf dem Boden; Piggott hielt seinen Oberkörper fest umklammert.

Der Inspektor beugte sich herunter, musterte neugierig das vor Zorn gerötete Gesicht des Mannes und fragte höflich: »Und wer, bitte, sind Sie, mein Herr?«

Neuntes Kapitel

in welchem der geheimnisvolle Mr. Michaels auftritt

Der Eindringling stand unbeholfen wieder auf. Er war ein großer, gewichtiger Mann mit strengen Gesichtszügen und ausdruckslosen Augen. Weder in seinem Aussehen noch in seinem Benehmen gab es etwas Auffälliges. Das Ungewöhnlichste, was man von ihm hätte sagen können, war, daß sowohl sein Aussehen als auch sein Benehmen so unscheinbar waren. Es machte den Anschein, als hätte er, wer auch immer er einmal gewesen oder was seine Tätigkeit war, es darauf angelegt, alle Merkmale einer Persönlichkeit auszumerzen.

»Was soll diese Gewalttätigkeit?« fragte er mit tiefer Stimme. Aber sogar seine Stimme war flach und tonlos.

Queen wandte sich an Piggott. »Was ist passiert?« wollte er wissen und gab sich dabei den Anschein von Strenge.

»Ich stand hinter der Tür, Inspektor«, keuchte Piggott immer noch außer Atem, »und als dieser Wilde hier hereinkam, berührte ich ihn am Arm. Er stürzte sich auf mich wie eine Ladung wildgewordener Tiger. Er schlug mir ins Gesicht – hat einen ganz schön harten Schlag, Inspektor... Versuchte, wieder durch die Türe zu verschwinden.«

Queen nickte mit kritischem Blick. Der Fremde sagte sanft: »Das ist eine Lüge, Sir. Er hat mich angefallen, und ich habe mich gewehrt.«

»So, so!« murmelte Queen. »So kommen wir nicht weiter...«

Die Tür flog plötzlich auf, und Detective Johnson stand auf der Schwelle. Er nahm den Inspektor beiseite. »Velie hat mich erst vor kurzem hierher geschickt, falls Sie mich brauchen sollten, Inspektor... Und als ich gerade kam, sah ich diesen Burschen hier. Ich konnte mir nur vorstellen, daß er hier rumschnüffeln wollte, und da bin ich ihm nachgegangen.«

125

Queen nickte zustimmend. »Ich bin froh, daß du gekommen bist – ich kann dich hier brauchen«, brummte er, gab den anderen ein Zeichen und begab sich mit ihnen ins Wohnzimmer.

»Nun, mein Lieber«, sagte er barsch zu dem großgewachsenen Eindringling, »die Vorstellung ist zu Ende. Wer sind Sie, und was machen Sie hier?«

»Mein Name ist Charles Michaels – Sir. Ich bin Mr. Monte Fields Diener.« Der Inspektor kniff die Augen zusammen. Die ganze Haltung des Mannes hatte sich auf unmerkliche Weise verändert. Sein Gesicht war ausdrucksleer wie vorher, und sein Verhalten schien gleich geblieben zu sein. Trotzdem nahm der alte Mann eine Verwandlung wahr; er warf einen Blick zu Ellery hinüber und fand die Bestätigung für seine Gedanken in den Augen seines Sohnes.

»Stimmt das?« hakte der Inspektor nach. »Diener, eh? Und woher kommen Sie zu einer so frühen Stunde mit dieser Reisetasche?« Er zeigte auf einen Koffer, ein billiges, schwarzes Etwas, das Piggott in der Diele aufgehoben und ins Wohnzimmer getragen hatte. Ellery ging ganz plötzlich in die Diele hinüber. Er bückte sich, um etwas aufzuheben.

»Sir?« Michaels schien durch diese Frage aus der Fassung gebracht. »Das ist meiner, Sir«, teilte er ihnen mit. »Ich wollte heute morgen auf Urlaub gehen und hatte mit Mr. Field vereinbart, vor meiner Abreise herzukommen, um meinen Lohn abzuholen.«

Die Augen des alten Mannes funkelten. Das war's! Michaels' Aussprache und seine normale Haltung waren unverändert; aber seine Stimme und seine Ausdrucksweise hatten sich bemerkenswert gewandelt.

»Sie hatten also vereinbart, Ihren Scheck heute morgen bei Mr. Field abzuholen?« murmelte der Inspektor. »Das ist etwas merkwürdig, jetzt, nach allem, was passiert ist.«

Michaels erlaubte seinen Gesichtszügen, für einen Moment Erstaunen zu zeigen. »Wieso, wo ist Mr. Field?« fragte er.

»Oh, in der kalten Erde liegt der Herr begraben«, kicherte Ellery vom Foyer her. Er kam zurück ins Wohnzimmer und schwenkte die Zeitung, die Michaels bei seinem Zusammenstoß mit Piggott fallengelassen hatte. »Aber wirklich, alter Knabe, das ist ein bißchen viel verlangt, nicht wahr. Hier ist die Morgenzeitung, die Sie bei sich hatten. Und das erste, was ich sehe, als ich sie aufhebe, ist die schöne schwarze Schlagzeile, die Mr. Fields kleinen Unfall beschreibt. Über die ganze Titelseite geschmiert. Und der Artikel ist Ihnen nicht aufgefallen?«

Michaels blickte starr auf Ellery und die Zeitung. Aber dann schlug er die Augen nieder, während er leise sagte: »Ich hatte noch keine Gelegenheit, heute morgen die Zeitung zu lesen, Sir. Was ist mit Mr. Field passiert?«

Der Inspektor schnaufte. »Field ist ermordet worden, Michaels, und Sie haben das die ganze Zeit gewußt.«

»Das habe ich nicht, glauben Sie mir, Sir«, entgegnete der Diener respektvoll.

»Hören Sie auf zu lügen!« fuhr Queen ihn an. »Erzählen Sie uns, warum Sie hier sind, oder Sie werden Zeit genug haben, hinter Gittern zu plaudern!«

Michaels sah den alten Mann geduldig an. »Ich habe Ihnen die Wahrheit erzählt, Sir«, sagte er. »Mr. Field hat mir gestern gesagt, ich solle heute morgen kommen, um meinen Scheck abzuholen. Das ist alles, was ich weiß.«

»Sie sollten ihn hier treffen?«

»Ja, Sir.«

»Warum haben Sie dann vergessen zu läuten? Sie haben einen Schlüssel benutzt, als hätten Sie nicht erwartet, jemanden hier vorzufinden, mein Lieber«, sagte Queen.

»Geklingelt?« Der Diener riß erstaunt die Augen auf. »Ich benutze immer meinen Schlüssel. Ich störe Mr. Field nicht, wenn sich das verhindern läßt.«

»Warum hat Ihnen Mr. Field den Scheck nicht schon gestern gegeben?« schnauzte der Inspektor.

»Ich nehme an, er hatte sein Scheckheft nicht zur Hand, Sir.«

Queen spitzte die Lippen. »Sie haben nicht einmal eine besonders große Vorstellungskraft, Michaels. Wann haben Sie ihn gestern zuletzt gesehen?«

»Ungefähr um sieben Uhr, Sir«, antwortete Michaels prompt. »Ich wohne nicht hier in der Wohnung. Sie ist zu klein, und Mr. Field liebt – liebte seine Privatsphäre. Ich komme gewöhnlich früh morgens, um Frühstück für ihn zu machen, sein Bad zu bereiten und seine Kleider herauszulegen. Wenn er dann ins Büro gegangen ist, mache ich ein wenig sauber, und der Rest des Tages steht zu meiner freien Verfügung bis zum Abendessen. Ich komme gegen fünf zurück und bereite das Abendessen zu, außer Mr. Field hat mir im Laufe des Tages Bescheid gegeben, daß er auswärts speist,

127

und lege ihm seine Abendgarderobe zurecht. Dann bin ich für den Abend fertig ... Nachdem ich gestern seine Sachen bereitgelegt hatte, gab er mir Anweisungen wegen des Schecks.«

»Kein besonders ermüdendes Tagewerk«, bemerkte Ellery. »Und welche Sachen haben Sie ihm gestern abend herausgelegt, Michaels?«

Der Mann betrachtete Ellery respektvoll. »Da war seine Unterwäsche, Sir, und seine Socken, seine Abendschuhe, gestärktes Hemd, Manschettenknöpfe, Kragen, weiße Krawatte, Frack, Umhang, Hut – «

»Oh, ja – sein Hut«, unterbrach ihn Queen. »Was für ein Hut war das, Michaels?«

»Sein ganz normaler Zylinder, Sir«, antwortete Michaels. »Er hatte nur diesen einen, und das war ein besonders teurer«, fügte er andächtig hinzu. »Browne Bros., glaube ich.«

Queen trommelte gelangweilt auf die Lehne seines Stuhls. »Erzählen Sie mir, Michaels«, sagte er, »was Sie gestern abend gemacht haben, nachdem Sie hier fertig waren – also nach sieben Uhr?«

»Ich ging nach Hause, Sir. Ich mußte noch meine Tasche packen und war recht erschöpft. Nachdem ich einen Happen gegessen hatte, bin ich sofort schlafen gegangen – es muß ungefähr halb zehn gewesen sein, als ich ins Bett stieg«, fügte er unschuldig hinzu.

»Wo wohnen Sie?« Michaels gab eine Adresse auf der 146. Straße, Ost, an, in dem Teil, der zur Bronx gehört. »Nun gut ... Hatte Field irgendwelche regelmäßigen Besucher hier?« fuhr der Inspektor fort.

Michaels runzelte höflich die Stirn. »Das ist schwer zu sagen, Sir. Mr. Field war nicht gerade ein umgänglicher Mensch. Aber da ich abends nicht hier war, kann ich nicht sagen, wer noch kam, wenn ich gegangen war. Aber – «

»Ja?«

»Da gab es eine Dame, Sir ...« Michaels zögerte gekünstelt. »Ich nenne nicht gerne Namen unter diesen Umständen – «

»Ihr Name?« beharrte Queen verdrossen.

»Nun, Sir – irgendwie ist das nicht richtig – Russo. Mrs. Angela Russo ist ihr Name«, antwortete Michaels.

»Wie lange kannte Mr. Field diese Mrs. Russo?«

»Mehrere Monate, Sir. Ich glaube, er traf sie auf einer Party irgendwo in Greenwich Village.«

»Ah ja. Und waren sie vielleicht verlobt?«

Michaels schien etwas verlegen zu sein. »Man könnte es so nennen, Sir, obwohl es eher weniger offiziell war...«

Schweigen. »Wie lange waren Sie in Monte Fields Diensten, Michaels?« fuhr der Inspektor fort.

»Nächsten Monat wären es drei Jahre gewesen.«

Queen schwenkte auf ein anderes Thema der Befragung um. Er fragte nach Fields Interesse an Theaterbesuchen, seiner finanziellen Situation und seinen Trinkgewohnheiten. Michaels bestätigte in allen Einzelheiten die Aussagen von Mrs. Russo. Es wurde nichts Neues ans Licht gebracht.

»Sie sagten vorhin, daß Sie ungefähr drei Jahre für Field gearbeitet haben«, nahm der Inspektor den Faden wieder auf und machte es sich in seinem Sessel bequem. »Wie haben Sie den Job bekommen?«

Michaels zögerte einen Moment mit der Antwort. »Ich habe auf eine Annonce in der Zeitung geantwortet, Sir.«

»Gut... Wenn Sie seit drei Jahren in Fields Diensten waren, kannten Sie sicher auch Benjamin Morgan.«

Michaels lächelte plötzlich breit. »Natürlich kenne ich Mr. Benjamin Morgan«, sagte er herzlich. »Das ist ein richtig feiner Herr, Sir. Er war Mr. Fields Partner, wissen Sie, in ihrem Anwaltsbüro. Aber dann – vor ungefähr zwei Jahren – haben sie sich getrennt, und seither habe ich Mr. Morgan nicht mehr gesehen.«

»Haben Sie ihn vor dem Bruch oft gesehen?«

»Nein, Sir«, gab der stämmige Diener mit einem Ton des Bedauerns zurück. »Mr. Field war nicht gerade Mr. Morgans – ah – Typ, und sie verkehrten gesellschaftlich nicht miteinander. Ich erinnere mich daran, Mr. Morgan drei- oder viermal in dieser Wohnung gesehen zu haben, aber nur, wenn es um dringende geschäftliche Angelegenheiten ging. Aber selbst darüber kann ich wenig sagen, da ich nicht den ganzen Abend über blieb... Natürlich ist er, soweit ich weiß, nicht mehr hier gewesen, seit sie das Unternehmen aufgelöst haben.«

Zum ersten Mal während der Unterhaltung lächelte Queen. »Ich danke Ihnen für Ihre Offenheit, Michaels... Nun noch ein paar Klatschgeschichten für mich – erinnern Sie sich an irgendwelche unerfreulichen Szenen aus der Zeit, als sie sich trennten?«

»Oh nein, Sir!« protestierte Michaels. »Ich habe niemals von einem Streit oder etwas Ähnlichem gehört. Im Gegenteil, Mr. Field erzählte mir unmittelbar nach ihrer Trennung, daß er und Mr. Morgan Freunde bleiben würden – sehr gute Freunde, sagte er.«

Michaels drehte sich mit seinem höflich ausdruckslosen Gesicht herum, als ihn jemand am Arm faßte. Er fand sich Ellery gegenüber. »Ja, Sir?« fragte er respektvoll.

»Michaels, mein Guter«, sagte Ellery streng, »ich hasse es eigentlich, alte Geschichten wieder aufzuwärmen, aber warum haben Sie dem Inspektor nichts über Ihren Aufenthalt im Gefängnis erzählt?«

Als hätte er damit einen Lebensnerv getroffen, wurde Michaels' Körper steif und bewegungslos. Die Farbe wich aus seinem Gesicht. Seine Selbstsicherheit war wie weggewischt, und er starrte mit offenem Mund in Ellerys lächelndes Gesicht.

»Aber – aber, wie haben Sie das herausgefunden?« stammelte der Diener; seine Redeweise war nun sehr viel weniger höflich und geschliffen. Queen bedachte seinen Sohn mit einem beifälligen Blick. Piggott und Johnson rückten näher auf den zitternden Mann zu.

Ellery zündete sich eine Zigarette an. »Ich wußte es eigentlich gar nicht«, sagte er gutgelaunt. »Das heißt, bis Sie es mir erzählt haben. Es würde sich für Sie lohnen, das Orakel von Delphi wiederzubeleben, Michaels.«

Michaels' Gesicht war grau wie Asche. Er drehte sich schwankend zu Queen um. »Sie – Sie haben mich nicht danach gefragt«, sagte er schwach. Trotz allem war seine Stimme schon wieder gefaßt und ausdruckslos. »Außerdem erzählt man nun einmal solche Dinge nicht gerne der Polizei...«

»Wo haben Sie Ihre Zeit abgesessen, Michaels?« fragte der Inspektor freundlich.

»Elmira-Gefängnis, Sir«, murmelte Michaels. »Es war meine erste Straftat – ich saß in der Klemme, hatte Hunger und stahl mir etwas Geld... Ich habe nur eine kurze Zeit gesessen, Sir.«

Queen stand auf. »Nun, Michaels, Sie werden verstehen, daß Sie sich nicht ganz uneingeschränkt bewegen können. Sie können nach Hause gehen und sich um einen anderen Job kümmern, aber bleiben Sie in Ihrer augenblicklichen Unterkunft, und halten Sie sich jederzeit zur Verfügung... Einen Moment noch, bevor Sie gehen.« Er ging zu dem schwarzen Koffer herüber und öffnete ihn. Ein unordentlicher Haufen von Kleidungsstücken – ein dunkler Anzug, Hemden, Krawatten, Socken, einige sauber, einige schmutzig – kam zum Vorschein. Queen durchstöberte rasch die Tasche, verschloß sie wieder und reichte sie Michaels, der bekümmert neben ihm stand.

»Sie nehmen aber ganz schön wenig Klamotten mit, Michaels«, bemerkte Queen lächelnd. »Zu schade, daß Sie nun um Ihren Urlaub gebracht worden sind. Nun! So spielt das Leben!« Michaels brummte ein leises »Auf Wiedersehn«, packte seine Tasche und ging. Wenige Augenblicke später verließ auch Piggott die Wohnung.

Ellery warf den Kopf zurück und lachte fröhlich. »Was für ein gesitteter Halunke! Lügt wie gedruckt, Vater... Und was, meinst du, wollte er hier?«

»Er kam natürlich her, um irgend etwas zu holen«, grübelte der Inspektor. »Das bedeutet, daß hier etwas Wichtiges versteckt ist, das wir anscheinend übersehen haben...«

Er wurde nachdenklich. Das Telefon klingelte.

»Inspektor?« dröhnte Sergeant Velie aus dem Apparat. »Ich habe im Präsidium angrufen, aber da waren Sie nicht, da habe ich angenommen, daß Sie noch in Fields Wohnung sind... Ich habe interessante Neuigkeiten für Sie von Browne Bros. Wollen Sie, daß ich zu Ihnen komme?«

»Nein«, antwortete Queen. »Wir sind hier fertig. Ich werde zu meinem Büro fahren, sobald ich Fields Büro auf der Chambers Street einen Besuch abgestattet habe. Sollte in der Zwischenzeit irgend etwas Wichtiges sein, bin ich dort zu erreichen. Wo bist du jetzt?«

»Fifth Avenue – ich stehe direkt vor Browne's.«

»Dann geh zurück zum Präsidium und warte auf mich. Und, Thomas – schicke sofort einen Polizisten her.«

Queen hängte auf und wandte sich an Johnson.

»Bleiben Sie hier, bis ein Polizist kommt – es wird nicht lange dauern«, ordnete er an. »Lassen Sie ihn die Wohnung bewachen, und sorgen Sie für Ablösung. Dann melden Sie sich im Präsidium. ...Komm, Ellery! Wir haben noch einen harten Tag vor uns!«

Ellery versuchte vergeblich, etwas einzuwenden. Sein Vater schob ihn geschäftig aus dem Gebäude auf die Straße, wo seine Stimme vom Getöse eines Auspuffs wirkungsvoll übertönte wurde.

Zehntes Kapitel

in welchem Mr. Fields Zylinderhüte Gestalt annehmen

Genau um zehn Uhr morgens öffneten Inspektor Queen und sein Sohn die Milchglastür mit der Aufschrift:

Monte Field
Rechtsanwalt

Das große Wartezimmer war mit dem guten Geschmack eingerichtet, der sich schon an Mr. Fields Wahl seiner Kleidung gezeigt hatte.

Es war niemand da; ein wenig erstaunt schob sich Inspektor Queen – Ellery spazierte hinter ihm her – durch die Tür und ging weiter ins Hauptbüro, einem langgezogenen Raum voller Schreibtische. Bis auf die mit gewichtigen Gesetzessammlungen gefüllten Bücherregale ähnelte er dem Redaktionsraum einer Zeitung.

Im Büro herrschte ein ziemlicher Aufstand. Aufgeregt schwatzend standen die Stenographinnen in kleinen Grüppchen herum. Einige männliche Büroangestellte flüsterten in einer Ecke; und in der Mitte des Raumes stand Detective Hesse und sprach in ernstem Ton mit einem hageren, finster blickenden Mann mit grauen Schläfen. Offensichtlich hatte der Tod des Rechtsanwalts in seinem Betrieb für einige Aufregung gesorgt.

Beim Eintreten der beiden Queens schauten sich die Angestellten erschrocken an und eilten dann an ihre Schreibtische zurück. Es folgte ein betretenes Schweigen. Hesse kam herbeigestürzt. Seine Augen waren rot und blutunterlaufen.

»Guten Morgen, Hesse«, sagte der Inspektor kurz angebunden. »Wo ist Fields Privatbüro?«

Der Detective führte sie quer durch den Raum zu einer Tür mit der Aufschrift ›Privat‹. Die drei betraten ein kleines, überaus luxuriös eingerichtetes Büro.

»Der Bursche legte wohl Wert auf die passende Umgebung«, sagte Ellery schmunzelnd und ließ sich in einen Ledersessel fallen.

»Erzählen Sie, Hesse«, sagte der Inspektor und folgte Ellerys Beispiel.

Zügig erstattete Hesse Bericht. »Kam letzte Nacht hier an und fand die Tür verschlossen. Drinnen war kein Licht zu erkennen. Ich lauschte auch sehr genau, konnte aber nichts hören und ging deshalb davon aus, daß niemand hier drinnen war; die Nacht über hab' ich also im Flur draußen mein Lager aufgeschlagen. Ungefähr um Viertel vor neun heute morgen kam der Bürovorsteher hereingefegt. Ich griff ihn mir. Es ist diese hagere Gestalt, mit der ich gerade sprach, als Sie hereinkamen. Heißt Lewin – Oscar Lewin.«

»Bürovorsteher, ja?« bemerkte der alte Mann und schnupfte eine Prise.

»Ja, Chef. Entweder ist er schwer von Begriff, oder er weiß den Mund zu halten«, fuhr Hesse fort. »Natürlich hatte er schon die Morgenzeitungen gesehen und war völlig bestürzt über die Nachricht von Fields Ermordung. Andererseits merkte man ihm aber auch an, daß er meine Fragen nicht allzu sehr mochte... Ich habe nichts aus ihm herausbekommen. Absolut nichts. Er sagte, daß er gestern abend geradewegs nach Hause gegangen wäre – Field hatte anscheinend bereits um vier Uhr das Büro verlassen und ist auch nicht mehr zurückgekehrt – und daß er nichts von dem Mord gewußt hätte, bis er davon in den Zeitungen las. So haben wir also den Morgen damit verbracht, auf Sie zu warten.«

»Holen Sie mir Lewin.«

Hesse kehrte mit dem schlaksigen Bürovorsteher zurück. Oscar Lewin hatte ein wenig anziehend wirkendes Äußeres. Er hatte verschlagen wirkende schwarze Augen und war ungewöhnlich dünn. Etwas Räuberisches ging von seiner spitzen Nase und seiner knochigen Gestalt aus. Der Inspektor musterte ihn mit kühlem Blick.

»Sie sind also der Bürovorsteher«, bemerkte er. »Nun, Lewin, was halten Sie von dieser Angelegenheit?«

»Es ist schrecklich – einfach schrecklich«, stöhnte Lewin. »Ich kann mir einfach nicht vorstellen, wie das passiert sein kann oder warum. Mein Gott, gestern nachmittag um vier Uhr hab' ich noch mit ihm gesprochen!« Er schien ehrlich erschüttert zu sein.

»Wirkte Mr. Field, als Sie mit ihm sprachen, irgendwie seltsam oder beunruhigt?«

»Überhaupt nicht, Sir«, antwortete Lewin nervös. »Er hatte sogar ungewöhnlich gute Laune. Er riß einen Witz über die Giants und erzählte, er würde am Abend in ein verdammt gutes Stück – ›Spiel der Waffen‹ – gehen. Und nun erfahre ich aus der Zeitung, daß er dort ermordet wurde.«

»Ah, er hat Ihnen also von dem Stück erzählt?« fragte der Inspektor. »Er hat nicht zufällig erwähnt, ob er zusammen mit jemandem dorthin gehen wollte?«

»Nein, Sir.« Lewin scharrte mit den Füßen.

»Ich verstehe.« Queen machte eine Pause. »Lewin, als Vorsteher hier müssen Sie doch Field näher gestanden haben als seine anderen Angestellten. Was wissen Sie über ihn persönlich?«

»Rein gar nichts, Sir, gar nichts«, entgegnete Lewin hastig. »Mr. Field war nicht der Typ, zu dem ein Angestellter ein vertrauliches Verhältnis entwickeln konnte. Gelegentlich erzählte er etwas über sich, aber das war immer mehr allgemeiner Art und eher scherzhaft als ernst gemeint. Nach außen hin war er uns gegenüber stets ein rücksichtsvoller und großzügiger Chef. Mehr kann ich über ihn nicht sagen.«

»Welcher Art war eigentlich das Geschäft, das er leitete? Sie müssen darüber doch einiges wissen.«

»Geschäft?« Lewin schien etwas verwirrt. »Nun, es war eine der besten Anwaltskanzleien, die mir überhaupt begegnet sind. Ich arbeite für Field erst seit ungefähr zwei Jahren, aber er hatte einige bedeutende und einflußreiche Klienten, Inspektor. Ich könnte Ihnen eine Liste zusammenstellen...«

»Tun Sie das, und schicken Sie sie mir zu«, sagte Queen. »Er hatte also eine blühende und angesehene Praxis, ja? Können Sie sich an irgendwelche Privatbesuche – vor allem in letzter Zeit – erinnern?«

»Nein. Ich kann mich nicht erinnern, außer seinen Klienten jemanden hier gesehen zu haben. Er könnte natürlich mit einigen von ihnen auch gesellschaftlich verkehrt haben... Ach, ja! Natürlich kam auch sein Diener manchmal hierher – ein großer, stämmiger Kerl namens Michaels.«

»Michaels? Den Namen sollte ich im Kopf behalten«, sagte der Inspektor nachdenklich. Er schaute zu Lewin auf. »In Ordnung, Lewin. Das wäre es zunächst. Sie können die ganze Truppe nach Hause schicken. Halten Sie sich bitte noch einen Moment hier auf. In kürze erwarte ich einen von Mr. Sampsons Leuten, und er wird zweifellos Ihre Hilfe benötigen.« Lewin nickte ernst und zog sich zurück.

Kaum hatte er die Tür geschlossen, sprang Queen auf. »Wo befindet sich Fields Waschraum, Hesse?« Der Detective wies auf eine Tür am anderen Ende des Zimmers.

Queen öffnete sie; Ellery stand dicht hinter ihm. Sie blickten in ein winziges Räumchen, das in einer Ecke von dem größeren Zimmer abgetrennt war. Es enthielt ein Waschbecken, einen Arzneischrank und einen kleinen Kleiderschrank. Queen schaute zunächst in den Arzneischrank, in dem sich eine Flasche Jod, eine Flasche Wasserstoffsuperoxyd, eine Tube Rasiercreme und andere Rasierutensilien befanden. »Da ist nichts«, sagte Ellery. »Was ist mit dem Schrank?« Neugierig zog der Alte die Schranktür auf. Es hingen dort ein normaler Anzug, ein halbes Dutzend Krawatten und ein weicher Filzhut. Der Inspektor nahm den Hut mit zurück ins Büro und untersuchte ihn. Er reichte ihn an Ellery weiter, der ihn sofort wieder verächtlich an seinen Haken im Schrank zurückbeförderte.

»Zum Teufel mit diesen Hüten!« platzte der Inspektor heraus. Es klopfte an der Tür, und Hesse ließ einen schüchternen, jungen Mann eintreten.

»Inspektor Queen?« erkundigte sich der Neuankömmling höflich.

»Genau«, schnauzte der Inspektor, »und wenn Sie ein Reporter sind, so können Sie schreiben, daß wir den Mörder von Monte Field innerhalb der nächsten vierundzwanzig Stunden ergreifen werden. Das ist nämlich alles, was Sie im Moment von mir zu hören bekommen.«

Der junge Mann lächelte. »Verzeihung, Inspektor, aber ich bin kein Reporter. Mein Name ist Arthur Stoates; ich bin erst seit kurzem im Büro von Staatsanwalt Sampson. Der Chef konnte mich erst heute morgen erreichen, und ich hatte noch mit einer anderen Sache zu tun; deshalb bin ich erst so spät hier. Wirklich zu schade um Field, nicht wahr?« Er grinste, als er Mantel und Hut auf einen Stuhl warf.

»Das ist Ansichtssache«, brummte Queen als Antwort. »Auf jeden Fall verursacht er einen Haufen Arbeit. Wie lauten Sampsons Anweisungen?«

»Nun, ich bin natürlich nicht so vertraut mit Fields Werdegang, wie es nötig wäre; deshalb bin ich hier nur als Ersatz für Tim

Cronin, der heute morgen noch etwas anderes zu erledigen hat. Ich soll schon einmal anfangen, bis Tim sich voraussichtlich heute nachmittag frei machen kann. Wie Sie wissen, war Cronin derjenige, der vor einigen Jahren hinter Field her war. Er brennt darauf, sich mit den Aktenordnern hier beschäftigen zu können.«

»Nur zu verständlich. Sollte sich irgend etwas Belastendes in den Aufzeichnungen und Akten befinden, so wird es Cronin wohl – nach dem, was mir Sampson über ihn erzählt hat – herausfinden. Hesse, führen Sie Mr. Stoates hinaus, und machen Sie ihn mit Lewin bekannt. Das ist der Bürovorsteher hier, Stoates. Halten Sie ihn im Auge – er sieht ziemlich gerissen aus. Und, Stoates, denken Sie daran, Sie forschen nicht nach einwandfreien Geschäften und Klienten in den Aufzeichnungen, sondern nach krummen Sachen. . . . Bis später dann.«

Stoates lächelte ihn fröhlich an und folgte Hesse nach draußen. Ellery und sein Vater schauten sich quer durch den Raum an.

»Was hältst du da in der Hand?« fragte der alte Mann auf einmal.

»Ein Exemplar von ›Was uns die Handschrift verrät‹; ich habe es hier aus dem Regal genommen«, erwiderte Ellery träge. »Wieso?«

»Langsam fang’ ich auch an, darüber nachzudenken, El«, erklärte der Inspektor. »An dieser Handschriftensache ist irgend etwas faul.« Ein wenig ratlos schüttelte er den Kopf und erhob sich. »Komm mit, Sohn – hier gibt es nichts zu holen.«

Als sie das Hauptbüro durchquerten, das jetzt bis auf Hesse, Lewin und Stoates verlassen war, winkte Queen den Detective heran. »Gehen Sie nach Hause, Hesse«, sagte er freundlich. »Ich will nicht, daß Sie sich die Grippe holen.« Hesse grinste und verschwand auf der Stelle durch die Tür.

Wenige Minuten später saß Queen in seinem Dienstzimmer in der Center Street. Ellery nannte es das »Starzimmer«. Es war klein und gemütlich, fast wie zu Hause. Ellery ließ sich auf einen Stuhl fallen und fing an, die Bücher über Handschriften zu studieren, die er aus Fields Wohnung und aus seinem Büro stibitzt hatte. Der Inspektor drückte auf einen Summer, und in der Tür erschien die kräftige Gestalt von Thomas Velie.

»Morgen, Thomas«, sagte Queen. »Was ist das für eine aufregende Neuigkeit, die du für mich vom Geschäft der Brüder Browne mitgebracht hast?«

»Ich weiß nicht, wie aufregend sie ist, Inspektor», sagte Velie gelassen und setzte sich auf einen der Stühle, die entlang der Wand standen, »aber für mich hörte es sich sehr wichtig an. Sie haben mir letzte Nacht aufgetragen, etwas über Fields Zylinder herauszufinden. Nun, ich habe das genaue Duplikat davon auf meinem Schreibtisch. Möchten Sie es sehen?«

»Dumme Frage, Thomas«, sagte Queen. »Mach schon!«

Velie verschwand für einen Augenblick und kehrte mit einer Hutschachtel in der Hand zurück. Er öffnete die Verpackung und enthüllte einen sehr gut gearbeiteten, glänzenden Zylinder. Der Inspektor hob ihn neugierig hoch. Auf der Innenseite war die Größe angegeben: 7⅛.

»Unten bei Browne's hab' ich mit einem Verkäufer, der schon lange dort arbeitet, gesprochen«, fuhr Velie fort. »Er bedient Field bereits seit Jahren. Es scheint so, als habe Field dort bis auf den kleinsten Knopf alles gekauft – und das schon seit langem. Und er hat immer diesen einen Verkäufer gewünscht. Natürlich weiß der alte Knabe eine ganze Menge über Fields Geschmack und seine Einkäufe.

Er sagt, daß Field ganz schön übertrieb, was seine Kleidung betraf. Sie wurde stets auf Bestellung von Browne's spezieller Maßschneiderei angefertigt. Er bevorzugte ausgefallene Anzüge und Fräcke und das Neueste in Unterwäsche und Krawatten.«

»Wie war denn sein Geschmack, was Hüte betraf?« warf Ellery ein, ohne von dem Buch, das er gerade las, aufzuschauen.

»Darauf wollte ich noch zu sprechen kommen, Sir«, fuhr Velie fort. »Dieser Verkäufer betonte nachdrücklich die Sache mit den Hüten. Zum Beispiel sagte er, als ich ihn über den Zylinder befragte: ›In dieser Hinsicht war Mr. Field fast fanatisch. In den letzten sechs Monaten hat er nicht weniger als drei davon gekauft!‹ Ich griff das natürlich auf und ließ es anhand der Verkaufsbücher überprüfen. Ganz sicher, Field kaufte drei seidene Zylinder im letzten halben Jahr!«

Ellery und sein Vater sahen sich erstaunt an; beide hatten dieselbe Frage auf den Lippen.

»Drei – «, setzte der Ältere an.

»Nun ... ist das nicht ein außergewöhnlicher Umstand?« fragte Ellery langsam und griff nach seinem Kneifer.

»Wo in Gottes Namen sind dann die beiden anderen?« fuhr Queen völlig verblüfft fort. Ellery schwieg.

Queen wandte sich ungeduldig an Velie. »Was hast du sonst noch herausgefunden, Thomas?«

»Nichts mehr von Bedeutung«, antwortete Velie, »außer daß Field ein absoluter Kleidernarr war. Das ging so weit, daß er im letzten Jahr fünfzehn Anzüge und nicht weniger als ein Dutzend Hüte, die Zylinder eingeschlossen, gekauft hat!«

»Hüte, Hüte, immer nur Hüte!« stöhnte der Inspektor. »Der Mann muß verrückt gewesen sein. Übrigens – hast du herausgefunden, ob Field jemals Spazierstöcke bei Browne's gekauft hat?«

Velie machte ein leicht bestürztes Gesicht. »Wieso, Inspektor?« sagte er kläglich. »Ich glaube, da habe ich einen Fehler gemacht. Ich habe überhaupt nicht daran gedacht, danach zu fragen, und letzte nacht haben Sie mir auch nicht gesagt – «

»Verdammt! Keiner von uns ist vollkommen«, brummte Queen. »Sieh zu, daß du den Verkäufer für mich ans Telefon kriegst, Thomas.«

Velie nahm sich einen der Telefonapparate auf dem Schreibtisch und reichte das Gerät wenig später an seinen Vorgesetzten weiter.

»Hier spricht Inspektor Queen«, sagte der alte Mann rasch. »Wie ich höre, haben Sie Monte Field über eine Reihe von Jahren bedient?... Nun, ich möchte noch ein kleines Detail überprüfen. Hat Field jemals bei Ihnen einen Spazierstock gekauft?... Wie bitte? Oh, ich verstehe... Ja. Noch eine andere Sache. Hat er jemals ganz spezielle Anweisungen für die Herstellung seiner Kleidung gegeben – Extrataschen oder etwas in der Art?... Sie glauben nicht. In Ordnung... Was? Oh, ich verstehe. Vielen Dank.«

Er hängte den Hörer ein und wandte sich um.

»Unser dahingeschiedener Freund«, sagte er voller Abscheu, »scheint eine genauso große Abneigung gegen Stöcke gehabt zu haben, wie er eine Vorliebe für Hüte hatte. Dieser Verkäufer erzählte, er hätte mehrfach versucht, Field für Stöcke zu interessieren, aber der hätte es abgelehnt, einen zu kaufen. Könnte sie nicht leiden, hätte er gesagt. Der Verkäufer hält Extrataschen für ausgeschlossen. So stehen wir wieder mit leeren Händen da.«

»Ganz im Gegenteil«, sagte Ellery gelassen. »Es beweist ziemlich schlüssig, daß der Hut das *einzige Kleidungsstück* war, das der Mörder an sich genommen hat. Das scheint mir die Dinge doch zu vereinfachen.«

»Ich muß schon ein ziemlicher Trottel sein«, sagte sein Vater mürrisch. »Für mich heißt das noch überhaupt nichts.«

»Übrigens, Inspektor«, warf Velie finster blickend ein, »Jimmy hat Bericht erstattet über die Fingerabdrücke auf Fields Flasche. Es sind einige drauf, aber sie sind zweifellos alle von Field, wie er sagt. Jimmy hatte natürlich einen Fingerabdruck aus der Leichenhalle bekommen, um das zu überprüfen.«

»Nun«, sagte der Inspektor, »vielleicht hat die Flasche auch überhaupt nichts mit dem Verbrechen zu tun. Auf jeden Fall müsssen wir erst einmal auf Proutys Bericht warten.«

»Da ist noch etwas, Inspektor«, fügte Velie hinzu. »Dieser Müll – der Kehricht aus dem Theater –, den Panzer auf Ihr Geheiß heute morgen hierher schicken sollte, ist vor ein paar Minuten eingetroffen. Wollen Sie ihn sehen?«

»Auf jeden Fall, Thomas«, sagte der Inspektor. »Bring mir bei der Gelegenheit auch direkt die Liste mit, auf der die Namen der Leute ohne den Kontrollabschnitt der Eintrittskarte stehen. Die jeweiligen Platznummern sind doch jedem Namen beigefügt?«

Velie nickte und verschwand. Queen betrachtete verdrießlich den Hinterkopf seines Sohnes, als der Sergeant mit einem umfänglichen Paket und einer getippten Liste zurückkam.

Sie breiteten den Inhalt des Pakets sorgfältig auf dem Schreibtisch aus. Zum größten Teil bestand er aus zerknüllten Programmheften, Papierfetzen – vor allem aus Konfektschachteln – und vielen Kontrollabschnitten, die nicht von Flint und seinen Mitsuchern gefunden worden waren. Zwei unterschiedliche Damenhandschuhe, ein kleiner brauner Knopf – vermutlich von einem Herrenjackett –, die Schutzkappe eines Füllfederhalters, ein Damentaschentuch und verschiedene andere Gegenstände, wie sie gewöhnlich in Theatern verloren oder weggeworfen werden, kamen zum Vorschein.

»Sieht nicht so aus, als würden wir hier viel finden«, meinte der Inspektor. »Nun, zumindest sind wir jetzt in der Lage, die Kontrollabschnitte zu überprüfen.«

Velie legte die verlorengegangenen Kontrollabschnitte auf einem Häufchen zusammen und fing an, Queen die Nummern und Buchstaben vorzulesen, der sie dann auf der Liste, die Velie ihm gebracht hatte, abhakte. Es waren nicht viele Abschnitte da, so daß sie mit dem Abhaken schnell durch waren.

»Ist das alles, Thomas?« erkundigte sich der Inspektor und schaute auf.

»Das ist alles, Chef.«

»Nun, nach dieser Liste fehlen immer noch Kontrollabschnitte für etwa fünfzig Personen. Wo ist Flint?«

»Er ist hier irgendwo im Haus, Inspektor.«

Queen nahm das Telefon und gab einen knappen Befehl. Fast auf der Stelle erschien Flint.

»Was haben Sie letzte nacht gefunden?« fragte Queen kurz angebunden.

»Nun, Inspektor«, antwortete Flint schüchtern, »wir sind alles aufs genaueste durchgegangen. Wir haben eine ganze Menge Zeug gefunden, aber das meiste davon waren Programmhefte und solche Sachen, die wir dann für die Putzfrauen liegengelassen haben, die mit uns zusammen dort tätig waren. Wir haben jedoch einen ganzen Haufen Kontrollabschnitte aufgesammelt – vor allem in den Gängen.« Aus seiner Tasche brachte er einen Stapel Eintrittskarten, der ordentlich von einem Gummi zusammengehalten wurde, zum Vorschein. Velie nahm ihn in Empfang und fuhr damit fort, die Nummern und Buchstaben vorzulesen. Als er damit zu Ende war, ließ Queen die getippte Liste auf den Schreibtisch fallen.

»Nichts dabei herausgekommen?« murmelte Ellery und schaute von seinem Buch auf.

»Verflucht, jeder von denen, die wir ohne Eintrittskarte angetroffen haben, ist nun abgehakt!« knurrte der Inspektor. »Es ist kein Name und kein Kontrollabschnitt mehr übrig. Jetzt kann ich nur noch eins machen.« Er durchwühlte den Haufen mit den Abschnitten, bis er gemäß der Liste den Kontrollabschnitt fand, der Frances Ives-Pope gehört hatte. Dann holte er aus seiner Tasche die vier Eintrittskarten, die er am Abend zuvor an sich genommen hatte, und verglich sorgfältig den Kontrollabschnitt des Mädchens mit dem für Fields Platz. Die abgerissenen Kanten stimmten nicht überein.

»Es gibt nur einen Trost«, fuhr der Inspektor fort und steckte die fünf Eintrittskarten in seine Westentasche, »wir haben keine Spur von den Karten für die sechs Plätze unmittelbar neben und vor Fields Platz gefunden!«

»Das hab' ich mir gleich gedacht«, bemerkte Ellery. Er legte das Buch beiseite und betrachtete seinen Vater mit ungewohntem Ernst. »Hast du dir schon einmal Gedanken darüber gemacht, Vater, daß wir nicht einmal genau wissen, *warum* Field gestern abend im Theater war?«

Queen zog die Brauen hoch. »Genau über dieses Problem habe ich mir auch schon den Kopf zerbrochen. Von Mrs. Russo und Michaels wissen wir, daß Field nichts an Theaterbesuchen lag.«

»Man weiß nie, welche Laune gerade jemanden überkommen kann«, sagte Ellery entschieden. »Viele Dinge könnten auch einen Mann, der sonst nicht ins Theater geht, dazu bewegen, sich dieser Art von Unterhaltung zu widmen. Tatsache ist – er war dort. Ich wüßte gern, *warum* er dort war.«

Der alte Mann schüttelte ernst den Kopf. »Handelte es sich vielleicht um eine geschäftliche Verabredung? Denk dran, was Mrs. Russo gesagt hat. Field hatte versprochen, daß er um zehn Uhr zurück sein würde.«

»Die Idee mit der geschäftlichen Verabredung gefällt mir«, sagte Ellery beifällig. »Aber bedenke, was sonst noch möglich ist; diese Russo könnte gelogen haben, und Field hat nichts derartiges gesagt; oder, wenn er es gesagt hat, hat er überhaupt nicht die Absicht gehabt, die Verabredung mit ihr um zehn Uhr einzuhalten.«

»Ich bin nur zu der ziemlich sicheren Überzeugung gelangt, Ellery«, sagte der Inspektor, »daß Field – was auch immer möglich sein mag – gestern abend nicht ins Römische Theater gegangen ist, um sich die Vorstellung anzuschauen. Er ging dorthin, um sich um Geschäftsangelegenheiten zu kümmern.«

»Das denke ich mir auch«, sagte Ellery lächelnd. »Aber man sollte immer sehr sorgfältig alle Möglichkeiten in Betracht ziehen. Nun, wenn er dort geschäftlich unterwegs war, dann doch nur, um jemanden zu treffen. Ob dieser Jemand sein Mörder war?«

»Du stellst zu viele Fragen, Ellery«, sagte der Inspektor. – »Thomas, wir wollen noch einmal das andere Zeug in dem Paket anschauen.«

Vorsichtig reichte Velie dem Inspektor nacheinander die verschiedenen Gegenstände. Die Handschuhe, die Kappe des Füllfederhalters, den Knopf und das Taschentuch warf Queen nach kurzer Betrachtung auf die Seite. Es blieb nichts mehr übrig außer den Papierstückchen aus den Konfektschachteln und den zerknüllten Programmheften. Da das Konfektpapier wohl kaum etwas hergeben würde, befaßte sich Queen mit den Programmheften. Mitten in deren Betrachtung rief er auf einmal hocherfreut aus: »Schaut, was ich hier gefunden habe, Jungs!«

Die drei Männer beugten sich über seine Schulter. Queen hielt ein Programmheft in der Hand, das er glattgestrichen hatte. Allem Anschein nach war es zusammengeknüllt und weggeworfen worden. Auf einer der Innenseiten, neben und über dem üblichen

Artikel zur Herrenmode, befanden sich eine Reihe von Hand geschriebener Buchstaben, Zahlen und rätselhafte Kritzeleien, wie man sie in Momenten der Gedankenlosigkeit vor sich hin malt.

»Inspektor, es sieht so aus, als hätten Sie Fields eigenes Programmheft gefunden!« rief Flint.

»Jawohl, mein Herr, so sieht es aus«, sagte Queen knapp. »Flint, suchen Sie unter den Papieren, die wir gestern in den Taschen des Toten gefunden haben, nach einem Brief mit seiner Unterschrift, und bringen Sie ihn mir.« Flint eilte nach draußen.

Ellery untersuchte die Kritzeleien aufmerksam. Auf dem oberen Rand des Blattes stand:

Flint kam mit einem Brief zurück. Der Inspektor verglich die Unterschriften – offenkundig stammten sie von derselben Person.

»Wir werden sie unten im Labor noch von Jimmy überprüfen lassen«, murmelte der alte Mann, »aber ich bin mir ziemlich sicher. Es ist Fields Programmheft. Daran kann eigentlich kein Zweifel bestehen. Was sagst du dazu, Thomas?«

Velie knirschte: »Ich weiß nicht, worauf sich diese anderen Zahlen beziehen, aber diese ›50 000‹ können nichts anderes als Dollar bedeuten, Chef.«

»Der alte Knabe muß wohl an sein Bankkonto gedacht haben«, sagte Queen. »Anscheinend war er auch in den Anblick seines eigenen Namens verliebt.«

»Das ist nicht ganz fair gegenüber Field«, wandte Ellery ein. »Wenn man untätig herumsitzt – wie er es im Theater vor Beginn der Vorstellung getan hat –, ist es nur allzu normal, daß man seine Initialen oder seinen Namen auf den nächsten geeigneten Gegenstand kritzelt. In einem Theater wäre das wohl das Programmheft ... Das Niederschreiben des eigenen Namens ist ein allgemeines psychologisches Phänomen. Also war auch Field vielleicht nicht so selbstgefällig, wie es den Anschein hat.«

»Ist ja auch nicht so wichtig«, sagte der Inspektor und untersuchte weiter stirnrunzelnd das Gekritzel.

»Vielleicht«, erwiderte Ellery. »Aber um auf eine dringlichere Angelegenheit zurückzukommen – ich stimme mit dir nicht darin überein, daß sich die ›50 000‹ möglicherweise auf Fields Konto beziehen. Wenn jemand schnell mal seinen Kontostand aufschreibt, dann bestimmt nicht in solchen runden Summen.«

»Wir können das ziemlich leicht überprüfen«, entgegnete der Inspektor und griff zum Telefon. Er bat die Vermittlung im Haus, ihn mit Fields Büro zu verbinden. Nachdem er eine Weile mit Oscar Lewin gesprochen hatte, wandte er sich mit niedergeschlagener Miene wieder zurück an Ellery.

»Du hast recht gehabt, El«, sagte er. »Field besaß nur ein überraschend kleines Privatkonto; es beläuft sich auf weniger als sechstausend Dollar. Und das, obwohl er oft Einzahlungen über zehn- und fünfzehntausend Dollar vornahm. Lewin selbst war überrascht. Er sagte, er hätte nichts von Fields finanzieller Lage gewußt, bis ich ihn eben darum bat, sie zu überprüfen... Ich wette, Field hat an der Börse spekuliert oder sein Geld zum Buchmacher getragen.«

»Ich bin nicht gerade sehr überrascht von der Nachricht«, bemerkte Ellery. »Sie weist auf einen möglichen Grund für die ›50 000‹ in dem Programmheft hin. Die Zahl ist nicht nur einfach eine Geldsumme, sie bedeutet mehr als das – nämlich ein Geschäft, bei dem fünfzigtausend Dollar zu gewinnen waren. Nicht schlecht für eine Nacht, wenn er lebend davongekommen wäre.«

»Und was ist mit den zwei anderen Zahlen?« fragte Queen.

»Darüber werde ich ein wenig nachgrübeln müssen«, antwortete Ellery und ließ sich auf seinen Stuhl fallen. »Ich wüßte wirklich gerne, was das für eine Art von Geschäft ist, bei der eine solch hohe Summe als Preis gezahlt wird«, fügte er hinzu und putzte abwesend seinen Kneifer.

»Was es auch für ein Geschäft gewesen sein mag«, sagte der Inspektor in belehrendem Ton, »mein Sohn, du kannst sicher sein, daß es ein übles war.«

»Ein übles?« fragte Ellery mit ernster Stimme.

»Geld ist die Wurzel allen Übels«, erwiderte der Inspektor grinsend.

»Nicht nur die Wurzel, Vater, sondern auch die Frucht«, sagte Ellery, ohne den Ton zu verändern.

»Wieder ein Zitat?« spottete der alte Herr.

»Fielding«, sagte Ellery gelassen.

Elftes Kapitel

in welchem die Vergangenheit ihre Schatten wirft

Das Telefon klingelte.

»Q? Hier ist Sampson«, erklang die Stimme des Staatsanwalts aus dem Telefon.

»Guten Morgen, Henry«, sagte Queen. »Wo bist du? Wie fühlst du dich heute morgen?«

»Ich bin in meinem Büro und fühle mich hundsmiserabel«, gab Sampson leise lachend zurück. »Der Doktor ist der festen Überzeugung, daß ich es nicht mehr lange mache, wenn ich so weiterschufte, und in meiner Dienststelle ist man davon überzeugt, daß die Stadt untergeht, wenn ich nicht zur Arbeit erscheine. Nach was soll man sich da richten? ... Nun zur Sache, Q.«

Der Inspektor gab Ellery ein Zeichen, als wollte er sagen: »Ich weiß genau, was jetzt kommt!«

»Ja, Henry?«

»Hier ist ein Herr in meinem Privatbüro, den du besser kennenlernen solltest«, fuhr Sampson in etwas gedämpfterem Tonfall fort. »Er will dich sehen, und ich fürchte, du mußt alles stehen und liegen lassen und schleunigst herkommen. »Er« – Sampsons Stimme war nur noch ein Flüstern – »er ist ein Mensch, den ich mir nicht unnötig zum Feind machen will, Q, alter Junge.«

Der Inspektor runzelte die Stirn. »Ich nehme an, du redest von Ives-Pope«, sagte er. »Ist er verärgert, weil wir seinen Sonnenschein gestern abend befragt haben?«

»Nein, das nicht«, sagte Sampson. »Er ist wirklich ein netter alter Knabe. Nur – sei freundlich zu ihm, Q, bitte.«

»Ich werde ihn mit Glacéhandschuhen anfassen«, kicherte der alte Mann. »Wenn dich das ein wenig beruhigt, werde ich meinen Sohn mitschleppen. Normalerweise kümmert er sich um unsere gesellschaftlichen Verpflichtungen.«

»Das wäre schön«, sagte Sampson dankbar.

Der Inspektor legte auf und wandte sich an Ellery. »Der arme Henry sitzt wirklich in der Klemme«, sagte er spöttisch, »und ich kann ihm nicht vorwerfen, daß er versucht, es allen recht zu machen. Pfeift aus dem letzten Loch, und die Politiker setzen ihn unter Druck, dieser Krösus lamentiert in seinem Büro herum. ...Komm, mein Sohn, wir werden jetzt den berühmten Franklin Ives-Pope kennenlernen!«

Ellery stöhnte und streckte seine Arme von sich. »Du hast bald noch einen Kranken hier, wenn das so weitergeht.« Trotzdem sprang er auf und setzte sich seinen Hut auf. »Dann wollen wir diesen Industriekapitän mal begutachten.«

Queen sah Velie grinsend an. »Bevor ich es vergesse, Thomas... Ich möchte, daß du heute ein wenig herumschnüffelst. Du sollst herausfinden, warum Monte Field, der eine florierende Kanzlei besaß und einen ziemlich aufwendigen Lebensstil führte, nur sechstausend Dollar auf seinem Privatkonto hatte. Vielleicht ist es die Börse oder die Rennbahn, aber das will ich eben genau wissen. Vielleicht geht das aus den eingelösten Schecks hervor. Lewin ist schon in Fields Büro und kann dir dort helfen. Und wenn du schon dabei bist – das könnte ausgesprochen wichtig werden, Thomas –, mach eine vollständige Aufstellung all dessen, was Field gestern unternommen hat.«

Die beiden Queens machten sich auf den Weg zu Sampsons Dienststelle.

Das Büro des Staatsanwalts war ein geschäftiger Ort, und selbst ein Polizeiinspektor wurde in diesen heiligen Hallen nur wenig beachtet. Ellery war schlechtgelaunt, aber sein Vater lächelte, und schließlich kam der Staatsanwalt höchstpersönlich aus seinem Heiligtum gestürzt und richtete ein Wort des Tadels an den Büroangestellten, der seine Freunde hatte warten lassen.

»Hüte deine Zunge, junger Mann«, warnte Queen, während Sampson sie in sein Büro führte, wobei er immer noch Verwünschungen gegen den Missetäter ausstieß. »Bin ich überhaupt fein genug angezogen für ein Treffen mit dem Dollarkönig?«

Sampson hielt ihnen die Tür auf. Vom Eingang aus erblickten die beiden Queens einen Mann, der – die Hände auf dem Rücken ineinandergelegt – durch das Fenster nach draußen auf die langweilige Aussicht blickte. Als der Staatsanwalt die Tür schloß, drehte er sich behend um – erstaunlich beweglich für einen Menschen von seinem Gewicht.

Franklin Ives-Pope war ein Überbleibsel aus einer wirtschaftlich gesünderen Zeit. Er ähnelte jenem starken, selbstsicheren Typ von Magnaten, die wie der alte Cornelius Vanderbilt die Wall Street nicht nur durch ihren Reichtum, sondern ebensosehr durch die Kraft ihrer Persönlichkeit beherrscht hatten. Ives-Pope hatte klare graue Augen, stahlgraues Haar, einen grauen Bart, einen kräftigen, immer noch jugendlich elastischen Körper und den unmißverständlichen Ausdruck gebieterischer Autorität. Wie er so gegen das Licht des schäbigen Fensters stand, war er ein durch und durch eindrucksvoller Mann, und Ellery und Queen war bei ihrem Eintritt sofort klar, daß hier ein Mensch vor ihnen stand, der wußte, was er wollte.

Noch bevor Sampson – etwas verlegen – die Vorstellung übernehmen konnte, sprach der Financier mit einer tiefen, angenehmen Stimme: »Ich nehme an, Sie sind Queen, der Menschenjäger«, sagte er. »Ich wollte Sie schon lange einmal kennenlernen, Inspektor.« Er reichte ihm eine große, kraftvolle Hand, die Queen würdevoll schüttelte.

»Überflüssig zu sagen, daß ich den gleichen Wunsch hatte, Mr. Ives-Pope«, sagte er mit einem leichten Lächeln. »Ich habe auch einmal an der Wall Street spekuliert, und ich glaube, ich habe etwas Geld bei Ihnen gelassen. – Dies, Sir, ist mein Sohn Ellery, der ganze Stolz der Familie Queen.«

Der stattliche Mann betrachtete Ellery wohlwollend von oben bis unten. Er schüttelte ihm die Hand und bemerkte dabei: »Sie haben einen bemerkenswerten Vater, mein Junge!«

»Nun gut!« seufzte der Staatsanwalt, während er den dreien Stühle anbot. »Ich bin froh, daß das schon mal geschafft ist. Sie können sich überhaupt nicht vorstellen, Mr. Ives-Pope, wie mich dieses bevorstehende Treffen nervös gemacht hat. Queen ist nämlich ein kleiner Teufel, wenn es um den Austausch von Höflichkeiten geht, und es hätte mich nicht überrascht, wenn er Ihnen gleich bei der Begrüßung Handschellen angelegt hätte!«

Der stattliche Mann löste die Spannung mit einem herzhaften Lachen.

Der Staatsanwalt kam sofort zur Sache.

»Mr. Ives-Pope ist hier, Q, um sich persönlich zu erkundigen, was in der Angelegenheit seiner Tochter getan werden kann.« Queen nickte. Sampson wandte sich an den Finanzmann. »Wie ich Ihnen schon gesagt habe, Sir, haben wir in jeder Hinsicht vollstes

Vertrauen zu Inspektor Queen – immer schon gehabt. Er arbeitet im allgemeinen ohne Kontrolle oder Oberaufsicht durch das Büro des Staatsanwalts. Ich denke, das sollte in Anbetracht der Umstände noch einmal klargestellt werden.«

»Das ist eine vernünftige Einstellung, Sampson«, sagte Ives-Pope zustimmend. »Ich habe in meinem eigenen Geschäft selbst immer nach diesem Prinzip gearbeitet. Und außerdem, nach allem, was ich über Inspektor Queen gehört habe, ist Ihr Vertrauen vollkommen gerechtfertigt.«

»Manchmal«, sagte Queen ernst, »muß ich Dinge tun, die mir gegen den Strich gehen. Ich sage Ihnen ganz offen, daß mir einige der Sachen, die ich gestern abend pflichtgemäß unternehmen mußte, äußerst unangenehm waren. Ich nehme an, Mr. Ives-Pope, Ihre Tochter ist ziemlich aufgebracht wegen unserer kleinen Unterhaltung gestern abend?«

Ives-Pope schwieg einen Moment. Dann hob er den Kopf und blickte dem Inspektor gerade in die Augen. »Sehen Sie, Inspektor«, sagte er. »Wir beide mußten schon mit allen möglichen seltsamen Menschen umgehen; und wir haben auch schon Probleme gelöst, die anderen enorme Schwierigkeiten bereiteten. Ich denke, wir können daher offen miteinander reden ... Ja, meine Tochter Frances ist mehr als nur ein wenig aufgebracht. Unglücklicherweise ist ihre Mutter, ohnehin eine kranke Frau, das auch; und ihr Bruder Stanford, mein Sohn – aber das können wir vielleicht beiseite lassen ... Frances hat mir gestern abend, als sie mit ihren Freunden nach Hause kam, alles erzählt. Ich kenne meine Tochter, Inspektor; und ich lege meine Hand dafür ins Feuer, daß zwischen ihr und Field nicht die geringste Verbindung besteht.«

»Mein lieber Herr«, gab der Inspektor ruhig zurück, »ich habe sie in keinster Weise beschuldigt. Niemand weiß besser als ich, welch seltsame Dinge sich im Zuge einer polizeilichen Untersuchung ereignen können; deshalb versuche ich auch, nicht den kleinsten Punkt aus den Augen zu verlieren. Ich habe sie nur darum gebeten, die Tasche zu identifizieren. Nachdem sie das getan hatte, habe ich ihr erzählt, wo sie gefunden worden war. Ich rechnete natürlich mit einer Erklärung. Die kam aber nicht ... Sie verstehen doch, Mr. Ives-Pope, daß es die Pflicht der Polizei ist, wenn ein Mann ermordet und die Tasche einer Frau in seinem Anzug gefunden wird, die Besitzerin der Tasche und ihre Verbindung zu dem Verbrechen zu ermitteln.«

Der Dollarkönig trommelte auf der Armlehne seines Stuhles. »Ich verstehe Ihren Standpunkt, Inspektor«, sagte er. »Es war eindeutig Ihre Pflicht, und es ist immer noch Ihre Pflicht, den Dingen auf den Grund zu gehen. Genaugenommen erwarte ich das sogar von Ihnen. Meine ganz persönliche Meinung ist, daß sie ein Opfer gewisser Umstände geworden ist. Aber ich möchte hier nicht als ihr Anwalt auftreten. Ich setze genug Vertrauen in Sie, um mich auf Ihr Urteil zu verlassen, nachdem Sie die Angelegenheit sorgfältig untersucht haben.« Er machte eine kurze Pause. »Inspektor Queen, was würden Sie davon halten, wenn ich für morgen früh eine kleine Befragung in meinem Haus arrangiere? Ich würde Ihnen eine solche Mühe nicht zumuten, wenn sich Frances nicht sehr elend fühlte und ihre Mutter nicht darauf bestände, daß sie zu Hause bleibt. Kann ich mit Ihnen rechnen?«

»Sehr freundlich von Ihnen, Mr. Ives-Pope«, bemerkte Queen befriedigt. »Wir werden dort sein.«

Der Finanzmann schien noch nicht bereit zu sein, das Gespräch zu beenden. Er bewegte sich schwerfällig auf seinem Stuhl hin und her. »Ich bin immer fair gewesen, Inspektor«, sagte er. »Irgendwie habe ich das Gefühl, daß man mich beschuldigt, meine Position auszunutzen, um mir spezielle Privilegien zu sichern. Das ist nicht der Fall. Der Schock über Ihre Vorgehensweise gestern abend machte es für Frances unmöglich, ihre Geschichte zu erzählen. Zu Hause, im Kreise ihrer Familie, wird sie sicherlich ihre Verbindung zu dieser Affäre zu Ihrer Zufriedenheit aufklären können.« Er zögerte einen Moment, fuhr dann aber in etwas reservierterem Tonfall fort. »Ihr Verlobter wird dort sein, und vielleicht wird seine Anwesenheit sie beruhigen.« Seinem Tonfall konnte man entnehmen, daß er selbst diese Ansicht nicht teilte. »Dürfen wir dann um – sagen wir – halb elf mit Ihnen rechnen?«

»Das paßt sehr gut«, stimmte Queen ihm zu. »Ich würde nur gerne genauer wissen, Sir, wer dabei zugegen sein wird.«

»Ich kann das nach Ihren Wünschen arrangieren, Inspektor«, antwortete Ives-Pope, »aber ich kann mir vorstellen, daß Mrs. Ives-Pope dabei sein will, und ich weiß, daß Mr. Barry da sein wird – mein zukünftiger Schwiegersohn«, erklärte er trocken. »Vielleicht noch ein paar von Frances' Freunden – ihren Schauspielerfreunden. Mein Sohn Stanford wird uns vielleicht auch mit seiner Anwesenheit beehren – ein vielbeschäftigter junger Mann, müssen Sie wissen«, fügte er mit einem Anflug von Verbitterung hinzu.

Die drei Männer rutschten verlegen auf ihren Plätzen herum. Ives-Pope stand mit einem Seufzer auf, und Ellery, Queen und Sampson taten es ihm sofort gleich. »Ich denke, das ist alles, Inspektor«, sagte der Finanzmann in etwas weniger bedrücktem Ton. »Gibt es noch etwas, das ich tun kann?«

»Das war wirklich alles.«

»Dann werde ich mich verabschieden.« Ives-Pope wandte sich an Ellery und Sampson. »Wenn Sie sich frei machen können, Sampson, würde ich Sie natürlich gerne dabei haben. Glauben Sie, Sie können das einrichten?« Der Staatsanwalt nickte. »Und Mr. Queen«, sagte er zu Ellery, »werden Sie auch kommen? Wie ich verstanden habe, stehen Sie während der ganzen Untersuchung Ihrem Vater zur Seite. Wir würden uns freuen, wenn Sie kämen.«

»Ich werde dort sein«, antwortete Ellery, und Ives-Pope verließ das Büro.

»Nun, was denkst du, Q?« fragte Sampson, während er unruhig auf seinem Drehstuhl herumzappelte.

»Ein äußerst interessanter Mann«, antwortete der Inspektor. »Und wie aufrichtig er ist!«

»Oh, ja – ja«, sagte Sampson. »Er – Q, bevor du kamst, bat er darum, daß du nicht so ohne weiteres mit der Sache an die Öffentlichkeit gehst. Eine Art von persönlichem Gefallen, weißt du.«

»Er hat sich wohl nicht getraut, mich darum zu bitten, eh?« schmunzelte der Inspektor. »Das macht ihn richtig menschlich. ... Nun, Henry, ich werde mein Bestes tun, aber wenn diese junge Frau ernsthaft darin verwickelt ist, kann ich mich nicht dafür verbürgen, daß die Presse die Finger davon läßt.«

»In Ordnung, in Ordnung, Q – das liegt bei dir«, sagte Sampson gereizt. »Mein verdammter Hals!« Er nahm einen Zerstäuber aus einer Schreibtischschublade und besprühte mit schmerzverzerrter Miene seine Kehle.

»Hat Ives-Pope nicht kürzlich der Chemischen Forschungsgemeinschaft hunderttausend Dollar gestiftet?« fragte Ellery plötzlich an Sampson gewandt.

»Ich glaube, ich habe so etwas in Erinnerung«, sagte Sampson gurgelnd. »Wieso?«

Ellery murmelte eine unhörbare Erklärung, die in Sampsons heftigen Bewegungen mit dem Zerstäuber unterging. Queen, der seinen Sohn nachdenklich ansah, schüttelte den Kopf, sah auf seine

Uhr und sagte: »Nun, mein Sohn, es ist Zeit für unser Mittagessen. Was meinst du, Henry, willst du nicht einen Happen mit uns essen?«

Sampson grinste etwas gequält. »Ich stecke zwar bis zum Hals in Arbeit, aber selbst ein Staatsanwalt muß ab und zu essen«, sagte er. »Ich gehe unter einer Bedingung mit – nämlich daß ich die Rechnung übernehme. Ich schulde dir sowieso noch etwas.«

Während sie ihre Mäntel anzogen, telefonierte Queen.

»Mr. Morgan? . . . Oh, hallo, Morgan. Haben Sie heute nachmittag Zeit für eine kleine Unterhaltung? . . . In Ordnung. Halb drei ist mir recht. Auf Wiederhören.«

»Das wäre das«, sagte der Inspektor zufrieden. »Höflichkeit zahlt sich immer aus, Ellery – das solltest du dir merken.«

Pünktlich um halb drei wurden die Queens in das ruhige Anwaltsbüro von Benjamin Morgan geführt. Es unterschied sich auffallend von Fields verschwenderischer Suite – nobel, aber mit eher geschäftsmäßiger Schlichtheit ausgestattet. Eine lächelnde junge Dame schloß die Türe hinter ihnen. Morgan begrüßte sie zurückhaltend. Er bot ihnen Zigarren an, als sie sich setzten.

»Nein, danke – ich bleibe bei meinem Schnupftabak«, sagte der Inspektor freundlich, während Ellery sich, nachdem er vorgestellt worden war, eine Zigarette anzündete und Rauchringe vor sich hinblies. Morgan zündete sich mit zitternden Händen eine Zigarre an.

»Ich nehme an, Sie sind gekommen, um unsere Unterhaltung von gestern abend fortzusetzen, Inspektor?« sagte Morgan.

Queen nieste, steckte seine Tabakdose wieder ein und lehnte sich auf seinem Stuhl zurück. »Sehen Sie, Morgan, alter Junge«, sagte er offen heraus. »Sie waren mir gegenüber nicht ganz aufrichtig.«

»Was meinen Sie damit?« fragte Morgan nervös.

»Sie haben mir gestern abend erzählt«, sagte der Inspektor nachdenklich, »Sie haben mir gestern erzählt, daß Sie sich vor zwei Jahren freundschaftlich von Field getrennt haben, als das gemeinsame Unternehmen aufgelöst wurde. Haben Sie das nicht gesagt?«

»Das habe ich«, sagte Morgan.

»Was für eine Erklärung, mein Lieber«, fragte Queen, »haben Sie dann für die kleine Episode im Webster Club? Ich würde es nicht gerade als ›freundschaftliches‹ Ende einer Partnerschaft bezeichnen, wenn man das Leben eines Mannes bedroht!«

151

Morgan saß für einige Zeit schweigend da, während Queen ihn geduldig ansah und Ellery seufzte. Dann blickte er auf und begann, mit etwas leidenschaftlicherer Stimme zu reden.

»Es tut mir leid, Inspektor«, murmelte er, ohne diesen anzusehen. »Ich hätte mir denken können, daß sich jemand an eine solche Drohung erinnern würde ... Ja, es ist nur zu wahr. Wir haben einmal auf Fields Vorschlag hin zusammen im Webster Club gegessen. Was mich betraf, so war es mir am liebsten, gesellschaftlich überhaupt nicht mit ihm zu verkehren. Aber der Zweck dieses Mittagessens war, einige letzte Einzelheiten der Auflösung durchzusprechen, und natürlich hatte ich keine andere Wahl ... Ich fürchte, ich bin in Wut geraten. Ich habe ihn mit dem Tod bedroht, aber das war – nun, das war im Eifer des Gefechts gesagt. Ich hatte die ganze Sache vergessen, bevor die Woche vorbei war.«

Der Inspektor nickte verständnisvoll. »Ja, solche Dinge passieren manchmal. Aber« – und Morgan leckte sich ängstlich die Lippen – »ein Mann bedroht doch nicht das Leben eines anderen Mannes – auch wenn er es nicht ernst meint – nur wegen geringfügiger geschäftlicher Differenzen.« Er richtete einen Finger auf Morgans zusammengesunkene Gestalt. »Kommen Sie, Mann – heraus damit. Was versuchen Sie zu verschweigen?«

Morgans ganzer Körper war in sich zusammengefallen. Seine Lippen waren aschgrau, als er hilfesuchend von einem Queen zum anderen blickte. Aber ihre Blicke waren unerbittlich; Ellery, der ihn ansah wie ein Forscher sein Versuchskaninchen, unterbrach das Schweigen.

»Mein lieber Morgan«, sagte er kühl. »Field hatte etwas gegen Sie in der Hand, und er dachte, daß nun der geeignete Zeitpunkt gekommen war, Sie davon in Kenntnis zu setzen. Das ist so klar wie das Rot in Ihren Augen.«

»Sie haben es zum Teil erraten, Mr. Queen. Ich bin einer der unglücklichsten Menschen dieser Erde gewesen. Dieser Teufel Field – wer auch immer ihn getötet hat, verdient eine Auszeichnung für diesen Dienst an der Menschheit. Er war ein Monster – ein seelenloses Ungeheuer. Ich kann Ihnen gar nicht sagen, wie glücklich – ja, glücklich! – ich darüber bin, daß er tot ist!«

»Ganz ruhig, Morgan«, sagte Queen. »Auch wenn unser gemeinsamer Freund nach allem, was ich höre, ein ganz schönes Stinktier war, könnten Ihre Bemerkungen doch auch auf weniger verständnisvolle Ohren treffen. Und – ?«

152

»Hier ist die ganze Geschichte«, murmelte Morgan; seine Augen waren starr auf die Schreibunterlage gerichtet. »Es ist keine schöne Geschichte ... Als ich ein junger Student am College war, hatte ich mich mit einem Mädchen eingelassen – einer Kellnerin in einem Studentenrestaurant. Sie war kein schlechter Mensch – nur schwach, und ich denke, ich war etwas ausgelassen damals. Auf jeden Fall bekam sie ein Kind – mein Kind ... Ich nehme an, Sie wissen, daß ich aus einer sittenstrengen Familie komme. Sollten Sie das noch nicht wissen, werden Sie das im Zuge Ihrer Untersuchungen bald herausfinden. Die Familie hatte große Pläne mit mir, man war gesellschaftlich sehr ambitioniert – um es kurz zu machen, ich konnte das Mädchen also unmöglich heiraten und sie als Ehefrau in das Haus meines Vaters bringen. Ich habe mich ziemlich niederträchtig benommen ...«

Er machte eine Pause.

»Aber es war nun einmal geschehen, und das ist alles, was zählt. Ich – ich habe sie immer geliebt. Sie war vernünftig genug, allen Abmachungen zuzustimmen. Ich schaffte es, sie aus meinen großzügig bemessenen Einkünften zu versorgen. Niemand – kein einziger Mensch auf dieser Welt außer ihrer verwitweten Mutter, einer feinen alten Dame – weiß etwas über diese Angelegenheit. Ich glaube, das kann ich beschwören. Und trotzdem –« Er ballte die Fäuste, fuhr aber mit einem Seufzer fort. »Schließlich heiratete ich ein Mädchen, das meine Familie für mich ausgesucht hatte.« Ein schmerzvolles Schweigen entstand, als er innehielt, um sich zu räuspern. »Es war eine Vernunftehe – nicht mehr und nicht weniger. Sie stammte aus einer alten Aristokratenfamilie, und ich hatte das Geld. Wir haben einigermaßen glücklich zusammen gelebt. ... Dann traf ich Field. Ich verfluche den Tag, an dem ich einer Partnerschaft mit ihm zugestimmt habe – aber mein eigenes Geschäft war nicht gerade so, wie es hätte sein sollen, und Field war ein aufstrebender und gerissener Anwalt.«

Der Inspektor nahm eine Prise Schnupftabak.

»Zunächst ging alles glatt«, fuhr Morgan mit leiser Stimme fort. »Aber nach und nach kam mir der Verdacht, daß mein Partner nicht so ganz der war, für den ich ihn gehalten hatte. Obskure Klienten – wirklich obskure Klienten – kamen nach Büroschluß in sein Privatbüro; meinen diesbezüglichen Fragen wich er aus; irgend etwas stimmte auf einmal nicht mehr. Schließlich kam ich zu dem Schluß, daß mein eigener Ruf darunter leiden würde, wenn ich

153

weiter mit diesem Mann in Verbindung stehen würde, und ich sprach mit ihm über eine Auflösung der Kanzlei. Field lehnte das vehement ab, aber ich war stur; und schließlich konnte er sich meinem Wunsch nicht mehr widersetzen. Wir trennten uns.«

Ellery trommelte mit den Fingern abwesend auf den Griff seines Spazierstockes.

»Dann diese Sache im Club. Er bestand darauf, daß wir zusammen zu Mittag aßen, um die letzten Einzelheiten zu klären. Das war aber natürlich nicht der wirkliche Grund. Ich denke, Sie erraten schon ... In ganz freundlichem Ton kam er mit der Ungeheuerlichkeit heraus, er wisse, daß ich eine Frau und mein uneheliches Kind finanziell unterstütze. Er sagte, er hätte einige meiner Briefe, um das zu beweisen, und einige Zahlungsbelege über Summen, die ich ihr geschickt hatte ... Er gab freimütig zu, daß er sie mir gestohlen hatte. Ich hatte jahrelang nicht mehr danach geschaut, natürlich ... Dann kündigte er mir höflich an, daß er aus dieser Angelegenheit Kapital zu schlagen gedächte!«

»Erpressung!« rief Ellery aus.

»Ja, Erpressung!« gab Morgan verbittert zurück. »Genau das. Er malte mir sehr genau aus, was passieren würde, wenn die Geschichte herauskäme. Oh, Field war ein gerissener Halunke! Ich sah meine gesamte gesellschaftliche Stellung, die ich mir aufgebaut hatte – die Frucht jahrelanger Mühe – mit einem Mal zerstört. Meine Frau, ihre Familie, meine eigene Familie und mehr noch als das, die Kreise, in denen wir verkehrten – ich hätte bis zum Hals im Dreck gesteckt. Und was das Geschäft betrifft – nun, es braucht nicht viel, damit die wichtigen Klienten zu anderen Anwälten abwandern. Ich saß in der Falle – ich wußte es, und er wußte es.«

»Und wieviel hat er verlangt, Morgan?« fragte Queen.

»Genug! Er wollte fünfundzwanzigtausend Dollar – nur für sein Schweigen. Ich hatte keinerlei Sicherheit, daß die Angelegenheit damit erledigt sein würde. Ich saß in der Klemme – und zwar gründlich. Denn, vergegenwärtigen Sie sich das – das ist keine Sache, die seit Jahren erledigt ist. Ich unterstützte die arme Frau und meinen Sohn. Ich tue das auch heute noch. Ich werde das immer tun.« Er starrte auf seine Fingernägel.

»Ich bezahlte das Geld«, fuhr er trübsinnig fort. »Ich mußte mich etwas einschränken, aber ich bezahlte. Aber der Schaden war nun einmal angerichtet. Ich sah damals rot im Club und – aber Sie wissen ja, was dann passiert ist.«

154

»Und er erpreßte Sie die ganze Zeit über weiter, Morgan?« fragte der Inspektor.

»Ja, Sir – runde zwei Jahre. Der Mann war unersättlich, das sage ich Ihnen! Ich kann es heute noch nicht begreifen. Er muß enorme Honorare als Anwalt kassiert haben, und trotzdem schien er immer Geld zu brauchen. Und keineswegs Kleingeld – ich habe ihm nie weniger als zehntausend Dollar auf einmal bezahlt!«

Queen und Ellery warfen sich einen kurzen Blick zu. Queen sagte: »Nun, Morgan, das ist ja eine ganz schöne Bescherung. Je mehr ich über Field höre, desto weniger habe ich Lust, dem Burschen, der ihn erledigt hat, die Handschellen anzulegen. Dennoch – nach allem, was Sie mir erzählt haben, ist Ihre Aussage von gestern abend, daß Sie Field seit zwei Jahren nicht gesehen hätten, offenkundig falsch. Wann haben Sie ihn zuletzt gesehen?«

Morgan schien Schwierigkeiten zu haben, sich zu erinnern. »Oh, das war ungefähr vor zwei Monaten, Inspektor«, sagte er schließlich.

Der Inspektor rutschte auf seinem Stuhl hin und her. »Ich verstehe ... Es ist schade, daß Sie mir das nicht gestern abend erzählt haben. Sie können selbstverständlich davon ausgehen, daß Ihre Geschichte bei der Polizei absolut sicher aufgehoben ist. Und es ist eine sehr wichtige Information. Aber nebenbei – kennen Sie zufällig eine Frau namens Angela Russo?«

Morgan überlegte einen Moment. »Nun – nein, Inspektor. Ich kenne sie nicht.«

Queen schwieg für einen Augenblick. »Kennen Sie einen Herrn namens ›Pfarrer‹ Johnny?«

»Darüber kann ich Ihnen, glaube ich, einiges erzählen, Inspektor. Ich bin mir sicher, daß Field während unserer Partnerschaft diesen kleinen Betrüger für einige seiner obskuren Geschäfte benutzt hat. Ich schnappte ihn einige Male, wie er sich nach Geschäftsschluß ins Büro einschlich, und als ich Field über ihn befragte, grinste er nur höhnisch und sagte: ›Oh, das ist nur Pfarrer Johnny, ein Freund von mir!‹ Aber das genügte schon, um über den Mann Bescheid zu wissen. Was genau die Beziehung zwischen den beiden war, kann ich Ihnen nicht erzählen, weil ich es nicht weiß.«

»Danke, Morgan«, sagte der Inspektor. »Ich bin froh, daß Sie mir das erzählt haben. Und nun – noch eine letzte Frage. Haben Sie jemals den Namen Charles Michaels gehört?«

»Sicher habe ich das«, antwortete Morgan grimmig. »Michaels war Fields sogenannter Diener – er benahm sich wie ein Leibwächter und war in Wirklichkeit eher ein Schuft, wenn mich meine Menschenkenntnis nicht ganz täuscht. Er kam ab und an ins Büro. Sonst kann ich mich an nichts erinnern, Inspektor.«

»Er kennt Sie natürlich?« fragte Queen.

»Nun, ich denke schon«, gab Morgan zögernd zurück. »Ich habe nie mit ihm gesprochen, aber er hat mich ohne Zweifel bei seinen Besuchen im Büro gesehen.«

»Nun, es ist in Ordnung, Morgan«, brummte Queen, während er sich erhob. »Das war eine äußerst interessante und informative Unterhaltung. Und – nein, ich glaube nicht, daß es noch etwas gibt. Jedenfalls im Augenblick nicht. Gehen Sie ganz normal Ihren Geschäften nach, Morgan, und bleiben Sie in der Stadt – halten Sie sich zur Verfügung, falls wir Sie noch brauchen. Vergessen Sie das nicht, ja?«

»Das werde ich schon nicht vergessen«, sagte Morgan dumpf. »Und – die Geschichte, die ich Ihnen erzählt habe – über meinen Sohn – das wird unter uns bleiben?«

»Da haben Sie überhaupt nichts zu befürchten, Morgan«, sagte Queen, und wenige Augenblicke später befanden sich Ellery und er auf der Straße.

»Es ging also um Erpressung, Vater«, murmelte Ellery. »Das bringt mich auf eine Idee, weißt du?«

»Nun, mein Sohn, ich habe da selbst so meine Ideen!« kicherte Queen, und in telepathischem Schweigen gingen sie forschen Schrittes die Straße in Richtung Präsidium hinunter.

Zwölftes Kapitel

in welchem die Queens die feine Gesellschaft unsicher machen

A m Mittwochmorgen servierte Djuna einem gedankenverlorenen Inspektor und einem schwatzenden Ellery den Kaffee. Das Telefon läutete. Beide, Ellery und sein Vater, sprangen auf.

»Halt! Was machst du?« rief der Inspektor. »Es ist für mich; ich erwarte einen Anruf.«

»Aber, aber, mein Herr! Du wirst doch wohl einem Bücherliebhaber nicht verwehren, sein eigenes Telefon zu benutzen«, erwiderte Ellery. »Ich hab' so das Gefühl, daß das mein werter Buchhändler ist, der mich wegen der seltenen Falconer-Ausgabe anruft.«

»Schau, Ellery, fang jetzt nicht an ...« Während sie sich noch gutmütig über den Tisch hinweg gegenseitig aufzogen, nahm Djuna den Hörer ab.

»Den Inspektor – den Inspektor, sagten Sie? Inspektor ...« sagte Djuna und hielt grinsend den Telefonhörer gegen seine schmale Brust, »es ist für Sie.«

Ellery ließ sich auf seinen Stuhl sinken, während Queen mit triumphierender Miene nach dem Apparat griff. »Ja?«

»Hier ist Stoates aus Fields Büro«, erklang munter eine jungenhafte Stimme. »Ich möchte Sie mit Mr. Cronin verbinden.«

Erwartungsvoll legte sich des Inspektors Stirn in Falten. Ellery lauschte aufmerksam, und sogar Djuna, in dessen kantigem Gesicht sich die Aufmerksamkeit eines Schimpansen zeigte, blieb wie angewurzelt in seiner Ecke stehen, so als würde auch er eine wichtige Nachricht erwarten. In dieser Hinsicht ähnelte er sehr seinen Verwandten im Tierreich – in seinem Gesichtsausdruck und in seiner Haltung war etwas Flinkes, eine aufgeweckte Neugierde, die die Queens immer wieder entzückte.

Schließlich drang eine hohe Stimme durch den Hörer. »Hier spricht Tim Cronin, Inspektor«, sagte sie. »Wie geht es Ihnen? Ich hab' Sie ja schon seit Ewigkeiten nicht mehr gesehen.«

»Man wird älter, Tim, aber sonst hat sich nicht viel geändert«, antwortete Queen. »Was gibt's? Haben Sie was entdeckt?«

»Nun, das ist wirklich das Eigenartigste an der ganzen Sache, Inspektor«, erklang Cronins aufgeregte Stimme. »Wie Sie wissen, bin ich schon seit Jahren hinter diesem Vogel Field her. Er ist mein ganz persönliches Schreckgespenst, solange ich zurückdenken kann. Der Staatsanwalt sagte mir, daß er Ihnen die ganze Geschichte vorletzte Nacht erzählt hat; ich muß also nicht mehr in die Einzelheiten gehen. Aber in all diesen Jahren des Beobachtens, des Wartens und des Herumstöberns ist es mir nie gelungen, gegen diesen Gauner ein einziges Beweisstück zu finden, das ihn hätte vor Gericht bringen können. Und er war ein Gauner, Inspektor. Darauf würde ich mein Leben verwetten ... Nun, das ist die alte Geschichte. So wie ich Field kannte, hätte ich wirklich auch nichts anderes erwarten sollen. Und doch – nun, insgeheim habe ich darum gefleht, daß er irgendwann, irgendwie einen Fehler macht und daß ich ihn dann festnageln würde, wenn ich seine persönlichen Aufzeichnungen in die Hände bekommen könnte. Inspektor – es ist nichts damit anzufangen.«

In Queens Gesicht erschien ein Anflug von Enttäuschung; Ellery registrierte das mit einem Seufzen, stand auf und ging ruhelos im Raum auf und ab.

»Wir können wohl nichts dran ändern, Tim«, erwiderte Queen und bemühte sich, herzlich zu klingen. »Nur keine Sorge – wir haben noch andere Eisen im Feuer.«

»Inspektor«, sagte Cronin hastig, »Sie werden alle Hände voll zu tun haben. Field war ein wirklich durchtriebener Bursche. Und für mich sieht es so aus, daß derjenige, dem es gelang, ihn zu überlisten, genauso durchtrieben sein muß. Anders ist es gar nicht möglich, übrigens sind wir noch nicht zur Hälfte mit den Akten durch, und vielleicht gibt das, was wir durchgeschaut haben, doch noch etwas mehr her, als es sich eben angehört hat. Eine ganze Menge hier weist doch auf eine etwas zwielichtige Tätigkeit Fields hin – das Problem ist, es gibt nichts wirklich Belastendes. Wir hoffen, wir werden noch etwas finden, wenn wir weitersuchen.«

»In Ordnung, Tim – machen Sie nur weiter so«, murmelte der Inspektor. »Und lassen Sie mich wissen, was Sie herausgefunden haben ... Ist Lewin da?«

»Sie meinen den Bürovorsteher?« Cronin sprach auf einmal leiser. »Er ist hier irgendwo. Warum?«

»Sie sollten ihn genau im Auge behalten«, sagte Queen. »Ich habe den heimlichen Verdacht, daß er nicht so dumm ist, wie er sich gibt. Lassen Sie ihn nicht allzu ungestört mit den Geschäftsunterlagen, die da herumliegen. Er könnte durchaus an Fields kleinem Nebengeschäft beteiligt gewesen sein.«

»Gut Inspektor. Ich ruf' Sie später an.« Es klickte, als Cronin einhängte.

Um halb elf öffneten Queen und Ellery das hohe Eingangstor zum Besitz der Ives-Popes am Riverside Drive. Ellery fühlte sich zu der Bemerkung genötigt, das ganze Ambiente verlange geradezu nach förmlicher Kleidung – Cut und gestreifte Hose – und daß er sich äußerst unwohl fühlen werde, wenn sie erst einmal das steinerne Portal durchschritten hätten.

In der Tat war der Anblick des herrschaftlichen Hauses, in dem die Geschicke der Familie Ives-Pope verborgen lagen, in vielerlei Hinsicht ehrfurchteinflößend für jemanden wie die Queens mit ihrem etwas bescheideneren Geschmack. Es war ein riesiges, weitläufiges altes Haus, weit ab von der unruhigen Straße in einem Park von beträchtlichem Ausmaß. »Muß eine hübsche Stange Geld gekostet haben«, knurrte der Inspektor und ließ seinen Blick über die weiten Grünflächen rings um das Gebäude streifen. Gärten und Pavillons, Spazierwege und schattige Plätzchen – man fühlte sich weit weg von der Stadt, deren Getriebe doch nur wenig entfernt hinter dem hohen Eisengitter, das den Besitz umgab, lag. Die Familie Ives-Pope war unermeßlich reich; über diesen nicht unbedingt ungewöhnlichen Besitz hinaus verfügte sie über eine Abstammung, die weit zurückreichte in die halbdunklen Anfänge der amerikanischen Kolonisation.

Die Eingangstür wurde ihnen von einer aristokratisch wirkenden, einen Backenbart tragenden Gestalt geöffnet, deren Rücken aus Stahl zu bestehen schien und deren Nase in fast spitzem Winkel nach oben zeigte. Ellery schlenderte durch die Tür und betrachtete diesen uniformierten Prachtkerl voller Bewunderung, während Inspektor Queen in seinen Taschen nach einer Visitenkarte suchte. Das dauerte seine Zeit; der livrierte Herr mit dem steifen Rücken stand dort wie in Stein gemeißelt. Schon rot im Gesicht, fand der Inspektor schließlich eine abgenutzte Karte. Er legte sie auf das dargebotene Tablett und schaute zu, wie der Butler sich in sein Reich zurückzog.

Ellery mußte schmunzeln, als sein Vater sich beim Anblick der stämmigen Figur von Franklin Ives-Pope, die in einer weiten, mit Schnitzereien versehenen Türöffnung erschien, aufrichtete.

Der Finanzmann eilte auf sie zu.

»Inspektor! Mr. Queen!« rief er herzlich. »Kommen Sie herein. Haben Sie lange warten müssen?«

Der Inspektor murmelte ein paar Worte der Begrüßung. Sie schritten durch einen hohen Flur mit glänzendem Parkett, dessen Einrichtung aus schlichten, alten Möbeln bestand.

»Sie sind auf die Minute pünktlich, meine Herren«, sagte Ives-Pope und trat beiseite, um sie in einen großen Raum eintreten zu lassen. »Hier sind noch einige weitere Mitglieder unserer kleinen Vorstandssitzung. Ich denke, alle Anwesenden sind Ihnen bereits bekannt.«

Der Inspektor und Ellery schauten sich um. »Ich kenne alle hier, Sir, außer diesem Herrn – Mr. Stanford Ives-Pope, nehme ich an«, sagte Queen. »Ich fürchte, mein Sohn muß noch bekannt gemacht werden mit – Mr. Peale, nicht wahr – Mr. Barry – und natürlich mit Mr. Ives-Pope.«

Die Vorstellung verlief etwas gezwungen. »Ah, Q!« murmelte Staatsanwalt Sampson und eilte quer durch den Raum. »Das hier hätte ich um alles in der Welt nicht verpassen mögen«, flüsterte er dem Inspektor zu. »Zum ersten Mal habe ich die Bekanntschaft von fast all denen gemacht, die bei der gerichtlichen Untersuchung dabeisein werden.«

»Was macht denn dieser Peale hier?« fragte Queen leise den Staatsanwalt, während Ellery den Raum durchquerte, um die drei jungen Männer am anderen Ende in ein Gespräch zu verwickeln. Ives-Pope selbst hatte sich entschuldigt und war verschwunden.

»Er ist ein Freund des jungen Ives-Pope«, entgegnete der Staatsanwalt, »und natürlich ist er auch mit Barry dick befreundet. Aus dem Geplauder vorhin hab' ich mitbekommen, daß Stanford, der Sohn von Ives-Pope, ursprünglich seine Schwester mit diesem Künstlervölkchen bekannt gemacht hat. Auf diese Weise hat sie Barry kennengelernt und sich in ihn verliebt. Peale scheint mit der jungen Dame auch auf gutem Fuße zu stehen.«

»Ich frage mich, ob wohl Ives-Pope und seine aristokratische Gemahlin den Umgang ihrer Kinder allzusehr schätzen«, sagte der Inspektor und beobachtete voller Interesse die kleine Gruppe auf der anderen Seite des Raumes.

»Das wirst du bald genug herausfinden«, sagte Sampson schmunzelnd. »Du mußt nur auf die Eiszapfen achten, die jedesmal auf Mrs. Ives-Popes Augenbrauen wachsen, wenn sie einen dieser Schauspieler sieht. Ich vermute, sie sind so willkommen wie ein Haufen Bolschewiken.«

Queen legte die Hände auf den Rücken und sah sich neugierig im Zimmer um. Es war eine mit kostbaren und seltenen Büchern gut ausgestattete Bibliothek, sorgfältig katalogisiert und makellos in Vitrinen angeordnet. Ein Schreibtisch beherrschte die Mitte des Raumes. Als Arbeitszimmer eines Millionärs war es recht bescheiden, bemerkte der Inspektor beifällig.

»Übrigens«, fuhr Sampson fort, »Eve Ellis, das Mädchen, das – wie du sagtest – mit Miss Ives-Pope und ihrem Verlobten Montag abend im Römischen Theater war, ist auch hier. Sie ist oben und leistet der reichen Erbin Gesellschaft, nehme ich an. Glaube nicht, daß das der Dame des Hauses allzusehr gefällt. Aber es sind beides reizende Mädchen.«

»Wie gemütlich es hier wohl sein mag, wenn Familie Ives-Pope und die Schauspieler privat zusammenkommen«, knurrte Queen.

Die vier jungen Männer kamen auf sie zugeschlendert. Stanford Ives-Pope war ein schlanker, gepflegter, modisch gekleideter junger Mann. Er hatte tiefe Schatten unter den Augen. Er trug einen unzufriedenen und gelangweilten Ausdruck zur Schau, was Queen sehr schnell auffiel. Peale und Barry, die beiden Schauspieler, waren tadellos gekleidet.

»Mr. Queen erzählt mir, daß Sie es mit einem ganz schönen Problem zu tun haben, Inspektor«, sagte Stanford Ives-Pope affektiert. »Uns allen tut es sehr leid, mitanzusehen, wie das arme Schwesterchen da hineingezogen wird. Wie um alles in der Welt konnte nur ihr Handtäschchen in die Tasche dieses Burschen geraten? Glauben Sie mir, Barry hat wegen dieser mißlichen Lage, in der sich Frances befindet, seit Tagen nicht mehr geschlafen.«

»Werter junger Mann«, sagte der Inspektor augenzwinkernd, »wenn ich wüßte, wie Miss Ives-Popes Handtäschchen in Monte Fields Tasche gelangt ist, wäre ich heute morgen nicht hier. Das ist nur einer der Tatbestände, die diesen Fall so verflucht interessant machen.«

»Das Vergnügen sei Ihnen unbenommen, Inspektor. Aber Sie können doch wirklich nicht annehmen, daß auch nur die leiseste Verbindung zwischen Frances und all dem besteht?«

Queen lächelte. »Noch kann ich überhaupt nichts annehmen, junger Mann«, widersprach er. »Ich habe noch nicht gehört, was Ihre Schwester dazu zu sagen hat.«

»Sie wird alles bestens erklären können«, sagte Stephen Barry, auf dessen hübschem Gesicht sich die Müdigkeit abzeichnete. »Da können Sie beruhigt sein. Es ist dieser abscheuliche Verdacht, dem sie ausgesetzt ist, der mich so zornig macht – das Ganze ist doch lächerlich!«

»Ich verstehe Ihre Gefühle, Mr. Barry«, sagte der Inspektor freundlich. »Und ich möchte mich bei dieser Gelegenheit für mein Verhalten in jener Nacht entschuldigen. Ich war vielleicht etwas zu – grob.«

»Ich nehme an, ich sollte mich auch entschuldigen«, entgegnete Barry mit einem matten Lächeln. »Ich glaube, ich habe in dem Büro einiges gesagt, was ich nicht so meinte. In der Erregung des Augenblicks, als ich Frances – Miss Ives-Pope ohnmächtig werden sah – « Verlegen hielt er inne.

Peale, ein Hüne mit gesunder Gesichtsfarbe und angenehmem Äußeren, legte liebevoll seinen Arm um Barrys Schultern. »Steve, alter Junge, ich bin sicher, der Inspektor versteht das«, sagte er fröhlich. »Nimm es dir nicht zu sehr zu Herzen; es wird bestimmt alles in Ordnung gehen.«

»Das können Sie getrost Inspektor Queen überlassen«, sagte Sampson und gab diesem dabei vergnügt einen Stoß in die Rippen. »Er ist der einzige Spürhund, der mir jemals begegnet ist, der so etwas wie ein Herz unter der Dienstmarke verbirgt; und wenn Miss Ives-Pope diese Angelegenheit zu seiner Zufriedenheit erklären kann, und sei es auch nur in einem eben annehmbaren Maße, wird die Sache damit ein Ende haben.«

»Oh, ich weiß nicht«, murmelte Ellery nachdenklich. »Vater ist immer gut für Überraschungen. Was Miss Ives-Pope betrifft« – er lächelte wehmütig und verbeugte sich vor dem Schauspieler – »so können Sie sich verdammt glücklich schätzen, Mr. Barry.«

»Das würden Sie nicht denken, wenn Sie die Mutter sehen würden«, sagte Stanford Ives-Pope affektiert. »Wenn mich nicht alles täuscht, kommt sie gerade hereingetrampelt.«

Die Männer wandten sich der Tür zu. Eine ungemein korpulente Frau watschelte durch die Tür. Eine Krankenschwester stützte sie behutsam auf einer Seite; sie hielt eine große grüne Flasche in der Hand. Der Finanzmann folgte ihr munter an der Seite eines

162

grauhaarigen, jugendlich wirkenden Mannes in einem dunklen Jackett, der eine schwarze Tasche trug.

»Catherine, mein Liebling«, sagte Ives-Pope zu der unförmigen Frau, als sie sich auf einem breiten Stuhl niedergelassen hatte, »das sind die Herren, von denen ich dir erzählt habe – Inspektor Richard Queen und Mr. Ellery Queen.«

Die beiden Queens verbeugten sich; die kurzsichtige Mrs. Ives-Pope warf ihnen einen frostigen Blick zu. »Bin entzückt«, sagte sie mit schriller Stimme. »Wo ist die Schwester? Schwester! Ich fühle mich schwach, bitte!«

Das Mädchen in Schwesterntracht eilte an ihre Seite und hielt die grüne Flasche bereit. Mrs. Ives-Pope schloß die Augen, atmete tief ein und stieß einen Seufzer der Erleichterung aus. Der Finanzmann stellte eilig den grauhaarigen Mann als Dr. Vincent Cornish, den Arzt der Familie, vor. Der Arzt murmelte einige entschuldigende Worte und folgte dem Butler aus dem Zimmer. »Toller Kerl, dieser Cornish«, flüsterte Sampson Queen zu. »Nicht nur, daß es hier am Drive als schick gilt, ihn zu haben, er ist auch ein guter Wissenschaftler.« Der Inspektor zog die Brauen hoch, sagte aber nichts.

»Mutter ist ein Grund dafür, warum ich nie eine Vorliebe für den Arztberuf entwickelt habe«, sagte Stanford Ives-Pope zu Ellery, ohne allzusehr die Stimme zu senken.

»Ah! Frances, mein Liebes!« Ives-Pope stürmte in Richtung Tür, gefolgt von Barry. Mrs. Ives-Popes trüber Blick traf seinen Rücken mit kalter Mißbilligung. James Peale hüstelte verlegen und machte eine leise Bemerkung zu Sampson.

Mit bleichem und verzerrtem Gesicht betrat Frances in einem dünnen Hauskleid den Raum; sie stützte sich schwer auf den Arm von Eve Ellis, der Schauspielerin. Ihr Lächeln wirkte gezwungen, als sie den Inspektor mit leiser Stimme begrüßte. Eve Ellis wurde von Peale vorgestellt, und die beiden Mädchen setzten sich neben Mrs. Ives-Pope. Die alte Dame thronte breit auf ihrem Stuhl und blickte um sich wie eine Löwin, deren Junges bedroht wird. Zwei Diener erschienen schweigend und rückten die Stühle für die Männer zurecht. Auf die drängende Bitte von Ives-Pope hin nahm Queen an dem großen Schreibtisch Platz. Ellery lehnte das Angebot ab und zog es vor, sich im Hintergrund des Zimmers gegen einen Bücherschrank zu lehnen.

Nachdem die Unterhaltung abgeebbt war, räusperte sich der Inspektor und wandte sich an Frances, die – nach einem ersten unruhigen Flackern der Augenlider – seinen Blick inzwischen erwiderte.

»Zunächst, Miss Frances – ich darf Sie doch wohl so nennen – «, begann Queen in väterlichem Ton, »erlauben Sie mir, mein Vorgehen am Montag abend zu erklären und mich für das zu entschuldigen, was Ihnen wie völlig ungerechtfertigte Härte vorgekommen sein muß. Wie mir Mr. Ives-Pope mitgeteilt hat, können Sie Ihr Verhalten an dem Abend, an dem Monte Field ermordet wurde, erklären. Aus diesem Grunde gehe ich davon aus, daß unsere kleine Unterhaltung heute morgen ausreichen wird, Ihre Person von der weiteren Untersuchung des Falles auszuschließen. Um noch eins vorwegzunehmen – bitte glauben Sie mir, wenn ich Ihnen sage, daß Sie für mich am Montag abend nur eine von zahlreichen verdächtigen Personen darstellten. Ich ging gemäß meinen üblichen Gepflogenheiten bei solchen Fällen vor. Mir ist nun klar, daß für eine Frau von Ihrer Erziehung und sozialen Stellung ein strenges Verhör unter diesen Umständen einen Schock bedeuten kann, der Ihren gegenwärtigen Zustand hervorrief.«

Frances lächelte nett. »Es sei Ihnen vergeben, Inspektor«, sagte sie leise und deutlich. »Ich bin an meinem törichten Verhalten selbst schuld. Ich bin bereit, alle Fragen, die Ihnen von Bedeutung erscheinen, zu beantworten.«

»Noch einen kleinen Moment, meine Liebe.« Der Inspektor wechselte ein wenig seine Position, um den Rest der schweigenden Gesellschaft in seine nächste Bemerkung mit einzubeziehen. »Auf eine Sache möchte ich noch hinweisen, meine Damen und Herren«, sagte er ernst. »Wir haben uns hier versammelt, um herauszufinden, warum Miss Ives-Popes Handtasche in der Tasche des Toten gefunden wurde und warum sie offensichtlich nicht in der Lage war, diesen Umstand zu erklären. Ob wir nun damit heute morgen Erfolg haben werden oder nicht – auf jeden Fall muß ich Sie bitten, über alles, was hier gesprochen wird, strengstes Stillschweigen zu wahren. Wie Staatsanwalt Sampson weiß, pflege ich im allgemeinen meine Untersuchungen nicht vor einem breiten Publikum zu führen. Ich mache diese Ausnahme, weil ich glaube, daß Sie alle sehr besorgt um die unglückliche junge Dame sind, die in dieses Verbrechen hineingezogen worden ist. Jedoch dürfen Sie keine Rücksicht von meiner Seite erwarten, wenn auch nur ein Wort der heutigen Unterhaltung nach außen dringt. Ich glaube, wir haben uns verstanden.«

»Ich muß schon sagen, Inspektor«, protestierte der junge Ives-Pope, »sind das nicht ein wenig zu starke Geschütze? Wir kennen die Geschichte doch alle schon.«

»Vielleicht, Mr. Ives-Pope, ist das der Grund, warum ich der Anwesenheit aller hier zugestimmt habe«, erwiderte der Inspektor mit einem grimmigen Lächeln.

Ein leises Rascheln war zu hören, und Mrs. Ives-Pope öffnete den Mund, so als wollte sie mit einer wütenden Äußerung herausplatzen. Auf einen strengen Blick ihres Mannes hin schloß sie den Mund wieder, ohne den Protest hervorgebracht zu haben. Sie richtete nun ihren Blick auf die Schauspielerin an Frances' Seite. Eve Ellis wurde rot. Wie ein Vorstehhund stand die Krankenschwester mit dem Riechsalz neben Mrs. Ives-Pope.

»Also, Miss Frances«, fuhr Queen freundlich fort, »die Sache sieht folgendermaßen aus. Ich untersuche die Leiche eines Mannes namens Monte Field, ein bekannter Rechtsanwalt, der anscheinend an einem interessanten Stück Gefallen fand, ehe er so respektlos ins Jenseits befördert wurde, und finde in der Hintertasche seines Fracks ein Täschchen. Anhand einiger Visitenkarten und einiger persönlicher Papiere identifiziere ich es als Ihre Tasche. Ich sage zu mir selbst: ›Aha! Eine Dame kommt ins Spiel‹ – ist ja nur zu verständlich. Durch einen meiner Männer lasse ich Sie herbeiholen, um Ihnen die Gelegenheit zu bieten, einen äußerst verdächtigen Umstand aufzuklären. Sie kommen – und fallen in Ohnmacht, als man Sie mit Ihrem Eigentum und der Angabe darüber, wo man es aufgefunden hat, konfrontiert. Nun sage ich mir: ›Diese junge Dame weiß etwas‹ – eine nicht unverständliche Schlußfolgerung. Also, wie können Sie mich nun davon überzeugen, daß Sie von nichts wissen und daß Ihre Ohnmacht allein durch die Umstände hervorgerufen wurde? Und halten Sie sich stets vor Augen, Miss Frances – ich behandele die Angelegenheit nicht als der Privatmann Richard Queen, sondern als ganz einfacher Polizist, der die Wahrheit herausfinden will.«

»Meine Geschichte ist vielleicht nicht so aufschlußreich, wie Sie es erwarten mögen, Inspektor«, erklang ruhig Frances' Antwort in die Stille hinein, die auf den Vortrag Queens folgte. »Mir ist nicht klar, wie sie überhaupt für Sie von Nutzen sein kann. Aber einige Dinge, die mir unwichtig erscheinen, können vielleicht für Ihren geübten Verstand von Bedeutung sein ... Also, hier in kurzen Worten meine Geschichte.

Daß ich am Montag abend ins Römische Theater kam, war nicht ungewöhnlich. Seit meiner Verlobung mit Mr. Barry, und obwohl das mehr oder weniger im Geheimen geschah« – Mrs. Ives-Pope schnaufte; ihr Gatte starrte unverwandt auf einen Punkt über dem dunklen Haar seiner Tochter – »kam ich öfters im Theater vorbei, um, wie wir es uns zur Gewohnheit gemacht hatten, meinen Verlobten nach der Vorstellung zu treffen. Bei diesen Gelegenheiten pflegte er mich entweder nach Hause zu begleiten oder irgendwo in der näheren Umgebung zum Essen auszuführen. In der Regel verabreden wir uns, bevor ich ins Theater komme; aber manchmal, wenn sich die Gelegenheit ergibt, komme ich einfach unerwartet vorbei. So war es auch Montag abend ...

Ich kam ein paar Minuten vor dem Ende des ersten Akts ins Theater, denn ich habe das Stück natürlich schon häufig gesehen. Ich hatte meinen üblichen Platz – das hatte Mr. Barry schon vor vielen Wochen über Mr. Panzer für mich regeln lassen – und hatte mich gerade erst hingesetzt, um der Vorstellung zuzuschauen, als auch schon der Vorhang zur ersten Pause fiel. Mir war ein wenig warm; die Luft war nicht gerade gut ... Ich ging zunächst vom Foyer die Treppe hinunter zum Damenwaschraum. Danach kam ich wieder hoch und ging durch die geöffnete Tür hinaus in den Seitengang. Eine ganze Menge Leute waren da, um Luft zu schnappen.«

Sie hielt einen Augenblick inne; Ellery, der gegen den Bücherschrank gelehnt stand, beobachtete genau die Gesichter der kleinen Zuhörerschaft. Wie ein Ungetüm blickte Mrs. Ives-Pope umher; Ives-Pope starrte immer noch über Frances' Kopf hinweg auf die Wand; Stanford kaute an seinen Nägeln; Peale und Barry betrachteten beide Frances voll nervöser Anteilnahme und schauten heimlich zu Queen hinüber, so als wollten sie die Wirkung ihrer Worte auf ihn ablesen; Eve Ellis hatte ihre Hand nach vorne geschoben und hielt Frances' Hand fest umfaßt.

Der Inspektor räusperte sich erneut.

»Welcher Seitengang war das, Miss Frances – der auf der linken oder der auf der rechten Seite?« fragte er.

»Der auf der linken, Inspektor«, antwortete sie ohne Zögern. »Wie Sie wissen, saß ich auf Platz M8 Links und deshalb, so nehme ich an, war es für mich selbstverständlich, auf dieser Seite auf den Gang hinauszugehen.«

»Sicher«, sagte Queen lächelnd. »Fahren Sie bitte fort.«

»Ich trat also hinaus in den Seitengang«, fuhr sie weniger nervös fort, »und da ich niemanden sah, den ich kannte, stand ich nahe der Backsteinmauer des Theaters, ein wenig hinter der geöffneten Eisentür. Die frische Nachtluft nach dem Regen war herrlich. Ich war kaum zwei Minuten dort, als ich auf einmal merkte, wie mich jemand leicht berührte. Ich trat etwas zur Seite, weil ich dachte, die Person wäre zufällig gegen mich gestoßen. Aber als er – es war ein Mann – es wieder tat, bekam ich es ein wenig mit der Angst zu tun und wollte weggehen. Er – er packte mein Handgelenk und zog mich zurück. Wir standen halb hinter der Eisentür verborgen, die nicht ganz aufgestoßen worden war, und ich bezweifle, daß sonst jemand etwas davon bemerkt hat.«

»Tja – tjaja«, murmelte der Inspektor teilnahmsvoll. »Es scheint für einen völlig Unbekannten doch recht ungewöhnlich, so etwas in der Öffentlichkeit zu tun.«

»Es schien so, als wollte er mich küssen, Inspektor. Er beugte sich vor und flüsterte ›Guten Abend, Süße!‹, und ich – nun ich zog daraus diesen Schluß. Ich wich ein wenig zurück und sagte so ruhig wie möglich: ›Lassen Sie mich bitte gehen, oder ich werde um Hilfe rufen.‹ Daraufhin lachte er nur und kam noch näher heran. Er stank unerträglich nach Whisky. Mir wurde übel.«

Sie hielt inne. Beruhigend tätschelte Eve Ellis ihre Hand. Peale stieß Barry nachdrücklich in die Rippen, als dieser sich unter leichtem Protest schon halb erhoben hatte. »Miss Frances, ich werde Ihnen nun eine etwas merkwürdige Frage stellen – sie wird Ihnen fast lächerlich vorkommen«, sagte der Inspektor und lehnte sich in seinem Stuhl zurück. »Roch sein Atem für Sie nach gutem oder nach schlechtem Whisky? ... Sehen Sie! Ich wußte, daß Sie lächeln würden.« Die ganze Gesellschaft kicherte über den schrulligen Ausdruck in Queens Gesicht.

»Nun, Inspektor – das ist schwer zu sagen«, erwiderte das Mädchen freimütig. »Ich fürchte, ich kenne mich nicht allzugut aus mit Alkohol. Aber so wie ich es in Erinnerung habe, war es der Geruch von ziemlich gutem Whisky. Guter Whisky – aber davon eine ganze Menge!« folgerte sie und warf grimmig den Kopf etwas zurück.

»Ich hätte sofort auch noch den Jahrgang erkannt, wenn ich dort gewesen wäre«, murmelte Stanford Ives-Pope.

Die Lippen seines Vaters wurden schmal, entspannten sich aber bereits einen Moment später; der Anflug eines Lächelns erschien

167

auf seinen Lippen. Mahnend schüttelte er den Kopf in Richtung seines Sohnes.

»Weiter, Miss Frances«, sagt der Inspektor.

»Ich war furchtbar erschrocken«, gestand das Mädchen ein, und seine roten Lippen zitterten dabei. »Mir war schlecht vor Ekel, ich entwand mich seiner ausgestreckten Hand und stolperte blindlings ins Theater. Das Nächste, woran ich mich wieder erinnern kann, ist, daß ich auf meinem Platz saß und hörte, wie die Klingel zum zweiten Akt läutete. Ich weiß wirklich nicht, wie ich dorthin gekommen bin. Mein Herz schlug mir bis zum Halse, und jetzt fällt es mir deutlich wieder ein, wie ich dachte, daß ich Stephen – Mr. Barry – nichts von dem Vorfall erzählen würde, weil ich Angst hatte, er würde den Mann finden und übel zurichten. Wissen Sie, Mr. Barry ist schrecklich eifersüchtig.« Zärtlich lächelte sie ihrem Verlobten zu; dieser sandte ihr auf der Stelle ein Lächeln zurück.

»Und das, Inspektor, ist alles, was ich von dem weiß, was Montag abend passiert ist«, fuhr sie fort. »Sie werden mich nun sicher fragen, wo in der ganzen Geschichte meine Tasche vorkommt. Nun, Inspektor – sie kommt überhaupt nicht vor. Denn, auf mein Ehrenwort, an das Täschchen kann ich mich gar nicht erinnern.«

Queen bewegte sich auf dem Stuhl. »Und wie kommt das, Miss Frances?«

»Bevor Sie es mir im Büro des Geschäftsführers gezeigt haben, wußte ich tatsächlich noch nicht einmal, daß ich es verloren hatte«, antwortete sie mutig. »Mir fällt ein, daß ich die Tasche bei mir hatte, als ich am Ende des ersten Akts aufstand, um in den Waschraum zu gehen; und auch, daß ich sie dort öffnete, um die Puderquaste herauszuholen. Aber ob ich sie dort stehengelassen oder später irgendwo anders verloren habe, weiß ich bis zu dieser Minute noch nicht.«

»Können Sie sich nicht vorstellen, Miss Frances«, warf Queen ein, während er nach seiner Schnupftabakdose griff, diese dann aber schuldbewußt wieder losließ, als er dem eisigen Blick von Mrs. Ives-Pope begegnete, »daß Sie die Tasche im Seitengang verloren haben könnten, als dieser Mann an Sie herantrat?«

So etwas wie Erleichterung erschien auf ihrem Gesicht, und sie wurde fast lebhaft. »Ja natürlich, Inspektor!« rief sie. »Das ist genau das, woran ich die ganze Zeit gedacht habe; aber das schien mir so eine schwache Erklärung, und ich hatte so entsetzliche

Angst, daß ich mich in etwas wie einem Spinnennetz verfangen könnte. Ich brachte es einfach nicht über mich, Ihnen davon zu erzählen! Auch wenn ich mich an nichts erinnern kann, scheint es ja nur zu logisch, daß ich die Tasche verlor, als er mein Handgelenk packte, und daß ich es später vollkommen vergessen habe.«

Der Inspektor lächelte. »Meine Liebe, es ist ganz im Gegenteil nicht nur logisch, sondern gar die einzige Erklärung, die den Tatsachen zu entsprechen scheint«, sagte er. »Aller Wahrscheinlichkeit nach fand dieser Mann Ihr Täschchen dort, hob es auf und steckte es in einem Anflug von halbtrunkener Verliebtheit in seine Tasche, vermutlich in der Absicht, es Ihnen später zurückzugeben. Auf diese Weise hätte er noch eine Gelegenheit gehabt, Sie zu treffen. Er scheint ganz schön von Ihnen hingerissen gewesen zu sein – ist ja auch kein Wunder, meine Liebe.« Der Inspektor machte eine etwas steife Verbeugung in ihre Richtung, während ihn das Mädchen, in dessen Gesicht inzwischen die Farbe wieder zurückgekehrt war, mit einem strahlenden Lächeln bedachte.

»Nun noch ein paar andere Fragen, Miss Frances, und dann wird diese kleine Untersuchung ein Ende haben«, fuhr Queen fort. »Können Sie seine äußere Erscheinung beschreiben?«

»Oh, ja!« erwiderte Frances rasch. »Wie Sie sich vorstellen können, machte er einen ziemlich starken Eindruck auf mich. Er war nur wenig größer als ich – also etwas mehr als ein Meter siebzig – und neigte zur Fettleibigkeit. Er hatte ein aufgedunsenes Gesicht und tiefe, bleifarbene Säcke unter den Augen. Ich habe noch nie jemanden gesehen, der so nach einem ausschweifenden Leben aussah. Er war glattrasiert. An seinen Gesichtszügen war nichts Bemerkenswertes außer vielleicht der hervorstechenden Nase.«

»Das muß Monte Field gewesen sein«, bemerkte der Inspektor. »Jetzt denken Sie genau nach, Miss Frances. Kannten Sie diesen Mann, oder haben Sie ihn zuvor schon einmal getroffen?«

Das Mädchen antwortete auf der Stelle. »Darüber muß ich gar nicht erst nachdenken, Inspektor. Ich kann Ihnen versichern, daß ich diesen Mann niemals zuvor gesehen habe.«

Die Stille, die daraufhin eintrat, wurde durch Ellerys kühle und ruhige Stimme unterbrochen. Alle Köpfe wandten sich ihm überrascht zu, als er zu reden ansetzte.

»Verzeihen Sie, Miss Ives-Pope, wenn ich unterbreche«, sagte er freundlich, »aber ich würde gerne wissen, ob Ihnen aufgefallen ist, wie der Mann, der Sie belästigt hat, angezogen war.«

169

Frances lächelte nun Ellery zu, der ein wenig in Verlegenheit geriet. »Ich habe nicht besonders auf seine Kleidung geachtet«, sagte sie und zeigte dabei ihre weißen, leuchtenden Zähne. »Aber ich erinnere mich daran, daß er Frack – auf seiner Hemdbrust waren ein paar Flecken wie von Whisky – und Zylinder trug. So wie ich mich erinnern kann, war er sehr geschmackvoll gekleidet – bis auf die Flecken auf seinem Hemd natürlich.«

Ellery dankte ihr fasziniert und lehnte sich wieder an den Bücherschrank. Queen blickte seinen Sohn scharf an und erhob sich.

»Das wäre dann alles, meine Damen und Herren. Ich denke, wir können den Vorfall nun als erledigt betrachten.«

Auf der Stelle brach allgemeiner Beifall aus, und alle stürmten auf Frances ein, die vor Glück strahlte. Barry, Peale und Eve Ellis führten Frances in einem Triumphmarsch hinaus, während Stanford mit einem kläglichen Lächeln seiner Mutter den vorsorglich gekrümmten Arm bot.

»So endigt nun die erste Lektion«, verkündete er ernst. »Nimm, Mutter, meinen Arm, bevor die Ohnmacht dich umfaßt!« Eine protestierende Mrs. Ives-Pope verließ, schwer auf ihren Sohn gestützt, den Raum.

Ives-Pope schüttelte Queen mit Nachdruck die Hand. »Sie glauben also, daß nun alles vorbei ist, soweit es mein kleines Mädchen betrifft?« fragte er.

»Ich gehe davon aus, Mr. Ives-Pope«, antwortete der Inspektor. »Also, Sir, vielen Dank für Ihre Gefälligkeit. Wir müssen jetzt aufbrechen – es wartet noch eine Menge Arbeit auf uns. Kommst du mit, Henry?«

Fünf Minuten später schritten Queen, Ellery und Staatsanwalt Sampson nebeneinander den Riverside Drive hinunter in Richtung 72. Straße und erörterten dabei ausführlich die Ereignisse des Morgens.

»Bin ich froh, daß dieser Teil der Untersuchung ergebnislos verlaufen ist«, sagte Sampson verträumt. »Herr im Himmel! Ich bewundere den Mut dieses Mädchens, Q.«

»Ein gutes Kind«, sagte der Inspektor. »Was meinst du, Ellery?« fragte er auf einmal und wandte sich an seinen Sohn, der gedankenverloren auf den Fluß starrte.

»Oh, sie ist entzückend«, sagte er auf der Stelle, wobei sein etwas abwesend wirkender Blick aufleuchtete.

»Ich meinte nicht das Mädchen«, sagte sein Vater gereizt. »Ich meinte die allgemeine Lage nach der Arbeit heute morgen.«

»Ach so!« Ellery lächelte ein wenig. »Stört es dich, wenn ich mit Äsop antworte?«

»Ja«, seufzte sein Vater.

»Ein Löwe«, sagte Ellery, »mag einer Maus zu Dank verpflichtet sein.«

Dreizehntes Kapitel

in welchem Gespräche im Hause Queen geführt werden

Es war um halb sieben an diesem Abend, als es an der Haustüre klingelte. Djuna hatte gerade den Tisch nach dem Abendessen abgeräumt und wollte den beiden Queens den Kaffee servieren. Er richtete seine Krawatte, zog sein Jackett herunter (während der Inspektor und Ellery ihn mit einem amüsierten Zwinkern beobachteten) und marschierte feierlich in die Eingangshalle. Kurz darauf kam er wieder zurück und trug ein silbernes Tablett, auf dem zwei Visitenkarten lagen. Der Inspektor nahm sie finster blickend auf.

»So ein Umstand, Djuna!« brummte er. »Gut, gut! ›Doc‹ Prouty hat also einen Gast mitgebracht. Führ sie herein, du Knirps!«

Djuna wanderte zurück und kam wieder mit dem Polizeiarzt und einem großen, dünnen, ausgemergelten Mann, der vollkommen kahl war und einen kurzgeschnittenen Bart trug. Queen und Ellery standen auf.

»Ich habe schon auf eine Nachricht von Ihnen gewartet, Doc!« Queen lächelte, während er Prouty begrüßte. »Und wenn mich nicht alles täuscht, ist das hier Professor Jones höchstpersönlich! Willkommen in unserem Heim, Doktor.« Der dünne Mann verneigte sich.

»Das hier ist mein Sohn und zweites Ich«, stellte Queen Ellery vor. »Ellery – Dr. Thaddeus Jones.«

Dr. Jones streckte ihm eine große, kraftlose Hand entgegen. »Sie sind also der Knabe, von dem Queen und Sampson permanent reden!« sagte er mit dröhnender Stimme. »Außerordentlich erfreut, Sie kennenzulernen, Sir.«

»Ich war schon seit langem wild darauf, dem New Yorker Paracelsus und berühmten Toxikologen vorgestellt zu werden«, lächelte Ellery. »Ihnen zu Ehren rasseln alle Skelette dieser Stadt mit den Knochen.« Er schauderte und bot dann den Gästen Stühle an. Die vier Männer setzten sich.

»Trinken Sie doch mit uns Kaffee, meine Herren«, forderte Queen sie auf und rief Djuna herbei, der mit strahlenden Augen durch die Küchentüre linste. »Djuna! Du Halunke! Kaffee für vier!« Djuna grinste und verschwand, um gleich darauf wie ein Springteufel mit vier Tassen dampfenden Kaffees wieder aufzutauchen.

Prouty, der der landläufigen Vorstellung von Mephistopheles ziemlich nahe kam, zückte aus einer Tasche eine seiner schwarzen, gefährlich aussehenden Zigarren und hüllte sich in düstere Qualmwolken.

»Dieses Geplauder mag ja ganz schön sein für Leute, die nichts zu tun haben«, sagte er energisch zwischen zwei Zügen, »ich aber habe den ganzen Tag wie ein Tier gearbeitet, um den Mageninhalt einer Leiche zu analysieren, und ich würde gerne nach Hause schlafen gehen.«

»Hört, hört!« brummte Ellery. »Aus der Tatsache, daß Sie Professor Jones um Beistand gebeten haben, schließe ich, daß Sie bei der Analyse von Mr. Fields sterblichen Überresten auf einige Schwierigkeiten gestoßen sind. Schießen Sie los, Äskulap!«

»Ich schieß' ja schon los«, gab Prouty grimmig zurück. »Sie haben recht – ich bin auf ziemliche Schwierigkeiten gestoßen. Obschon ich doch einige Erfahrungen – wenn ich mir diese Bescheidenheit erlauben darf – bei der Untersuchung der inneren Organe von Verstorbenen gesammelt habe, muß ich gestehen, daß ich sie noch nie in einem solchen Chaos vorgefunden habe wie bei diesem Knaben Field. Wenigstens das wird Jones Ihnen mit Sicherheit bestätigen. Seine Speiseröhre, zum Beispiel, sowie der ganze Luftröhrenbereich sahen so aus, als wäre jemand liebevoll mit einer Lötlampe von innen darübergegangen.«

»Was war es denn – hätte es nicht eine Quecksilberverbindung sein können, Doc?« fragte Ellery, der sich gewöhnlich mit völliger Unkenntnis der exakten Wissenschaften brüstete.

»Wohl kaum«, knurrte Prouty. »Aber lassen Sie mich berichten, was passierte. Ich testete auf jedes bekannte Gift hin; obwohl dieses hier einige mir vertraute Eigenschaften von Petroleum aufzuweisen schien, konnte ich es nicht exakt einordnen. Ja, mein Herr, ich war ganz schön aufgeschmissen. Und um Ihnen ein Geheimnis anzuvertrauen – selbst mein Chef, der mich einfach für überarbeitet hielt, unternahm eigenhändig einen Versuch mit seinen sensiblen italienischen Händen. Das Resultat war auch in

173

diesem Fall gleich null. Und der Chef ist nicht gerade ein Neuling, was chemische Analyse betrifft. Daher übergaben wir unser Problem an den obersten Lehrmeister auf diesem Gebiet. Aber lassen wir ihn seine Geschichte selbst erzählen.«

Dr. Thaddeus Jones räusperte sich bedrohlich. »Vielen Dank, mein Freund, für diese höchst dramatische Einleitung«, sagte er mit seiner tiefen schleppenden Stimme. »Ja, Inspektor, die Leiche wurde an mich übergeben, und ich muß nachdrücklich an dieser Stelle betonen, daß meine Entdeckung für das toxikologische Institut die größte Sensation der letzten fünfzehn Jahre darstellt!«

»Das ist ein Ding!« murmelte Queen, während er eine Prise Schnupftabak nahm. »Ich bekomme langsam Hochachtung vor dem Verstand unseres Mörders. So viele außergewöhnliche Entdeckungen in letzter Zeit! Und was haben Sie gefunden?«

»Ich konnte mich darauf verlassen, daß Prouty und sein Chef alle normalen Tests sorgfältig durchgeführt hatten«, begann Dr. Jones, während er seine knochigen Beine übereinanderschlug. »Das machen sie immer. So untersuchte ich die Probe zunächst einmal auf eher unbekannte Gifte. Unbekannt heißt hier, vom Standpunkt des kriminellen Benutzers aus gesehen. Nur um Ihnen zu zeigen, wie sorgfältig ich vorging – ich dachte sogar an das bei unseren Freunden, den Kriminalautoren so beliebte Hilfsmittel: Curare, das Gift aus Südamerika, das in vier von fünf Detektivgeschichten vorkommt. Aber selbst dieses so traurig mißbrauchte Mitglied der Familie der Gifte enttäuschte mich ...«

Ellery lehnte sich zurück und lachte. »Wenn Sie damit leicht ironisch auf meinen Beruf anspielen, Dr. Jones, kann ich Ihnen nur versichern, daß in keinem meiner Bücher Curare vorkommt.«

Der Toxikologe zwinkerte belustigt. »Sie gehören also auch dazu, eh? Queen, alter Junge«, fügte er mit trauriger Stimme hinzu, während er sich an den Inspektor wandte, der gedankenverloren an einem Stück Gebäck knabberte, »darf ich Ihnen mein Beileid aussprechen ... Auf jeden Fall, meine Herren, kann ich Ihnen versichern, daß wir bei seltenen Giftfällen gewöhnlich ohne Schwierigkeiten zu klaren Ergebnissen kommen – das heißt, bei seltenen Giften, die im Arzneibuch stehen. Natürlich gibt es unzählige seltene Gifte, von denen wir überhaupt keine Kenntnisse haben – vor allem fernöstliche Drogen.

Um es kurz zu machen, ich mußte mir leider eingestehen, daß ich in der Klemme saß.« Dr. Jones lachte leise bei der Erinnerung daran. »Das war kein besonders schönes Gefühl. Das Gift, das ich untersuchte, hatte einige halbwegs vertraute Eigenschaften, wie Prouty schon bemerkte, und andere, die sich absolut nicht einordnen ließen. Ich verbrachte fast den gesamten gestrigen Abend damit, über meinen Proben und Reagenzgläsern nachzugrübeln, und spät in der Nacht hatte ich plötzlich die Lösung.«

Ellery und Queen richteten sich kerzengerade auf; Dr. Prouty lehnte sich mit einem entspannten Seufzer auf seinem Stuhl zurück und nahm sich eine zweite Tasse Kaffee. Der Toxikologe streckte seine Beine aus, und seine Stimme dröhnte noch schrecklicher als vorher.

»Das Gift, durch das Ihr Opfer getötet wurde, Inspektor, ist bekannt als Tetrableiäthyl!«

Für einen Wissenschaftler wäre eine solche Bekanntgabe, dazu noch in Dr. Jones' weihevollem Ton, wahrscheinlich von erschütternder Bedeutung gewesen. Dem Inspektor sagte sie überhaupt nichts. Und Ellery murmelte: »Für mich klingt das nach einem mythologischen Monster!«

Dr. Jones fuhr lächelnd fort. »Das hat Sie nicht sehr beeindruckt, nicht wahr? Aber lassen Sie mich Ihnen ein wenig über Tetrableiäthyl erzählen. Es ist fast farblos – um es genau zu sagen, es ähnelt Chloroform in seiner physischen Erscheinung. Punkt eins. Punkt zwei – es riecht, ganz schwach zwar, aber doch eindeutig, nach Äther. Punkt drei – es ist ungeheuer wirksam. So wirksam – aber lassen Sie mich Ihnen am Beispiel lebender Zellen verdeutlichen, wie diese teuflisch starke chemische Substanz wirkt.«

Der Toxikologe hatte nun die volle Aufmerksamkeit seiner Zuhörerschaft.

»Ich nahm ein gesundes Kaninchen, wie wir es bei unseren Experimenten verwenden, und bestrich die empfindliche Zone hinter dem Ohr des Tieres mit einer unverdünnten Dosis von dem Zeug. Es war keine Injektion, vergessen Sie das nicht. Ich bestrich nur die Haut. Es mußte also zunächst von der Epidermis absorbiert werden, bevor es in die Blutbahn gelangen konnte. Ich beobachtete das Kaninchen eine Stunde lang – und danach erübrigte sich eine weitere Beobachtung. Es war so tot, wie ein Kaninchen nur sein konnte.«

»Das kommt mir nicht so besonders wirkungsvoll vor«, protestierte der Inspektor.

»Kommt es Ihnen nicht? Sie können mir glauben, daß das außergewöhnlich ist. Nach einfachem Bestreichen von intakter, gesunder Haut – ich kann Ihnen sagen, ich war äußerst überrascht. Wenn die Haut irgendeinen Schnitt gehabt hätte oder wenn das Gift innerlich verabreicht worden wäre, das wäre eine andere Sache gewesen. Sie können sich vielleicht jetzt vorstellen, was mit Fields Innereien passierte, als er das Zeug *herunterschluckte* – und er schluckte eine Menge!«

Ellery hatte nachdenklich die Stirn gerunzelt. Er begann, die Gläser seines Kneifers zu putzen.

»Und das ist noch nicht alles«, fuhr Dr. Jones fort. »Soweit mir bekannt ist – ich arbeitete zwar für diese Stadt schon seit Gott weiß wie vielen Jahren, habe mich aber trotzdem immer über die Fortschritte in meinem Fachbereich in anderen Teilen der Welt auf dem laufenden gehalten –, soweit mir bekannt ist, ist Tetrableiäthyl noch niemals zuvor zu kriminellen Zwecken verwendet worden!«

Der Inspektor fuhr überrascht auf. »Das will schon allerhand heißen, Doktor!« rief er aus. »Sind Sie sicher?«

»Hundertprozentig. Deshalb bin ich doch so sehr daran interessiert.«

»Wie lange würde es dauern, mit diesem Gift einen Menschen zu töten, Doktor?« fragte Ellery langsam.

Dr. Jones verzog das Gesicht. »Das kann ich nicht mit Bestimmtheit sagen, einfach aus dem Grunde, weil bislang noch kein menschliches Wesen an diesem Gift gestorben ist. Aber ich kann es mit einiger Sicherheit abschätzen. Ich glaube nicht, daß Field noch länger als fünfzehn, höchstens zwanzig Minuten lebte, nachdem er das Gift eingenommen hatte.«

Das Schweigen, das darauf folgte, wurde durch ein Hüsteln Queens durchbrochen. »Auf der anderen Seite, Doktor, dürfte es die außerordentliche Seltenheit des Giftes ziemlich erleichtern, ihm auf die Spur zu kommen. Wie kommt man, würden Sie sagen, normalerweise daran? Woher kommt es? Wie würde ich vorgehen, wenn ich es mir zu einem verbrecherischen Zweck besorgen, dabei aber keine Spuren hinterlassen wollte?«

Ein dünnes Lächeln erschien auf dem Gesicht des Toxikologen. »Das ist nun Ihr Job, Inspektor«, sagte er bestimmt, »diesem Zeug auf die Spur zu kommen. Das überlasse ich Ihnen. Tetrableiäthyl erscheint, soweit ich das feststellen konnte – aber denken Sie immer daran, daß es etwas Neues für uns ist –, vor allem in gewissen

176

Petroleumverbindungen. Ich habe ganz schön herumexperimentiert, bevor ich auf den einfachsten Weg kam, es in größeren Mengen herzustellen. Es kann aus einfachem, gewöhnlichem, alltäglichem Benzin gewonnen werden!«

Die beiden Queens schrien verblüfft auf. »Benzin!« rief der Inspektor. »Wie um alles in der Welt soll man dem auf die Spur kommen?«

»Das ist das Problem«, antwortete der Toxikologe. »Ich könnte zur nächsten Tankstelle gehen, den Tank meines Autos füllen lassen, nach Hause fahren, etwas Benzin aus dem Tank entnehmen, in mein Laboratorium gehen und in bemerkenswert kurzer Zeit, mit bemerkenswert geringem Aufwand Tetrableiäthyl daraus destillieren!«

»Bedeutet das aber nicht«, warf Ellery voller Hoffnung ein, »daß Fields Mörder einige Erfahrung mit Laborarbeit hatte – etwas über chemische Analyse und solchen Kram wußte?«

»Nein, tut es nicht. Jeder, der zu Hause Schnaps brennt, könnte das Gift destillieren, ohne eine Spur zu hinterlassen. Das Schöne bei der Herstellung ist, daß das Tetrableiäthyl im Benzin einen höheren Siedepunkt als alle anderen Bestandteile besitzt. Alles, was man daher tun muß, ist, das Ganze auf eine bestimmte Temperatur zu bringen, und was übrig bleibt, ist unser Gift.«

Der Inspektor nahm mit zitternden Händen eine Prise Schnupftabak. »Ich kann nur sagen – Hut ab vor dem Mörder«, knurrte er. »Sagen Sie, Doktor, müßte jemand nicht eine ganze Menge von Giften verstehen, um so darüber Bescheid zu wissen? Wie hätte er ohne besonderes Interesse und einige Erfahrung auf diesem Gebiet davon erfahren und die ganze Sache vorbereiten können?«

Dr. Jones schnaufte. »Inspektor, ich muß mich über Sie wundern. Ihre Frage ist bereits beantwortet worden.«

»Wieso? Was meinen Sie damit?«

»Habe ich Ihnen nicht gerade erzählt, wie man es macht? Wenn Sie über einen Toxikologen von diesem Gift erfahren hätten, könnten Sie nicht auch welches herstellen, vorausgesetzt, Sie besitzen einen Destillierapparat? Außer dem Siedepunkt von Tetrableiäthyl würden Sie keine Vorkenntnisse brauchen. Hören Sie doch auf, Queen! Sie haben nicht die geringste Chance, dem Mörder durch das verwendete Gift auf die Spur zu kommen. Wahrscheinlich hat er eine Unterhaltung zwischen zwei Toxikologen oder auch zwei Medizinern, die von dem Zeug wußten, mitgehört. Der

Rest war einfach. Ich will nicht behaupten, daß es so war. Der Mann könnte natürlich auch ein Chemiker sein. Aber ich will Ihnen einfach nur die Möglichkeiten aufzeigen.«

»Ich nehme an, es wurde mit Whisky verabreicht, nicht wahr, Doktor?« fragte der Inspektor abwesend.

»Darüber gibt es keinen Zweifel«, gab der Toxikologe zurück. »Der Magen beinhaltete eine große Menge an Whisky. Zweifellos wird es so für den Mörder recht problemlos gewesen sein, das Zeug seinem Opfer zu verabreichen. Wo der Whisky heutzutage sowieso meist nach Äther riecht. Und außerdem hatte Field das Gift wahrscheinlich schon heruntergeschluckt, bevor er bemerkte, daß etwas nicht stimmte – wenn ihm das überhaupt aufgefallen ist.«

»Hätte er das Zeug nicht herausschmecken können?« fragte Ellery müde.

»Ich habe es noch nicht probiert, junger Mann, deshalb kann ich es nicht mit Sicherheit sagen«, antwortete Dr. Jones schon etwas gereizt. »Aber ich möchte es bezweifeln; auf jeden Fall nicht so sehr, daß es ihn beunruhigt hätte. Wenn er es einmal geschluckt hatte, hätte es auch keinen Unterschied mehr gemacht.«

Queen wandte sich an Prouty, der seine Zigarre hatte ausgehen lassen. Er hatte ein gesundes Nickerchen eingelegt. »Hören Sie, Doc!«

Prouty öffnete verschlafen die Augen. »Wo sind meine Pantoffeln – immer sind meine Pantoffeln weg – verdammt!«

Trotz der leicht gespannten Atmosphäre brachen alle auf Kosten des Polizeiarztes in schallendes Gelächter aus. Als er so weit zu sich gekommen war, daß ihm bewußt wurde, was er gesagt hatte, stimmte er in ihr Gelächter ein und sagte: »Das zeigt nur, daß ich besser nach Hause gehe, Queen. Was wollten Sie wissen?«

»Erzählen Sie mir«, sagte Queen, sich immer noch vor Lachen schüttelnd, »Was haben Sie bei der Analyse des Whiskys herausgefunden?«

»Oh!« Prouty war sofort wieder bei der Sache. »Der Whisky in der kleinen Flasche war so gut, wie ein Whisky nur sein kann – und ich mache ja seit Jahren nichts anderes mehr als Alkoholproben. Es war das Gift in dem Alkoholgeruch, den er ausdünstete, durch den ich zunächst auf die Idee kam, daß er schlechten Fusel getrunken hatte. Auch der Whisky, den Sie mir aus Fields Wohnung rübergeschickt hatten, war von bester Qualität. Wahrscheinlich waren alle Flaschen gleicher Herkunft. Ich würde sogar behaupten, daß alles importierte Ware war. Ich bin seit dem Krieg auf keinen einheimischen Whisky von diesem Format mehr gestoßen – das heißt, außer diesem Vorkriegszeug, das auf Lager gelegt worden war ... Ich nehme an, Velie hat Ihnen berichtet, daß das Ginger Ale auch in Ordnung war.«

Queen nickte. »Nun, damit ist das Thema wohl abgeschlossen«, sagte er betrübt. »Es sieht so aus, als würden wir, was das Tetrableiäthyl angeht, vollkommen im dunklen tappen. Um ganz sicherzugehen, Doc – arbeiten Sie weiter mit dem Professor zusammen, und versuchen Sie, eine mögliche undichte Stelle bei der Verteilung des Giftes zu finden. Ihr Spezialisten wißt mehr darüber als irgendein anderer, den ich auf den Fall ansetzen könnte. Es ist natürlich nur ein Schuß ins Dunkle und wahrscheinlich kommt nichts dabei heraus.«

»Das ist zweifellos richtig«, murmelte Ellery. »Ein Schriftsteller sollte sich eben um seine eigenen Angelegenheiten kümmern.«

»Ich glaube«, bemerkte Ellery eifrig, nachdem die beiden Doktoren gegangen waren, »ich schlendere mal hinunter zu meinem Buchhändler wegen der Falconer-Ausgabe.« Er stand auf und begann, hastig nach seinem Mantel zu suchen.

»Hiergeblieben!« schnauzte der Inspektor und zog ihn auf einen der Stühle zurück. »Nichts zu machen. Dein verdammtes Buch läuft dir nicht weg. Ich will, daß du hier sitzen bleibst und dir mit mir den Kopf zerbrichst.«

Ellery machte es sich mit einem Seufzer in den Lederpolstern bequem. »Immer wenn ich gerade zu der Erkenntnis komme, daß alle Nachforschungen im Bereich des menschlichen Fehlverhaltens sinnlos und reine Zeitverschwendung sind, legt mein werter Herr wieder die Last des Denkens auf meine Schultern. Nun gut! Was steht auf dem Programm?«

»Ich lege dir überhaupt keine Last auf«, knurrte Queen. »Und hör auf, solche Sprüche zu klopfen. Ich bin durcheinander genug. Du sollst mir nur helfen, dieses verflixte Durcheinander von einem Fall durchzugehen und zu sehen – nun, was wir sehen können.«

»Ich hätte es mir denken können«, sagte Ellery. »Wo fange ich an?«

»Du fängst überhaupt nicht an«, brummte der Vater. »Das Reden übernehme ich heute abend, und du hörst zu. Und vielleicht kannst du ab und zu ein paar Notizen machen.

Laß uns mit Field anfangen. Ich glaube, wir können zunächst einmal davon ausgehen, daß unser Freund am Montag abend nicht zu seinem Vergnügen, sondern aus geschäftlichen Gründen ins Römische Theater gegangen ist. Richtig?«

»Daran habe ich keinen Zweifel«, sagte Ellery. »Was hat Velie über Fields sonstige Aktivitäten am Montag berichtet?«

»Wie gewöhnlich kam Field um halb zehn in sein Büro. Er arbeitete bis mittags. Um zwölf Uhr aß er alleine im Webster Club zu Mittag, und um halb zwei kehrte er in sein Büro zurück. Er arbeitete bis vier Uhr durch – und scheint danach direkt nach Hause gegangen zu sein, da sowohl der Portier als auch der Liftjunge bezeugen, daß er um halb fünf bei seiner Wohnung ankam. Mehr konnte Velie nicht herausfinden – außer daß Michaels um fünf Uhr kam und um sechs Uhr wieder ging. Field verließ seine Wohnung abends um halb acht in der Kleidung, in der wir ihn gefunden haben. Ich habe eine Liste der Klienten, die er den Tag über traf, aber die ist nicht sehr aufschlußreich.«

»Und was ist nun der Grund für seinen niedrigen Kontostand?« fragte Ellery.

»Genau das, was ich mir gedacht habe«, gab Queen zurück. »Field hat mit schöner Regelmäßigkeit an der Börse verloren – und nicht gerade Pfennigbeträge. Velie hat einen Wink bekommen, daß Field ständiger Gast an der Rennbahn war, wo er ebenfalls beträchtliche Verluste hatte. Er war anscheinend eine leichte Beute für einige Neunmalkluge, obwohl er selbst so gerissen war. Auf jeden Fall erklärt das, warum er so wenig Bares auf seinem Privatkonto hatte. Und mehr noch – es erklärt wahrscheinlich auch sehr viel schlüssiger den Eintrag ›50 000‹ auf dem Programm, das wir gefunden haben. Er bedeutete Bargeld, und das Geld, auf das er sich bezog, steht in irgendeiner Weise in Verbindung mit der Person, die er im Theater treffen wollte, da bin ich mir sicher.

Außerdem können wir, glaube ich, ohne weiteres die Schlußfolgerung ziehen, daß Field seinen Mörder gut gekannt haben muß. Zum einen hat er einen Drink akzeptiert – anscheinend ohne Verdacht; zum anderen muß das Treffen zum Zwecke der Geheimhaltung vorher genau vereinbart worden sein – warum sonst, wenn nicht aus diesem Grund, wurde überhaupt das Theater dafür ausgesucht?«

»In Ordnung. Ich will dir dieselbe Frage stellen«, warf Ellery ein und schürzte die Lippen. »Warum *sollte* überhaupt ein Theater als

Treffpunkt für eine geheime und zweifelsohne schändliche Transaktion ausgewählt werden? Wäre ein Park nicht sehr viel sicherer gewesen? Hätte eine Hotellobby nicht ihre Vorteile gehabt? Erklär mir das!«

»Unglücklicherweise, mein Sohn«, sagte der Inspektor mit sanfter Stimme, »konnte Mr. Field nicht vorher wissen, daß er ermordet werden sollte. Was ihn betraf, hatte er nur die Absicht, sich um seinen Teil der Transaktion zu kümmern. Tatsächlich könnte Field *selbst* das Theater als Treffpunkt ausgesucht haben. Vielleicht wollte er für irgend etwas ein Alibi haben. Wir können einfach nicht wissen, was er wirklich vorhatte. Was die Hotellobby betrifft – er wäre dabei sicherlich das Risiko eingegangen, erkannt zu werden. Er wollte wahrscheinlich auch nicht riskieren, sich an einen so einsamen Ort wie einen Park zu begeben. Und schließlich hatte er vielleicht einen besonderen Grund, nicht in Gesellschaft dessen, den er traf, gesehen zu werden. Denk daran – die Kontrollabschnitte, die wir gefunden haben, zeigen, daß die andere Person nicht zusammen mit Field das Theater betreten hat. Aber das sind alles sinnlose Spekulationen – «

Ellery lächelte nachdenklich, sagte aber nichts. Er dachte bei sich, daß der alte Mann seinen Einwurf nicht zufriedenstellend beantwortet hatte und daß das ganz merkwürdig war für einen so geradlinig denkenden Menschen wie Inspektor Queen ...

Aber Queen fuhr schon wieder fort. »Nun gut. Wir müssen immer auch die Möglichkeit im Auge behalten, daß die Person, mit der Field sein Geschäft abwickelte, *nicht* sein Mörder war. Das ist natürlich nur eine Möglichkeit. Dazu scheint mir das Verbrechen aber zu gut geplant gewesen zu sein. Aber sollte es doch so sein, müssen wir nach *zwei Leuten* aus dem Publikum von Montag abend suchen, die direkt mit Fields Tod zu tun hatten.«

»Morgan?« fragte Ellery träge.

Der Inspektor zuckte die Achseln. »Vielleicht. Warum hat er uns nichts davon erzählt, als wir uns gestern nachmittag mit ihm unterhalten haben? Er hat doch sonst alles zugegeben. Nun, vielleicht, weil er fürchtete, daß es ihn ein wenig zu sehr belasten würde, erpreßtes Geld an den ermordeten Mann gezahlt und sich im Theater befunden zu haben.«

»Sieh es doch einmal so«, sagte Ellery. »Wir finden also einen Toten, der die Zahl ›50 000‹, die sich anscheinend auf eine Geldsumme bezieht, auf sein Programmheft geschrieben hat. Wir wissen durch das, was sowohl Sampson als auch Cronin über Field berichtet haben, daß er ein Mann von skrupellosem und wahrscheinlich auch kriminellem Charakter war. Des weiteren wissen wir von Morgan, daß er zudem ein Erpresser war. Ich glaube daher, daß wir ohne weiteres daraus schließen können, daß er Montag abend ins Römische Theater ging, um 50 000 Dollar Erpressungsgeld von einer uns unbekannten Person zu kassieren oder einzufordern. Ist das soweit richtig?«

»Mach weiter«, brummte der Inspektor unverbindlich.

»Gut«, fuhr Ellery fort. »*Wenn* wir davon ausgehen, daß die in der besagten Nacht erpreßte Person und der Mörder ein und dieselbe waren, müssen wir nicht weiter nach einem Motiv suchen. Das Motiv liegt auf der Hand – den Erpresser loszuwerden. Gehen wir dagegen weiterhin von der Annahme aus, daß der Mörder und die erpreßte Person nicht identisch waren, sondern zwei völlig unterschiedliche Individuen, *dann* müssen wir uns weiterhin mit der Suche nach einem Motiv für das Verbrechen abplagen. Meiner ganz persönlichen Meinung nach ist das unnötig, weil Mörder und erpreßte Person identisch sind. Was hältst du davon?«

»Ich bin geneigt, dir zuzustimmen, Ellery«, sagte der Inspektor. »Ich habe die andere Alternative nur erwähnt – das war nicht meine eigene Überzeugung. Laß uns deshalb im Augenblick weitermachen, als seien Fields Erpressungsopfer und sein Mörder ein und dieselbe Person ...

Dann – möchte ich gerne die Sache mit den fehlenden Eintrittskarten aufklären.«

»Oh, ja – die fehlenden Tickets«, murmelte Ellery. »Ich hab' mich schon gefragt, was du daraus gemacht hast.«

»Mach jetzt keine Witze, du Schlingel«, schimpfte Queen. »Ich habe folgendes daraus gemacht. Alles in allem haben wir es mit acht Sitzplätzen zu tun. Den Kontrollabschnitt für den Platz, auf dem Field saß, haben wir bei ihm selbst gefunden; den Abschnitt für den Platz, auf dem der Mörder saß, hat Flint gefunden; bleiben schließlich die sechs leeren Plätze, für die zwar Tickets verkauft worden sind, wie uns der Bericht der Verkaufsstelle bestätigt, zu denen aber nirgendwo im Theater oder in der Verkaufsstelle Kontrollabschnitte – seien sie ganz oder abgerissen – gefunden worden sind. Es besteht zumindest die Möglichkeit, daß alle sechs Tickets Montag abend im Theater vorhanden waren und von jemandem aus dem Theater herausgebracht wurden. Denk daran, die Durchsuchung der einzelnen Personen war zwangsläufig nicht erschöpfend genug, um so kleine Gegenstände wie Kontrollabschnitte aufzustöbern. Das ist aber ziemlich unwahrscheinlich. Die plausibelste Erklärung ist, daß entweder Field oder sein Mörder alle acht Tickets zusammen gekauft hat, mit der Absicht, zwei zu verwenden und die anderen sechs freizuhalten, um während der geschäftlichen Transaktion absolut ungestört zu bleiben. In diesem Falle wäre das Vernünftigste gewesen, die Eintrittskarten direkt nach dem Kauf zu vernichten; das wurde wahrscheinlich auch von Field oder seinem Mörder getan, je nachdem, wer das Ganze organisiert hat. Wir können daher die Frage der sechs Tickets ignorieren – sie sind weg, und wir werden niemals an sie herankommen.

Weiter wissen wir«, fuhr der Inspektor fort, »daß Field und sein Opfer das Theater getrennt betreten haben. Das kann man mit Gewißheit aus der Tatsache ableiten, daß die abgerissenen Ecken der Kontrollabschnitte nicht zusammenpaßten, als ich sie aneinanderlegte. Wenn zwei Menschen irgendwo zusammen ankommen, werden die Tickets auch zusammen vorgezeigt und unweigerlich zusammen abgerissen. Nun muß das aber nicht bedeuten, daß sie nicht praktisch zur selben Zeit ankamen und aus Sicherheitsgründen nacheinander eintraten, so als würden sie sich nicht kennen. Nun behauptet Madge O'Connell aber, daß niemand während des ersten Aktes auf Platz LL30 saß, und der Getränkejunge Jess Lynch bezeugt, daß sich zehn Minuten nach Beginn des zweiten Aktes immer noch keiner auf LL30 befand. Das bedeutet, daß der Mörder entweder das Theater noch nicht betreten hatte *oder* daß er zwar schon früher gekommen war, aber mit einem für einen anderen Platz gültigen Ticket irgendwo anders im Parkett saß.«

Ellery schüttelte den Kopf. »Ich glaube ebensowenig daran wie du, mein Sohn«, sagte der alte Mann gereizt. »Ich denke das Ganze nur durch. Ich wollte sagen, daß es als nicht wahrscheinlich erscheint, daß der Mörder zur gleichen Zeit ins Theater gekommen ist. Es spricht mehr dafür, daß er erst zehn Minuten nach Beginn des zweiten Aktes hereinkam.«

»Ich kann dir das sogar beweisen«, sagte Ellery träge.

Der Inspektor nahm eine Prise Schnupftabak. »Ich weiß – diese geheimnisvollen Zeichen auf dem Programm. Was stand da noch?

930
815
50 000

Wir wissen, wofür die 50 000 standen. Die beiden anderen Einträge werden sich wohl nicht auf Dollar, sondern auf Uhrzeiten bezogen haben. Sieh dir die ›815‹ an. Das Stück begann um 8.25 Uhr. Aller Wahrscheinlichkeit nach kam Field um 8.15 Uhr an, oder – falls er früher dort war – hat er aus irgendeinem Grunde um diese Zeit auf die Uhr gesehen. Wenn er nun eine Verabredung mit jemandem hatte, der, so nehmen wir an, sehr viel später ankommen sollte, was hätte dann näher gelegen, als aus Langeweile zunächst einmal die ›50 000‹ niederzuschreiben, die anzeigen, daß er an die bevorstehende Transaktion dachte, bei der es sich um eine Erpressung über 50 000 Dollar handelte; dann 9.30 Uhr, den Zeitpunkt, an dem das Opfer seiner Erpressung von ihm erwartet wurde! Es wäre für Field, wie für jeden anderen, der die Angewohnheit hat, in untätigen Momenten herumzukritzeln, das Natürlichste von der Welt gewesen, dies zu tun. Für uns ist das natürlich Glück, weil es auf zwei Dinge hinweist: erstens auf den genauen Zeitpunkt der Verabredung mit dem Mörder – 9.30 Uhr; und zweitens bekräftigt es unsere Vermutung der genauen Zeit, zu der der Mord verübt wurde. Um 9.25 Uhr sah Lynch Field lebend und alleine; um 9.30 Uhr wurde nach Fields niedergeschriebenem Hinweis der Mörder erwartet, und wir nehmen an, daß er auch kam; nach Dr. Jones' Aussage hätte es mit diesem Gift fünfzehn bis zwanzig Minuten gedauert, Field zu töten – und in Anbetracht der Tatsache, daß Pusak die Leiche um 9.55 Uhr gefunden hat, können wir sagen, daß das Gift um ungefähr 9.35 Uhr verabreicht wurde. Wenn das Tetrableiäthyl die vollen zwanzig Minuten gebraucht hat, wären wir bei 9.55 Uhr. Natürlich verließ der Mörder lange zuvor den Ort des Verbrechens. Denk daran – er konnte nicht ahnen, daß unser Freund Mr. Pusak plötzlich den Drang verspüren würde, aufzustehen und seinen Platz zu verlassen. Der Mörder hatte sich wahrscheinlich ausgerechnet, daß Fields Leiche nicht vor der Pause um 10.05 Uhr gefunden würde, also noch Zeit genug blieb, daß Field starb, ohne noch irgendeine Nachricht vor sich hinzumurmeln. Zum Glück für unseren geheimnisvollen Mörder wurde Field zu spät gefunden, um noch mehr hervorzukeuchen, als daß er ermordet worden war. Wäre Pusak fünf Minuten früher aufgestanden, hätten wir unseren Unbekannten schon hinter Gittern.«

»Bravo!« murmelte Ellery und lächelte liebevoll. »Ein perfekter Vortrag. Meine Glückwünsche.«

»Ach, scher dich zum Teufel«, schimpfte sein Vater. »An dieser Stelle möchte ich noch einmal das wiederholen, was du am Montag abend in Panzers Büro bereits bemerkt hast – nämlich die Tatsache, daß der Mörder, obwohl er den Ort des Verbrechens bereits zwischen 9.30 und 9.55 Uhr verließ, den ganzen Rest des Abends im Theater anwesend war, bis wir alle nach Hause entließen. Unsere Befragung der Wachen und Madge O'Connells, die Zeugenaussagen der Portiers, Jess Lynchs Anwesenheit im Seitengang, durch die Schließerin bestätigt – das alles spricht genau dafür ... Er war da, die ganze Zeit.

Trotzdem sind wir im Augenblick in einer Sackgasse. Wir können nichts weiter tun, als uns einige Personen, auf die wir im Laufe unserer Ermittlungen gestoßen sind, noch einmal vorzunehmen«, fuhr der Inspektor mit einem Seufzer fort. »Erstens – hat Madge O'Connell die Wahrheit gesagt, als sie uns erzählte, daß sie niemanden während des zweiten Aktes den Mittelgang hat herauf- oder heruntergehen sehen? Und daß sie überhaupt zu keinem Zeitpunkt im Laufe des Abends die Person gesehen hat, von der wir wissen, daß sie von halb zehn bis zehn oder fünfzehn Minuten vor der Entdeckung der Leiche auf LL30 gesessen hat?«

»Das ist eine knifflige Frage, Vater«, bemerkte Ellery ernsthaft. »Denn wenn sie in diesen Dingen gelogen hat, verlieren wir eine wichtige Informationsquelle. Wenn sie *wirklich* gelogen hat – gütiger Gott! –, dann könnte sie zu diesem Zeitpunkt in der Lage sein, den Mörder zu beschreiben, zu identifizieren oder sogar zu benennen! Aber ihre Nervosität und ihr merkwürdiges Verhalten könnten ebensogut ihrem Wissen darum zugeschrieben werden, daß Pfarrer Johnny im Theater war, zusammen mit einer Meute von Polizisten, die ihn liebend gerne zwischen die Finger bekommen hätte.«

»Klingt einleuchtend«, knurrte Queen. »Nun, was ist mit Pfarrer Johnny? Wie paßt er da hinein – oder paßt er überhaupt hinein? Wir dürfen nicht vergessen, daß Cazanelli – laut Morgans Aussage – tatkräftig mit Field verbunden war. Field ist sein Anwalt gewesen und hat sich vielleicht sogar für die zwielichtigen Geschäfte, denen Cronin auf der Spur ist, seine Dienste erkauft. Wenn der Pfarrer nicht zufällig dort war, war er dann wegen Field dort oder wegen Madge O'Connell, wie beide behaupten? Ich glaube, mein Sohn«, fügte er hinzu und zog dabei heftig an seinem Schnurrbart, »daß ich Pfarrer Johnny einmal die Peitsche spüren lassen werde – es wird seinem dicken Fell schon nicht schaden! Und diese schnippische kleine O'Connell – es wird ihr ganz gut-tun, wenn ihr das Vorlaute ein wenig ausgetrieben wird ...«

Er nahm eine große Prise Schnupftabak und nieste zu der Melodie von Ellerys zustimmendem Gelächter.

»Und der gute alte Benjamin Morgan«, fuhr der Inspektor fort. »Hat er die Wahrheit erzählt über den anonymen Brief, der ihm bequem eine geheimnisvolle Bezugsquelle für seine Eintrittskarte verschaffte?

Und diese überaus interessante Dame, Mrs. Angela Russo. ...Ach, die Frauen, zum Teufel mit ihnen! Sie bringen die Männer ständig um den Verstand. Was hat sie gesagt – sie sei um 9.30 Uhr in Fields Wohnung angekommen? Ist ihr Alibi wirklich dicht? Natürlich, der Portier in Fields Haus hat ihre Aussage bestätigt. Aber es ist einfach, einen Portier zu ›beeinflussen‹ ... Weiß sie vielleicht mehr über Fields Geschäfte – vor allem über seine Privatgeschäfte? Hat sie gelogen, als sie behauptete, Field hätte ihr erzählt, er sei um zehn Uhr zurück? Denn wir wissen ja, daß Field um halb zehn eine Verabredung im Römischen Theater hatte; ging er davon aus, daß er sie hätte einhalten und trotzdem um zehn Uhr in seiner Wohnung zurücksein können? Mit einem Taxi wäre es bei dem Verkehr eine Fahrt von fünfzehn bis zwanzig Minuten, womit nur zehn Minuten für die Transaktion übrig geblieben wären – ist natürlich möglich. Mit der Untergrundbahn wäre man auch nicht schneller gewesen. Wir dürfen auch nicht vergessen, daß diese Frau sich zu keinem Zeitpunkt an diesem Abend im Theater aufgehalten hat.«

»Du wirst noch alle Hände voll zu tun haben mit dieser liebli-chen Tochter Evas«, bemerkte Ellery. »Es ist so wunderschön offensichtlich, daß die mit irgend etwas hinter dem Berg hält. Hast du ihren unverschämten Trotz bemerkt? Das war nicht allein herausforderndes Benehmen. Sie weiß etwas, Vater. Ich würde sie auf jeden Fall im Auge behalten – früher oder später wird sie sich verraten.«

»Hagstrom wird sich um sie kümmern«, sagte Queen abwesend. »Nun, was ist mit Michaels? Er hat kein überzeugendes Alibi für Montag abend. Aber vielleicht würde das auch keinen Unterschied machen. Er war nicht im Theater ... An diesem Knaben ist irgend etwas faul. Wollte er wirklich etwas holen, als er Dienstag morgen zu Fields Wohnung kam? Wir haben alle Räumlichkeiten gründlich

186

durchsucht – ist es möglich, daß wir etwas übersehen haben? Es ist klar, daß er gelogen hat, als er die Geschichte mit dem Scheck von sich gab und angeblich nichts von Fields Tod wußte. Und überlege eines – ihm *muß* klar gewesen sein, daß er sich in Gefahr begab, als er zu Fields Wohnung kam. Er hatte von dem Mord gelesen und konnte nicht darauf hoffen, daß die Polizei einen Besuch der Wohnung herausschieben würde. Er machte also einen verzweifelten Versuch – aus welchem Grunde? Kannst du mir das sagen?«

»Vielleicht hatte es etwas mit seinem Gefängnisaufenthalt zu tun – er sah ganz schön überrascht aus, als ich ihm das unter die Nase rieb, nicht wahr?« kicherte Ellery.

»Kann sein«, antwortete der Inspektor. »Da fällt mir ein, Velie hat mir von Michaels' Zeit in Elmira erzählt. Thomas berichtet, daß in diesem Fall einiges vertuscht wurde – es war sehr viel schwerwiegender, als es seine milde Bestrafung damals erscheinen läßt. Michaels war der Urkundenfälschung verdächtig, und es sah ganz schön schwarz für ihn aus. Aufgrund eines von Rechtsanwalt Field ins Spiel gebrachten völlig anderen Anklagepunktes – irgend etwas mit einem kleinen Diebstahl – ist Mr. Michaels noch einmal billig davongekommen, und man hat niemals mehr etwas von dieser Fälschungssache gehört. Dieser Michaels sieht sehr vielversprechend aus – ich muß ihm ein wenig auf die Füße treten.«

»Ich habe da so eine eigene Idee, was Michaels angeht«, sagte Ellery nachdenklich. »Aber lassen wir das im Augenblick.«

Queen schien nicht zuzuhören. Er stierte in das knisternde Kaminfeuer. »Da ist auch noch Lewin«, sagte er. »Es ist kaum zu glauben, daß ein Mensch von seiner Art in einer solchen Vertrauensstellung bei seinem Arbeitgeber stand, ohne einiges mehr zu wissen, als er heute zugibt. Hält er Informationen zurück? Wenn er das tut, gnade ihm Gott – weil Cronin ihn dann fertig machen wird!«

»Eigentlich mag ich diesen Cronin«, seufzte Ellery, »Wie um alles in der Welt kann ein Mensch so von einer Idee besessen sein?... Hast du darüber schon einmal nachgedacht? Ich frage mich, ob Morgan Angela Russo kennt? Obwohl ja beide abstreiten, sich gegenseitig zu kennen. Wäre verdammt interessant, wenn sie es täten, nicht wahr?«

»Mein Sohn«, seufzte Queen, »mach nicht alles noch verwirrender. Es ist eh schon kompliziert genug; du mußt es nicht noch schlimmer machen ...«

Behagliches Schweigen breitete sich aus, während sich der Inspektor im Schein der lodernden Flammen ausstreckte. Ellery ließ sich zufrieden einen Keks schmecken. Djunas strahlende Augen blinkten in der äußersten Ecke des Raumes auf, wo er sich lautlos hingeschlichen und auf dem Boden niedergehockt hatte, um der Unterhaltung zuzuhören.

In einer plötzlichen Gedankenübertragung trafen sich die Blicke des alten Mannes und Ellerys.

»Der Hut ...«, murmelte Queen. »Wir kommen immer wieder auf den Hut zurück.«

Ellery schaute betrübt. »Und es ist nicht das Schlechteste, darauf zurückzukommen, Vater. Hut – Hut – Hut! Wo gehört er hin? Was wissen wir über ihn?«

Der Inspektor rutschte auf seinem Stuhl hin und her. Er schlug die Beine übereinander, nahm eine neue Prise Schnupftabak und fuhr mit frischer Energie fort. »In Ordnung. Wir können uns bei diesem verdammten Seidenzylinder keine Nachlässigkeit leisten«, sagte er barsch. »Was haben wir bislang erfahren? Erstens, daß er das Theater nicht verlassen hat. Das ist doch merkwürdig, nicht wahr? Es erscheint doch kaum möglich, daß wir nach der gründlichen Durchsuchung keine Spur von ihm gefunden haben ... Es wurde nichts in der Garderobe zurückgelassen, nachdem alle gegangen waren; in den zusammengekehrten Abfällen wurde nichts gefunden, das nach den Resten eines zerrissenen oder verbrannten Hutes aussah; überhaupt keine Spur, kein Hinweis, dem wir nachgehen könnten. Aus diesem Grunde, Ellery, ist die einzig vernünftige Schlußfolgerung, die wir an diesem Punkt ziehen können, *daß wir den Hut nicht an der richtigen Stelle gesucht haben!* Und weiter, daß er dank unserer Vorsichtsmaßnahme, das Theater seit Montag abend geschlossen zu halten, noch dort ist – wo immer es auch sein· mag. Ellery, wir müssen morgen früh zurück ins· Theater und das Oberste zuunterst kehren. Ich werde nicht ruhig schlafen können, bis wir etwas Licht in diese Angelegenheit gebracht haben.«

Ellery schwieg. «Das gefällt mir alles ganz und gar nicht, Vater«, murmelte er schließlich. »Dieser Hut – irgend etwas stimmt da nicht!« Er verfiel wieder in Schweigen. »Nein! Der Hut ist der Angelpunkt dieser Untersuchung – da führt nichts dran vorbei. Löse das Rätsel um Fields Hut, und du wirst den einen entscheidenden Hinweis finden, der den Mörder verrät. Davon bin ich so überzeugt, daß ich erst dann glauben werde, daß wir auf dem richtigen Weg sind, wenn wir bei der Entdeckung des Hutes Fortschritte gemacht haben.«

Der alte Mann bestätigte dies durch ein kräftiges Nicken. »Seit gestern morgen, als ich Zeit hatte, über die Sache mit dem Hut nachzudenken, hatte ich das Gefühl, daß wir irgendwo vom rechten Weg abgekommen sind. Und jetzt haben wir Mittwoch abend – und immer noch kein Land in Sicht. Wir haben die notwendigen Schritte unternommen – sie haben zu nichts geführt ...« Er starrte ins Feuer. »Alles ist so furchtbar verworren. Ich habe hier die ganzen losen Enden in meiner Hand, aber aus irgendeinem verfluchten Grund kann ich sie nicht zusammenbringen oder auch nur irgend etwas erklären ... Zweifelsohne, mein Sohn, was uns fehlt, ist die Lösung der Zylinderfrage.«

Das Telefon klingelte. Der Inspektor stürzte sich darauf. Er hörte der gemächlichen Stimme eines Mannes aufmerksam zu, gab eine kurze Antwort und hängte wieder auf.

»Wer war dieser Schwätzer zu mitternächtlicher Stunde, oh du Empfänger vieler Geheimnisse?« fragte Ellery grinsend.

»Das war Edmund Crewe«, sagte Queen. »Vielleicht erinnerst du dich daran, daß ich ihn gestern morgen zum Römischen Theater geschickt habe. Er war gestern und heute den ganzen Tag dort. Und er berichtet, daß es definitiv kein geheimes Versteck irgendwo auf dem Theatergelände gibt. Wenn Eddie Crewe, die letzte Instanz bei bautechnischen Angelegenheiten, sagt, es gäbe dort kein Versteck, dann kann man sich darauf absolut verlassen.«

Er sprang auf und entdeckte den in der Ecke hockenden Djuna. »Djuna! Mach das gute alte Bett fertig«, donnerte er. Djuna huschte durch das Zimmer und verschwand mit einem Grinsen. Queen wandte sich Ellery zu, der schon seine Jacke ausgezogen hatte und sich nun an seiner Krawatte zu schaffen machte.

»Wir werden morgen früh als erstes zum Römischen Theater gehen und noch einmal von vorne anfangen!« sagte der alte Mann entschieden. »Und ich sage dir eins, mein Sohn – ich lasse mich nicht länger an der Nase herumführen! Jemand sollte jetzt besser auf der Hut sein!«

Ellery legte seinem Vater liebevoll einen Arm um die Schulter. »Komm ins Bett, du alter Gauner!« lachte er.

Dritter Teil

»*Ein guter Detektiv wird als solcher geboren, nicht dazu gemacht. Wie alle Genies ist er nicht das Produkt einer gut geschulten Polizei, sondern geht aus der Menge hervor. Der bemerkenswerteste Detektiv, dem ich jemals begegnet bin, war ein dreckiger alter Medizinmann, der niemals den Busch verlassen hatte ... Das, was den wirklich großen Detektiv ausmacht, ist, daß er über die unerbittlichen Regeln der Logik hinaus drei wesentliche Eigenschaften besitzt: eine überdurchschnittliche Beobachtungsgabe, eine gründliche Kenntnis des menschlichen Geistes und Einfühlungsvermögen in die menschliche Seele.*«

Aus *Handbuch der Verbrecherjagd*
von *James Redix jr.*

Vierzehntes Kapitel

in welchem sich alles um den Hut dreht

Am Donnerstag, dem 27. September, am dritten Tag nach dem Verbrechen im Römischen Theater, standen Inspektor Queen und Ellery früh auf und kleideten sich eilig an. Unter den vorwurfsvollen Blicken Djunas, den man aus dem Bett geworfen und in die einfache Tracht gesteckt hatte, die er als Majordomus dieses Haushalts trug, machten sie sich an ein mehr behelfsmäßiges Frühstück.

Während sie die anämischen Pfannkuchen aßen, trug der alte Mann Djuna auf, Louis Panzer für ihn ans Telefon zu holen.

Nur wenig später sprach der Inspektor angeregt in den Apparat. »Guten Morgen, Panzer. Bitte verzeihen Sie mir, wenn ich Sie zu einer solch unchristlichen Zeit aus dem Bett holen lasse ... Wir sind einer wichtigen Sache auf der Spur und brauchen Ihre Hilfe.«

Panzer murmelte eine verschlafene Zustimmung.

»Können Sie jetzt sofort zum Römischen Theater kommen und es für uns öffnen?« fuhr der alte Mann fort. »Ich sagte Ihnen ja, daß Sie das Theater nicht lange dicht machen müßten, und es sieht nun ganz so aus, als könnten Sie schon bald aus dem Aufsehen, das diese Angelegenheit erregt hat, Nutzen ziehen. Sie müssen verstehen – ich bin noch nicht sicher, wann wir das Theater wieder freigeben, aber es könnte gerade noch klappen, daß Ihr Stück bereits heute abend wieder gespielt werden kann. Kann ich auf Sie zählen?«

»Das ist ausgezeichnet!« Aufgeregt und voller Eifer erklang Panzers Stimme durch den Hörer. »Wollen Sie, daß ich sofort zum Theater komme? Ich werde in einer halben Stunde dort sein – ich bin noch nicht angekleidet.«

»Das ist gut«, antwortete Queen. »Selbstverständlich darf im Moment noch niemand hinein, Panzer. Warten Sie mit dem Öffnen, bis wir da sind, und setzen Sie auch niemanden davon in

Kenntnis. Alles Weitere werden wir am Theater besprechen. Einen Augenblick noch.«

Er drückte den Hörer gegen die Brust und schaute fragend zu Ellery auf, der wüste Gebärden machte. Ellery formte mit seinen Lippen die Silben eines Namens, worauf der alte Mann zustimmend nickte. Er sprach erneut ins Telefon.

»Da ist noch etwas, was Sie im Moment für mich tun könnten, Panzer«, fuhr er fort, »Können Sie diese freundliche ältere Dame, Mrs. Phillips, erreichen? Ich möchte, daß sie uns so bald wie möglich am Theater trifft.«

»Aber sicher, Inspektor. Wenn es irgendwie möglich ist«, sagte Panzer. Queen legte den Hörer auf die Gabel.

»Gut, das wäre das«, bemerkte er, rieb sich die Hände und kramte in seiner Tasche nach dem Schnupftabak. »Ah-h-h! Gelobt seien Sir Walter Raleigh und all die verwegenen Streiter, die diesem scheußlichen Kraut den Weg bereitet haben!« Freudig nieste er. »Eine Minute noch, Ellery, dann können wir gehen.«

Er griff noch einmal zum Telefon und rief das Präsidium an. Gut gelaunt gab er einige Anweisungen, knallte den Apparat wieder auf den Tisch und trieb Ellery an, sich seinen Mantel anzuziehen. Djuna sah traurig zu, wie sie die Wohnung verließen; oft schon hatte er den Inspektor gebeten, sie auf ihren sporadischen Ausflügen in das bunte Treiben New Yorks begleiten zu dürfen. Aber der Inspektor mit seinen eigenen Ansichten über die Erziehung Jugendlicher hatte das stets abgelehnt. Und Djuna, der seinen Wohltäter etwa in derselben Weise verehrte wie ein Höhlenbewohner seine Amulette, hatte sich in das Unvermeidliche gefügt und hoffte auf eine bessere Zukunft.

Es war ein naßkalter Tag. Ellery und sein Vater schlugen ihre Mantelkragen hoch, während sie in Richtung Broadway gingen. Beide waren ungewöhnlich schweigsam, aber der gespannte und erwartungsvolle Ausdruck auf ihren Gesichtern – trotz ihrer Verschiedenheit in seltsamer Übereinstimmung – versprach einen aufregenden und aufschlußreichen Tag.

Der Broadway mit seinen gewundenen Straßenschluchten lag verlassen da im kalten Morgenwind, als die beiden Männer flotten Schrittes die 47. Straße in Richtung des Römischen Theaters hintergingen. Ein Mann im groben Wollmantel lungerte auf dem Bürgersteig vor den Glastüren zur Vorhalle des Theaters herum;

ein anderer hatte sich gemütlich gegen den hohen Eisenzaun gelehnt, der den linken Seitengang von der Straße trennte. Die untersetzte Gestalt von Louis Panzer, der gerade mit Flint sprach, war vor dem Haupteingang des Theaters zu erkennen.

Aufgeregt schüttelte Panzer die Hände der Queens. »Gut, gut!« rief er. »Das Verbot soll also endlich aufgehoben werden. Freut mich außerordentlich, das zu hören, Inspektor.«

»Oh, es ist noch nicht endgültig aufgehoben, Panzer. Haben Sie die Schlüssel? Morgen, Flint. Etwas Ruhe gehabt seit Montag?«

Panzer zog einen schweren Schlüsselbund hervor und schloß den Haupteingang zur Vorhalle auf. Die vier Männer traten hinein. Der dunkelhäutige Geschäftsführer machte sich nun am Schloß der inneren Eingangstür zu schaffen; schließlich gelang es ihm, sie zu öffnen. Im Dunkeln lag vor ihnen der Zuschauerraum.

Ellery schauderte. »Mit Ausnahme der Metropolitan Opera und des Titusmausoleums ist das der düsterste Ort, den ich je betreten habe. Eine passende Grabstätte für den lieben Dahingeschiedenen...«

»Red doch keinen Quatsch! Du machst uns nur nervös damit«, brummte der Inspektor prosaisch und schubste seinen Sohn nach vorne in den dunklen Schlund des Zuschauerraums.

Panzer, der bereits vorausgeeilt war, betätigte den Hauptlichtschalter. Durch das Licht der großen Bogenlampen und Kronleuchter nahm der Zuschauerraum eine etwas vertrautere Gestalt an. Ellerys seltsamer Vergleich war aber nicht ganz so aus der Luft gegriffen, wie es sein Vater hingestellt hatte. Die langen Sitzreihen waren mit schmutzigen Planen abgedeckt; dunkle Schatten zogen sich über den bereits staubigen Teppich; die nackte weiße Wand am hinteren Ende der leeren Bühne wirkte wie ein häßlicher Fleck in einem Meer von rotem Plüsch.

»Tut mir leid, die ganzen Planen da zu sehen«, brummte Queen zu Panzer hinüber. »Denn die müssen wir wohl alle aufrollen. Wir werden eine kleine Durchsuchung des Zuschauerraums vornehmen. Flint, holen Sie bitte die beiden Leute von draußen herein. Sie sollen für das Geld, das ihnen die Stadt zahlt, auch einmal etwas tun.«

Flint zog ab und kam unmittelbar darauf mit den beiden Polizisten, die vor dem Theater Wache gestanden hatten, zurück. Unter Anleitung des Inspektors begannen sie, die riesigen Planen auf die Seite zu ziehen und so Reihe um Reihe der gepolsterten Sitze zu enthüllen. Ellery, der seitwärts nahe dem äußersten linken Gang stand, zog das kleine Buch, in das er am Montag abend Notizen sowie einen groben Plan des Theaters aufgezeichnet hatte, aus der Tasche. An seiner Unterlippe nagend, vertiefte er sich darin. Gelegentlich schaute er auf, so als würde er die Aufteilung des Theaters auf ihre Richtigkeit hin überprüfen.

Queen hastete zu Panzer zurück, der nervös im Hintergrund des Zuschauerraums auf und ab ging. »Panzer, wir werden hier einige Stunden lang ziemlich beschäftigt sein; leider war ich nicht vorausschauend genug, ein paar zusätzliche Männer mitzubringen. Ich weiß nicht, ob ich Ihnen damit nicht zu viel zumute ... Ich hätte da etwas, was sofort erledigt werden müßte – es würde nur einen kleinen Teil Ihrer Zeit beanspruchen, mir aber erheblich helfen.«

»Selbstverständlich, Inspektor!« erwiderte der kleine Manager. »Ich freue mich, Ihnen behilflich sein zu können.«

Der Inspektor hustete. »Bitte glauben Sie nicht, daß ich Sie als Botenjunge oder etwas in der Art mißbrauchen will«, erklärte er entschuldigend. »Aber ich brauche diese Burschen hier, die für eine solche Art von Durchsuchung ausgebildet sind, und gleichzeitig muß ich ein paar extrem wichtige Unterlagen von zwei Leuten des Staatsanwalts, die unten in der Stadt einer anderen Spur in diesem Fall nachgehen, haben. Würde es Ihnen etwas ausmachen, einem der beiden – er heißt Cronin – eine Nachricht von mir zu überbringen und dann mit dem Päckchen, das er Ihnen geben wird, zurückzukehren? Ich bitte Sie wirklich nicht gerne darum, Panzer«, murmelte er, »aber die Sache ist zu wichtig, um sie einem gewöhnlichen Boten anzuvertrauen. Ich sitz' also in der Klemme.«

Das gewohnte flüchtige Lächeln erschien auf Panzers Gesicht. »Kein Wort mehr, Inspektor. Ich stehe Ihnen voll und ganz zur Verfügung. Wenn Sie die Nachricht sofort schreiben wollen – in meinem Büro ist alles, was Sie brauchen.«

Die beiden Männer zogen sich in Panzers Büro zurück. Fünf Minuten später betraten sie erneut den Zuschauerraum. Panzer hielt einen verschlossenen Umschlag in der Hand und eilte damit nach draußen. Queen sah ihm nach und wandte sich dann mit einem Seufzer Ellery zu, der sich auf die Lehne des Sitzes gesetzt hatte, auf dem Field ermordet worden war, und immer noch seine Bleistiftzeichnung zu Rate zog.

Der Inspektor flüsterte seinem Sohn einige Worte zu. Ellery lächelte und klopfte dem alten Mann beifällig auf die Schulter.

»Was hältst du davon, Sohn, wenn wir uns jetzt ein wenig von der Stelle bewegen?« sagte Queen. »Ich hab' vergessen, Panzer zu fragen, ob er diese Mrs. Phillips erreicht hat. Wahrscheinlich hat er; sonst hätte er wohl etwas gesagt. Wo zum Donnerwetter ist sie bloß?«

Er winkte Flint heran, der den beiden anderen Polizisten bei der ermüdenden Arbeit half, die Planen zu entfernen.

»Ich hab' heute morgen wieder eine dieser beliebten Beugeübungen für Sie, Flint. Gehen Sie auf den Balkon, und machen Sie sich dort an die Arbeit.«

»Wonach soll ich heute suchen, Inspektor?« grinste der breitschultrige Detective. »Ich hoffe doch, daß ich mehr Glück haben werde als Montag nacht.«

»Sie suchen nach einem Hut – nach einem hübschen, glänzenden Zylinder, so wie ihn die feinen Herren tragen«, verkündete der Inspektor. »Aber sollten Sie zufällig auf etwas anderes stoßen, rufen Sie uns!« Flint trottete die breite Marmortreppe zum Balkon hoch. Queen schaute ihm nach und schüttelte den Kopf. »Ich fürchte, dem armen Kerl wird eine weitere Enttäuschung nicht erspart bleiben«, bemerkte er zu Ellery. »Aber ich muß absolut sichergehen, daß sich dort oben nichts befindet und daß Miller, der Platzanweiser, der Montag abend den Treppenaufgang beaufsichtigte, die Wahrheit gesagt hat. Komm schon, du Faulpelz!«

Widerstrebend legte Ellery seinen Mantel ab und steckte das Buch in seine Tasche. Der Inspektor wand sich aus seinem weiten Mantel und ging seinem Sohn den Gang entlang voraus. Seite an Seite begannen sie an dem einen Ende des Raumes mit der Durchsuchung des Orchestergrabens. Nachdem sie dort nichts gefunden hatten, kletterten sie wieder zurück in den Zuschauerraum und durchkämmten langsam und gründlich – Ellery nahm die rechte, sein Vater die linke Seite – das Theater. Sie klappten die Sitzflächen hoch, stachen mit langen Nadeln, die der Inspektor aus seiner Brusttasche hervorgezaubert hatte, in die Plüschpolster und knieten sich nieder, um jeden Zentimeter des Teppichs im Schein der Taschenlampe zu untersuchen.

Die beiden Polizisten, die inzwischen ihre Arbeit mit den Planen beendet hatten, begannen nun, die Logen zu durchsuchen – ein Mann auf jeder Seite des Theaters.

Eine lange Zeit machten die vier Männer schweigend weiter; in der Stille hörte man nur das etwas angestrengte Atmen von Inspektor Queen. Ellery arbeitete schnell und effektiv; sein Vater war langsamer. Wenn sie sich nach der Durchsuchung einer Reihe in der Mitte trafen, schauten sie sich bedeutungsvoll an, schüttelten die Köpfe und begannen aufs neue.

Ungefähr zwanzig Minuten nach Panzers Abgang wurden der Inspektor und Ellery, beide in die Untersuchung vertieft, vom Klingeln eines Telefons, das in der Stille des Theaters besonders deutlich zu vernehmen war, aufgeschreckt. Vater und Sohn schauten sich einen Augenblick verdutzt an; dann lachte der alte Mann und stapfte den Gang hinauf in die Richtung von Panzers Büro.

Kurz darauf kehrte er lächelnd zurück. »Es war Panzer«, teilte er mit. »War bei Fields Büro angekommen und hatte niemanden angetroffen. Kein Wunder – ist ja auch erst Viertel vor neun. Aber ich hab' ihm gesagt, er soll dort warten, bis Cronin kommt. Das wird jetzt nicht mehr lange dauern.«

Ellery lachte, und sie machten sich erneut an die Arbeit.

Fünfzehn Minuten später, als die beiden fast fertig waren, öffnete sich die Eingangstüre; eine kleine ältere Frau ganz in Schwarz erschien und blinzelte in den hellen Schein der Bogenlampen. Der Inspektor schoß auf sie zu.

»Sie sind Mrs. Philipps, nicht war?« rief er eifrig. »Es ist wirklich sehr liebenswürdig von Ihnen, Verehrteste, so schnell herzukommen. Ich glaube, Mr. Queen hier kennen Sie bereits?«

Ellery kam heran, zeigte ein für ihn so seltenes Lächeln und verbeugte sich galant. Mrs. Phillips war das Muster einer liebenswerten älteren Frau. Sie war klein und hatte recht mütterliche Formen. Mit ihrem schneeweißen Haar und ihrem gütigen Gesichtsausdruck gewann sie sofort die Zuneigung von Inspektor Queen, der eine sentimentale Schwäche für ältere Damen empfand.

»Sicher kenne ich Mr. Queen bereits«, sagte sie und reichte ihm ihre Hand. »Er war Montag abend sehr freundlich zu einer alten Frau ... Und ich habe mir schon solche Sorgen gemacht, daß Sie auf mich warten müßten, Sir«, sagte sie leise und wandte sich an den Inspektor. »Mr. Panzer sandte mir heute morgen einen Boten – ich habe nämlich kein Telefon. Früher hatte ich eins, als ich noch selbst auf der Bühne stand ... Ich kam, so schnell ich konnte.«

Der Inspektor strahlte. »Für eine Dame waren Sie ungewöhnlich schnell, wirklich ungewöhnlich schnell, Mrs. Phillips.«

»Mein Vater ist ein alter Schmeichler, Mrs. Phillips«, sagte Ellery ernst. »Also glauben Sie ihm kein Wort ... Ich denke, es wird am besten sein, Vater, wenn ich es dir überlasse, den Rest des Zuschauerraums in Angriff zu nehmen. Ich würde mich gerne ein klein wenig mit Mrs. Phillips unterhalten. Glaubst du, daß du noch fit genug bist, die Sache alleine zu Ende zu bringen?«

»Fit genug – !« schnaubte der Inspektor wütend. »Du ziehst jetzt auf der Stelle los, und machst dich an die Arbeit ... Mrs. Phillips, ich wäre Ihnen sehr dankbar, wenn Sie Mr. Queen im Rahmen Ihrer Möglichkeiten behilflich sein könnten.«

Die weißhaarige Dame lächelte. Ellery nahm ihren Arm und führte sie in Richtung der Bühne. Inspektor Queen blickte ihnen versonnen nach, zuckte dann mit den Schultern und nahm die Suche wieder auf. Ein wenig später, als er sich gerade einmal aufrichtete, erblickte er Ellery und Mrs. Phillips, wie sie in angeregtem Gespräch auf der Bühne saßen. Sie wirkten wie zwei Schauspieler während der Probe. Queen arbeitete sich langsam weiter durch die Reihen, beugte sich über leere Sitze und schüttelte traurig den Kopf, als er sich immer noch mit leeren Händen den letzten Reihen näherte. Als er erneut aufschaute, waren die beiden Stühle auf der Bühne nicht mehr besetzt. Ellery und die alte Dame waren verschwunden.

Ganz zum Schluß kam Queen zu dem Platz LL32 Links, dort, wo Monte Field gestorben war. Bereits mit leicht resigniertem Blick nahm er eine gewissenhafte Untersuchung der Polster vor. Leise vor sich hin murmelnd, ging er dann zur Hinterseite des Zuschauerraums und betrat Panzers Büro. Wenig später erschien er wieder, nur um direkt anschließend wieder den winzigen Raum zu betreten, der vom Werbeleiter Harry Neilson als Büro benutzt wurde. Dort hielt er sich einige Zeit auf. Er kam dann heraus und stattete den beiden Kassenräumen einen Besuch ab. Als er damit fertig war, schloß er die Tür und nahm seinen Weg über die Treppe, die rechts im Theater hinunter in das Foyer führte, das unter dem Zuschauerraum gelegen war. Hier ließ er sich viel Zeit, stöberte in jeder Ecke, in jeder Wandnische, in jedem Abfallbehälter herum – alles war leer. Nachdenklich betrachtete er das große Bassin des Springbrunnens, spähte hinein und fand nichts. Daraufhin öffnete er seufzend die Tür mit der goldfarbenen Aufschrift ›Damen‹ und ging hinein. Wenig später erschien er wieder und schob sich durch die Schwingtür mit der Aufschrift ›Herren‹.

Als er die peinlich genaue Durchsuchung des unteren Stockwerks beendet hatte, stapfte er wieder mühsam die Treppen hoch.

Im Zuschauerraum traf er auf den wartenden Louis Panzer; von der Anstrengung war er leicht errötet, zeigte aber ein triumphierendes Lächeln. Der kleine Geschäftsführer trug ein in braunes Papier eingewickeltes Päckchen.

»Dann haben Sie Cronin also doch noch getroffen, Panzer?« sagte der Inspektor und hastete vorwärts. »Das war ungeheuer nett von Ihnen – ich weiß gar nicht, wie ich Ihnen danken soll. Ist das das Päckchen, das Cronin Ihnen gegeben hat?«

»Das ist es. Ein sehr netter Kerl, dieser Cronin. Ich mußte nicht mehr lange warten, nachdem ich Sie angerufen hatte. Er kam zusammen mit zwei anderen Männern, Stoates und Lewin. Er hat mich höchstens zehn Minuten warten lassen. Ich hoffe doch, daß es wichtig war, Inspektor?« fuhr Panzer lächelnd fort. »Ich würde so gerne das Gefühl haben, zu der Auflösung des Rätsels meinen Teil beigetragen zu haben.«

»Wichtig?« tönte der Inspektor zurück und nahm das Päckchen aus der Hand des Managers. »Sie haben keine Vorstellung davon, wie wichtig es war. Eines Tages werde ich Ihnen mehr darüber erzählen ... Würden Sie mich jetzt bitte entschuldigen, Panzer?«

Der kleine Mann nickte enttäuscht, als sich der Inspektor grinsend in eine dunkle Ecke zurückzog. Panzer zuckte die Schultern und verschwand in seinem Büro.

Als er ohne Hut und Mantel wieder herauskam, stopfte der Inspektor gerade das Päckchen in seine Tasche.

»Haben Sie gekriegt, was Sie haben wollten, Sir?« erkundigte sich Panzer.

»Oh doch, ja wirklich!« sagte Queen und rieb sich die Hände. »Wie ich sehe, ist Ellery immer noch nicht wieder da; wir wär's, wenn wir uns noch für ein paar Minuten in Ihr Büro begeben und uns dort die Zeit vertreiben würden, bis er zurückkehrt.«

Sie gingen in Panzers Arbeitszimmer und setzten sich. Der Manager zündete sich eine lange türkische Zigarette an, während der Inspektor in seine Schnupftabakdose griff.

»Ich möchte nicht aufdringlich erscheinen, Inspektor«, sagte Panzer beiläufig, legte seine kurzen dicken Beine übereinander und stieß eine Rauchwolke hervor, »aber wie stehen die Dinge?«

Queen schüttelte betrübt den Kopf. »Schlecht – ziemlich schlecht. Wir scheinen an den Hauptpunkten dieses Falles nicht weiterzukommen. Tatsache ist, und das kann ich Ihnen ruhig mitteilen, daß wir uns solange auf einen völligen Mißerfolg gefaßt machen müssen, wie wir nicht einem bestimmten Gegenstand auf die Spur kommen ... Es fällt mir schwer, es auszusprechen – aber ich hatte noch nie mit einer Untersuchung zu tun, die mir so viel Kopfzerbrechen bereitet hat.« Mit sorgenvoller Miene ließ er den Deckel der Tabakdose zuschnappen.

»Das ist zu schade, Inspektor«, entgegnete Panzer in einem Ton übertriebener Anteilnahme. »Und ich hoffte schon – nun gut! Man sollte wohl sein persönliches Interesse nicht vor die Erfordernisse der Strafverfolgung stellen. Nur was suchen Sie eigentlich, Inspektor – falls Sie nichts dagegen haben, das einem Außenstehenden anzuvertrauen?« Queen strahlte. »Aber ganz und gar nicht. Sie haben mir heute morgen einen großen Gefallen getan und ... Alle Wetter! Wie dumm von mir, nicht eher daran gedacht zu haben!« Panzer beugte sich gespannt nach vorne. »Wie lange sind Sie schon Manager des Römischen Theaters, Panzer?«

Der Geschäftsführer zog die Brauen hoch. »Bereits seit es erbaut wurde«, sagte er. »Davor leitete ich das alte Electra in der 43. Straße. Es gehört auch Gordon Davis«, erklärte er.

»Oh!« Der Inspektor schien angestrengt nachzudenken. »Dann müßten Sie dieses Theater von oben bis unten ganz genau kennen, Sie müßten mit seiner Bauweise in gleicher Weise vertraut sein wie der Architekt – oder?«

»Ich kenne es so ziemlich durch und durch, ja«, bekannte Panzer und lehnte sich zurück.

»Das ist ausgezeichnet. Ich werde Sie vor ein kleines Problem stellen, Panzer ... Gesetzt den Fall, Sie wollten irgendwo in diesem Gebäude – nehmen wir einmal an – einen Zylinder verbergen und zwar so, daß selbst eine gründliche Durchsuchung ihn nicht zum Vorschein bringen würde. Wo würden Sie ihn verstecken?«

Panzer blickte nachdenklich auf seine Zigarette. »Eine ziemlich ungewöhnliche Frage, Inspektor«, sagte er schließlich, »und eine, die nicht leicht zu beantworten ist. Ich kenne die Baupläne für das Theater sehr genau; bevor es gebaut wurde, hat man mich in einer Besprechung mit dem Architekten zu Rate gezogen. Und ich kann eindeutig versichern, daß die Originalpläne keine mittelalterlichen Einrichtungen wie Geheimgänge, versteckte Kammern oder ähnliches vorsahen. Ich könnte eine Reihe von Plätzen aufzählen, an denen man einen verhältnismäßig kleinen Gegenstand wie einen Zylinder verstecken könnte, aber keiner von ihnen würde bei einer wirklich gründlichen Durchsuchung unentdeckt bleiben.«

199

»Ich verstehe.« Dem Anschein nach enttäuscht blickte der Inspektor auf seine Fingernägel. »Das hilft uns also auch nicht weiter. Wie Sie wissen, sind wir das Gebäude von oben bis unten durchgegangen, konnten aber nichts finden ...«

Die Tür ging auf und Ellery trat ein – zwar ein wenig beschmutzt, aber mit einem vergnügten Lächeln. Der Inspektor blickte ihn voller Neugierde an. Panzer erhob sich zögernd, anscheinend in der Absicht, Vater und Sohn allein zu lassen. Die beiden verständigten sich mit einem Blick.

»Es ist schon in Ordnung – bleiben Sie ruhig hier«, sagte der Inspektor entschieden. »Wir haben keine Geheimnisse vor Ihnen. Nehmen Sie Platz!« Panzer setzte sich.

»Glaubst du nicht auch, Vater«, bemerkte Ellery, der sich auf den Rand des Schreibtischs gesetzt hatte und nun nach seinem Kneifer griff, »daß dies die passende Gelegenheit wäre, Mr. Panzer von der heutigen Wiedereröffnung des Theaters in Kenntnis zu setzen? Du entsinnst dich doch, daß wir in seiner Abwesenheit zu der Entscheidung gekommen sind, das Theater heute abend wieder dem Publikum zugänglich zu machen und eine reguläre Vorstellung zuzulassen.«

»Wie konnte ich das nur vergessen!« sagte der Inspektor, ohne mit der Wimper zu zucken, obwohl er zum ersten Mal von dieser angeblichen Entscheidung vernahm. »Ich denke, Panzer, wir sind so weit, die Schließung des Theaters wieder aufzuheben. Wir haben festgestellt, daß wir hier nichts weiter machen können; es gibt also keinen Grund mehr, Sie auch weiterhin um Ihr Publikum zu bringen. Sie dürfen also die Vorstellung heute abend stattfinden lassen; es ist uns sogar sehr daran gelegen, daß die Vorstellung stattfindet, nicht wahr, Ellery?«

»›Gelegen‹ ist kaum das richtige Wort«, sagte Ellery und zündete sich eine Zigarette an. »Ich würde sagen, wir bestehen darauf.«

»Ganz genau«, brummte der Inspektor streng. »Wir bestehen darauf, Panzer.«

Mit strahlendem Gesicht war der Geschäftsführer von seinem Stuhl aufgestanden. »Das ist einfach wunderbar, Gentlemen!« rief er. »Ich werde sofort Mr. Davis anrufen, um ihm die gute Nachricht mitzuteilen. Natürlich ist es schon schrecklich spät« – sein Gesicht wurde länger – »und man kann keinen Publikumsandrang mehr für heute abend erwarten. Eine so kurzfristige Ankündigung...«

»Darüber brauchen Sie sich keine Sorgen zu machen, Panzer«, entgegnete der Inspektor. »Ich habe die Schließung veranlaßt, und ich werde Sorge tragen, daß das Theater dafür heute abend entschädigt wird. Ich werde die Jungs von der Zeitung anrufen und sie bitten, in der nächsten Ausgabe groß Reklame für die Wiedereröffnung zu machen. Das macht die Angelegenheit bekannt, und zweifellos wird Ihnen diese kostenlose Werbung in Verbindung mit der natürlichen Neugierde der Leute einen ausverkauften Abend bescheren.«

»Das ist wirklich anständig von Ihnen, Inspektor«, sagte Panzer und rieb sich die Hände. »Gibt es noch etwas, was ich im Augenblick für Sie tun kann?«

»Eine Sache hast du noch vergessen, Vater«, warf Ellery ein. Er wandte sich an den kleinen dunkelhäutigen Geschäftsführer. »Würden Sie bitte dafür sorgen, daß die Plätze LL32 und LL30 heute abend nicht verkauft werden? Der Inspektor und ich würden uns gerne die Vorstellung ansehen. Bisher hatten wir ja noch nicht das Vergnügen. Selbstverständlich wünschen wir, daß darüber striktes Stillschweigen gewahrt wird, Panzer – wir legen keinen Wert auf die Lobhudelei der Massen. Sie werden es geheim halten.«

»Ganz wie Sie sagen, Mr. Queen. Ich werde den Kassierer anweisen, diese Karten beiseite zu legen«, antwortete Panzer freundlich. »Und dann, Inspektor – ich glaube, Sie sagten, Sie würden der Presse Bescheid geben?«

»Ja, sicher.« Queen nahm das Telefon und unterhielt sich sehr nachdrücklich mit den Lokalredakteuren einiger Blätter der Stadt. Als er damit fertig war, verabschiedete Panzer sich eilig von ihnen, um dann selber am Telefon tätig zu werden.

Inspektor Queen und sein Sohn schlenderten hinaus in den Zuschauerraum, wo Flint und die beiden Polizisten, die die Logen durchsucht hatten, auf sie warteten.

»Ihr bleibt weiter draußen vor dem Theater«, ordnete der Inspektor an. »Seid heute nachmittag besonders aufmerksam. Hat jemand von euch etwas gefunden?«

Flint blickte finster. »Ich sollte besser am Strand Muscheln suchen gehen«, sagte er verärgert. »Ich hab' schon am Montag versagt, Inspektor, und ich hab' verdammt noch mal auch heute rein gar nichts für Sie finden können. Oben auf dem Balkon ist alles wie leergefegt. Vielleicht sollte ich mich wieder dem Gewichtheben widmen.«

201

Queen klopfte dem großen Detective auf die Schulter. »Was ist denn mit Ihnen los? Seien Sie doch nicht kindisch. Wie um alles in der Welt hätten Sie denn etwas finden können, wenn es überhaupt nichts zu finden gab? Habt ihr etwas gefunden?« fragte er und drehte sich zu den beiden anderen Männern um.

Verdrießlich schüttelten sie den Kopf.

Wenig später stiegen der Inspektor und Ellery in ein Taxi und machten es sich für die kurze Strecke zum Präsidium bequem. Der alte Mann schloß sorgfältig die Trennscheibe zwischen dem Fahrersitz und dem Fahrgastraum.

»Und nun, mein Sohn«, sagte er grimmig zu Ellery, der verträumt an einer Zigarette zog, »erklärst du gefälligst deinem Vater, was dieser Hokuspokus in Panzers Büro sollte!«

Ellery preßte die Lippen zusammen. Er blickte auf die Straße hinaus, bevor er antwortete. »Ich will folgendermaßen beginnen«, sagte er. »Du hast bei deiner Suche heute nichts gefunden. Deine Leute auch nicht. Und obwohl ich selbst auf die Suche gegangen bin, war ich genauso erfolglos. Du mußt dich also damit abfinden: Der Hut, den Monte Field zur Aufführung von ›Spiel der Waffen‹ am Montag abend trug, mit dem er noch zu Beginn des zweiten Akts gesehen wurde und den der Mörder vermutlich nach der Tat wegnahm, *befindet sich nicht mehr im Römischen Theater und war dort auch bereits seit Montag nacht nicht mehr.* Weiter im Text.« Queen blickte ihn mit verkniffenem Gesichtsausdruck an. »Aller Wahrscheinlichkeit nach existiert Fields Zylinder überhaupt nicht mehr. Ich würde meinen Falconer gegen deine Schnupftabakdose setzen, daß er aus dem bisherigen Leben geschieden und bereits als Asche auf der städtischen Mülldeponie wiedergeboren ist. Soweit zu Punkt eins.«

»Weiter«, forderte der Inspektor.

»Punkt zwei könnte jedes Kind erraten. Dennoch, auch auf die Gefahr hin, deinen Verstand zu beleidigen ... Wenn Fields Hut im Moment nicht im Römischen Theater ist und dort auch seit Montag abend nicht mehr war, muß er notwendigerweise irgendwann im Verlauf dieses Abends mit hinausgenommen worden sein!«

Er machte eine Pause und blickte nachdenklich aus dem Fenster. Auf der Kreuzung von 42. Straße und Broadway regelte ein Polizist den Verkehr.

»Wir haben folglich«, fuhr er locker fort, »das sachliche Fundament für das Problem geschaffen, das uns seit drei Tagen quält: Ist der Hut, nach dem wir suchen, bereits aus dem Theater verschwunden ...? Rein dialektisch muß die Antwort lauten – ja, er ist. Er ist in der Mordnacht aus dem Theater verschwunden. Nun kommen wir zu einem größeren Problem – *wie* konnte er verschwinden, und *wann* war das?« Er zog an der Zigarette und betrachtete das glühende Ende. »Wir wissen, daß am Montag abend niemand das Römische Theater mit zwei Hüten oder ganz ohne Hut verließ. Genausowenig fiel an der Bekleidung der Personen, die das Theater verließen, etwas Unpassendes auf – das heißt, niemand im Abendanzug kam mit einem Filzhut heraus. Umgekehrt trug auch niemand, der einen seidenen Zylinder bei sich hatte, einen normalen Straßenanzug. Halt dir vor Augen, daß wir in dieser Hinsicht bei *niemandem* etwas Falsches entdeckt haben. Meinen umwerfenden Verstand führt das unvermeidlich zur dritten grundlegenden Schlußfolgerung: Monte Fields Zylinder hat das Theater auf die natürlichste Weise der Welt verlassen, das heißt, auf dem Kopf eines Mannes, der in der dazu passenden Abendgarderobe steckte!«

Der Inspektor schien sehr interessiert. Er dachte einen Augenblick über Ellerys Behauptung nach. Dann sagte er ernst: »Das bringt uns schon ein Stück weiter, mein Sohn. Du sagst also, daß jemand, der Monte Fields Hut trug, das Theater verließ – eine wichtige und einleuchtende Feststellung. Aber beantworte mir bitte die folgende Frage: Was hat er mit seinem eigenen Hut angefangen, da ja niemand mit zweien hinausging?«

Ellery lächelte. »Du bist jetzt schon ganz nahe an der Lösung unseres kleinen Rätsels, Vater. Aber wir wollen die Spannung noch ein wenig aufrechterhalten. Wir müssen noch über einige andere Probleme nachgrübeln. So kann zum Beispiel derjenige, der mit Monte Fields Zylinder auf dem Kopf hinausging, nur zweierlei gewesen sein – entweder der Mörder selbst oder ein Komplize des Mörders.«

»Ich verstehe, worauf du hinauswillst«, murmelte der Inspektor. »Mach weiter.«

»Wenn er der Mörder war, hätten wir somit definitiv sein Geschlecht nachgewiesen und auch die Tatsache, daß er einen Abendanzug trug – ein nicht gerade sehr aufschlußreicher Punkt, da ziemlich viele Männer in diesem Aufzug im Theater waren. Wenn er aber nur der Komplize war, so bleiben für den Mörder folgerichtig zwei Möglichkeiten offen: Entweder war es ein Mann im normalen Straßenanzug, bei dem der Besitz eines Zylinders beim Verlassen des Theaters offenkundig Verdacht erregt hätte, oder aber eine Frau, die natürlich keinen Zylinder bei sich haben konnte!«

Der Inspektor ließ sich zurück in die Lederpolster fallen. »Du immer mit deiner Logik!« sagte er schmunzelnd. »Ich bin schon fast stolz auf dich, mein Sohn – das heißt, ich wäre es ganz bestimmt, wenn du nicht so entsetzlich eingebildet wärst. Mögen die Dinge nun liegen, wie sie wollen, ich möchte jetzt eine Erklärung für deinen kleinen Auftritt in Panzers Büro ...«

Seine Stimme wurde leiser, als Ellery sich vorbeugte. Nicht mehr hörbar setzten sie ihre Unterhaltung fort, bis das Taxi vor dem Präsidium hielt.

Kaum hatte Inspektor Queen, der vergnügt die düsteren Korridore mit Ellery an seiner Seite durchschritten hatte, sein winziges Büro betreten, als sich auch schon Sergeant Velie schwerfällig erhob.

»Dachte schon, Sie wären verlorengegangen, Inspektor«, rief er aus. »Dieses Bürschlein Stoates war vor nicht allzu langer Zeit hier; sah ziemlich leidend aus. Sagte, daß sich Cronin in Fields Büro die Haare raufen würde; sie haben immer noch nichts Belastendes in den Akten gefunden.«

»Bleib mir damit nur vom Leibe, Thomas«, sprudelte der Inspektor heraus. »Ich kann mich nicht auch noch mit einer so unwichtigen Sache wie ›wie kriege ich einen Toten hinter Gitter‹ herumschlagen. Ellery und ich ...«

Das Telefon klingelte. Queen sprang nach vorne und schnappte sich den Apparat. Während er zuhörte, wich die Farbe aus seinen eingefallenen Wangen, und wieder einmal legte sich seine Stirn in Falten. Ellery beobachtete ihn voller Aufmerksamkeit.

»Inspektor«, erklang die gehetzte Stimme eines Mannes. »Hier spricht Hagstrom. Hab' nur wenig Zeit – kann nicht viel erzählen. Bin den ganzen Morgen Angela Russo auf den Fersen; war ein hartes Stück Arbeit ... Scheint gewußt zu haben, daß ich ihr folge... Vor einer halben Stunde dachte sie, sie hätte mich abgehängt – sie sprang in ein Taxi und raste stadteinwärts davon. ...Und hören Sie mal, Inspektor – vor genau drei Minuten hab' ich gesehen, wie sie Benjamin Morgans Büro betrat!«

»Schnappen Sie sie, sobald sie herauskommt«, schnauzte der Inspektor und knallte den Hörer auf die Gabel. Langsam wandte er

204

sich dann zu Ellery und Velie herum und wiederholte Hagstroms Bericht. Ellerys Gesicht entwickelte sich zu einem Musterbeispiel finsteren Erstaunens. Velie schien unverkennbar erfreut zu sein.

Die Stimme des alten Mannes jedoch klang angestrengt, als er sich schwach auf seinen Drehstuhl setzte und schließlich ächzend sagte: »Was hat das nun wieder zu bedeuten?«

Fünfzehntes Kapitel

in welchem jemand beschuldigt wird

Detective Hagstrom war ein Mensch von phlegmatischer Natur. Er konnte seine Herkunft bis in die Berge Norwegens zurückverfolgen, wo Gleichmut eine Tugend war und Gelassenheit in höchstem Maße verehrt wurde. Als er aber an der glänzenden Marmorwand im zwanzigsten Stock des Maddern Building lehnte, dreißig Fuß von der in Bronze und Glas gearbeiteten Türe entfernt, die die Aufschrift

Benjamin Morgan
Rechtsanwalt

trug, schlug sein Herz ein wenig schneller als gewöhnlich. Er trat nervös von einem Bein auf das andere, während er heftig ein Stück Kautabak kaute. Um die Wahrheit zu sagen, hatte Detective Hagstrom, der in Polizeidiensten bereits die unterschiedlichsten Erfahrungen gemacht hatte, noch niemals seine Hand auf die Schulter einer Frau gelegt mit der Absicht, diese zu verhaften. Er sah daher der auf ihn zukommenden Aufgabe mit einer gewissen Angst entgegen, da er sich nur zu gut an das hitzige Temperament der Dame erinnerte, auf die er nun wartete.

Seine Besorgnis war wohlbegründet. Nachdem er sich etwa zwanzig Minuten im Korridor aufgehalten hatte und sich bereits fragte, ob seine Beute nicht durch einen anderen Ausgang hinausgeschlüpft war, flog die Tür zu Benjamin Morgans Büro plötzlich auf, und es erschien die große, ansehnliche Gestalt von Mrs. Angela Russo. Sie trug ein modisches Tweedkostüm. Ihr sorgfältig zurechtgemachtes Gesicht war vor Zorn entstellt; sie schwang drohend ihre Handtasche, während sie mit energischen Schritten auf die Aufzüge zuging. Hagstrom sah kurz auf seine Uhr. Es war zehn Minuten vor zwölf. In kurzer Zeit würden die Büroangestellten zu ihrer Mittagspause hinausströmen, und er hatte die feste

Absicht, seine Festnahme in der ruhigen, leeren Halle vorzunehmen.

Er richtete sich daher auf, zog seine orangeblaue Krawatte zurecht und trat mit gut gespielter Kaltblütigkeit auf die näherkommende Frau zu. Als sie ihn erblickte, verlangsamte sie ihren Gang merklich. In Erwartung eines Fluchtversuchs stürzte Detective Hagstrom auf sie zu. Aber Mrs. Angela Russo war von einem anderen Kaliber. Sie warf den Kopf zurück und trat ihm beherzt entgegen.

Hagstrom legte seine große rauhe Hand auf ihren Arm. »Ich nehme an, Sie wissen, was ich mit Ihnen vorhabe«, sagte er grimmig. »Kommen Sie mit, und machen Sie keinen Ärger, sonst leg' ich Ihnen die Handschellen an.«

Mrs. Russo schüttelte seine Hand ab. »Meine Güte – Sie sind aber ein großer starker Bulle«, murmelte sie. »Was fällt Ihnen eigentlich ein?«

Hagstrom stierte sie an. »Keine Sprüche jetzt!« Sein Finger drückte energisch auf den ›Abwärts‹-Schalter des Aufzugs. »Sie halten einfach den Mund, und kommen mit mir!«

Sie schenkte ihm ein süßes Lächeln. »Versuchen Sie etwa, mich festzunehmen?« gurrte sie. »Sie wissen doch genau, Sie großer starker Mann, daß Sie einen Haftbefehl dazu brauchen!«

»Ach, halten Sie Ihr Maul!« knurrte er. »Ich nehme Sie nicht fest – ich lade Sie nur zu einem Spaziergang ins Präsidium ein, um ein wenig mit Inspektor Queen zu plaudern. Kommen Sie jetzt mit, oder muß ich Sie mit dem Wagen holen lassen?«

Ein Aufzug hielt. Der Liftboy rief: »Abwärts!« Die Frau blickte einen Augenblick lang unschlüssig auf die Kabine, warf Hagstrom einen verstohlenen Blick zu und trat dann schließlich in den Aufzug, während der Detective ihren Ellenbogen fest im Griff hatte. Sie fuhren unter den neugierigen Blicken einiger Mitfahrender schweigend abwärts.

Hagstrom, unsicher, aber entschieden, spürte, daß sich in der so ruhig neben ihm schreitenden Frau ein Unwetter zusammenbraute und ging keinerlei Risiko ein. Er lockerte seinen Griff nicht, bis sie nebeneinander in einem Taxi in Richtung Präsidium saßen. Trotz des unerschrockenen Lächelns auf ihren Lippen war Mrs. Russo bleich geworden unter ihrer Schminke. Sie wandte sich plötzlich ihrem Wächter zu und schmiegte sich eng an seinen unnahbar wirkenden Körper.

»Mr. Bulle, Liebling«, flüsterte sie, »könntest du nicht einen Hundertdollarschein brauchen?«

Sie spielte bedeutungsvoll mit ihrer Handtasche herum. Hagstrom verlor seine Selbstbeherrschung.

»Bestechung, was?« sagte er höhnisch. »Das müssen wir uns für den Inspektor merken!«

Das Lächeln auf dem Gesicht der Frau erlosch. Den Rest der Fahrt saß sie nur noch da und hielt ihren Blick starr auf den Nacken des Fahrers gerichtet.

Erst als sie wie ein Soldat auf der Parade die dunklen Gänge des Polizeigebäudes heruntergeführt wurde, gewann sie ihr sicheres Auftreten zurück. Und als ihr Hagstrom die Tür zu Inspektor Queens Büro aufhielt, ging sie mit einem leichten Kopfnicken und freundlichem Lächeln hinein, so daß sogar eine Polizistin getäuscht worden wäre.

Inspektor Queens Büro vermittelte eine heitere farbenfrohe Atmosphäre mit viel Sonnenschein. Im Augenblick sah es aus wie ein Clubzimmer. Ellerys lange Beine waren entspannt auf dem dicken Teppich ausgestreckt, er selbst schien ganz in Anspruch genommen von der Lektüre eines kleinen, billig eingebundenen Buches mit dem Titel ›Handbuch der Handschriftenkunde‹. Um seine Finger kräuselte sich der Rauch einer Zigarette. Sergeant Velie saß müßig auf einem an die hintere Wand gelehnten Stuhl und war ganz versunken in die Betrachtung von Inspektor Queens Schnupftabakdose, die der alte Polizeibeamte liebevoll zwischen Daumen und Zeigefinger einer Hand hielt. Queen saß in seinem bequemen Sessel und schmunzelte über einige geheime Gedanken, die ihm durch den Kopf gingen.

»Ah! Mrs. Russo! Nur hereinspaziert!« rief der Inspektor und sprang dabei auf. »Thomas – bitte einen Stuhl für Mrs. Russo.« Der Sergeant stellte schweigend einen der kahlen Holzstühle neben den Schreibtisch des Inspektors und zog sich dann wieder schweigend in seine Ecke zurück. Ellery hatte noch nicht einmal aufgeschaut. Er las weiter mit demselben abwesenden Lächeln auf den Lippen. Der alte Mann verneigte sich in zuvorkommender Weise vor Mrs. Russo.

Diese schaute verwirrt auf die friedvolle Szene um sich herum. Sie war auf Strenge, Härte und Unerbittlichkeit vorbereitet gewesen – die heimelige Atmosphäre in dem kleinen Büro überraschte sie völlig. Trotzdem nahm sie Platz und zeigte – nach einem nur kurzen Zögern – wieder dasselbe gewinnende Lächeln, dieselbe damenhafte Haltung, die sie bereits so erfolgreich auf den Fluren einstudiert hatte.

Hagstrom blieb in der Tür stehen und blickte mit dem Ausdruck gekränkter Würde auf die vor ihm sitzende Frau.

»Sie hat versucht, mir einen Hunderter zuzuschieben«, sagte er entrüstet. »Versuchte, mich zu bestechen, Chef!«

Queen zog schockiert die Augenbrauen hoch. »Meine liebe Mrs. Russo!« rief er mit besorgter Stimme aus. »Sie wollten doch nicht wirklich diesen hervorragenden Polizisten dazu bringen, seine Pflichten gegenüber unserer Stadt zu vergessen, oder? Aber natürlich nicht! Wie dumm von mir! Hagstrom, mein lieber Junge, Sie haben sicher etwas falsch verstanden. Hundert Dollar – « Er schüttelte traurig den Kopf und ließ sich in seinen ledernen Drehstuhl zurücksinken.

Mrs. Russo lächelte. »Ist es nicht merkwürdig, wie schnell diese Polizisten einen falschen Eindruck bekommen?« fragte sie mit lieblicher Stimme. »Ich kann Ihnen versichern, Inspektor – ich habe nur ein wenig Spaß gemacht ...«

»So ist es«, sagte der Inspektor und lächelte noch einmal, als hätte diese Erklärung seinen Glauben in die menschliche Natur wiederhergestellt. »Hagstrom, das ist alles.«

Der Detective, der mit offenem Mund von seinem Vorgesetzten zu der lächelnden Frau blickte, gewann gerade noch rechtzeitig seine Fassung wieder, um wahrzunehmen, wie sich Velie und Queen über den Kopf der Frau hinweg zuzwinkerten. Vor sich hin brummend, eilte er aus dem Zimmer.

»Nun, Mrs. Russo«, begann der Inspektor in geschäftsmäßigem Ton, »was können wir heute für Sie tun?«

Sie starrte ihn erstaunt an. »Aber – aber, ich dachte, Sie wollten mich sehen ...« Sie kniff die Lippen zusammen. »Hören Sie doch mit dieser Komödie auf, Inspektor!« sagte sie schroff. »Freiwillig mache ich hier keine Anstandsbesuche, das wissen Sie genau. Warum haben Sie mich herbringen lassen?«

Der Inspektor streckte seine sensiblen Finger abwehrend aus; protestierend spitzte er die Lippen. »Aber meine liebe Dame!« sagte er. »Es gibt bestimmt etwas, was Sie mir erzählen wollen. Denn, wenn Sie hier sind – und um diese augenscheinliche Tatsache kommen wir nicht herum –, sind Sie aus gutem Grund hier. Auch wenn ich Ihnen zugestehe, daß Sie nicht ganz aus freiem Willen hergekommen sind – Sie sind auf jeden Fall hergebracht worden, weil Sie mir etwas zu erzählen haben. Ist Ihnen das nicht klar?«

Mrs. Russo blickte ihm fest in die Augen. »Was zum – also hören Sie mal, Inspektor, worauf wollen Sie eigentlich hinaus? Was glauben Sie, habe ich Ihnen zu erzählen? Ich habe alle Fragen, die Sie mir am Dienstag gestellt haben, beantwortet.«

»Gut!« antwortete der alte Mann zornig. »Ich würde sagen, daß Sie am Dienstag morgen *nicht* alle Fragen vollkommen aufrichtig beantwortet haben. Zum Beispiel – kennen Sie Benjamin Morgan?«

Sie zuckte nicht mit der Wimper. »In Ordnung. Damit haben Sie ins Schwarze getroffen. Ihr Spürhund hat mich erwischt, wie ich gerade aus Morgans Büro kam – na und?« Sie öffnete lässig ihre Handtasche und begann, sich ihre Nase zu pudern. Während sie das tat, warf sie Ellery einen verstohlenen Blick zu. Er war immer noch in sein Buch vertieft und hatte ihre Anwesenheit noch nicht zur Kenntnis genommen. Sie warf den Kopf zurück und wandte sich wieder dem Inspektor zu.

Queen sah sie bekümmert an. »Meine liebe Mrs. Russo, Sie sind nicht fair zu einem alten Mann. Ich wollte nur darauf hinweisen, daß Sie – soll ich sagen – mich belogen haben, als wir uns das letzte Mal gesprochen haben. Das ist nun einmal ein gefährliches Unterfangen bei Polizeiinspektoren, meine Liebe, ein äußerst gefährliches.«

»Jetzt hören Sie mir mal zu!« sagte die Frau plötzlich. »Auf die weiche Tour kommen Sie bei mir auch nicht weiter, Inspektor. Ich habe Sie am Dienstag morgen belogen. Sehen Sie, ich habe nämlich nicht geglaubt, daß Sie jemanden haben, der mir länger auf den Fersen bleiben kann. Es war reine Glückssache, und ich hatte eben Pech. Sie haben herausgefunden, daß ich gelogen habe und wollen nun wissen, was der Grund dafür war. Ich werde es Ihnen erzählen – oder vielleicht auch nicht!«

»Oho!« rief Queen leise aus. »Sie fühlen sich also sicher genug, mir Bedingungen stellen zu wollen. Sie können mir aber glauben, Mrs. Russo, daß Sie sich selbst gerade eine Schlinge um Ihren äußerst charmanten Hals legen!«

»Was?« Ihre Maske war nun beinahe gefallen; auf dem Gesicht der Frau zeigte sich nur noch Verwirrung. »Sie haben nichts gegen mich in der Hand und wissen das verdammt genau. In Ordnung – ich habe Sie angelogen – aber was fangen Sie damit an? Ich gebe es ja auch zu. Ich werde Ihnen sogar erzählen, was ich im Büro von

210

diesem Morgan gemacht habe, wenn Ihnen das irgendwie weiterhilft! Ich bin nun einmal ein ehrlicher Mensch, Herr Inspektor!«

»Meine liebe Mrs. Russo«, gab der Inspektor gequält mit einem leicht verächtlichen Lächeln zurück, »wir wissen bereits, was Sie an diesem Morgen in Mr. Morgans Büro gemacht haben, so daß Sie uns damit keinen so übergroßen Gefallen erweisen werden ... Ich bin wirklich überrascht darüber, daß Sie sich in einem solchen Ausmaß selbst belasten wollen, Mrs. Russo. Erpressung ist ein ziemlich schwerwiegendes Vergehen!«

Die Frau wurde leichenblaß. Sie erhob sich halb von ihrem Stuhl und umklammerte seine Armlehnen.

»Morgan hat also doch geplaudert, das Schwein!« fauchte sie. »Und ich habe ihn für schlauer gehalten. Ich werde ihn fertigmachen, das versprech' ich Ihnen!«

»Langsam fangen wir an, dieselbe Sprache zu sprechen«, brummte der Inspektor, während er sich nach vorne beugte. »Und was wissen Sie nun über unseren Freund Morgan?«

»Ich weiß etwas über ihn – aber sehen Sie, Inspektor, ich kann Ihnen einen wirklich heißen Tip geben. Sie würden doch einer armen, einsamen Frau keine Anklage wegen Erpressung anhängen wollen, nicht wahr?«

Der Inspektor machte ein langes Gesicht. »Aber, aber, Mrs. Russo!« sagte er. »Sagt man denn so etwas! Ich kann Ihnen natürlich keine Versprechungen machen ...« Er erhob sich und baute sich drohend vor ihr auf. Sie schrak ein wenig zurück. »Sie werden mir erzählen, was Sie auf dem Herzen haben, Mrs. Russo«, sagte er bedächtig, »auf die bloße Chance hin, daß ich Ihnen vielleicht meine Dankbarkeit in der allgemein üblichen Art erweisen werde. Fangen Sie jetzt bitte an zu reden, aber die Wahrheit, ist das klar?«

»Oh, ich weiß nur zu gut, daß Sie knallhart sind, Inspektor!« sagte sie murrend. »Aber ich gehe davon aus, daß Sie auch fair sind ... Was wollen Sie wissen?«

»Alles.«

»Gut, es ist ja nicht mein Begräbnis«, sagte sie wieder etwas gefaßter. Eine Pause trat ein, während Queen sie erwartungsvoll ansah. Mit seiner Anschuldigung, daß sie Morgan erpreßt habe, hatte er erfolgreich einen Versuchsballon gestartet; jetzt meldeten sich leise Zweifel bei ihm. Sie wirkte zu selbstsicher, als daß es nur um Details aus Morgans Vergangenheit gehen konnte, wie es der

211

Inspektor zu Beginn des Gesprächs angenommen hatte. Er schaute zu Ellery hinüber und bemerkte sofort, daß sein Sohn nicht mehr las, sondern seine Augen auf Mrs. Russo geheftet hatte.

»Inspektor«, sagte Mrs. Russo mit triumphierender Stimme, »ich weiß, wer Monte Field umgebracht hat!«

»Was heißt das?« Queen sprang von seinem Sessel auf, während ein feines Rot in seine bleichen Wangen schoß. Ellery richtete sich ruckartig auf seinem Stuhl auf; sein wachsamer Blick richtete sich auf das Gesicht der Frau. Das Buch, in dem er gelesen hatte, glitt ihm aus den Fingern und fiel mit einem dumpfen Knall auf den Boden.

»Ich sagte, ich weiß, wer Monte Field getötet hat«, wiederholte Mrs. Russo, die offensichtlich die Aufregung, die sie verursacht hatte, genoß. »Es war Benjamin Morgan; und ich hörte, wie er Monte *an dem Abend, bevor er getötet wurde,* bedrohte!«

»Oh!« sagte der Inspektor und setzte sich wieder hin. Ellery hob sein Buch auf und nahm die unterbrochene Lektüre des ›Handbuchs der Handschriftenkunde‹ wieder auf. Es kehrte wieder Ruhe ein. Velie, der Vater und Sohn die ganze Zeit über erstaunt betrachtet hatte, schien die abrupte Veränderung im Verhalten der beiden nicht verstehen zu können.

Mrs. Russo wurde ärgerlich. »Sie denken wohl, ich lüge schon wieder; aber das tue ich nicht!« schrie sie. »Aber ich sage Ihnen, ich habe mit meinen eigenen Ohren gehört, wie Ben Morgan am Sonntag abend zu Monte sagte, daß er ihn beseitigen würde!«

Der Inspektor war ernst, aber gelassen. »Ich zweifle nicht im geringsten an Ihren Worten, Mrs. Russo. Sind Sie sicher, daß es Sonntag abend war?«

»Sicher?« sagte sie schrill. »Ich weiß es ganz genau.«

»Und wo soll das gewesen sein?«

»In Monte Fields eigener Wohnung war das!« sagte sie bissig. »Ich war den ganzen Sonntag abend mit Monte zusammen. Soweit ich weiß, erwartete er keinen Besuch, weil wir normalerweise keine weiteren Gäste hatten, wenn wir den Abend zusammen verbrachten … Sogar Monte schrak auf, als es ungefähr um elf Uhr klingelte, und sagte: ›Wer um alles in der Welt kann das sein?‹ Wir saßen zu diesem Zeitpunkt im Wohnzimmer. Er stand auf und ging zur Tür, und unmittelbar danach hörte ich draußen die Stimme eines Mannes. Ich nahm an, daß Monte nicht wollte, daß mich jemand sah; so ging ich ins Schlafzimmer und schloß die Tür bis auf einen kleinen Spalt. Ich konnte hören, wie Monte versuchte, den Mann abzuwimmeln. Trotzdem kamen sie schließlich ins Wohnzimmer. Durch den Türspalt konnte ich diesen Morgan sehen – zu dem Zeitpunkt wußte ich noch nicht, wer er war, aber ich entnahm das später ihrer Unterhaltung. Und hinterher hat Monte es mir auch erzählt.«

Einen Moment hielt sie inne. Der Inspektor hörte ihr gelassen zu; Ellery schenkte ihren Worten nicht die leiseste Aufmerksamkeit. Verzweifelt fuhr sie fort.

»Sie redeten ungefähr eine halbe Stunde miteinander; ich hätte heulen können. Morgan machte einen recht kaltblütigen und gefaßten Eindruck; erst zum Schluß regte er sich auf. Soviel ich verstand, hatte Monte kurz davor von Morgan einen ganzen Haufen Zaster im Austausch gegen einige Papiere verlangt; Morgan sagte, daß er das Geld nicht hätte und auch nicht auftreiben könnte. Er sagte, er hätte sich entschlossen, Monte einen Besuch abzustatten, um der Sache ein für allemal ein Ende zu bereiten. Monte war ziemlich sarkastisch und gemein – er konnte furchtbar gemein sein, wenn er wollte. Morgan wurde immer wütender und wütender, und ich sah, wie er sich kaum noch beherrschen konnte...«

Der Inspektor unterbrach sie. »Aus welchem Grund verlangte Field das Geld?«

»Das würde ich auch gerne wissen, Inspektor«, antwortete sie wütend. »Aber beide waren sehr darauf bedacht, den Grund dafür nicht zu erwähnen ... Auf jeden Fall hatte es etwas mit diesen Papieren zu tun, die Monte an Morgan verkaufen wollte. Es ist nicht schwierig zu erraten, daß Monte etwas gegen Morgan in der Hand hatte und versuchte, ihn in die Enge zu treiben.«

Bei der Erwähnung des Wortes ›Papiere‹ war Ellerys Interesse an Mrs. Russos Geschichte neu erwacht. Er hatte das Buch beiseite gelegt und begonnen, aufmerksam zuzuhören. Der Inspektor warf ihm einen kurzen Blick zu, als er sich wieder der Frau zuwandte.

»Und welche Summe verlangte Field, Mrs. Russo?«

»Sie werden es mir nicht glauben«, sagte sie mit einem verächtlichen Lachen. »Monte war da nicht kleinlich. Er wollte – fünfzigtausend Dollar!«

Der Inspektor schien ungerührt. »Fahren Sie fort.«

»Da waren sie also«, fuhr sie fort, »und ein Wort gab das andere, wobei Monte immer kaltschnäuziger und Morgan immer wütender wurde. Schließlich ergriff Morgan seinen Hut und schrie: ›Ich will verdammt sein, wenn ich mich von Ihnen noch länger ausnehmen lasse, Sie Blutsauger! Sie können von mir aus machen, was Sie wollen – ich bin fertig mit Ihnen, verstehen Sie? Ich bin endgültig fertig mit Ihnen!‹ Er war leichenblaß geworden. Monte stand nicht einmal von seinem Stuhl auf. Er sagte nur: ›Sie können von mir aus machen, was Sie wollen, mein lieber Benjamin, aber Sie haben genau drei Tage Zeit, mir das Geld zu übergeben. Und versuchen Sie nicht zu feilschen, ist das klar? Fünfzigtausend oder – aber ich brauche Sie ja nicht an die Folgen einer Weigerung zu erinnern.‹ Monte war wirklich ganz schön gerissen«, fügte sie bewundernd hinzu. »Er konnte den Ton wie ein echter Profi drauf haben.

Morgan fummelte an seinem Hut herum«, fuhr sie fort, »als wüßte er nicht, wo er mit seinen Händen hin sollte. Dann platzte er heraus mit den Worten ›Ich habe Ihnen gesagt, woran Sie sind, Field, und ich bleibe dabei. Wenn Sie diese Papiere an die Öffentlichkeit bringen – und sollte es mich zugrunde richten –, werde ich dafür sorgen, daß Sie zum allerletzten Mal jemanden erpreßt haben!‹ Er hielt Monte seine Faust unter die Nase und sah aus, als wollte er ihn auf der Stelle umbringen. Dann beruhigte er sich und marschierte ohne ein weiteres Wort aus der Wohnung.«

»Ist das die ganze Geschichte, Mrs. Russo?«

»Genügt Ihnen das nicht?« fuhr sie auf. »Was wollen Sie eigentlich? Wollen Sie diesen feigen Mörder noch in Schutz nehmen? . . . Aber das ist noch nicht alles. Nachdem Morgan gegangen war, sagte Monte zu mir: ›Hast du gehört, was mein Freund gesagt hat?‹ Ich tat so, als hätte ich nichts gehört, aber Monte war ja nicht dumm. Er zog mich auf seinen Schoß und sagte übermütig: ›Er wird das noch bereuen, mein Engel . . .‹ Er nannte mich immer Engel«, fügte sie schüchtern hinzu.

»Ich verstehe . . .«, sagte der Inspektor gedankenverloren. »Und was hat nun Mr. Morgan gesagt, das Sie es als Drohung gegen Fields Leben aufgefaßt haben?«

Sie starrte ihn ungläubig an. »Mein Gott, sind Sie dumm oder was?« rief sie aus. »Er sagte: ›Ich werde dafür sorgen, daß Sie das letzte Mal irgend jemanden erpreßt haben!‹ Und als dann mein geliebter Monte am Abend darauf getötet wurde . . .«

»Eine durchaus verständliche Schlußfolgerung«, sagte Queen lächelnd. »Verstehe ich Sie richtig, daß Sie Klage gegen Benjamin Morgan einreichen wollen?«

»Ich will überhaupt nichts einreichen, sondern nur meine Ruhe haben, Inspektor«, gab sie zurück. »Ich hab' Ihnen die ganze Geschichte erzählt – machen Sie nun damit, was Sie wollen.« Sie zuckte die Achseln und wollte sich erheben.

»Einen Augenblick noch, Mrs. Russo.« Der Inspektor hielt sie mit einer Handbewegung zurück. »Sie haben in Ihrer Geschichte einige ›Papiere‹ erwähnt, mit denen Field Morgan bedrohte. Hat Field diese Papiere zu irgendeinem Zeitpunkt während des Streits auch hervorgeholt?«

Mrs. Russo sah den alten Mann kühl an. »Nein, Sir, das tat er nicht. Und glauben Sie mir, es tut mir auch nicht leid, daß er sie nicht herausgeholt hat!«

»Eine reizende Einstellung, Mrs. Russo. Eines Tages ... Ich hoffe, Ihnen ist klar, daß Sie in dieser Sache keine ganz reine Weste haben, wie man so schön sagt«, bemerkte der Inspektor. »Denken Sie daher lieber gut nach, bevor Sie meine nächste Frage beantworten. Wo bewahrte Monte Field seine persönlichen Papiere auf?«

»Da muß ich nicht lange nachdenken, Inspektor«, gab sie unfreundlich zurück, »ich weiß es nämlich nicht. Hätte es die Möglichkeit gegeben, das in Erfahrung zu bringen, dann wüßte ich es, keine Sorge.«

»Vielleicht haben Sie selbst ein paar Streifzüge durch Fields Wohnung unternommen, wenn er gerade nicht zu Hause war?« fuhr der Inspektor amüsiert fort.

»Kann schon sein«, gab sie mit dem Anflug eines Lächelns zurück. »Aber ohne Erfolg. Ich kann beschwören, daß in diesen Zimmern nichts zu finden ist. Nun, Inspektor, noch etwas?«

»Ist Ihnen aus Ihrem langen und zweifelsohne vertrauten Umgang mit Ihrem galanten Leander bekannt, Mrs. Russo«, sagte Ellery mit eisiger Stimme, »wie viele seidene Zylinder er besaß?«

Ellerys klare Stimme schien sie zu verwirren. Dennoch strich sie sich kokett über ihr Haar, als sie sich ihm zuwandte.

»Sie sind hier wohl für die Rätsel zuständig«, kicherte sie. »Soweit ich weiß, mein Herr, hatte er nur einen. Wie viele davon braucht ihr Burschen denn?«

»Sie sind sich dessen ganz sicher, nehme ich an«, sagte Ellery.

»So sicher, wie Sie da vor mir sitzen, Mr. – Queen.« Sie brachte es fertig, einen zärtlichen Klang in ihre Stimme zu bringen. Ellery starrte sie an, als handelte es sich um ein Exemplar einer seltenen Spezies. Sie schmollte ein wenig und wandte sich dann kess herum.

»Ich scheine hier nicht sehr beliebt zu sein; deshalb werde ich lieber verschwinden ... Sie werden mich doch nicht in so eine häßliche Zelle stecken, nicht wahr, Inspektor? Ich kann jetzt gehen, oder?«

Der Inspektor nickte. »Oh, ja – Sie dürfen gehen, Mrs. Russo, jedoch nur unter einer bestimmten Auflage ... Aber verstehen Sie bitte, daß wir Ihre reizende Gesellschaft in nicht allzu ferner Zukunft wieder benötigen könnten. Werden Sie in der Stadt bleiben?«

»Mit dem größten Vergnügen, sicher!« lachte sie und rauschte aus dem Zimmer.

Velie schnellte von seinem Platz hoch und sagte: »Nun, Inspektor, ich nehme an, daß damit alles klar ist!«

Der Inspektor sank müde auf seinen Stuhl zurück. »Willst du damit etwa andeuten, Thomas, daß Morgan wegen des Mordes an Monte Field festgenommen werden soll – wie einer von Ellerys dummen erfundenen Sergeanten, mit denen du doch eigentlich nichts gemein hast?«

»Nun – was denn sonst?« fragte Velie verlegen.

»Wir werden noch ein wenig Zeit brauchen«, gab der alte Mann betrübt zurück.

Sechzehntes Kapitel

in welchem die Queens ins Theater gehen

Ellery und sein Vater sahen sich quer durch das kleine Büro an. Velie hatte verdutzt die Stirn in Falten gelegt und wieder Platz genommen. Eine Zeitlang saß er dort schweigend mit den anderen, schien dann plötzlich eine Entscheidung getroffen zu haben und bat um die Erlaubnis, den Raum verlassen zu dürfen.

Der Inspektor lächelte verschmitzt, während er sich am Deckel seiner Schnupftabakdose zu schaffen machte.

»Ich hoffe, sie hat dir keinen allzu großen Schrecken eingejagt, Ellery?«

Ellery blieb jedoch ernst. »Bei dieser Frau bekomme ich eine Gänsehaut«, sagte er und schauderte. »Schrecken ist noch viel zu milde ausgedrückt.«

»Ich konnte einen Augenblick lang einfach nicht begreifen, warum sie sich so verhalten hat«, sagte Inspektor Queen. »Sich vorzustellen, daß sie *Bescheid wußte,* während wir im dunkeln herumtappten ... Das hat mich doch verwirrt.«

»Ich würde sagen, daß das Gespräch überaus erfolgreich verlaufen ist«, äußerte Ellery. »Vor allem, weil ich auf einige interessante Sachverhalte in diesem gewichtigen Band zur Handschriftenkunde gestoßen bin. Aber Mrs. Angela Russo entspricht nun wirklich nicht meiner Idealvorstellung von einer Frau ...«

»Wenn du mich fragst«, sagte der Inspektor schmunzelnd, »so ist unsere hübsche Freundin ganz schön in dich vernarrt. Stell dir mal vor, was für Chancen du bei ihr hättest!«

Auf Ellerys Gesicht zeigte sich tiefster Abscheu.

»Na schön!« Queen griff nach einem der Telefone auf seinem Schreibtisch. »Was meinst du, Ellery? Sollen wir Benjamin Morgan noch ein zweites Mal die Möglichkeit geben, alles zu erklären?«

»Das hat er verdammt noch mal nicht verdient«, sagte Ellery murrend. »Aber so geht man wohl üblicherweise vor.«

»Du vergißt die Papiere, mein Sohn – die Papiere«, entgegnete der Inspektor mit einem Augenzwinkern.

In freundlichem Tonfall sprach er mit der Telefonvermittlung, und nur wenig später klingelte sein Telefon.

»Guten Tag, Mr. Morgan«, sagte Queen vergnügt. »Wie geht es Ihnen heute?«

»Inspektor Queen?« fragte Morgan nach einem leichten Zögern. »Ihnen auch einen guten Tag. Wie geht der Fall voran?«

»Das nenne ich offen gefragt, Mr. Morgan«, lachte der Inspektor. »Ich wage es jedoch nicht zu antworten – Sie würden mir sonst Unfähigkeit vorwerfen … Mr. Morgan, hätten Sie heute abend zufällig Zeit?«

»Nun – eigentlich«, erklang etwas zögernd die Stimme des Rechtsanwalts, die nun kaum mehr hörbar war. »Ich werde natürlich zu Hause zum Abendessen zurückerwartet, und ich glaube, meine Frau hat für heute einen Bridgeabend organisiert. Warum fragen Sie, Inspektor?«

»Ich dachte daran, Sie zu bitten, mit meinem Sohn und mir gemeinsam zu Abend zu speisen«, sagte der Inspektor bedauernd. »Könnten Sie sich nicht vielleicht für die Dinnerzeit freimachen?«

Morgan sagte schließlich nach einer längeren Pause: »Wenn es unbedingt nötig ist, Inspektor?«

»So würde ich es nicht gerade ausdrücken, Mr. Morgan … Aber ich wüßte es zu schätzen, wenn Sie die Einladung annehmen würden.«

»Oh.« Morgans Stimme klang nun etwas entschiedener. »Wenn das so ist, stehe ich Ihnen zur Verfügung, Inspektor. Wo werde ich Sie treffen?«

»Sehr schön, wirklich ausgezeichnet!« sagte Queen. »Wie wäre es um sechs bei Carlos?«

»Sehr gut, Inspektor«, antwortete der Anwalt ruhig und hängte den Hörer ein.

»Ich kann mir nicht helfen, mir tut der arme Bursche leid«, murmelte der alte Mann.

Ellery murrte. Ihm war nicht nach irgendwelchen Sympathiebekundungen. Der Besuch von Mrs. Angela Russo hatte einen üblen Nachgeschmack bei ihm hinterlassen.

Pünktlich um sechs Uhr trafen Inspektor Queen und Ellery im gastlichen Foyer von Carlos' Restaurant auf Benjamin Morgan.

Niedergeschlagen saß er in einem roten Ledersessel und starrte auf seine Handrücken. Traurig ließ er seine Lippen hängen; auch seine weit auseinanderstehenden Knie ließen ihn irgendwie bedrückt erscheinen.

Als die beiden Queens näher kamen, unternahm er den löblichen Versuch zu lächeln. Er erhob sich mit einer Entschlossenheit, die seinen scharf beobachtenden Gastgebern verriet, daß er innerlich auf ein ganz bestimmtes Verhalten eingestellt war. Der Inspektor sprudelte über vor guter Laune – teils, weil er eine aufrichtige Zuneigung zu dem beleibten Rechtsanwalt verspürte, teils, weil er es als seine Pflicht empfand. Ellery war wie gewöhnlich unverbindlich.

Die drei Männer begrüßten sich wie alte Freunde.

»Freut mich, daß Sie kommen konnten, Morgan«, sagte der Inspektor. »Ich muß mich wirklich bei Ihnen dafür entschuldigen, daß ich Sie von Ihrem Essen zu Hause entführt habe. Es gab mal eine Zeit ...« Er seufzte, und sie setzten sich.

»Sie brauchen sich nicht zu entschuldigen«, sagte Morgan mit mattem Lächeln. »Sie wissen wahrscheinlich, daß jeder verheiratete Mann es sich auch gerne einmal alleine schmecken läßt ... Nun, Inspektor, was ist es denn, worüber Sie mit mir reden wollten?«

Mahnend erhob der alte Mann einen Finger. »Warten wir noch mit dem Geschäftlichen«, sagte er. »Ich vermute, Louis hält zunächst eine erstklassige Stärkung für uns bereit – nicht wahr, Louis?«

Das Dinner war ein kulinarischer Genuß. Der Inspektor, der den Feinheiten der Kochkunst wenig Beachtung schenkte, hatte die Auswahl des Menus seinem Sohn überlassen. Ellerys Interesse an schmackhaftem Essen und dessen Zubereitung konnte man fast schon als fanatisch bezeichnen. Folglich speisten die drei Männer ausgezeichnet. Morgan schien zunächst sein Essen kaum anrühren zu wollen, wurde aber mehr und mehr empfänglich für die köstlichen Speisen, die ihm aufgetragen wurden, bis er schließlich ganz und gar seine Sorgen vergaß und mit seinen Gastgebern plauderte und lachte.

Bei Café au lait und vorzüglichen Zigarren – von Ellery behutsam, vom Inspektor zurückhaltend und von Morgan in vollen Zügen genossen – kam Queen endlich zur Sache.

»Morgan, ich will gar nicht erst um den heißen Brei herumreden. Ich vermute, Sie wissen, warum ich Sie heute abend hergebeten habe. Ich will ganz offen zu Ihnen sein. Ich möchte von Ihnen eine ehrliche Antwort, warum Sie uns verschwiegen haben, was am Sonntag, dem 23. September, abends vorgefallen ist.«

Bei den Worten des Inspektors war Morgan sofort ernst geworden. Er legte die Zigarre auf den Aschenbecher und blickte den alten Mann mit einem Ausdruck unbeschreiblicher Müdigkeit an.

»Es mußte ja so kommen«, sagte er. »Ich hätte es wissen müssen, daß Sie früher oder später dahinterkommen würden. Ich nehme an, Mrs. Russo hat Ihnen das aus Wut erzählt.«

»Das hat sie«, gab Queen offen zu. »Als Privatmann lehne ich es ab, mir solche Klatschgeschichten anzuhören; als Polizist bin ich dazu verpflichtet. Warum haben Sie mir das verschwiegen, Morgan?«

Morgan zog mit dem Löffel bedeutungslose Linien auf der Tischdecke. »Weil, nun – weil ein Mann immer solange ein Dummkopf bleibt, wie man ihm nicht das Ausmaß seiner Dummheit vor Augen führt«, sagte er ruhig und schaute auf. »Ich habe gehofft und gebetet – ich nehme an, das ist nur allzu menschlich –, daß dieser Vorfall ein Geheimnis zwischen mir und einem Toten bleiben würde. Und dann zu erfahren, daß diese Hure in seinem Schlafzimmer verborgen war und jedes meiner Worte mit angehört hatte – das hat mir so ziemlich allen Wind aus den Segeln genommen.«

Er trank hastig ein Glas Wasser und fuhr fort. »Bei Gott, Inspektor, es ist die reine Wahrheit – ich dachte, ich sei in eine Falle gelockt worden und könnte selbst nichts zu meiner Entlastung beitragen. Ich befand mich dort im Theater, nicht weit von der Stelle, an der mein schlimmster Feind ermordet wurde. Für meine Anwesenheit konnte ich nur eine scheinbar verrückte und ziemlich dürftige Erklärung vorbringen. Und dann fiel mir schlagartig ein, daß ich sogar noch an dem Abend zuvor eine Auseinandersetzung mit dem Toten gehabt hatte. Ich saß ziemlich in der Klemme, glauben Sie mir, Inspektor.«

Der Inspektor sagte nichts. Ellery hatte sich in seinem Stuhl zurückgelehnt und betrachtete Morgan düster. Morgan unterdrückte mühsam seine Erregung und fuhr fort.

»Deshalb habe ich nichts gesagt. Können Sie es einem Mann verdenken, daß er stillschweigt, wenn ihn seine Rechtserfahrung ganz entschieden davor warnt, an einer Kette von gegen ihn selbst gerichteten Indizienbeweisen mitzuflechten?«

Queen schwieg noch einen Augenblick und sagte dann: »Das wollen wir vorläufig beiseite lassen. Warum gingen Sie am Sonntag abend zu Field?«

»Aus einem sehr guten Grund«, antwortete der Rechtsanwalt verbittert. »Am Donnerstag vergangener Woche rief Field mich in meinem Büro an und teilte mir mit, daß er für eine wichtige geschäftliche Unternehmung auf der Stelle fünfzigtausend Dollar beschaffen müsse. Fünfzigtausend Dollar!« Morgan lachte trocken. »Nachdem er mich schon so gemolken hatte, daß ich kaum noch etwas besaß ... Und seine ›geschäftliche Unternehmung‹ – können Sie sich vorstellen, was das war? Wenn Sie Field so gut gekannt hätten wie ich, würden Sie die Antwort darauf auf den Rennplätzen und an der Börse finden ... Vielleicht täusche ich mich auch. Vielleicht brauchte er dringend Geld und kassierte noch einmal gründlich ab. Wie auch immer, er wollte fünfzigtausend Dollar – für diese Summe wollte er mir dann tatsächlich die Originaldokumente aushändigen! Es war das erste Mal, daß er so etwas auch nur angedeutet hatte. Vorher hatte er immer nur frech sein Schweigen gegen Geld geboten. Diesmal war es ein Angebot Geld gegen Ware.«

»Das ist ein interessanter Aspekt«, warf Ellery ein. »Hat irgend etwas an dem, was er sagte, zu Ihrer Vermutung geführt, daß er noch ein letztes Mal gründlich abkassieren wollte, wie Sie es genannt haben?«

»Ja. Deshalb sagte ich es ja. Er machte auf mich den Eindruck, als stecke er in Geldschwierigkeiten; er hatte vor, ein wenig in Urlaub zu fahren – Urlaub hieß für ihn nichts weniger als eine dreijährige Spritztour nach Europa – , und bemühte nun alle seine ›Freunde‹. Ich wußte bis dahin nicht, daß er Erpressung im großen Stil betrieb; aber diesmal – !«

Ellery und der Inspektor sahen sich an. Morgan fuhr unbeirrt fort.

»Ich sagte ihm die Wahrheit – daß ich finanziell nicht gut dastände, vor allem seinetwegen, und daß es für mich absolut unmöglich sei, diesen irrwitzigen Betrag, den er forderte, aufzutreiben. Er lachte nur und beharrte darauf, das Geld zu bekommen. Ich war natürlich begierig, die Papiere zurückzubekommen ...«

»Hatten Sie nachgeprüft, ob von Ihren Rechnungsbelegen überhaupt welche fehlten?« fragte der Inspektor.

»Das war gar nicht nötig, Inspektor«, antwortete Morgan zähne-knirschend. »Er tat mir bereits vor zwei Jahren im Webster Club den Gefallen, mir die Belege und Briefe zu zeigen – damals, als wir den Streit hatten. Nein, daran besteht kein Zweifel. Er war schon Spitzenklasse.«

»Was weiter?«

»Er beendete den Anruf am Donnerstag mit einer kaum verhüll-ten Drohung. Das ganze Gespräch über hatte ich verzweifelt versucht, ihn glauben zu machen, daß ich in irgendeiner Weise seinen Forderungen entgegenkommen würde; denn ich wußte, daß er keine Skrupel haben würde, die Papiere an die Öffentlichkeit gelangen zu lassen, wenn er erst einmal merkte, daß er alles aus mir herausgeholt hatte.«

»Fragten Sie ihn, ob Sie die Dokumente einsehen könnten?«

»Ich glaube, ja – aber er lachte mich nur aus und sagte, ich würde meine Scheckbelege und Briefe erst dann zu sehen bekommen, wenn er die Summe bis auf den letzten Dollar erhalten hätte. Dieser Schurke war mit allen Wassern gewaschen; er ging nicht das Risiko ein, daß ich ihn hereinlegte, während er gerade die ihn belastenden Beweise herauszog... Ich will ganz offen zu Ihnen sein. Manch-mal kam mir sogar in den Sinn, Gewalt anzuwenden. Welcher Mann hätte unter diesen Umständen nicht daran gedacht? Aber Mord zog ich nie ernsthaft in Erwägung – und das aus sehr gutem Grund.« Er hielt inne.

»Es hätte Ihnen überhaupt nichts genutzt«, sagte Ellery freund-lich, »weil Sie nicht wußten, wo sich die Dokumente befanden.«

»Genau«, antwortete Morgan mit einem nervösen Lächeln. »Ich wußte es nicht. Was für einen Vorteil hätte mir Fields Tod gebracht, wenn jederzeit die Gefahr bestand, daß diese Papiere zum Vorschein kommen und jemand anderem in die Hände fallen? Ich wäre vermutlich nur vom Regen in die Traufe geraten ... Nachdem ich drei Tage lang vergeblich versucht hatte, die Summe, die er verlangt hatte, zusammenzukommen, faßte ich dann am Sonntag abend den Entschluß, noch eine letzte Vereinbarung mit ihm zu versuchen. Ich ging zu seiner Wohnung und traf ihn dort im Morgenrock an. Er war sehr überrascht und gar nicht besorgt, mich dort zu sehen. Das Wohnzimmer war unaufgeräumt – zu diesem Zeitpunkt wußte ich noch nicht, daß sich Mrs. Russo nebenan versteckte.«

Seine Hand zitterte, als er sich die Zigarre erneut anzündete.

»Wir stritten – oder vielmehr, ich schrie ihn an, während er nur höhnisch lachte. Er wollte sich keinen Einwand und auch keine Bitten mehr anhören. Er wollte die Fünfzigtausend; anderenfalls würde er die Geschichte bekanntmachen – mit allen dazugehörigen Beweisen. Ich geriet immer mehr in Wut. Aber ich ging, bevor ich endgültig die Selbstbeherrschung verlor. Und das war alles, Inspektor – auf mein Ehrenwort.«

Er blickte zur Seite. Inspektor Queen hustete und legte seine Zigarre in den Aschenbecher. Er kramte in seiner Tasche nach der braunen Schnupftabakdose, nahm eine Prise, zog sie tief ein und lehnte sich in seinem Stuhl zurück. Unvermittelt schüttete Ellery ein Glas Wasser für Morgan ein, das dieser auf einen Zug leerte.

»Ich danke Ihnen, Morgan«, sagte Queen. »Und wo Sie schon einmal so offen zu uns waren, seien Sie bitte ganz aufrichtig und sagen uns, ob Sie am Sonntag während der Auseinandersetzung eine Drohung gegen Fields Leben ausgestoßen haben. Fairerweise sollte ich Ihnen vorher mitteilen, daß Mrs. Russo Sie aufgrund einer Äußerung, die Sie in der Hitze des Gefechts machten, des Mordes an Field beschuldigt hat.«

Morgan wurde blaß. In seinem Gesicht zuckte es, und fast schon mitleiderregend starrte er den Inspektor ängstlich mit glasigen Augen an.

»Sie lügt«, rief er heiser. Eine Reihe von Gästen an den Nebentischen blickte neugierig auf, und Inspektor Queen berührte leicht Morgans Arm. Er biß sich auf die Lippe und senkte dann seine Stimme. »Ich habe nichts dergleichen getan. Ich habe Ihnen eben offen erzählt, Inspektor, daß ich manchmal in meiner Wut mit dem Gedanken gespielt habe, Field umzubringen. Aber es waren dumme und sinnlose Gedanken. Ich hätte überhaupt nicht den Mut, jemanden umzubringen. Sogar im Webster Club, als ich völlig die Beherrschung verlor und diese Drohung ausstieß, hatte ich es nicht wirklich vor. Und schon gar nicht Sonntag abend. Bitte glauben Sie mir, Inspektor – und nicht dieser skrupellosen, geldgierigen Hure! Inspektor – Sie müssen mir glauben!«

»Ich möchte nur, daß Sie mir erklären, was Sie gesagt haben«, erwiderte der Inspektor. »Denn, so seltsam es auch scheinen mag, ich glaube, daß Sie die Äußerung, die sie Ihnen zuschreibt, auch getan haben.«

»Welche Äußerung?« Morgan war schweißgebadet; seine Augen standen hervor.

223

»»Wenn Sie diese Papiere an die Öffentlichkeit bringen – und sollte es mich zugrunde richten –, werde ich dafür sorgen, daß Sie zum allerletzten Mal jemanden erpreßt haben««, wiederholte der Inspektor die Worte. »Haben Sie das gesagt, Mr. Morgan?«

Der Anwalt starrte Queen ungläubig an, dann warf er seinen Kopf zurück und lachte. »Großer Gott!« sagte er schließlich und schnappte nach Luft. »Soll das die ›Drohung‹ sein, die ich gemacht habe? Nun, Inspektor, was ich damit meinte, war, daß ich, wenn er diese Dokumente an die Öffentlichkeit gebracht hätte, weil ich seinen gemeinen Forderungen nicht nachkommen konnte, der Polizei alles offen erzählt und ihn mit mir hinabgezogen hätte. Das war es, was ich meinte! Und sie dachte, ich hätte gedroht, ihn umzubringen ...« Er rieb sich heftig die Augen.

Ellery lächelte; mit dem Finger gab er dem Kellner ein Zeichen. Er bezahlte, zündete sich eine Zigarette an und schaute hinüber zu seinem Vater, der Morgan halb zerstreut und halb voller Sympathie betrachtete.

»Sehr schön, Mr. Morgan.« Der Inspektor erhob sich und schob den Stuhl zurück. »Das ist alles, was wir wissen wollten.« Er trat höflich beiseite, um dem immer noch benommenen und zitternden Anwalt den Vortritt zur Garderobe zu lassen.

Als die beiden Queens die 47. Straße vom Broadway her hinaufgeschlendert kamen, quoll der Bürgersteig am Römischen Theater vor Menschen über. Die Menschenmenge war so groß, daß die Polizei Absperrungen errichtet hatte. Entlang der engen Straßendurchfahrt kam der Verkehr völlig zum Erliegen. In großen Leuchtbuchstaben knallte der Titel ›Spiel der Waffen‹ nachdrücklich vom Eingang des Theaters herab; darunter war in kleineren Leuchtbuchstaben erläuternd hinzugefügt: ›In den Hauptrollen James Peale und Eve Ellis unter Mitwirkung eines Starensembles‹. Wie wild versuchten Frauen und Männer, sich unter Einsatz ihrer Ellbogen durch die wogende Menge zu schieben. Polizisten, bereits heiser vom Schreien, verlangten die Eintrittskarten zu sehen, bevor sie jemanden durch die Absperrung ließen.

Der Inspektor zeigte seine Kennmarke vor; zusammen mit der drängenden Menge wurden er und Ellery in das kleine Foyer des Theaters gezogen. Neben dem Kassenschalter stand Panzer; auf dem Gesicht des Geschäftsführers stand ein breites Lächeln. Höflich und bestimmt war er darum bemüht, die lange Schlange hinter der Kasse möglichst schnell in Richtung Kartenkontrolle zu bewegen. Auf einer Seite stand übermäßig schwitzend der altehrwürdige Portier und blickte äußerst verwirrt. Die Kassierer arbeiteten mit letzter Kraft. In eine Ecke des Foyers gezwängt befand sich Harry Neilson im ernsten Gespräch mit drei jungen Männern, die offensichtlich von der Presse waren.

Panzer erspähte die beiden Queens und eilte zu ihrer Begrüßung heran. Auf eine gebieterische Geste vom Inspektor hin stockte er und kehrte dann nach einem verständnisvollen Nicken zur Kasse zurück. Ellery stand brav in der Schlange an, um die zwei reservierten Eintrittskarten an der Kasse abzuholen. Inmitten einer drängenden Menge betraten sie den Zuschauerraum.

Madge O'Connell fiel vor Schreck fast um, als Ellery die beiden Tickets mit dem unmißverständlichen Aufdruck LL32 Links und LL30 Links vorzeigte. Der Inspektor mußte lächeln, als sie sich etwas ungeschickt mit den Karten zu schaffen machte und ihm ein wenig verängstigt einen Blick zuwarf. Sie führte sie über den dichten Teppich zu dem Gang ganz auf der linken Seite, wies ihnen schweigend die äußersten beiden Sitze der letzten Reihe zu und machte sich davon. Die beiden Männer setzten sich, legten ihre Hüte in die Drahtgestelle unter den Sitzen und lehnten sich gemütlich zurück – allem Anschein nach zwei Stillvergnügte in Erwartung eines blutrünstigen Spektakels.

Der Zuschauerraum war völlig ausverkauft. Kleinere Grüppchen wurden noch die Gänge hinabgeführt und nahmen rasch die noch freien Plätze ein. Erwartungsvoll reckten sich die Hälse in Richtung der Queens, die unbeabsichtigt zum Mittelpunkt eines ganz und gar unerwünschten Interesses wurden.

»Verdammt!« schimpfte der alte Mann. »Wir hätten nach Beginn der Vorstellung kommen sollen.«

»Du bist wirklich zu empfindlich gegenüber dem Beifall der Menge, *mon père*«, lachte Ellery. »Mir macht es nichts aus, im Mittelpunkt des Interesses zu stehen.« Er schaute auf seine Armbanduhr; sie tauschten einen bedeutungsvollen Blick. Es war genau 8.25 Uhr. Sie machten es sich auf ihren Sitzen gemütlich.

Nach und nach gingen die Lichter aus. Die Unruhe im Publikum machte einer erwartungsvollen Stille Platz. Als es völlig dunkel war, öffnete sich der Vorhang vor einer unheimlich wirkenden halbdunklen Bühne. In die Stille hinein knallte ein Schuß; der erstickende Schrei eines Mannes ließ so manchen im Publikum nach Luft schnappen. ›Spiel der Waffen‹ hatte seinen inzwischen allgemein bekannten turbulenten Anfang genommen.

Trotz der Voreingenommenheit seines Vaters genoß Ellery ganz entspannt die leichte Kost dieses Sensationsstücks auf dem Platz, an dem sich drei Abende zuvor die Leiche Monte Fields befunden hatte. Der Klang der schönen vollen Stimme von James Peale, der auf der Bühne in einer Abfolge sich zuspitzender Ereignisse agierte, erfüllte ihn in ihrer packenden Kunstfertigkeit mit Begeisterung. Eve Ellis ging offensichtlich völlig in ihrer Rolle auf; gerade sprach sie voll zarter Erregung mit Stephen Barry, dessen hübsches Gesicht und angenehme Stimme bei einem jungen Mädchen direkt rechts neben dem Inspektor einen Ausdruck der Bewunderung hervorriefen. Hilda Orange stand in schreiende Farben gekleidet – so wie es ihre Rolle verlangte – in einer Ecke der Bühne. Die Komische Alte trottete ziellos über die Bühne. Ellery beugte sich zu seinem Vater hinüber. »Das ist eine gut besetzte Inszenierung«, flüsterte er. »Schau dir nur diese Mrs. Orange an!«

Das Stück ging mit Volldampf weiter. Mit einem ohrenbetäubenden Gewirr aus Worten und Geräuschen ging der erste Akt zu Ende. Der Inspektor schaute auf seine Uhr, als die Lichter wieder angingen. Es war 9.05 Uhr.

Er erhob sich; Ellery folgte ihm träge. Madge O'Connell, die so tat, als würde sie die beiden nicht bemerken, öffnete die schweren Eisentüren, und das Publikum begann in die nur schwach beleuchteten Seitengänge hinauszuströmen. Ellery und sein Vater schlenderten mit den anderen hinaus.

Ein livrierter Boy hinter einem hübschen Stand voller Pappbecher pries seine Ware mit betont gedämpfter Stimme an. Es war Jess Lynch, der Junge, der über Monte Fields Wunsch nach Ginger Ale ausgesagt hatte.

Ellery schlenderte bis hinter die Eisentür. Zwischen der Tür und der Backsteinmauer befand sich ein kleiner Spalt. So konnte er feststellen, daß die Hauswand, die den Seitengang auf der vom Theater abgewandten Seite begrenzte, mindestens sechs Stockwerke hoch und von keiner Öffnung durchbrochen war. Der Inspektor kaufte sich an dem Stand einen Orangensaft. Jess Lynch fuhr erschrocken zusammen, als er ihn erkannte; Inspektor Queen grüßte ihn freundlich.

Die Leute standen in kleineren Grüppchen beieinander; ihre Haltung schien ein merkwürdiges Interesse an ihrer Umgebung zu

226

verraten. Der Inspektor hörte, wie eine Frau in einer Mischung aus Faszination und Furcht bemerkte: »Genau hier draußen soll er an dem Montag abend gestanden und sich einen Orangensaft gekauft haben!«

Drinnen ertönte die Glocke zum zweiten Akt, und diejenigen, die in den Seitengang gekommen waren, um Luft zu schnappen, eilten nun wieder zurück in den Zuschauerraum. Bevor er sich hinsetzte, warf der Inspektor noch schnell einen Blick über den rückwärtigen Teil des Zuschauerraumes hinweg zum Fuß der Treppe, die hinauf zum Balkon führte. Auf der ersten Stufe stand wachsam ein kräftiger junger Mann in Livree.

Der zweite Akt begann voller Getöse. In bewährter Manier ließ sich das Publikum mitreißen oder hielt den Atem an, während sich auf der Bühne ein wahres schauspielerisches Feuerwerk entlud. Auf einmal schienen auch die Queens völlig von der Handlung gefesselt zu sein. Beide, Vater und Sohn, beugten sich voller Anspannung und mit aufmerksamem Blick nach vorne. Um 9.30 Uhr schaute Ellery auf seine Uhr; beide lehnten sich wieder entspannt zurück, während das Stück weiter vorandonnerte.

Um genau 9.50 Uhr erhoben sie sich, nahmen ihre Hüte und Mäntel und schlichen sich aus ihrer Reihe in den rückwärtigen Teil des Zuschauerraumes. Eine Reihe von Leuten stand dort, denen der Inspektor zulächelte, wobei er insgeheim die Macht der Presse verwünschte. Madge O'Connell, die blasse Platzanweiserin, stand steif gegen eine Säule gelehnt und starrte mit leerem Blick vor sich hin.

Zusammen mit seinem Sohn ging der Inspektor auf Panzer zu, der in der Tür zu seinem Büro stand und entzückt die ausverkauften Reihen betrachtete. Der Inspektor gab ihm ein Zeichen hineinzugehen und betrat selbst rasch mit Ellery dicht hinter sich den kleinen Vorraum. Der Ausdruck des Entzückens wich aus Panzers Gesicht.

»Ich hoffe, der Abend hat sich für Sie gelohnt?« fragte er nervös.

»Gelohnt? Nun – das hängt davon ab, was Sie darunter verstehen.« Der alte Mann machte eine knappe Handbewegung und ging durch die zweite Tür voran in Panzers Büro.

»Hören Sie, Panzer«, sagte er und schritt in dem kleinen Raum erregt auf und ab, »haben Sie einen Plan des Zuschauerraums zur Hand, auf dem jeder einzelne Sitz mit Nummer und alle Ausgänge eingezeichnet sind?«

Panzer blickte erstaunt. »Ich glaube schon. Einen Augenblick.«
Er machte sich an einem Aktenschrank zu schaffen, durchstöberte
einige Mappen und brachte schließlich einen großen, zweigeteilten
Plan des Theaters – ein Teil für das Erdgeschoß, der andere für den
Balkon – hervor.

Der Inspektor schob den zweiten Teil ungeduldig beiseite und
beugte sich zusammen mit Ellery über den Plan des Parketts.[1]

Einen Augenblick lang betrachteten sie ihn prüfend. Dann
schaute Queen auf zu Panzer, der nervös auf dem Teppich von
einem Fuß auf den anderen trat und anscheinend gespannt war, was
man als Nächstes von ihm erwartete.

»Kann ich diesen Plan mitnehmen, Panzer?« fragte der Inspektor
knapp. »Ich werde ihn unversehrt in einigen Tagen zurückgeben.«

»Aber selbstverständlich!« sagte Panzer. »Gibt es sonst noch
etwas, was ich im Moment für Sie tun kann, Inspektor? ... Ich
möchte mich bei Ihnen noch für Ihr Entgegenkommen bei der
Bekanntmachung des heutigen Aufführungstermins bedanken.
Gordon Davis ist von dem vollen Haus heute abend außerordentlich angetan. Er bat mich, Ihnen seinen Dank zu übermitteln.«

»Wirklich keine Ursache«, knurrte der Inspektor, während er
den Plan faltete und ihn in seine Brusttasche steckte. »Das war nur
recht und billig ... Und nun, Ellery, würdest du bitte mit mir
kommen. Guten Abend, Panzer. Und kein Wort hiervon, denken
Sie daran!«

Die beiden verließen Panzers Büro, während dieser sich noch in
Versicherungen über sein Stillschweigen erging.

Noch einmal durchquerten sie den rückwärtigen Teil des
Zuschauerraums in Richtung des linken Seitenganges. Mit einer
knappen Handbewegung winkte der Inspektor Madge O'Connell
heran. »Ja?« fragte sie atemlos mit kreideweißem Gesicht.

»Machen Sie nur kurz für uns die Tür soweit auf, daß wir
hindurch können, O'Connell, und danach vergessen Sie das Ganze
wieder. Verstanden?« sagte der Inspektor grimmig.

Sie murmelte im Flüsterton vor sich hin, als sie eine der großen
Eisentüren zur Linken nicht weit von der letzten Reihe aufstieß.
Mit einer letzten warnenden Kopfbewegung schlüpfte der Inspek-

1 Der von Ellery Queen gefertigten Skizze, die sich auf S. 10 findet, liegt
dieser Plan des Managers Panzer zugrunde. – Der Herausgeber.

tor hinaus: Ellery folgte ihm – und leise wurde die Tür wieder geschlossen.

Um elf Uhr, als die weit geöffneten Ausgänge nach dem Schlußvorhang die ersten Gruppen von Theaterbesuchern wieder ausspieen, betraten Richard und Ellery Queen erneut durch den Haupteingang das Römische Theater.

Siebzehntes Kapitel

in welchem sich weitere Hüte finden

»Setzen Sie sich, Tim – möchten Sie eine Tasse Kaffee?«
Timothy Cronin, ein mittelgroßer Mann mit wachen Augen und feuerroter Haarpracht, setzte sich in einen von Queens bequemen Stühlen und nahm etwas verlegen das Angebot des Inspektors an.

Es war Freitag morgen, und der Inspektor und Ellery, romantisch in farbenprächtige Hausmäntel gekleidet, waren bester Laune. Am Abend zuvor waren sie zu einer für ihre Verhältnisse ungewöhnlich frühen Stunde zu Bett gegangen; sie hatten den Schlaf der Gerechten geschlafen. Jetzt hielt Djuna eine Kanne dampfenden Kaffees – von einer Sorte, die er eigenhändig mischte – auf dem Tisch für sie bereit; und zweifellos waren alle mit sich und der Welt zufrieden.

Cronin war zu einer unpassenden Zeit in das freundliche Heim der Queens eingedrungen – aufgelöst, mürrisch und schamlos fluchend. Nicht einmal der sanfte Protest des Inspektors vermochte es, den Schimpftiraden, die von seinen Lippen kamen, Einhalt zu gebieten; Ellery lauschte den Worten des Rechtssachverständigen mit dem andächtigen Entzücken eines Dilettanten, der einem echten Könner zuhört.

Dann merkte Cronin auf einmal, wo er sich befand; er errötete, wurde aufgefordert, sich hinzusetzen, und starrte auf Djunas unbeugsamen Rücken, während dieses flinke Faktotum mit der Zubereitung des Frühstücks beschäftigt war.

»Ich nehme an, Sie sind nicht in der Stimmung, sich für Ihre Unflätigkeiten zu entschuldigen«, schalt ihn der Inspektor, während er die Hände über seinem Bauch faltete. »Muß ich erst nach dem Grund für diese schlechte Stimmung fragen?«

»Nicht nötig«, brummte Cronin und schlug wütend die Beine übereinander. »Sie können es sich schon denken. Was die Papiere von Field anbelangt, stehe ich vor einem Rätsel. Verflucht sei seine schwarze Seele!«

»Sie ist verflucht, Tim – sie ist verflucht, keine Sorge«, sagte Queen bekümmert. »Der arme Field wird wahrscheinlich gerade über einem netten kleinen Feuerchen in der Hölle geröstet – und frohlockt über Ihr Gefluche. Was genau ist das Problem – wie geht es voran?«

Cronin ergriff die Tasse, die Djuna vor ihn hingestellt hatte, und kippte den kochendheißen Inhalt mit einem Schluck hinunter. »Wie es vorangeht?« rief er und knallte die Tasse auf den Tisch. »Es geht überhaupt nicht voran – das Ergebnis ist null, nichts! Wenn ich nicht bald ein paar beweiskräftige Dokumente in die Finger kriege, werde ich verrückt! Die Ratten wagen sich schon nicht mehr aus ihren Löchern, so haben Stoates und ich Fields schickes Büro auf den Kopf gestellt – nichts zu finden. Gar nichts! Mensch – es ist unvorstellbar. Ich verwette meinen guten Ruf darauf, daß irgendwo – und Gott alleine weiß wo – Fields Papiere versteckt sind und nur darauf warten, daß jemand vorbeikommt und sie an sich nimmt.«

»Die Sache mit den versteckten Papieren scheint sich bei Ihnen zu einer richtigen Phobie zu entwickeln, Cronin«, bemerkte Ellery sanft. »Man sollte meinen, wir lebten noch zu Zeiten Charles I. So was wie Geheimverstecke gibt es nicht mehr. Man muß nur wissen, wo man zu suchen hat.«

Cronin grinste ihn unverschämt an. »Das ist wirklich sehr freundlich von Ihnen, Mr. Queen. Ich schlage vor, Sie nennen mir den Ort, wo Mr. Monte Field seine Papiere aufzubewahren pflegte.«

Ellery zündete sich eine Zigarette an. »In Ordnung, ich nehme die Herausforderung zu einem Wettstreit an … Sie behaupten – und ich bezweifle Ihre Worte nicht im geringsten –, daß die Dokumente, von deren Existenz Sie ausgehen, nicht in Fields Büro sind … Dabei fällt mit ein: Was macht Sie eigentlich so sicher, daß Field Dokumente besaß, die ihn wegen seiner Zugehörigkeit zu dieser verzweigten Verbrecherorganisation, von der Sie uns erzählt haben, belasten?«

»Er muß sie einfach haben«, gab Cronin zurück. »Eine merkwürdige Logik, aber es paßt zusammen … Meine Informationen bestätigen eindeutig, daß Field Briefe und schriftlich fixierte Pläne besaß, die ihn mit führenden Gangstern in Verbindung bringen, die

231

wir ständig zu schnappen versuchen, gegen die uns aber bislang die Beweise fehlten. Sie können mir das glauben; die Geschichte ist zu kompliziert, um sie hier im einzelnen darzulegen. Sie werden noch sehen, daß ich recht habe, Mr. Queen – Field besaß Papiere, die er nicht beseitigen durfte. Das sind die Papiere, nach denen ich suche.«

»Zugegeben«, sagte Ellery. »Ich wollte auch nur wissen, welche Fakten Sie haben. Lassen Sie es mich also noch einmal wiederholen: Diese Papiere sind nicht in seinem Büro. Wir müssen also irgendwo anders danach suchen. Sie könnten zum Beispiel in einem Bankschließfach versteckt sein.«

»Aber, El«, warf der Inspektor ein, nachdem er dem Wortwechsel zwischen Cronin und Ellery amüsiert zugehört hatte, »habe ich dir nicht heute morgen noch erzählt, daß Thomas dieser Spur nachgegangen ist? Field hatte kein Bankschließfach. So viel steht fest. Er besaß auch kein Postfach – weder unter seinem eigenen noch unter einem anderen Namen.

Thomas hat auch eine mögliche Clubmitgliedschaft Fields überprüft und dabei festgestellt, daß der Rechtsanwalt keinen anderen Wohnsitz – auch nicht vorübergehend – als den in der 75. Straße hatte. Auch darüber hinaus fand Thomas bei seinen ganzen Erkundigungen nicht den kleinsten Hinweis auf ein mögliches Versteck. Er dachte, daß Field vielleicht die Papiere in einem Karton oder einer Tasche dem Besitzer eines Geschäftes zur Aufbewahrung gegeben haben könnte oder so etwas in der Richtung. Aber es gab keinerlei Spur ... Velie erledigt solche Dinge ausgezeichnet, Ellery. Du kannst deinen letzten Dollar darauf verwetten, daß deine Hypothese falsch ist.«

»Ich habe diese Möglichkeit zu Cronins Vorteil angeführt«, gab Ellery zurück. Er spreizte seine Finger kunstvoll auf dem Tisch und schloß die Augen. »Es ist nämlich so, daß wir das Gebiet unserer Suche so weit einengen müssen, bis wir eindeutig sagen können: ›Hier müssen sie sein.‹ Das Büro, der Tresor und das Postfach konnten ausgeschlossen werden. Wir wissen aber, daß Field es sich nicht erlauben konnte, die Papiere an einem nur schwer zugänglichen Ort aufzubewahren. Ich könnte das nicht beschwören für die Papiere, die *Sie* suchen, Cronin; aber mit den Papieren, die *wir* suchen, ist das was anderes. Nein, Field hatte sie irgendwo in seiner Nähe ... Und um noch einen Schritt weiterzugehen: Es ist durchaus angemessen, davon auszugehen, daß er alle seine wichtigen Geheimpapiere in ein und demselben Versteck aufbewahrte.«

Cronin kratzte sich am Kopf und nickte zustimmend.

»Wir sollten nun einige grundsätzliche Überlegungen anstellen, meine Herren.« Ellery machte eine Pause, als wollte er seinen nächsten Äußerungen mehr Nachdruck verleihen. »Da wir das Gebiet unserer Nachforschungen unter Ausschluß aller möglichen Verstecke bis auf ein einziges eingeengt haben, müssen sich die Papiere in diesem einen Versteck befinden ... Das steht wohl außer Frage.«

»Wo ich jetzt Gelegenheit habe, darüber nachzudenken«, bemerkte der Inspektor, dessen gute Laune auf einmal einer gedrückten Stimmung gewichen war, »vielleicht waren wir doch nicht so sorgfältig bei unserer Suche, wie wir hätten sein können.«

»Wir sind auf der richtigen Spur«, sagte Ellery bestimmt. »Dessen bin ich mir so sicher, wie heute Freitag ist und es in dreißig Millionen Haushalten Fisch zum Abendessen geben wird.«

Cronin schaute ihn verwirrt an. »Ich verstehe Sie nicht ganz, Mr. Queen. Was meinen Sie damit, daß es nur noch ein mögliches Versteck gibt?«

»Fields Wohnung, Cronin«, antwortete Ellery gelassen. »Dort sind die Papiere.«

»Aber gerade darüber habe ich gestern noch mit dem Staatsanwalt gesprochen«, entgegnete Cronin, »und der sagte, daß Sie Fields Wohnung auf den Kopf gestellt, aber nichts gefunden haben.«

»Das ist nur zu wahr«, sagte Ellery. »Wir haben Fields Wohnung durchsucht und nichts gefunden. Das Problem ist, daß wir nicht an der richtigen Stelle gesucht haben, Cronin.«

»Nun, zum Donnerwetter, wenn Sie die Stelle jetzt kennen, dann nichts wie hin!« rief Cronin und sprang von seinem Stuhl auf.

Der Inspektor klopfte dem rothaarigen Mann freundlich aufs Knie und wies auf den Stuhl. »Setzen Sie sich, Tim«, wies er ihn an. »Ellery gibt sich nur wieder seinem Lieblingsspiel, dem Schlußfolgern, hin. Er weiß genau so wenig wie Sie, wo sich die Papiere befinden. Er spekuliert nur ... In der Kriminalliteratur«, fügte er mit einem traurigen Lächeln hinzu, »nennt man das die ›Kunst der Schlußfolgerung‹.«

»Es hat den Anschein«, brummte Ellery, während er Tabakqualm vor sich her blies, »daß ich schon wieder herausgefordert werde. Nichtsdestotrotz, obwohl ich noch nicht wieder in Fields Wohnung gewesen bin, beabsichtige ich, mit der freundlichen Erlaubnis von Inspektor Queen, dorthin zurückzukehren und die anrüchigen Dokumente zu finden.«

»Was diese Papiere anbelangt ...«, begann der alte Mann, wurde aber durch ein Klingeln an der Türe unterbrochen. Djuna führte Sergeant Velie herein, der von einem schmächtigen, verstohlen blickenden jungen Mann begleitet wurde, der vor Angst zitterte. Der Inspektor sprang auf und fing die beiden ab, bevor sie das Wohnzimmer betreten konnten. Cronin blickte erstaunt auf, als der Inspektor fragte: »Ist das der Bursche, Thomas?« und der Detective mit einer Art grimmigen Humor antwortete: »In voller Lebensgröße, Inspektor.«

»Sie trauen sich zu, in eine Wohnung einzubrechen, ohne erwischt zu werden, nicht wahr?« fragte der Inspektor freundlich und faßte den neu angekommenen Gast am Arm. »Sie sind der richtige Mann für mich.«

Der verstohlen um sich blickende junge Mann schien vor Angst zu erstarren. »Hören Sie, Inspektor, Sie wollen mich doch nicht reinlegen, oder?« stotterte er.

Der Inspektor lächelte ihn beruhigend an und brachte ihn hinaus in die Diele. Im Flüsterton führten sie ein recht einseitiges Gespräch, bei dem der Fremde nach jedem zweiten Wort des alten Mannes zustimmend brummte. Cronin und Ellery konnten vom Wohnzimmer aus den Schimmer eines kleinen weißen Papierbogens erkennen, der aus der Hand des Inspektors in die des jungen Mannes wanderte.

Der Inspektor kehrte flotten Schrittes zu ihnen zurück. »Alles in Ordnung, Thomas. Du kümmerst dich um den Rest und sorgst dafür, daß unser Freund keine Schwierigkeiten bekommt ... Nun, meine Herren – «

Der Inspektor nahm wieder Platz. »Bevor wir uns Fields Wohnung zuwenden, meine Lieben«, sagte er nachdenklich, »möchte ich noch einige Dinge klarstellen. Wie uns Benjamin Morgan erzählt hat, betätigte sich Field zwar als Rechtsanwalt, bezog seine enormen Einkünfte aber aus Erpressungen. Wußten Sie das, Tim? Monte Field schröpfte Dutzende von prominenten Persönlichkeiten um einen Betrag von wahrscheinlich mehreren hunderttausend Dollar. Offen gesagt, Tim, sind wir davon überzeugt, daß das Motiv für den Mord an Field im Bereich dieser geheimen Aktivitäten zu suchen ist. Er wurde zweifelsohne von jemandem ermordet, der um große Summen erleichtert wurde und das nicht länger ertragen konnte.

Sie wissen so gut wie ich, Tim, daß eine Erpressung nur funktionieren kann, wenn der Erpresser belastende Dokumente in der Hand hat. Darum sind wir ja so sicher, daß irgendwo Unterlagen versteckt sein müssen – und Ellery behauptet eben, daß sie in Fields Wohnung sind. Nun, wir werden sehen. Sollten wir diese Unterlagen schließlich finden, werden die Dokumente, hinter denen Sie schon so lange her sind, wahrscheinlich auch ans Tageslicht kommen, wie Ellery das vorhin schon angedeutet hat.«

Er dachte einen Augenblick nach. »Ich kann Ihnen gar nicht sagen, Tim, wie sehr ich hinter diesen verflixten Dokumenten her bin. Sie sind ungeheuer wichtig für mich. Sie würden eine Menge Fragen beantworten, bei denen wir immer noch völlig im dunkeln tappen ...«

»Dann nichts wie los!« rief Cronin und sprang von seinem Stuhl auf. »Ist Ihnen eigentlich klar, Inspektor, daß ich seit Jahren aus diesem einen Grunde an Fields Fersen klebe? Das wird der glücklichste Tag meines Lebens sein ... Nun los, Inspektor!«

Weder Ellery noch sein Vater schienen es jedoch besonders eilig zu haben. Sie zogen sich in ihre Schlafzimmer zurück, um sich anzukleiden, während Cronin im Wohnzimmer aufgeregt auf und ab ging. Wäre Cronin nicht so sehr mit seinen eigenen Gedanken beschäftigt gewesen, hätte er bemerkt, daß die gute Stimmung, in der sich die beiden Queens bei seiner Ankunft befunden hatten, einer düsteren Schwermut gewichen war. Vor allem der Inspektor schien nicht auf der Höhe zu sein; er war nervös und ließ sich ausnahmsweise einmal Zeit dabei, eine Ermittlung auf ihrem unaufhaltsamen Weg voranzutreiben.

Schließlich waren die beiden Queens fertig angekleidet. Die drei Männer gingen auf die Straße hinunter. Als sie ein Taxi bestiegen, seufzte Ellery.

»Hast du Angst, daß du dich blamierst, mein Sohn?« brummte der alte Mann und vergrub seine Nase im Mantelkragen.

»Daran denke ich gar nicht«, gab Ellery zurück. »Es geht um etwas anderes ... Wir werden die Papiere schon finden, keine Sorge.«

»Ich hoffe bei Gott, Sie behalten recht!« rief Cronin leidenschaftlich aus, und das waren die letzten Worte, die gesprochen wurden, ehe das Taxi vor dem eleganten Haus in der 75. Straße anhielt.

Die drei Männer nahmen den Aufzug in den vierten Stock und betraten den menschenleeren Flur. Der Inspektor schaute sich schnell nach allen Seiten um und klingelte dann an Fields Wohnung. Zunächst rührte sich nichts, obwohl ein undeutliches Rascheln hinter der Tür zu hören war. Plötzlich wurde sie aufgerissen, und das gerötete Gesicht eines Polizisten erschien, dessen Hand sich nervös in Richtung seiner Revolvertasche bewegte.

»Keine Angst, Mann – wir beißen nicht!« maulte der Inspektor, der aus einem für Cronin – selbst nervös und zum Zerreißen gespannt – nicht nachvollziehbarem Grund völlig verärgert war.

Der uniformierte Polizist salutierte. »Ich wußte nicht, ob da nicht jemand rumschnüffeln wollte, Inspektor«, murmelte er undeutlich.

Die drei Männer betraten die Diele, und die schlanke weiße Hand des alten Mannes stieß ungestüm die Türe hinter ihnen zu.

»Irgend etwas passiert?« fragte der Inspektor knapp, während er auf die Wohnzimmertür zuging und in das Zimmer hineinspähte.

»Absolut nichts, Sir«, sagte der Polizist. »Ich wechsle mich hier mit Cassidy alle vier Stunden ab, und manchmal kommt Detective Ritter vorbei, um nach dem Rechten zu sehen.«

»Oh, tatsächlich, das macht er?« gab der alte Mann zurück. »Hat jemand versucht, sich Einlaß zu verschaffen?«

»Nicht seitdem ich hier bin, Inspektor – auch nicht bei Cassidy«, antwortete der Polizist nervös. »Und wir lösen uns seit Dienstag morgen permanent ab. In dieser Wohnung war keine Menschenseele außer Ritter.«

»Lassen Sie sich in den nächsten ein bis zwei Stunden draußen in der Diele nieder, Officer«, befahl der Inspektor. »Besorgen Sie sich einen Stuhl, und machen Sie ein Nickerchen, wenn Sie wollen – aber sollte irgend jemand sich an der Türe zu schaffen machen, geben Sie uns unverzüglich Bescheid.«

Der Polizist schleifte einen Stuhl aus dem Wohnzimmer in die Diele, setzte sich mit dem Rücken zur Vordertür, legte die Arme übereinander und schloß ungezwungen die Augen.

Die drei Männer schauten sich mit finsterem Blick um. Die Diele war klein, aber mit Möbelstücken und Krimskrams vollgestopft: ein mit ungelesen wirkenden Büchern vollgestelltes Regal, ein zierlicher Tisch, auf dem eine ›modernistische‹ Lampe und einige geschnitzte, elfenbeinerne Aschenbecher standen, zwei Empire-Stühle, ein eigentümliches Möbel, halb Anrichte und halb Sekretär, einige Kissen und kleinere Teppiche. Der Inspektor stand da und betrachtete dieses merkwürdige Durcheinander mit einem gequälten Gesichtsausdruck.

»So, mein Sohn, ich denke, wir drei gehen die Suche am besten an, indem wir alles Stück für Stück durchsehen, wobei jeder den anderen kontrolliert. Ich bin nicht sehr optimistisch, das sage ich dir gleich.«

»Der Herr von der Klagemauer«, seufzte Ellery. »Der Kummer steht groß und deutlich auf diesem edlen Antlitz geschrieben. Sie und ich, Cronin – wir beide sind nicht so pessimistisch, nicht wahr?«

Cronin knurrte. »Ich würde sagen, es sollte weniger geredet und mehr gehandelt werden, bei allem Respekt für diese kleinen Familienstreitigkeiten.«

Ellery starrte ihn bewundernd an. »Sie sind nicht aufzuhalten, wenn Sie sich etwas vorgenommen haben, Mann. Mehr wie eine Wanderameise als ein menschliches Wesen. Und das, obwohl der arme Field im Leichenschauhaus liegt ... *Allons, enfants!*«

Sie machten sich unter zustimmendem Nicken des Polizisten an die Arbeit. Die meiste Zeit über arbeiteten sie schweigend. Ellerys Gesicht drückte gedämpfte Hoffnung aus, das des Inspektors trübselige Gereiztheit, Cronins Gesichtsausdruck zeugte von seiner unbezwingbaren Wut. Ein Buch nach dem anderen wurde aus dem Regal gezogen und sorgfältig inspiziert – lose Blätter herausgeschüttelt – Einbände genauestens untersucht – Buchdeckel durchstochen. Da über zweihundert Bücher vorhanden waren, nahm die Suche eine längere Zeit in Anspruch. Nach einer gewissen Zeit schien Ellery geneigt zu sein, seinem Vater und Cronin die unangenehmere Arbeit der Durchsuchung zu überlassen, während er seine Aufmerksamkeit mehr und mehr auf die Titel der Bücher richtete. Dabei stieß er auf einmal einen Freudenschrei aus und hielt ein dünnes, billig eingebundenes Buch in die Höhe. Cronin schoß sofort mit funkelndem Blick darauf zu, der Inspektor sah mit einem Anflug von Interesse auf. Ellery hatte jedoch nur ein weiteres Werk über Handschriftenkunde entdeckt.

Der alte Mann sah seinen Sohn mit unausgesprochener Neugierde an, die Lippen nachdenklich gespitzt. Cronin wandte sich seufzend wieder dem Buchregal zu. Ellery jedoch blätterte geschwind die Seiten durch und tat einen weiteren Aufschrei. Die beiden Männer schauten ihm über die Schulter. Auf den Rändern mehrerer Seiten waren mit Bleistift geschriebene Notizen zu erkennen. Es handelte sich um Namen: ›Henry Jones‹, ›John Smith‹, ›George Brown‹. Sie wiederholten sich mehrere Male auf den Rändern der Seite, als hätte der Schreiber unterschiedliche Schreibweisen ausprobiert.

»Hatte Field nicht eine wahrhaft kindliche Freude am Herumkritzeln?« fragte Ellery, während er fasziniert auf die niedergeschriebenen Namen starrte.

»Du hast doch wie immer deine Hintergedanken dabei, mein Sohn«, bemerkte der Inspektor müde. »Ich weiß, was du damit sagen willst, aber ich sehe nicht, daß uns das weiterhilft. Höchstens – beim Teufel, das ist wirklich eine Idee!«

Er beugte sich vor und nahm mit frischerwachtem Interesse die Suche wieder auf. Ellery tat es ihm lächelnd nach. Cronin starrte beide verständnislos an.

»Ich schlage vor, ihr weiht mich in diese Sache ein, Leute«, sagte er betrübt.

Der Inspektor richtete sich auf. »Ellery ist da auf etwas gestoßen, das – sollte es sich bewahrheiten – ein Glückstreffer für uns sein könnte und zusätzliches Licht auf Fields Charakter wirft. Dieser rücksichtslose Halunke! Schauen Sie, Tim – wenn ein Mann ein eingefleischter Erpresser ist und Sie finden wiederholt Hinweise darauf, daß er sich äußerst aktiv mit Handschriftenkunde beschäftigt, was würden Sie daraus schließen?«

»Sie meinen, daß er auch ein Fälscher ist?« fragte Cronin stirnrunzelnd. »In all den Jahren, die ich hinter ihm her war, bin ich nie auf den Gedanken gekommen.«

»Er war kein gewöhnlicher Fälscher«, lachte Ellery. »Ich glaube kaum, daß Monte Field jemals eine falsche Unterschrift unter einen Scheck oder so etwas in der Art gesetzt hat. Er war ein zu gerissener Bursche, um einen so folgenschweren Fehler zu begehen. Viel wahrscheinlicher ist, daß er die echten Dokumente, die eine bestimmte Person belasteten, zur weiteren Verwendung für sich behielt, indem er sie kopierte und nur die *Kopien* an ihren ursprünglichen Besitzer verkaufte.«

»Und wenn das so ist, Tim«, fügte der Inspektor bedeutungsvoll hinzu, »und wir diesen Dokumentenschatz hier irgendwo finden sollten – was ich allerdings sehr bezweifle –, werden wir höchstwahrscheinlich auch die echten Papiere finden, deretwegen Field ermordet wurde!«

Cronin sah seine beiden Begleiter enttäuscht an. »Das sind mir ein paar ›Wenns‹ zu viel«, sagte er schließlich kopfschüttelnd.

Schweigend nahmen sie die Suche wieder auf.

Nach einer Stunde kontinuierlicher, ermüdender Arbeit mußten sie sich widerstrebend eingestehen, daß in der Diele nichts versteckt war. Sie hatten nicht einen Millimeter bei ihrer Suche ausgelassen. Die Innenseiten der Lampen und des Buchregals, der zierliche Tisch, der Sekretär von innen und außen, die Kissen, sogar die Wände waren durch den Inspektor, dessen hochgradiger Erregungszustand an seinen zusammengekniffenen Lippen und geröteten Wangen zu erkennen war, sorgfältigst abgesucht worden.

Sie wandten sich nun dem Wohnzimmer zu. Sie nahmen sich zunächst die große Kleiderkammer direkt neben der Diele vor. Der Inspektor und Ellery gingen zum zweiten Mal die Überzieher, Mäntel und Umhänge durch, die dort auf der Stange hingen. Nichts. Darüber auf der Ablage befanden sich die vier Hüte, die sie am Dienstag morgen untersucht hatten: der alte Panamahut, der steife Filzhut, die zwei Hüte aus weichem Filz. Wieder nichts. Cronin ließ sich auf seine Knie fallen, um in die dunkleren Ecken der Kammer spähen zu können, klopfte die Wände ab und suchte nach Anzeichen dafür, daß sich jemand am Holz zu schaffen gemacht hatte. Immer noch nichts. Der Inspektor nahm einen Stuhl zu Hilfe, um die Ecken oberhalb der Hutablage einsehen zu können. Er stieg wieder hinunter und schüttelte den Kopf.

»Das wäre also die Kammer, Jungs«, knurrte er. Sie stürzten sich auf den eigentlichen Wohnraum.

Der große, mit Schnitzereien verzierte Schreibtisch, den Hagstrom und Piggott drei Tage zuvor durchforstet hatten, zog ihre Aufmerksamkeit auf sich. In seinem Inneren lag der Haufen Papiere, Rechnungsbelege und Briefe, den sie dem alten Mann zur Durchsicht bereitgelegt hatten. Tatsächlich sah der alte Queen diese abgerissenen Blätter durch, als könnte auf ihnen eine geheime Botschaft in unsichtbarer Tinte verborgen sein. Er zuckte die Schultern und warf sie wieder hin.

»Verdammt noch mal! Ich fang' auf meine alten Tage noch an zu phantasieren«, schimpfte er. »Daran ist nur dieser schrifststellernde Halunke von Sohn schuld.«

Er nahm die Gegenstände, die er selbst am Dienstag in verschiedenen Manteltaschen gefunden hatte, in die Hand, während Ellery jetzt finster vor sich hin blickte; auf Cronins Gesicht zeigte sich langsam ein melancholischer und resignierter Ausdruck; der alte Mann hantierte geistesabwesend mit Schlüsseln, alten Briefen und Taschen herum und wandte sich dann ab.

»Im Schreibtisch ist nichts zu finden«, verkündete er müde. »Ich bezweifle, daß ein so gerissener Schurke etwas so Naheliegendes wie einen Schreibtisch als Versteck ausgesucht hätte.«

»Ich glaube schon, wenn er jemals Edgar Allan Poe gelesen hätte«, murmelte Ellery. »Laßt uns weitermachen. Sind Sie sicher, daß es hier kein Geheimfach gibt?« fragte er Cronin. Dieser schüttelte seinen roten Schopf betrübt, aber nachdrücklich.

Sie durchstöberten die Möbelstücke, überprüften Teppiche, Lampen, Buchstützen und Gardinenstangen. Mit jedem Mißerfolg zeigte sich auf ihren Gesichtern etwas mehr die offensichtliche Hoffnungslosigkeit der Suche. Als sie die Durchsuchung des Wohnzimmers beendet hatten, schien es das unschuldige Opfer eines Wirbelsturms geworden zu sein – ein dürftiges und trostloses Ergebnis.

»Jetzt bleiben nur noch das Schlafzimmer, die Küche und das Badezimmer übrig«, sagte der Inspektor zu Cronin; und die drei Männer gingen in das Zimmer, in dem Mrs. Angela Russo die Nacht zum Dienstag verbracht hatte.

Die Ausstattung von Fields Schlafzimmer hatte eine eindeutig feminine Note – eine Eigenschaft, die von Ellery dem Einfluß der reizenden Dame aus Greenwich Village zugeschrieben wurde. Ein weiteres Mal sondierten sie das Gelände, wobei nicht ein Millimeter ihren wachsamen Augen und prüfenden Händen entging. Sie zogen das Bettzeug ab und untersuchten die Matratze. Sie brachten das Bett wieder in Ordnung und nahmen sich den Kleiderschrank vor. Jedes einzelne Kleidungsstück wurde herausgezerrt und beharrlich von ihren Fingern auf einen möglichen Inhalt hin abgefühlt – Bademäntel, Schlafröcke, Schuhe, Halstücher. Cronin nahm halbherzig seine Überprüfung der Seitenwände und Gesimse wieder auf. Sie schauten unter die Teppiche und hoben die Stühle hoch; sie schüttelten das Telefonbuch aus, das neben dem Bett auf einem Tischchen lag. Der Inspektor nahm sogar die Metallverkleidung der Heizungsrohre ab, weil sie locker war und ein mögliches Versteck zu sein schien.

Nach dem Schlafzimmer nahmen sie sich die kleine Küche vor. Diese war so überfüllt mit Küchengeräten, daß sie sich kaum darin bewegen konnten. Sie durchstöberten eine große Speisekammer, wobei Cronin seine Finger ärgerlich in die Mehl- und Zuckertöpfe steckte. Der Herd, die Schränke für Geschirr und Töpfe – sogar der marmorne Waschtisch, der in der Ecke stand – wurden methodisch examiniert. An einer Seite des Raumes auf dem Boden stand eine halbleere Kiste mit Schnapsflaschen, auf die Cronin sehnsüchtige Blicke warf, nur um schuldbewußt wieder wegzuschauen, als der Inspektor ihn anstarrte.

»Und jetzt – das Badezimmer«, murmelte Ellery. In unheilvollem Schweigen marschierten sie in den gekachelten Waschraum. Drei Minuten später kamen sie immer noch schweigend wieder heraus und begaben sich ins Wohnzimmer, wo sie sich auf Stühlen niederließen. Der Inspektor zog seine Schnupftabakdose heraus und nahm eine kräftige Prise; Cronin und Ellery zündeten sich Zigaretten an.

»Ich würde sagen, mein Sohn«, sagte der Inspektor mit düsterer Stimme nach einem Augenblick quälenden, nur durch das Schnarchen des in der Diele sitzenden Polizisten durchbrochenen Schweigens, »ich würde sagen, daß die deduktive Arbeitsweise, die Sherlock Holmes und seinen Nachfolgern Ruhm und Glück brachte, versagt hat. Versteh mich richtig, ich beschwere mich nicht ...« Er ließ sich auf seinem Stuhl hängen.

Ellery strich sich nervös über sein glattes Kinn. »Ich hab' mich wohl wirklich blamiert«, gestand er. »Und doch sind diese Papiere hier irgendwo. Ist das nicht ein merkwürdiger Gedanke? Aber es ist einfach nur logisch. Wenn das Ganze aus zehn besteht, und zwei plus drei plus vier ausgeschieden sind, bleibt nur noch eins übrig ... Tut mir leid, daß ich so altmodisch bin. Aber ich bleibe dabei, daß die Papiere hier sind.«

Cronin knurrte und stieß eine große Wolke von Zigarettenrauch aus.

»Ich weiß, ihr werdet Einwände dagegen haben«, murmelte Ellery, während er sich auf seinem Stuhl zurücklehnte. »Laßt uns noch einmal alles durchgehen. Nein, nein!« erklärte er schnell, als er Cronins erschrockenes Gesicht sah – »Überdenken wollte ich sagen ... Mr. Fields Wohnung besteht aus einer Diele, einem Wohnzimmer, einer kleinen Küche, einem Schlaf- und einem Badezimmer. Wir haben ohne Erfolg eine Diele, ein Wohnzimmer, eine kleine Küche, ein Schlaf- und ein Badezimmer durchsucht. Euklid hätte hier voller Bedauern zu einer Schlußfolgerung kommen müssen.« Er dachte nach. »Wie haben wir diese Zimmer durchsucht?« fragte er plötzlich. »Wir haben die sichtbaren Gegenstände durchforscht, die sichtbaren Gegenstände auseinandergenommen. Möbel, Lampen, Teppiche – ich wiederhole: die sichtbaren Gegenstände –, Wände und Gesims. Man sollte meinen, daß nichts unserer Aufmerksamkeit entgangen ist ...«

Er hielt inne, während seine Augen zu leuchten begannen. Der Inspektor wurde auf einmal wieder hellwach. Er wußte aus Erfahrung, daß Ellery selten durch unwichtige Dinge in Aufregung versetzt werden konnte.

»Und doch«, sagte Ellery langsam, während er fasziniert seinen Vater anblickte, »bei den Goldenen Dächern des Seneca, wir haben etwas übersehen – wir haben tatsächlich etwas übersehen!«

»Was!« maulte Cronin. »Sie machen Witze.«

»Oh nein, das tue ich nicht«, antwortete Ellery leise lachend und erhob sich träge. »Wir haben Böden und Wände untersucht, aber haben wir uns mit – den Decken – beschäftigt?«

Er stieß das Wort in einem dramatischen Tonfall aus, während die beiden Männer ihn verwundert anstarrten.

»Worauf willst du hinaus, Ellery?« fragte sein Vater.

Munter drückte Ellery die Zigarette in einem Aschenbecher aus. »Das ist so«, sagte er. »Es liegt in der reinen Logik, daß, wenn man alle Möglichkeiten bis auf eine ausgeschöpft hat, diese eine, wie unwahrscheinlich oder lächerlich sie erscheinen mag, *die richtige sein muß* ... Ein Analogieschluß zu dem, daß die Papiere hier in dieser Wohnung sind.«

»Aber, Mr. Queen, bei aller Liebe – Decken!« platzte Cronin heraus, während der Inspektor schuldbewußt die Wohnzimmerdecke betrachtete. Ellery sah seinen Blick, lachte und schüttelte den Kopf.

»Ich will damit nicht sagen, daß wir einen Verputzer holen sollten, damit er uns diese reizenden Decken herunterholt«, sagte er. »Ich weiß nämlich bereits Bescheid. Was ist in diesen Zimmern an der Decke befestigt?«

»Die Leuchter«, brummte Cronin voller Zweifel und warf einen Blick auf das schwere bronzene Objekt über ihren Köpfen.

»Zum Teufel – der Baldachin über dem Bett!« rief der Inspektor. Er sprang auf und rannte ins Schlafzimmer. Cronin stampfte

242

schwerfällig hinter ihm her, während Ellery interessiert nachfolgte. Sie blieben vor dem Bett stehen und blickten zu dem Baldachin empor. Im Gegensatz zu den gewöhnlichen amerikanischen Baldachinen war dieses reich verzierte Schmuckstück nicht einfach als Teil des Bettes ein großes Stoffrechteck, das auf vier Pfosten gehängt war. Das Bett war so konstruiert, daß die vier Pfosten vom Boden bis an die Decke reichten. Der schwere kastanienbraune Damastvorhang reichte ebenfalls vom Boden bis an die Decke, von wo er – von einer beringten Stange gehalten – in schweren Falten herabfiel.

»Wenn überhaupt irgendwo«, brummte der Inspektor, während er einen der damastbezogenen Schlafzimmerstühle herbeizog, »dann einzig und allein dort oben! Helft mir mal.«

Er stand auf dem Stuhl, ohne sich im geringsten um die Verwüstungen, die seine Schuhe auf dem seidenen Stoff anrichteten, zu scheren. Er stellte fest, daß er auch mit ausgestreckten Armen bei weitem nicht an die Decke heranreichte, und stieg wieder herab.

»Sieht auch nicht so aus, als könntest du es schaffen, Ellery«, brummte er. »Und Field war keineswegs größer als du. Es muß hier irgendwo eine Leiter geben, mit der Field da herangekommen ist!«

Cronin stürzte auf Ellerys Wink hin in die Küche und war im Nu mit einer sechssprossigen Leiter zurück. Der Inspektor stieg auf die höchste Stufe und bemerkte, daß er die Vorhangstange immer noch nicht berühren konnte. Dann nahm Ellery die Sache in die Hand, indem er seinen Vater anwies herunterzukommen und selbst nach oben stieg. Oben auf der Leiter war er nun in der Lage, die Oberseite des Baldachins zu erforschen.

Er ergriff den Damast und zog fest daran. Der ganze Stoff gab nach, fiel zur Seite und legte eine zwanzig Zentimeter hohe Holzleiste frei – einen Rahmen, der hinter dem Vorhang verborgen gewesen war. Ellerys Finger tasteten die aus Holz gearbeitete Vertäfelung ab, während Cronin und der Inspektor ihm mit wechselndem Gesichtsausdruck dabei zusahen. Da er im Augenblick keine Öffnung entdecken konnte, beugte Ellery sich vor und erkundete den Stoff unmittelbar unter dem Boden der Verkleidung. »Reiß ihn runter!« knurrte der Inspektor.

Ellery zerrte mit Gewalt an dem Stoff, und der gesamte Damastbaldachin fiel auf das Bett. Der unverzierte Boden der Verkleidung wurde sichtbar.

»Alles hohl«, verkündete Ellery, während er mit seinen Fingern gegen die Unterseite der Verkleidung klopfte.

»Das hilft uns nicht weiter«, sagte Cronin. »Klar, daß das kein massives Holz ist. Warum versuchen Sie es nicht auf der anderen Seite des Bettes, Mr. Queen?«

Aber Ellery, der sich wieder der Vorderseite der Verkleidung zugewandt hatte, stieß einen Triumphschrei aus. Er hatte eine komplizierte machiavellische Geheimtür gesucht, hatte nun aber herausgefunden, daß die ›Geheimtür‹ aus nichts Raffinierterem als einem verschiebbaren Brett bestand. Es war gut versteckt – die Stoßstelle zwischen dem verschiebbaren Brett und den festen Brettern war unter einer Reihe von Rosetten und groben Dekorationen verborgen –, aber es war nicht die Art von Versteck, die ein Adept der Kriminalwissenschaften als Meisterwerk in der Kunst des Versteckens gepriesen hätte.

»Ich scheine doch recht zu behalten«, bemerkte Ellery leise lachend, als er in die dunklen Ecken des Hohlraumes, den er aufgedeckt hatte, spähte. Er schob seinen Arm in die Öffnung, während der Inspektor und Cronin ihm mit angehaltenem Atem zusahen.

A – Decke
B – Tür zum Wohnzimmer
C – Spiegel
D – Toilettentisch

E – Von der Decke bis zum Boden reichende Damastvorhänge; die schraffierten Flächen bezeichnen die Holztäfelung, in der Hüte verborgen sind.

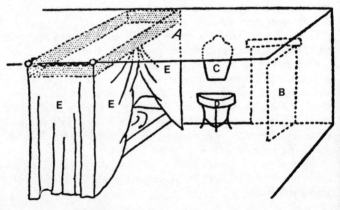

»Bei allen heidnischen Göttern«, rief Ellery plötzlich aufgeregt aus. »Erinnerst du dich daran, was ich zu dir gesagt habe, Vater? Wo anders sollten die Papiere sein als in – Hüten!«

Er zog seinen staubbedeckten Arm wieder heraus, und die beiden Männer sahen, was er in der Hand hielt – einen seidenen Zylinder!

Cronin führte einen Freudentanz auf, als Ellery den Hut auf das Bett fallen ließ und seinen Arm ein zweites Mal in die weite Öffnung steckte. Augenblicklich zog er einen weiteren Hut hervor – und einen weiteren – und noch einen! Da lagen sie nun auf dem Bett – zwei seidene Hüte und zwei Melonen.

»Nimm die Taschenlampe hier«, wies ihn der Inspektor an. »Schau nach, ob da oben sonst noch etwas zu finden ist.«

Ellery nahm die angebotene Lampe und leuchtete damit in die Öffnung. Einen Moment später kletterte er herab und schüttelte den Kopf.

»Das ist alles«, verkündete er, während er sich den Staub von den Ärmeln klopfte, »aber ich würde sagen, daß das völlig ausreicht.«

Der Inspektor nahm die vier Hüte und trug sie ins Wohnzimmer, wo er sie auf dem Sofa ablegte. Die drei Männer nahmen mit ernsten Gesichtern Platz und sahen sich an.

»Ich kann es kaum abwarten zu sehen, was damit los ist«, sagte Cronin schließlich leise.

»Ich habe richtig Angst nachzusehen«, gab der Inspektor zurück.

»Mene mene tekel upharsin«, lachte Ellery. »Hier könnte man es als ›die Handschrift auf der Vertäfelung‹ bezeichnen. Fahren Sie mit der Untersuchung fort, MacDuff!«

Er griff sich einen der seidenen Hüte. Auf dem kostbaren Satinfutter war das schlichte Markenzeichen der Gebrüder Browne zu erkennen. Er riß das Futter heraus, konnte darunter nichts entdecken und versuchte, das lederne Schweißband zu entfernen. Es leistete auch seinen stärksten Bemühungen Widerstand. Er lieh sich Cronins Taschenmesser aus und trennte das Band mit einiger Schwierigkeit ab. Dann sah er auf.

»Dieser Hut, Römer und Landsleute«, sagte er gutgelaunt, »enthält nichts, was nicht jedem gewöhnlichen Hut zu eigen ist. Wollt ihr es selbst prüfen?«

Cronin stieß einen wilden Schrei aus, riß ihn dem Inspektor aus der Hand und zerfetzte ihn wütend in tausend Stücke.

245

»Verflucht!« rief er verärgert aus, während er die Überreste des Hutes auf den Boden warf. »Erklären Sie das bitte einem so unterentwickelten Verstand wie dem meinen, Inspektor.«

Queen lächelte, als er den nächsten Zylinder nahm und ihn neugierig betrachtete.

»Sie sind im Nachteil, Tim«, sagte er, »Wir wissen bereits, warum einer dieser Hüte leer ist, nicht wahr, Ellery?«

»Michaels«, murmelte Ellery.

»Ganz genau – Michaels«, gab der Inspektor zurück.

»Charly Michaels!« rief Cronin. »Fields Leibwache, bei allen Heiligen! Was hat der damit zu tun?«

»Das weiß ich noch nicht genau. Wissen Sie etwas Genaueres über ihn?«

»Nichts, außer daß er permanent an Fields Rockschößen hing. Er ist ein ehemaliger Knastbruder, wußten Sie das?«

»Ja«, antwortete der Inspektor verträumt. »Wir werden uns ein anderes Mal über diesen Abschnitt in Mr. Michaels' Leben unterhalten müssen ... Aber lassen Sie mich Ihnen das mit dem Hut erklären: Laut seiner eigenen Aussage legte Michaels am Abend des Mordes Field die Abendgarderobe heraus, einschließlich eines seidenen Zylinders. Michaels beschwor, daß Field seines Wissens nur einen einzigen Zylinder besaß. Wenn wir nun davon ausgehen, daß Field Hüte als Verstecke für Dokumente benutzte und an diesem Abend mit einem präparierten Hut zum Römischen Theater gehen wollte, muß er notwendigerweise den leeren Hut, den Michaels für ihn bereitgelegt hatte, durch den präparierten ersetzt haben. Da er so darauf bedacht war, nur einen Zylinder in seinem Schrank aufzubewahren, war ihm klar, daß Michaels, würde er einen Hut finden, gleich Verdacht schöpfen würde. Da er also die beiden Hüte austauschte, mußte er den leeren verstecken. Was hätte also näher gelegen, als ihn dahin zu legen, von wo er den präparierten entnommen hatte – nämlich hinter die Verkleidung über dem Bett?«

»Das haut mich wirklich um!« rief Cronin aus.

»Schließlich«, fuhr der Inspektor fort, »können wir davon ausgehen, daß Field, der bei seinen Kopfbedeckungen ungeheuer vorsichtig war, den Hut nach seiner Rückkehr wieder in seinem Versteck untergebracht hätte. Er hätte den Hut, den Sie eben in Stücke gerissen haben, herausgeholt und ihn in seinen Kleiderschrank zurückgelegt ... Aber wir sollten weitermachen.«

Er riß das Lederband aus dem zweiten Zylinder, der ebenfalls das Zeichen der Gebrüder Browne enthielt. »Schaut euch das an!« rief er. Die beiden Männer beugten sich über den Hut und sahen, daß auf der Innenseite des Lederbandes – klar und deutlich mit roter Tinte geschrieben – die Worte ›Benjamin Morgan‹ standen.

»Ich muß Sie um Verschwiegenheit bitten, Tim«, wandte sich der Inspektor sofort an den rothaarigen Mann. »Reden Sie niemals darüber, daß Sie von der Existenz von Dokumenten wissen, die den Namen Benjamin Morgan mit dieser Angelegenheit in Verbindung bringen.«

»Für wen halten Sie mich, Inspektor?« schimpfte Cronin. »Sie können mir glauben, ich bin so stumm wie ein Fisch!«

»Dann ist alles klar.« Queen befühlte das Futter des Hutes. Ein deutliches Knistern war zu hören ...

»Jetzt wissen wir zum ersten Mal definitiv, warum der Mörder am Montag abend den Hut, den Field trug, entfernen *mußte*«, bemerkte Ellery ruhig. »Mit ziemlicher Sicherheit war der Name des Mörders in der gleichen Weise hineingeschrieben – das ist wasserfeste Tinte, müßt ihr wissen –, und der Mörder konnte doch nicht einen Hut, der seinen eigenen Namen trug, am Ort des Verbrechens zurücklassen.«

»Verdammt, wenn Sie jetzt nur diesen Hut hätten«, rief Cronin, »wüßten Sie, wer der Mörder ist!«

»Ich befürchte, Tim«, bemerkte der Inspektor trocken, »dieser Hut ist längst von uns gegangen.«

Er wies auf eine Reihe sorgfältig ausgeführter Nadelstiche hin, die am unteren Rande des Schweißbandes, dort, wo das Futter an den Hut geheftet war, angebracht waren. Er riß die Naht leicht auf und schob seine Finger unter das Futter. Wortlos zog er ein Bündel Papiere heraus, das durch ein dünnes Gummiband zusammengehalten wurde.

»Wenn ich wirklich so schlimm wäre, wie manche Leute glauben«, bemerkte Ellery gedankenverloren, während er sich zurücklehnte, »würde ich jetzt mit vollem Recht behaupten: ›Ich hab' es euch doch gleich gesagt.‹«

»Wir wissen, wann wir uns geschlagen geben müssen, mein Sohn – du brauchst es uns nicht noch unter die Nase zu reiben«, meinte der Inspektor lachend. Er zog das Gummiband ab, überflog schnell die Papiere und steckte sie mit zufriedenem Lächeln in seine Brusttasche.

»Morgans Briefe«, sagte er kurz und nahm sich eine der Melonen vor.

Die Innenseite des Schweißbandes war mit einem geheimnisvollen X markiert. Der Inspektor fand eine Reihe von Nadelstichen genau wie zuvor im Zylinder. Nachdem er die Papiere herausgezogen hatte – ein dickeres Bündel als zuvor das von Morgan –, sah er sie oberflächlich durch. Er gab sie dann weiter an Cronin, dessen Finger zitterten.

»Ein Glückstreffer, Tim«, sagte er langsam. »Der Mann, den Sie schnappen wollten, ist tot, aber hier können Sie eine Menge großer Namen finden. Sie werden noch zum Helden avancieren.«

Cronin griff nach dem Bündel Papiere und faltete sie nacheinander wie im Rausch auseinander. »Das sind sie – das sind sie!« rief er. Er sprang auf und stopfte das Bündel in seine Tasche.

»Ich muß los, Inspektor«, sagte er schnell. »Es gibt schließlich eine Menge zu tun – und außerdem, was Sie in diesem vierten Hut finden werden, ist nicht meine Angelegenheit. Ich kann Ihnen und Mr. Queen gar nicht genug danken! Bis dann!«

Er stürzte aus dem Zimmer, und einen Augenblick später wurde das Schnarchgeräusch des Polizisten in der Diele abrupt unterbrochen. Die Wohnungstüre fiel mit einem Knall ins Schloß.

Ellery und der Inspektor sahen sich an.

»Ich weiß nicht, wohin uns dieser ganze Kram führen wird«, brummte er, während er sich am Schweißband des letzten Hutes, einer Melone, zu schaffen machte. »Wir haben Verschiedenes gefunden, Schlüsse gezogen, uns alles immer wieder im Kopf herumgehen lassen – nun ...« Er seufzte, als er das Lederband ins Licht hielt.

Es war gezeichnet: DIV.

Achtzehntes Kapitel

in welchem man einen toten Punkt erreicht

Am Freitag mittag, während Inspektor Queen, Ellery und Timothy Cronin noch mit der Durchsuchung von Monte Fields Zimmern beschäftigt waren, spazierte Sergeant Velie in trüber Stimmung und ungerührt wie immer die 87. Straße vom Broadway her hinab, stieg die Sandsteinstufen zu dem Haus, in dem die Queens lebten, hinauf und klingelte. Mit heiterer Stimme bat Djuna ihn einzutreten; ohne eine Miene zu verziehen, kam der brave Sergeant dieser Aufforderung nach.

»Der Inspektor ist nicht zu Hause«, verkündete Djuna schnippisch, wobei seine schmale Gestalt fast völlig hinter einer riesigen Kittelschürze verborgen war. Der angenehme Duft von Zwiebelsteaks durchzog die Luft.

»Ich werd' dir noch mal Beine machen, du Knirps!« brummte Velie. Aus seiner Brusttasche zog er einen unförmigen versiegelten Briefumschlag und reichte ihn Djuna. »Gib das dem Inspektor, wenn er zurückkommt. Wenn du es vergißt, schmeiß' ich dich in den East River.«

»Und wer hilft Ihnen dabei?« flüsterte Djuna, wobei es um seine Lippen merklich zuckte. »Ja, Sir«, fügte er dann anständig hinzu.

»Dann ist es gut.« Bedächtig machte Velie wieder kehrt und stieg zur Straße hinunter; aus dem Fenster konnte der grinsende Djuna noch eine Weile auf seine breiten Schultern hinabschauen.

Als sich dann kurz vor sechs Uhr die beiden Queens müde und erschöpft in ihre Wohnung schleppten, fiel der wachsame Blick des Inspektors sofort auf den Dienstumschlag.

Er riß den Umschlag auf einer Seite auf und zog eine Reihe von maschinengeschriebenen Blättern aus dem Büro der Kriminalpolizei heraus.

»Sehr schön«, murmelte er in Richtung Ellery, der sich gerade langsam den Mantel auszog. »Jetzt haben wir alle zusammen ...«

Er ließ sich in einen Sessel fallen und begann – den Hut noch auf seinem Kopf, den Mantel noch zugeknöpft –, die Berichte laut vorzulesen.

Auf dem ersten Blatt stand:

Bericht über die Freilassung

28. September 192–

John Cazzanelli, alias Pfarrer Johnny, alias Itaker-John, alias Peter Dominick, wurde heute unter Auflagen aus der Haft entlassen.

Geheime Nachforschungen über J. C.s Mittäterschaft beim Raubüberfall auf die Seidenspinnerei Bonomo (2. Juni 192–) blieben ohne Ergebnis. Wir suchen nach ›Dinky‹ Morehouse, einem Polizeiinformanten, der zur Zeit nirgendwo aufzufinden ist, um weitergehende Informationen zu erhalten.

Entlassung erfolgte auf Anweisung von Staatsanwalt Sampson. J. C. wird überwacht und ist jederzeit verfügbar.

T. V.

Der zweite Bericht, den der Inspektor in die Hand nahm, nachdem er die Mitteilung betreffs Pfarrer Johnny stirnrunzelnd beiseite gelegt hatte, lautete folgendermaßen:

Bericht über William Pusak

28. September 192–

Die Nachforschungen über den Werdegang von William Pusak haben folgendes ergeben:

32 Jahre alt; geboren in Brooklyn, N.Y., als Sohn von Einwanderern; unverheiratet, jedoch kein Einzelgänger; hat Verabredungen an drei oder vier Abenden in der Woche; religiös. Ist Buchhalter im Bekleidungsgeschäft Stein & Rauch, 1076 Broadway. Spielt nicht und trinkt nicht. Bewegt sich nicht in schlechter Gesellschaft. Sein einziges Laster scheinen die Frauen zu sein.

Ging seit Montag abend seinen normalen Aktivitäten nach. Keine Briefe abgeschickt, kein Geld von der Bank abgehoben, ganz gewöhnliche Arbeitszeit. Nichts, was Verdacht erregen könnte.

Das Mädchen, Esther Jablow, scheint wohl Pusaks Favoritin zu sein. Hat E. J. zweimal seit Montag gesehen – Dienstag zum Mittagessen und Mittwoch abend. An dem Abend gingen sie ins Kino und in ein chinesisches Restaurant.

Detective, Dienstnummer 4
Genehmigt: T. V.

Brummend warf der Inspektor das Blatt beiseite. Die Überschrift über dem dritten Bericht lautete:

Bericht über Madge O'Connell

Bis Freitag, 28. Sept. 192–

O'Connell wohnt in der 10. Avenue, Nr. 1436. Mietwohnung im vierten Stock. Uneheliches Kind. Wegen der Schließung des Römischen Theaters seit Montag abend ohne Arbeit. Verließ das Theater an besagtem Abend zusammen mit den Zuschauern. Ging nach Hause, führte aber unterwegs noch von einem Drugstore Ecke 8. Avenue und 48. Straße ein Telefongespräch. Mit wem, war nicht herauszufinden. Konnte hören, wie Pfarrer Johnny in dem Gespräch erwähnt wurde. Sie schien sehr aufgeregt zu sein.

Verließ am Dienstag bis ein Uhr mittags nicht das Haus. Kein Versuch, Pfarrer Johnny im Gefängnis zu sprechen. Klapperte einige Theateragenturen ab, um Stelle als Platzanweiserin zu finden, nachdem sie erfahren hatte, daß das Römische Theater auf unbestimmte Zeit geschlossen war.

Bis Donnerstag dann nichts Neues. Nach einem Anruf des Managers ging sie am Donnerstag abend wieder zurück an ihre Arbeit. Machte keinen Versuch, Pfarrer Johnny zu sehen oder zu sprechen. Keine Telefonanrufe, keine Besucher, keine Post. Schien verdächtig – vermutlich weiß sie aber, daß sie beschattet wird.

Detective, Dienstnummer 11
Genehmigt: T. V.

»Hm!« brummte der Inspektor, als er das nächste Blatt aufnahm. »Mal sehen, was jetzt kommt ...«

Bericht über Frances Ives-Pope

28. September 192–

F.I.-P. verließ das Römische Theater am Montag abend, direkt, nachdem sie aus dem Büro des Geschäftsführers von Inspektor Queen entlassen worden war. Wurde wie die anderen Zuschauer auch am Hauptausgang durchsucht. Ging zusammen mit den Mitgliedern des Ensembles, Eve Ellis, Stephen Barry und Hilda Orange weg. Nahmen ein Taxi zum Haus der Ives-Popes am Riverside Drive. Man brachte sie in halb bewußtlosem Zustand ins Haus. Die drei Schauspieler verließen das Haus bald darauf wieder.

Am Dienstag hat sie das Haus nicht verlassen. Von einem Gärtner erfuhr ich, daß sie den ganzen Tag im Bett zubrachte; auch daß sie viele Anrufe im Verlauf des Tages erhielt.

Vor Mittwoch morgen zur Unterredung mit Inspektor Queen im eigenen Haus trat sie kaum in Erscheinung. Nach der Unterredung verließ sie das Haus in Begleitung von Stephen Barry, Eve Ellis, James Peale und ihrem Bruder Stanford. Im Wagen der Familie Ausflug nach Westchester. Der Ausflug brachte wieder etwas Leben in F. Den Abend verbrachte sie mit Stephen Barry zu Hause beim Kartenspiel.

251

Am Donnerstag ging sie auf der Fifth Avenue einkaufen. Traf Stephen Barry zu einem kleinen Imbiß. Er brachte sie zum Central Park; haben den Nachmittag dort draußen verbracht. Noch vor fünf begleitete S. B. sie nach Hause. S. B. blieb dort zum Essen und brach danach auf einen Anruf des Managers hin zum Römischen Theater auf. F.I.-P. verbrachte den Abend zusammen mit der Familie zu Hause.

Freitag morgen nichts zu berichten. Die ganze Woche über keinerlei verdächtige Bewegungen. Keine unbekannte Person ist an sie herangetreten. Keinerlei Kontakt zu Benjamin Morgan.

Detective, Dienstnummer 39
Genehmigt: T. V.

»Das wäre also das«, murmelte der Inspektor. Der nächste Bericht, den er sich vornahm, war äußerst kurz.

Bericht über Oscar Lewin

28. September 192–

Lewin verbrachte die Tage von Dienstag bis Freitag morgen im Büro von Monte Field, wo er mit den Herren Stoates und Cronin zusammenarbeitete. Die drei gingen jeden Tag zusammen zum Mittagessen.

Lewin ist verheiratet und wohnt in der Bronx, 156. Straße, Nr. 211 E. Er verbrachte jeden Abend zu Hause. Keine verdächtige Post, keine verdächtigen Anrufe. Hat keine schlechten Angewohnheiten. Führt ein unauffälliges und anspruchsloses Leben. Hat einen guten Ruf.

Detective, Dienstnummer 16

Vermerk: Vollständige Angaben zu Oscar Lewins Vergangenheit, Angewohnheiten etc. sind auf Wunsch über Timothy Cronin, Assistent des Staatsanwalts, erhältlich.

T. V.

Der Inspektor seufzte, als er die fünf Blätter mit den Berichten durchgesehen hatte, erhob sich, nahm Hut und Mantel ab, warf sie dem bereits wartenden Djuna in die Arme und setzte sich wieder hin. Dann nahm er den letzten Bericht, der sich in dem Umschlag befunden hatte – ein größeres Blatt, an das ein kleiner Streifen Papier mit der Aufschrift VERMERK FÜR R. Q. geheftet war. Auf dem Streifen stand noch:

Dr. Prouty ließ den beigefügten Bericht heute morgen zur Weiterleitung an Sie bei mir zurück. Es tut ihm leid, daß er nicht persönlich bei Ihnen vorsprechen kann, aber der Burbridge-Giftmord nimmt seine ganze Zeit in Anspruch.

In vertrauter Weise war der Text unterzeichnet mit Velies hingekritzelten Initialen.

Das daran angeheftete Blatt war eine hastig heruntergetippte
Botschaft unter dem Briefkopf des gerichtsmedizinischen Instituts.

Lieber Q [so lautete die Botschaft]: Hier noch ein kleiner Dämpfer in bezug
auf das Tetrableiäthyl. Jones und ich haben eine umfassende Untersuchung
durchführen lassen, um seiner Herkunft auf die Spur zu kommen. Ohne
Erfolg, und ich glaube, Sie müssen sich in bezug darauf in Ihr Schicksal
fügen. Sie werden das Gift, mit dem Monte Field getötet wurde, nicht
zurückverfolgen können. Das ist nicht nur die Meinung Ihres untertänig-
sten Dieners, sondern auch die vom Chef und von Jones. Wir stimmen alle
darin überein, daß das mit dem Benzin wohl die wahrscheinlichste Erklärung ist. Versuch *daraus* mal eine Spur zu machen, Sherlocko!

Ein handgeschriebenes Postscriptum Dr. Proutys lautete:

Sollte sich noch irgend etwas ergeben, werde ich Sie es natürlich wissen
lassen. Bleiben Sie nüchtern!

»Das ist ja alles ziemlich unerfreulich«, murmelte der Inspektor,
während Ellery wortlos das verlockend wirkende Mahl in Angriff
nahm, das der unbezahlbare Djuna zubereitet hatte. Schlecht
gelaunt stocherte der Inspektor im Obstsalat herum. Er wirkte
ganz und gar nicht glücklich. Er murmelte vor sich hin, warf
unheilvolle Blicke auf die Blätter mit den Berichten, schaute auf
Ellerys abgespanntes Gesicht und dessen kräftig arbeitenden Kiefer
und warf schließlich sogar seinen Löffel beiseite.

»Etwas Nutzloseres und Ärgerlicheres als dieser Haufen
Berichte ist mir noch nicht untergekommen!« grollte er.

Ellery lächelte. »Denk immer an Periander ... Was? Bitte etwas
mehr Höflichkeit, Sir ... Periander von Korinth, der irgendwann
einmal sehr nüchtern bemerkt hat: ›Dem Fleißigen ist nichts unmöglich!‹«

Während das Kaminfeuer noch loderte, rollte sich Djuna in seiner
Lieblingsposition in einer Ecke auf dem Fußboden zusammen.
Ellery rauchte eine Zigarette und blickte zufrieden in die Flammen;
voller Zorn stopfte sich der alte Queen den Inhalt seiner Schnupftabakdose in die Nase. Die beiden machten sich nun an ein

253

ernsthaftes Gespräch. Oder um es genauer auszudrücken – Inspektor Queen machte sich daran und brachte auch die ernsthafte Note in das Gespräch, während Ellery in erhaben verträumter Stimmung weit weg von solch niedrigen Dingen wie Verbrechen und Sühne zu sein schien.

Hart schlug der alte Mann mit der Hand auf die Armlehne seines Stuhls. »Ellery, hast du schon jemals einen solch nervenaufreibenden Fall erlebt?«

»Ganz das Gegenteil ist der Fall«, meinte Ellery dazu und blickte mit halbgeschlossenen Augen in die Flammen. »Deine Nerven lassen nach. Du läßt zu, daß dich so unbedeutende Dinge wie das Ergreifen eines Mörders übermäßig in Aufregung versetzen. Entschuldige meine hedonistische Einstellung zum Leben ... Vielleicht kannst du dich daran erinnern, daß in meinem Buch ›Das Geheimnis des schwarzen Fensters‹ meine guten Detektive keinerlei Probleme hatten, den Verbrecher zu ergreifen. Und warum? Weil sie immer kühlen Kopf behielten. Schlußfolgerung: Behalte immer einen kühlen Kopf ... Ich denke bereits an morgen. Ach wie herrlich, in Urlaub zu fahren!«

»Für einen gebildeten jungen Mann, mein Sohn«, knurrte der Inspektor gereizt, »drückst du dich wirklich erstaunlich unverständlich aus. Du sagst oft Sachen, die nichts bedeuten, und meinst etwas, wenn du nichts sagst. Nein – ich bin wirklich ganz durcheinander!«

Ellery brach in Gelächter aus. »Die Wälder in Maine – die herbstlichen Farben – Chauvins Hütte am See – eine Angelrute – die gute Luft. – Oh Gott, wann wird denn endlich morgen sein?«

Inspektor Queen schaute seinen Sohn voll mitfühlender Ungeduld an. »Ich – ich wüßte nur gerne ... Nun, kann dir ja egal sein.« Er seufzte. »Aber das eine sage ich dir, wenn mein kleiner Einbrecher versagt, sind wir aufgeschmissen.«

»Zum Teufel mit allen Einbrechern!« rief Ellery. »Was hat Pan schon mit den irdischen Widerwärtigkeiten zu schaffen? Mein nächstes Buch ist bereits so gut wie fertig, Vater.«

»Du Schurke hast dir wohl wieder deine Einfälle aus dem wirklichen Leben abgeschaut«, murmelte der alte Mann. »Solltest du den Field-Mord für deinen neuesten Fall verwenden, so wäre ich schrecklich daran interessiert, die letzten Kapitel zu lesen.«

»Armer Vater!« sagte Ellery grinsend. »Nimm das Leben doch nicht so schwer! Wenn du es nicht schaffst, dann schaffst du es eben nicht. Monte Field ist diese ganze Aufregung nun wirklich nicht wert.«

»Darum geht's ja gar nicht«, sagte der alte Mann. »Ich hasse es nur, Niederlagen einzugestehen ... Was für ein wirres Durcheinander von Motiven und Machenschaften! Das ist die härteste Nuß, die ich jemals zu knacken hatte. Der Fall könnte einen zum Wahnsinn treiben. Ich weiß, *wer* den Mord begangen hat – ich weiß, *warum* der Mord begangen wurde – ich weiß sogar, *wie* der Mord begangen wurde. Und wo steh' ich damit?« Er machte eine Pause und nahm wütend eine Prise Schnupftabak. »Unendlich weit vom Ziel entfernt – genau dort!« knurrte er und ließ sich in seinem Stuhl zurückfallen.

»Sicher eine ziemlich ungewohnte Situation«, murmelte Ellery. »Aber es sind schon schwierigere Dinge zu Ende gebracht worden... Heißa! Ich kann es kaum erwarten, in diesem paradiesischen Wasser baden zu gehen.«

»Und dir höchstwahrscheinlich eine Lungenentzündung zu holen«, sagte der Inspektor besorgt. »Du versprichst mir auf der Stelle, daß du da draußen keine Zurück-zur-Natur-Kraftakte treibst. Ich will nicht noch ein Begräbnis am Hals haben – ich ...«

Ellery war auf einmal sehr schweigsam geworden. Er schaute hinüber zu seinem Vater. Der Inspektor erschien merkwürdig alt in dem flackernden Kaminfeuer. Ein Ausdruck von Schmerz ließ seine zerfurchten Gesichtszüge sehr menschlich erscheinen. Die Hand, mit der er sein dichtes graues Haar nach hinten schob, wirkte beängstigend zerbrechlich.

Ellery erhob sich, zögerte, errötete leicht und beugte sich dann sanft nach vorne und tätschelte seinem Vater die Schultern.

»Kopf hoch, Vater«, sagte er mit leiser Stimme. »Hätte ich das nicht mit Chauvin abgesprochen ... Es wird sich alles aufklären – das kannst du mir glauben. Wenn ich dir auch nur in irgendeiner Weise helfen könnte, wenn ich hierbliebe ... Aber da gibt es nichts. Das ist jetzt ganz alleine dein Job, Vater – und es gibt keinen Menschen auf der Welt, der ihn besser erledigen könnte als du.« Der alte Mann sah mit einem ungewohnten Ausdruck von Zuneigung zu ihm auf. Ellery wandte sich schnell ab. »Gut«, sagte er leichthin, »ich muß jetzt packen gehen, wenn ich morgen früh um 7.45 Uhr den Zug vom Grand Central erwischen will.«

Er verschwand ins Schlafzimmer. Djuna, der im Schneidersitz in seiner Ecke gesessen hatte, stand leise auf und kam durch das

Zimmer auf den Inspektor zu. Er ließ sich auf dem Boden nieder und lehnte seinen Kopf gegen die Knie des Inspektors. Die Stille wurde nur durchbrochen durch das Knistern der Holzscheite im Kamin und Ellerys gedämpfte Schritte im Nebenzimmer.

Der Inspektor war sehr müde. Sein Gesicht, erschöpft, schmal, weiß, gezeichnet, ähnelte in dem gedämpften roten Licht einer Kameenschnitzerei. Mit der Hand streichelte er über Djunas krauses Haar.

»Djuna, mein Bursche«, murmelte er, »werde bloß nicht Polizist, wenn du erwachsen bist.«

Djuna drehte den Kopf nach oben und schaute den alten Mann ernst an. »Ich möchte genau so werden wie Sie«, verkündete er.

Der alte Mann sprang auf, als das Telefon klingelte. Er schnappte sich das Gerät vom Tisch – sein Gesicht war aschfahl – und sagte mit erstickter Stimme: »Hier Queen. Nun?«

Nach einer Weile legte er den Hörer auf und schleppte sich mühsam durch den Raum zum Schlafzimmer. Er lehnte sich schwer gegen den Türrahmen. Ellery richtete sich von seinem Koffer auf – und stürzte nach vorne.

»Vater!« schrie er. »Was ist los?«

Der Inspektor versuchte ein schwaches Lächeln. »Nur ein wenig erschöpft, mein Sohn, glaube ich«, brachte er schleppend hervor. »Ich habe gerade von unserem Einbrecher gehört ...«

»Und ...?«

»Er hat absolut nichts gefunden.«

Ellery packte seinen Vater am Arm und führte ihn zu einem Stuhl neben dem Bett. Der alte Mann ließ sich darauf fallen; seine Augen sahen unbeschreiblich müde aus. »Ellery, mein Sohn«, sagte er, »jetzt haben wir noch nicht einmal das Fünkchen eines Beweises. Es ist zum Verrücktwerden? Nicht die Spur eines wirklich greifbaren Beweises, der den Mörder vor Gericht überführen würde. Was haben wir schon? Eine Reihe toll klingender Schlußfolgerungen – und das ist auch schon alles. Nach einer guten Verteidigung wäre das Ganze löchrig wie Schweizer Käse ... Nun gut! Darüber ist das letzte Wort noch nicht gesprochen worden«, fügte er auf einmal grimmig hinzu, als er sich von dem Stuhl erhob. Mit wiederkehrender Energie klopfte er seinem Sohn kraftvoll auf die breiten Schultern.

»Geh zu Bett, Sohn«, sagte er. »Du mußt morgen früh aufstehen. Ich werde noch etwas aufbleiben und nachdenken.«

Zwischenspiel

in welchem der geneigte Leser höflichst um Aufmerksamkeit gebeten wird

Im Genre des Kriminalromans ist es gegenwärtig zur Mode geworden, den Leser alles aus der Perspektive des Helden erleben zu lassen. Ich habe Mr. Ellery Queen dazu bewegen können, an diesem Punkt von ›Der mysteriöse Zylinder‹ einen Einschub zu erlauben, um den Leser auf die Probe zu stellen ... »Wer ermordete Monte Field? Wie wurde der Mord ausgeführt?« ... Mr. Queen stimmt mit mir darin überein, daß der wachsame Leser von Kriminalromanen, der nun Kenntnis von allen sachdienlichen Fakten hat, zu diesem Zeitpunkt des Geschehens bereits zu eindeutigen Schlußfolgerungen bezüglich der oben aufgeworfenen Fragen gekommen sein sollte. Zur Auflösung – oder zumindest soweit, unfehlbar den Schuldigen zu benennen – kann man über eine Reihe logischer Schlüsse und psychologischer Beobachtungen gelangen... Und indem ich zum letzten Mal in dieser Geschichte in Erscheinung trete, möchte ich dem Leser in Abwandlung des Spruches »Caveat Emptor« die dringende Ermahnung mit auf den Weg geben: »Möge sich der Leser in acht nehmen!«

J. J. McC

Vierter Teil

»*Der perfekte Verbrecher ist ein Übermensch. Bei der Ausführung muß er übertrieben genau sein. Unbemerkt, fast unsichtbar, ein Einzelgänger. Er darf weder Freunde noch Angehörige besitzen. Er muß sich vor Fehlern in acht nehmen, blitzschnell denken und handeln können ... Aber das ist noch nicht alles. Solche Männer gab es bereits ... Außerdem muß er ein vom Schicksal Begünstigter sein – denn Umstände, über die er nicht die entfernteste Kontrolle hat, dürfen nie zu seinem Untergang führen. Dies ist meiner Ansicht nach schon sehr schwierig zu erlangen ... Doch das letzte ist am allerschwierigsten. Er darf niemals sein Verbrechen wiederholen, noch die gleiche Waffe benutzen oder dasselbe Motiv haben ... In all den vierzig Jahren meiner Dienstzeit bin ich nicht einmal auf den perfekten Verbrecher gestoßen oder habe in einem perfekten Verbrechen ermittelt.*«

Aus *Das amerikanische Verbrechertum
und Methoden zu seiner Aufdeckung*
von *Richard Queen*

Neunzehntes Kapitel

in welchem Inspektor Queen weitere ernste
Unterredungen führt

Vor allem Staatsanwalt Sampson fiel es auf, daß Inspektor
Richard Queen an diesem Samstag abend nicht ganz er selbst
zu sein schien. Der alte Mann war nervös, bissig und äußerst
unangenehm im Umgang. Er schritt mürrisch über den Teppich im
Büro des Managers Louis Panzer, biß sich auf die Lippen und
brummte vor sich hin. Er schien die Anwesenheit von Panzer,
Sampson und einer dritten Person, die noch nie im Allerheiligsten
des Theaters gewesen war und die – mit Augen so groß wie
Untertassen – zusammengehockt in einem von Panzers großen
Stühlen saß, völlig vergessen zu haben. Diese dritte Person war
Djuna, der Junge mit den leuchtenden Augen, dem das einmalige
Privileg zukam, seinen grauhaarigen Herrn bei dessen letztem
Ausflug ins Römische Theater zu begleiten.

In der Tat war Queen ausgesprochen deprimiert. Er war schon
viele Male zuvor in seinem Beruf mit anscheinend unlösbaren
Problemen konfrontiert gewesen; ebenso viele Male hatte er
anscheinende Fehlschläge zu einem triumphalen Abschluß geführt.
Sampson, der den alten Mann viele Jahre kannte und ihn noch nie
so völlig aus der Fassung erlebt hatte, konnte sich daher das
merkwürdige Verhalten des Inspektors kaum erklären.

Die schlechte Laune des alten Mannes hing jedoch nicht so sehr
mit dem ausbleibenden Erfolg der Ermittlung in Sachen Field
zusammen, wie Sampson sorgenvoll annahm. Der drahtige kleine
Djuna, der mit offenem Mund in seiner Ecke saß, war der einzige
Zeuge des unruhigen Umherwanderns des Inspektors, der den
Grund dafür hätte benennen können. Djuna mit seiner Bauern-
schläue, ein geborener Beobachter, mit Queens Psyche vertraut
dank einer liebevollen Zuneigung, wußte, daß die schlechte Verfas-
sung einzig und allein mit Ellerys Abreise zusammenhing. Ellery
hatte New York an diesem Morgen mit dem Expreßzug um 7.45

Uhr verlassen, nachdem er von seinem düster blickenden Vater noch zum Bahnhof geleitet worden war. Im letzten Moment hatte sich der junge Mann noch umentschieden und seinen Beschluß, auf die Reise nach Maine zu verzichten und bis zum Abschluß des Falles an der Seite seines Vaters zu bleiben, verkündet. Davon jedoch wollte der alte Mann nichts wissen. Er kannte seinen Sohn gut genug, um zu wissen, wie sehr sich dieser auf seinen Urlaub seit über einem Jahr gefreut hatte. Es lag nicht in seiner Absicht, seinen Sohn von dieser lang ersehnten Vergnügungsreise abzubringen, obwohl er auf dessen ständige Anwesenheit kaum verzichten konnte.

Dementsprechend hatte er Ellerys Angebot abgelehnt und ihn eigenhändig die Stufen zum Zug hinaufgeschubst, wobei er ihm zur Verabschiedung noch einen Klaps gab und ein müdes Lächeln zeigte. Ellerys letzte Worte von der Plattform, als der Zug schon aus dem Bahnhof ausfuhr, waren: »Ich werde dich nicht vergessen, Vater. Du wirst eher wieder von mir hören, als du denkst!«

Wie er nun den Flor von Panzers Teppich malträtierte, kam dem Inspektor die volle Bedeutung der Trennung erst voll zu Bewußtsein. Sein Kopf war leer, er fühlte sich kraftlos, schwach im Magen, und seine Augen blickten trübe. Er war völlig verstimmt und machte auch keinen Versuch, seinen gereizten Zustand zu verbergen.

»Es dürfte jetzt an der Zeit sein, Panzer«, fuhr er den stämmigen kleinen Manager an. »Wie lange braucht denn dieses verflixte Publikum, um hinauszukommen?«

»Noch einen kurzen Moment, Inspektor, einen kurzen Moment«, antwortete Panzer. Der Staatsanwalt war immer noch mit den Auswirkungen seiner Erkältung beschäftigt, und Djuna starrte seinen Gott fasziniert an.

Als an der Türe geklopft wurde, wandten sie gleichzeitig ihre Köpfe. Harry Neilson, der flachshaarige Werbemann, streckte seinen eckigen Kopf durch die Türe. »Haben Sie was dagegen, wenn ich bei der Party dabei bin, Inspektor?« fragte er gutgelaunt. »Ich war von Anfang an dabei, und wenn es zu einem Ende kommen sollte – nun, ich will einfach in der Nähe sein, wenn Sie's erlauben!«

Der Inspektor warf ihm mit zusammengezogenen Brauen einen mürrischen Blick zu. Er stand da in napoleonischer Manier; jedes Haar und jeder Muskel an ihm zeugten von seiner schlechten

Laune. Inspektor Queen zeigte eine unerwartete Seite seines Charakters.

»Meinetwegen«, schnauzte er. »Auf einen mehr oder weniger kommt es auch nicht mehr an. Hier sind schon ganze Legionen versammelt.«

Neilson wurde rot und schien sich zurückziehen zu wollen, als der Inspektor ihm – schon wieder etwas besser gelaunt – zuzwinkerte.

»Kommen Sie, setzen Sie sich, Neilson«, sagte er nicht unfreundlich. »Kümmern Sie sich nicht um einen komischen alten Kauz wie mich. Ich bin nur ein bißchen müde. Ich brauche Sie vielleicht noch heute abend.«

»Ich bin froh, daß ich dabei sein kann, Inspektor«, sagte Neilson grinsend. »Was soll das werden – eine Art Inquisition wie in Spanien?«

»Etwas in der Art.« Der alte Mann runzelte die Stirn. »Aber – warten wir's ab.«

In diesem Moment wurde die Türe geöffnet, und Sergeant Velie trat mit forschen Schritten ins Zimmer. Er hatte ein Stück Papier in der Hand, das er dem Inspektor reichte.

»Alles da, Sir«, sagte er.

»Alle draußen?« fragte der Inspektor kurz.

»Ja, Sir. Ich habe die Putzfrauen angewiesen, hinunter in das Foyer zu gehen und dort zu warten, bis wir fertig sind. Die Kassierer sind nach Hause gegangen, ebenso die Platzanweiser. Das Ensemble ist hinter der Bühne, um sich umzuziehen, nehme ich an.«

»In Ordnung. Gehen wir, meine Herren.« Der Inspektor marschierte aus dem Zimmer – Djuna in seinem Gefolge, der den ganzen Abend keinen Ton geredet, sondern nur voller Bewunderung den Mund aufgesperrt hatte; einen Grund dafür hatte der sich darüber amüsierende Staatsanwalt nicht erkennen können. Mit Velie an der Spitze folgten Panzer, Sampson und Neilson ihnen ebenfalls nach.

Wieder einmal lag der Zuschauerraum verlassen vor ihnen, die leeren Sitzreihen öde und kalt. Die Beleuchtung war voll eingeschaltet, und das kalte Licht der Lampen leuchtete in jede Ecke des Parketts.

Als sich die fünf Männer und Djuna in Richtung des linken Seitenganges bewegten, tauchten einige Gesichter auf dem linken

Teil des Parketts auf. Es wurde jetzt augenscheinlich, daß eine kleine Gruppe von Menschen auf die Ankunft des Inspektors wartete, der schweren Schrittes den Mittelgang hinunterging und sich so vor die links gelegenen Logen stellte, daß er von allen Anwesenden gesehen werden konnte. Panzer und Sampson standen am Ende des Ganges mit Djuna als aufgeregtem Zuschauer an ihrer Seite.

Die Mitglieder der versammelten Gruppe waren auf eigentümliche Weise plaziert worden. Von der ersten Sitzreihe in der Nähe des Inspektors, der ungefähr in der Mitte des Parketts stand, angefangen und dann weiter in Richtung des rückwärtigen Teils des Theaters waren nur die Sitze direkt zum Gang hin besetzt. Auf den jeweils letzten beiden Plätzen in zwölf Reihen war eine bunte Gesellschaft versammelt worden – Männer und Frauen, alt und jung. Es waren dieselben Leute, die in der Nacht des Mordes die Plätze innegehabt hatten und die Inspektor Queen nach der Entdeckung der Leiche persönlich befragt hatte. Dort, wo Monte Field gesessen hatte, und auf den Plätzen direkt davor und daneben saßen nun William Pusak, Esther Jablow, Madge O'Connell, Jess Lynch und Pfarrer Johnny. Der Pfarrer blickte verstohlen um sich und flüsterte unruhig hinter seinen Nikotinfingern mit der Platzanweiserin.

Auf einen plötzlichen Fingerzeig des Inspektors hin verfielen alle in eine Grabesstille. Sampson, der die hell erleuchteten Lüster und Scheinwerfer, das verlassene Theater und den herabgelassenen Vorhang betrachtete, hatte das unbestimmte Gefühl, daß die Bühne für eine dramatische Enthüllung bereitet war. Er lehnte sich interessiert vor. Panzer und Neilson waren ruhig und aufmerksam. Djuna ließ den alten Mann nicht aus den Augen.

»Meine Damen und Herren«, sagte Queen in schroffem Ton, während er die versammelte Gesellschaft betrachtete, »ich habe Sie aus einem ganz bestimmten Grunde hierherbringen lassen. Ich werde Sie nicht länger als unbedingt nötig aufhalten, aber was nötig ist und was nicht, ist ausschließlich meine Angelegenheit. Wenn ich den Eindruck habe, daß ich nicht das bekomme, was ich für ehrliche Antworten auf meine Fragen halte, werden Sie alle so lange hierbleiben, bis ich mit Ihnen zufrieden bin. Ich möchte, daß Sie sich darüber völlig im klaren sind, bevor wir fortfahren.«

Er machte eine Pause und sah die vor ihm Versammelten durchdringend an. Er bemerkte ein Nachlassen der Aufmerksamkeit, ein kurzes Aufleben der Unterhaltungen, die jedoch schnell wieder zu einem abrupten Ende kamen.

»Am Montag abend«, fuhr der Inspektor mit frostiger Stimme fort, »waren Sie alle bei der Vorstellung in diesem Theater zugegen, und Sie saßen, mit Ausnahme einiger Angestellter und anderer Leute, die sich jetzt weiter hinten befinden, auf denselben Plätzen wie im Augenblick.« Sampson mußte grinsen, als er bemerkte, wie sich bei diesen Worten die Rücken aufrichteten, als würde jeder einzelne fühlen, wie der Sitz unter ihm plötzlich warm und unbequem wurde.

»Ich möchte, daß Sie sich vorstellen, daß wir jetzt Montag abend haben. Ich möchte, daß Sie sich an diesen Abend zurückversetzen und daß Sie versuchen, sich an alles zu erinnern, was geschah. Damit meine ich jede Einzelheit, die sich Ihnen eingeprägt hat, wie banal und anscheinend unbedeutend sie auch erscheinen mag ...«

Der Inspektor fing gerade an, in Fahrt zu kommen, als eine Gruppe von Menschen im hinteren Teil des Parketts auftauchte. Sampson begrüßte sie flüsternd. Die kleine Gesellschaft bestand aus Eve Ellis, Hilda Orange, Stephen Barry, James Peale und drei oder vier anderen Mitgliedern des Ensembles von ›Spiel der Waffen‹. Sie hatten ihre eigenen Kleider angelegt. Peale flüsterte Sampson zu, daß sie geradewegs aus ihren Garderoben kamen und den Zuschauerraum betreten hatten, weil von dort Stimmen zu hören waren. »Queen hält eine kleine Versammlung ab«, gab Sampson flüsternd zurück.

»Glauben Sie, der Inspektor hat etwas dagegen, wenn wir ein Weilchen hierbleiben und zuhören?« fragte Barry leise, mit einem aufmerksamen Blick in Richtung des Inspektors, der verstummt war und eisig zu ihnen herüberstarrte.

»Ich weiß nicht, warum –«, setzte Sampson beunruhigt an, als Eve Ellis »Pst!« murmelte und damit alle zum Schweigen brachte.

»*Nun* –« sagte der Inspektor in giftigem Ton, nachdem die Unruhe sich gelegt hatte, »die Sache sieht so aus. Denken Sie daran, es ist wieder Montag abend. Der Vorhang zum zweiten Akt ist hochgegangen, und das Theater ist dunkel. Auf der Bühne geht es sehr laut zu, und Sie beobachten gespannt die aufregenden Geschehnisse des Stückes ... Hat irgend jemand von Ihnen, vor allem von denjenigen, die auf den Eckplätzen sitzen, zu diesem Zeitpunkt irgend etwas Merkwürdiges, Ungewöhnliches oder Störendes um sich herum oder in seiner Nähe bemerkt?«

Er machte eine erwartungsvolle Pause. Man schüttelte verwirrt oder ängstlich die Köpfe. Niemand gab eine Antwort.

»Denken Sie genau nach«, knurrte der Inspektor. »Sie erinnern sich vielleicht, daß ich am Montag abend diesen Gang heruntergegangen bin und Sie in der gleichen Weise befragt habe. Natürlich will ich keine Unwahrheiten hören, und ich kann nicht gut erwarten, daß Sie mir jetzt etwas Sensationelles berichten, nachdem Sie sich Montag abend an nichts erinnern konnten. Aber wir sind in einer schlimmen Lage. Hier wurde ein Mann ermordet, und wir sind, offen gestanden, ratlos. Es ist einer der schwierigsten Fälle, mit dem wir es je zu tun gehabt haben! In einer solchen Situation, wo wir mit dem Rücken zur Wand stehen und einfach nicht weiter wissen – Sie sehen, ich bin genau so ehrlich, wie ich das von Ihnen erwarte –, *muß* ich mich an Sie als den Teil des Publikums wenden, der alleine am Montag abend in einer Position war, etwas Wichtiges wahrzunehmen, wenn es überhaupt etwas Wichtiges gab ... Meiner Erfahrung nach passiert es recht häufig, daß jemand aus Nervosität oder Aufregung heraus wichtige Einzelheiten vergißt, an die man sich nach einigen Stunden, Tagen oder Wochen, in denen Normalität eingekehrt ist, wieder erinnert. Ich hoffe, daß etwas in der Art auch bei einem von Ihnen geschehen ist ...«

Während der Inspektor diese bitteren Worte sprach, ging die Nervosität in gespannte Aufmerksamkeit über. Als er aufhörte zu reden, steckten die Anwesenden die Köpfe zusammen und flüsterten aufgeregt, schüttelten von Zeit zu Zeit die Köpfe und redeten hitzig mit leiser Stimme auf andere ein. Der Inspektor wartete geduldig. »Heben Sie Ihre Hand, wenn Sie mir etwas zu erzählen haben ...«, sagte er. Eine Frau hob schüchtern ihre weiße Hand in die Höhe. »Ja, meine Dame?« rief Queen und zeigte mit dem Finger auf sie. »Erinnern Sie sich an etwas Ungewöhnliches?«

Eine verschrumpelte alte Dame stand verlegen auf und stotterte mit piepsiger Stimme. »Ich weiß nicht, ob das wichtig ist oder nicht, Sir«, sagte sie nervös. »Aber ich erinnere mich daran, daß irgendwann im zweiten Akt eine Frau – glaube ich – den Gang hinunter- und einige Sekunden später wieder heraufgegangen ist.«

»Wirklich? Das klingt interessant, gnädige Frau«, bemerkte der Inspektor. »Wissen Sie noch, wann das ungefähr war?«

»An die Uhrzeit kann ich mich nicht erinnern, Sir«, sagte sie mit schriller Stimme, »aber es war etwa zehn Minuten nach Beginn des Aktes.«

»Ich verstehe ... Und können Sie sagen, wie diese Frau aussah? War sie jung oder alt? Was hatte sie an?«

Die alte Dame sah ihn gequält an. »Daran kann ich mich nicht genau erinnern, Sir«, stammelte sie. »Ich hab' mich nicht weiter –«

Eine hohe helle Stimme unterbrach ihre Worte aus dem Hintergrund. Die Köpfe flogen herum. Madge O'Connell war aufgesprungen.

»Sie brauchen diese Show nicht wieder abzuziehen, Inspektor«, verkündete sie frech. »Die Dame sah *mich* den Gang herauf- und hinuntergehen. Das war, bevor ich – Sie wissen schon.« Sie zwinkerte dem Inspektor unverschämt zu.

Die Menschen schnappten nach Luft. Die alte Dame starrte in mitleiderregender Bestürzung erst auf die Platzanweiserin, dann auf den Inspektor und setzte sich schließlich wieder hin.

»Das ist nichts Neues mehr für mich«, sagte der Inspektor ruhig. »Nun, noch jemand?«

Niemand antwortete. Da ihm klar wurde, daß die Leute zu schüchtern sein könnten, um ihre Gedanken in aller Öffentlichkeit vorzutragen, begann Queen, die Reihen abzugehen und jede Person einzeln und in für andere unhörbarer Lautstärke zu befragen. Als er damit fertig war, kehrte er langsamen Schrittes zu seinem Ausgangspunkt zurück.

»Ich sehe ein, daß ich Ihnen, meine Damen und Herren, erlauben muß, in Ihre friedlichen Heimstätten zurückzukehren. Vielen Dank für Ihre Hilfe ... Entlassen!«

Er schleuderte ihnen das letzte Wort entgegen. Sie starrten ihn verwirrt an, standen in flüsternden Gruppen von ihren Plätzen auf, nahmen ihre Mäntel und Hüte und begannen, unter Velies strengem Blick aus dem Theater zu marschieren. Hilda Orange, die in der kleinen Gruppe hinter der letzten Reihe stand, seufzte.

»Es ist fast peinlich zu sehen, wie enttäuscht der arme alte Mann ist«, sagte sie flüsternd zu den anderen. »Kommt, Leute, laßt uns auch gehen.« Die Schauspieler und Schauspielerinnen verließen das Theater zusammen mit dem Rest der Gesellschaft.

Als die letzten gegangen waren, marschierte der Inspektor den Gang hinauf und trat finsteren Blickes vor die kleine Gruppe, die übriggeblieben war. Sie schienen genau zu merken, wie es im Innern des alten Mannes brodelte, und duckten sich unwillkürlich. Aber in einem der für ihn charakteristischen Stimmungswechsel zeigte sich der Inspektor wieder von seiner menschlichen Seite.

Er ließ sich auf einem der Plätze nieder, verschränkte die Arme über der Rückenlehne und betrachtete in Ruhe Madge O'Connell, Pfarrer Johnny und die anderen.

»In Ordnung, Leute«, sagte er freundlich. »Wie steht's mit dir, Pfarrer? Du bist ein freier Mann, brauchst dir keine Sorgen mehr wegen des Einbruchs zu machen und kannst jetzt wie jeder respektable Bürger frei heraus sprechen. Kannst du uns in dieser Angelegenheit behilflich sein?«

»Nein«, knurrte der kleine Gangster. »Ich hab' alles gesagt, was ich weiß. Hab' nichts zu sagen.«

»Ich verstehe ... Weißt du, Pfarrer, daß wir an deinen Unternehmungen mit Field interessiert sind?« Der Gangster sah überrascht auf. »Oh, ja«, fuhr der Inspektor fort. »Wir wollen, daß du uns irgendwann etwas über deine früheren Geschäfte mit Field erzählst. Vergiß das nicht, ja? ... Pfarrer«, sagte er plötzlich scharf, »wer hat Monte Field umgebracht? Wer hatte es auf ihn abgesehen? Wenn du's weißt – heraus damit!«

»Ach, Inspektor«, jammerte der Pfarrer, »Sie wollen mir das doch nicht schon wieder anhängen, oder? Wie sollte ich das wissen? Field war ein raffinierter Bursche – er ging nicht mit seinen Feinden hausieren. Nein, Sir! Ich weiß nichts ... Zu mir ist er immer gut gewesen, hat mir ein paarmal den Kopf aus der Schlinge gezogen«, gab er unumwunden zu. »Aber verdammt! Ich wußte nicht, daß er Montag abend hier war.«

Der Inspektor wandte sich an Madge O'Connell.

»Was ist mit Ihnen, O'Connell?« fragte er freundlich. »Mein Sohn, Mr. Queen, berichtete mir von Ihrem Geständnis am Montag abend, über die verschlossene Ausgangstür. Sie haben mir nichts davon erzählt. Was wissen *Sie*?«

Das Mädchen erwiderte gelassen seinen Blick. »Ich habe Ihnen schon einmal erzählt, Inspektor, daß ich nichts zu sagen habe.«

»Und Sie, William Pusak –«, wandte sich Queen an den kleinen verhutzelten Buchhalter. »Erinnern Sie sich an irgend etwas, das Sie Montag abend vergessen hatten?«

Pusak wackelte unruhig auf seinem Sitz herum. »Ich wollte es Ihnen schon längst sagen, Inspektor«, murmelte er unsicher. »Und als ich davon in der Zeitung las, fiel es mir wieder ein ... Als ich mich Montag abend über Mr. Field beugte, roch er furchtbar nach Whisky. Ich weiß nicht, ob ich Ihnen das schon erzählt habe?«

»Danke schön«, bemerkte der Inspektor trocken. »Ein äußerst wichtiger Beitrag zu unserer kleinen Untersuchung. Sie können jetzt gehen. Sie alle ...«

Der Getränkejunge Jess Lynch sah sehr enttäuscht aus. »Wollen Sie mich nicht auch noch sprechen, Inspektor?« fragte er besorgt.

Der Inspektor lächelte, obwohl er seinen Gedanken nachhing. »Ach, ja. Der hilfsbereite Getränkelieferant ... Und was hast du uns zu sagen, Jess?«

»Nun, Sir, bevor dieser Field zu meinem Stand herüberkam, um nach Ginger Ale zu fragen, sah ich zufällig, wie er etwas vom Boden aufhob«, sagte er eifrig. »Es war irgend etwas Glänzendes, aber ich konnte es nicht genau erkennen. Er steckte es sofort in seine Hosentasche.«

Er beendete seine Aussage in triumphierendem Ton und sah sich beifallheischend um. Der Inspektor schien sich tatsächlich für diese Beobachtung zu interessieren.

»Was war das für ein glänzender Gegenstand, Jess?« wollte er wissen. »War es vielleicht eine Pistole?«

»Eine Pistole? Nein, das glaube ich nicht«, sagte der Getränkejunge unschlüssig. »Es war quadratisch, wie ...«

»Könnte es eine Damenhandtasche gewesen sein?« unterbrach ihn der Inspektor.

Das Gesicht des Jungen hellte sich auf. »Das ist es!« rief er. »Ich wette, genau das war es. Es war über und über glänzend, wie lauter bunte Steine.«

Queen seufzte. »Sehr gut, Lynch«, sagte er. »Sei jetzt ein guter Junge, und geh nach Hause.«

Schweigend standen der Gangster, die Platzanweiserin, Pusak und seine weibliche Begleitung sowie der Getränkejunge auf und gingen. Velie geleitete sie zum Ausgang.

Sampson wartete, bis sie gegangen waren, bevor er den Inspektor zur Seite nahm.

»Was ist los, Q?« wollte er wissen. »Nichts läuft, wie es sollte, hm?«

»Henry, alter Knabe«, lächelte der Inspektor, »wir haben alles Menschenmögliche getan. Wir brauchen noch ein wenig Zeit ... Ich wünschte –« Er sprach nicht aus, was er sich wünschte. Er schob seinen Arm unter Djunas, wünschte Panzer, Neilson, Velie und dem Staatsanwalt eine angenehme Nacht und verließ das Theater.

Als der Inspektor die Tür zu ihrer Wohnung geöffnet hatte, stürzte sich Djuna auf einen gelben Briefumschlag, der auf dem Boden lag. Er war offensichtlich durch den Spalt unter der Türe geschoben worden. Djuna wedelte dem Inspektor damit vor der Nase herum.

»Von Mr. Ellery, wette ich!« schrie er. »Ich wußte, er würde uns nicht vergessen!« Er schien mehr denn je einem Schimpansen zu ähneln, wie er mit dem Telegramm in der Hand breit grinsend dastand.

Der Inspektor schnappte den Umschlag aus Djunas Hand, schaltete – ohne daß er sich die Zeit nahm, Hut oder Mantel auszuziehen – das Licht an und holte gespannt ein gelbes Stück Papier aus dem Umschlag hervor.

Djuna hatte recht gehabt.

gut angekommen stop chauvin und ich begeisterte fischer erwarten guten fang stop habe glaube ich unser kleines problem gelöst stop schließe mich der illustren gesellschaft von rabelais chaucer shakespeare und dryden an die sagten mach aus der notwendigkeit eine tugend stop warum nicht selbst unter die erpresser gehen stop maule nicht zu viel mit djuna in liebe ellery

Der Inspektor starrte auf den harmlosen gelben Zettel, während ein plötzliches Verstehen die harten Züge seines Gesichtes löste.

Er wirbelte zu Djuna herum, drückte dem jungen Herrn die Mütze auf den zerzausten Kopf und zog ihn entschlossen mit sich.

»Djuna, alter Knabe«, sagte er fröhlich, »komm mit, laß uns zur Feier des Tages ein Eis essen gehen!«

Zwanzigstes Kapitel

in welchem Mr. Michaels einen Brief verfaßt

Zum ersten Mal seit einer Woche war Inspektor Queen wieder ganz der alte, als er vergnügt in sein kleines Dienstzimmer im Präsidium schritt und seinen Mantel über einen Stuhl warf.

Es war Montag morgen. Er rieb sich die Hände und summte eine kleine Melodie vor sich hin; dann ließ er sich hinter seinem Schreibtisch nieder und arbeitete sich rasch durch den Berg an Post und Berichten. Eine halbe Stunde verbrachte er damit, Untergebenen in den verschiedenen Dienststellen der Kriminalpolizei Anweisungen zu erteilen; dann ging er einige Protokolle durch, die der Stenograph ihm vorlegte, und drückte schließlich auf einen der vielen Knöpfe auf seinem Schreibtisch. Umgehend erschien Velie.

»Hallo, Thomas«, sagte der Inspektor herzlich. »Wie geht es dir an diesem wunderschönen Herbstmorgen?«

Velie erlaubte sich ein Lächeln. »Ganz gut, Inspektor«, sagte er. »Und Ihnen? Samstag abend wirkten Sie etwas mitgenommen.«

Der Inspektor schmunzelte. »Wir wollen das Vergangene vergangen sein lassen, Thomas. Zusammen mit Djuna war ich gestern im Zoo und hab' vier wirklich herrliche Stunden bei unseren Brüdern, den Tieren, verbracht.«

»Ich wette, Ihr kleiner Schlingel hat sich dort sehr wohl gefühlt«, brummte Velie, »vor allem bei den Affen.«

»Aber, aber, Thomas«, sagte der Inspektor tadelnd. »Du täuschst dich in Djuna. Er ist ein cleveres kleines Kerlchen. Bestimmt wird er einmal ein bedeutender Mann werden.«

»Djuna?« Velie nickte ernst. »Ich glaub', Sie haben recht, Inspektor. Für das Bürschchen würde ich meine Hand ins Feuer legen ... Was steht heute an, Sir?«

»Heute gibt es allerhand zu tun, Thomas«, sagte Queen geheimnisvoll. »Hast du Michaels erwischen können, nachdem ich gestern morgen mit dir telefoniert hatte?«

»Sicher. Er wartet draußen bereits seit einer Stunde. Kam schon früh her – mit Piggott an seine Fersen geheftet. Piggott hat ihn rund um die Uhr beschattet und hat ganz schön die Nase voll.«

»Nun, ich sag' es ja immer – man muß schon ein ziemlicher Narr sein, um Polizist zu werden«, sagte Queen schmunzelnd. »Führ das Unschuldslamm herein.«

Velie ging hinaus und erschien wenig später mit dem großen, wohlbeleibten Michaels. Fields Diener trug dunkle Kleidung. Er schien nervös und voller Unbehagen zu sein.

»So, Thomas«, sagte der Inspektor, nachdem er Michaels auf einen Stuhl neben dem Schreibtisch gewiesen hatte, »du gehst jetzt hinaus, schließt diese Tür ab und läßt selbst den Polizeichef persönlich nicht hinein. Ist das klar?«

Velie unterdrückte einen verwunderten Blick, brummte zustimmend und zog ab. Wenig später waren die Umrisse seiner massigen Gestalt verschwommen durch die Milchglastür erkennbar.

Nach Ablauf einer halben Stunde wurde Velie über Telefon in das Zimmer seines Vorgesetzten gerufen. Er schloß die Tür wieder auf. Auf dem Schreibtisch vor dem Inspektor lag ein einfacher, unverschlossener Briefumschlag, aus dem die Ecke eines Briefbogens hervorschaute. Michaels stand bleich und zitternd da und zerdrückte fast seinen Hut zwischen den kräftigen Händen. Velies aufmerksamem Blick entgingen nicht die Tintenkleckse an den Fingern seiner linken Hand.

»Du wirst dich Mr. Michaels' *sehr* gut annehmen müssen, Thomas«, sagte der Inspektor aufgeräumt. »Ich möchte, daß du heute für seine Unterhaltung sorgst. Ich bin sicher, ihr werdet irgend etwas finden; vielleicht geht ihr ins Kino – das wäre eine Idee! Auf jeden Fall kümmere dich solange um diesen Herrn, bis du von mir hörst ... Sie werden mit niemandem in Kontakt treten, Michaels – verstanden?« fügte er schroff an den großen Mann gewandt hinzu. »Sie werden einfach nur hinter Sergeant Velie herlaufen und keinen Ärger machen.«

»Sie wissen doch, daß ich ehrlich bin, Inspektor«, murmelte Michaels verdrossen. »Es ist wirklich nicht nötig ...«

»Nur eine Vorsichtsmaßnahme, Michaels – eine ganz einfache Vorsichtsmaßnahme«, unterbrach ihn der Inspektor lächelnd. »Ich wünsch' euch viel Spaß, Jungs.«

Die zwei Männer gingen hinaus. Queen kippte den Drehstuhl, auf dem er saß, etwas nach hinten, nahm nachdenklich den vor ihm liegenden Briefumschlag in die Hand, zog das billige weiße Blatt Papier heraus und überflog den Text darauf mit einem Anflug von Lächeln.

Das Schriftstück besaß weder Datum noch Anrede und begann ganz unvermittelt.

Ich nehme an, Sie kennen den Verfasser dieses Briefes; mein Name ist Chas. Michaels. Seit über zwei Jahren war ich Monte Fields rechte Hand.

Ich werde nicht lange um die Sache herumreden. Letzten Montag haben Sie Monte Field im Römischen Theater umgebracht. Monte Field erzählte mir am Sonntag, daß er mit Ihnen eine Verabredung im Theater hätte. Ich bin der einzige, der darüber Bescheid weiß.

Und noch etwas. Ich weiß auch, *warum* Sie ihn umgebracht haben. Sie haben ihn aus dem Weg geräumt, um an die Papiere in seinem Hut zu gelangen. Was Sie aber nicht wissen, ist, daß die Papiere, die Sie ihm weggenommen haben, *nicht die Originale sind.* Um Ihnen das zu beweisen, füge ich ein Blatt von den Unterlagen in der Sache Nellie Johnson bei, die in Monte Fields Besitz waren. Sollten die Papiere, die Sie aus Fields Hut genommen haben, noch existieren, vergleichen Sie sie mit diesem Papier hier. Sie werden sehen, daß ich die Wahrheit sage. Den Rest der Originaldokumente habe ich so sicher verwahrt, daß Sie niemals daran kommen werden. Vielleicht sollte ich noch anmerken, daß auch die Polizei fieberhaft danach sucht. Wäre es nicht nett, wenn ich mit den Dokumenten und meiner kleinen Geschichte in Inspektor Queens Büro spazieren würde?

Aber ich werde Ihnen die Gelegenheit geben, diese Papiere zu kaufen. Wenn Sie $ 25 000 in bar zu dem von mir beschriebenen Treffpunkt bringen, werde ich sie Ihnen aushändigen. Ich brauche das Geld – Sie brauchen die Papiere und mein Schweigen.

Treffen Sie mich morgen, Dienstag, zwölf Uhr nachts an der siebten Bank rechter Hand auf dem gepflasterten Fußweg im Central Park, der im Nordwesten an der Ecke 59. Straße, 5. Avenue beginnt. Ich werde einen grauen Mantel und einen grauen Schlapphut tragen. Sagen Sie zu mir nichts weiter als ›Papiere‹.

Das ist für Sie die einzige Möglichkeit, an die Papiere zu kommen. Versuchen Sie nicht, mich vor der Verabredung ausfindig zu machen. Sollten Sie nicht dort sein, weiß ich, was ich zu tun habe.

Unter dem eng und sehr mühselig hingekritzelten Brief stand als Unterschrift: »Charles Michaels.«

Inspektor Queen seufzte, leckte entlang der Umschlagklappe und verschloß den Brief. Ruhig betrachtete er Namen und Adresse, die in der gleichen Handschrift auf den Umschlag geschrieben waren. Ohne Eile klebte er eine Briefmarke in eine Ecke.

Er drückte auf einen anderen Knopf. In der Tür erschien Detective Ritter.

»Guten Morgen, Inspektor.«

»Morgen, Ritter.« Nachdenklich wog der Inspektor den Brief in seiner Hand. »An was arbeiten Sie gerade?«

Der Detective scharrte mit den Füßen. »An nichts Besonderem, Inspektor. Bis Samstag habe ich Sergeant Velie geholfen; aber heute morgen bin ich mit dem Fall Field noch nicht befaßt gewesen.«

»Nun, dann hab' ich hier einen hübschen kleinen Auftrag für Sie.« Der Inspektor grinste auf einmal, als er ihm den Brief entgegenhielt. »Hier, gehen Sie mit dem Brief zur Ecke 149. Straße, 3. Avenue, und werfen Sie ihn dort in den nächsten Briefkasten.«

Ritter machte große Augen, kratzte sich am Kopf, schaute Queen an und ging schließlich hinaus, wobei er den Brief in seiner Tasche verstaute.

Der Inspektor lehnte sich in seinem Stuhl zurück und nahm voll tiefer Befriedigung eine Prise Schnupftabak.

Einundzwanzigstes Kapitel

in welchem Inspektor Queen einen Fang macht

Am Dienstag, dem zweiten Oktober, trat abends um genau halb zwölf ein hochgewachsener Mann aus der Empfangshalle eines kleinen Hotels in der 53. Straße, Nähe 7. Avenue und schritt dann rasch weiter die 7. Avenue hinauf in Richtung Central Park. Er trug einen weichen, schwarzen Hut und einen schwarzen Mantel, dessen Kragen als Schutz gegen die kalte Nachtluft hochgeschlagen war.

An der 59. Straße angelangt, wandte er sich nach Osten und setzte seinen Weg entlang der nun menschenleeren Durchgangsstraße in Richtung der 5. Avenue fort. Als er den Eingang, der hinter dem Plaza-Kreisel von der 5. Avenue aus in den Central Park führt, erreicht hatte, verweilte er einen Moment im Schatten eines der großen Betonpfeiler und lehnte sich gelassen zurück. Als er sich eine Zigarette anzündete, beleuchtete das brennende Streichholz sein Gesicht. Es war das eines älteren Mannes, bereits mit einigen Falten. Über seine Oberlippe hing zottelig ein grauer Schnurrbart herab. Eine graue Haarsträhne wurde unter seinem Hut sichtbar. Dann verlosch das Streichholz wieder.

Ruhig stand er gegen den Betonpfeiler gelehnt; die Hände in den Manteltaschen, paffte er vor sich hin. Ein aufmerksamer Beobachter hätte jedoch bemerkt, daß die Finger des Mannes leicht zitterten und er mit seinen schwarzen Schuhen ungeduldig auf der Stelle trat.

Als die Zigarette niedergebrannt war, warf er sie weg und schaute auf seine Armbanduhr; die Zeiger standen auf zehn vor zwölf. Ungehalten fluchte er und schritt durch das Tor in den Park.

Das Licht von den Straßenlaternen her wurde schwächer, als er den gepflasterten Weg hinaufging. Etwas zögernd, so als wäre er unentschlossen, was er nun machen sollte, schaute er sich um, überlegte einen Augenblick, ging dann hinüber zur ersten Bank und ließ sich dort schwerfällig nieder – so wie jemand, der nach einem anstrengenden Arbeitstag ein erholsames Viertelstündchen in der Stille und Dunkelheit des Parks zu verbringen gedenkt.

Allmählich sank sein Kopf vornüber; allmählich schien seine ganze Gestalt zusammenzufallen. Er sah aus, als würde er ein Nickerchen machen.

Die Minuten verstrichen. Niemand ging an dem schwarz gekleideten Mann vorbei, während er dort ruhig auf seiner Bank saß. Von der 5. Avenue kam das Geräusch der vorbeibrausenden Autos; das schrille Pfeifen des Verkehrspolizisten auf der Plaza drang in regelmäßigen Abständen durch die kalte Nachtluft. Ein kühler Wind strich durch die Baumwipfel. Irgendwo aus dem tiefen Innern des Parkes erklang das helle Lachen eines Mädchens – leise und weit entfernt, aber überraschend klar und deutlich. Weiter verstrich die Zeit; der Mann schien fest eingeschlafen zu sein.

Aber als die Glocken der nahe gelegenen Kirchen begannen, zwölf Uhr zu schlagen, richtete sich die Gestalt auf, verweilte einen Augenblick und stand dann entschlossen auf.

Anstatt sich aber dem Ausgang zuzuwenden, ging der Mann weiter schwerfällig den Fußweg hinauf. Forschend blickten seine Augen aus einem durch Hutkrempe und Mantelkragen in völlige Finsternis getauchten Gesicht. Er schien die Parkbänke zu zählen, während er gleichmäßig, aber ohne Eile weiterging. Zwei – drei – vier – fünf. Er blieb stehen. Im Halbdunkel vor sich konnte er gerade noch eine graue Gestalt, die auf einer Bank saß, ausmachen.

Der Mann ging langsam weiter. Sechs – sieben. Er blieb nicht stehen, sondern ging geradewegs weiter. Acht – neun – zehn. Erst dann wandte er sich um und ging wieder zurück. Seine Gangart war nun flotter und entschiedener. Rasch näherte er sich der siebten Bank; dann blieb er abrupt stehen. Plötzlich ging er – so als hätte er einen Entschluß gefaßt – hinüber zu der Stelle, wo die sich undeutlich abzeichnende Gestalt ruhig verharrte, und setzte sich. Die Gestalt brummte etwas und rückte dann ein wenig zur Seite, um dem Neuankömmling Platz zu machen.

Schweigend saßen die beiden Männer da. Nach einer Weile holte der schwarz gekleidete Mann aus seinem Mantel ein Päckchen Zigaretten hervor. Er zündete sich eine an und hielt das Streichholz noch für einen Moment hoch, nachdem die Zigarette bereits rot aufgeglüht war. Im flackernden Licht des Streichholzes beäugte er heimlich den ruhigen Mann an seiner Seite. In der kurzen Zeit sah er nicht viel – die Person, die neben ihm auf der Parkbank saß, war genauso gut umhüllt und verborgen wie er selbst. Dann verlosch das Licht, und um sie herum war wieder Dunkelheit.

Der Mann im schwarzen Mantel schien zu einer Entscheidung zu kommen. Er beugte sich nach vorne, berührte den anderen Mann kurz am Knie und sagte mit leiser und heiserer Stimme nur das eine Wort: »Papiere!«

Auf der Stelle begann sich der andere Mann zu regen. Er wandte sich etwas zur Seite, betrachtete sein Gegenüber genau und brummte, so als wäre er zufriedengestellt. Bedächtig rückte er etwas ab von dem Mann in Schwarz und fuhr mit der rechten Hand in seine Manteltasche. Gespannt und mit leuchtenden Augen beugte sich der andere Mann nach vorne. Als die Hand wieder aus der Tasche herausfuhr, hielt sie etwas fest umklammert.

Dann tat der Mann, zu dem die Hand gehörte, etwas sehr Überraschendes. Unter Anspannung aller Muskeln sprang er von der Bank auf und machte einen Satz nach hinten, weg von dem schwarz gekleideten Mann. Gleichzeitig richtete er seine rechte Hand gerade auf die zusammengekauerte, erstarrte Gestalt. Im Lichtstrahl einer weit entfernten Straßenlaterne erkannte man, daß der Gegenstand in seiner Hand ein Revolver war.

Der Mann in Schwarz schrie heiser auf und sprang mit katzengleicher Gewandtheit von der Bank auf. Blitzschnell fuhr er mit der Hand in seine Manteltasche. Ohne sich um die auf sein Herz gerichtete Waffe zu kümmern, stürzte er auf die vor ihm stehende Gestalt los.

Um sie herum kam Leben auf. Das eben noch so friedliche Bild von weiten Räumen und nächtlicher Stille wurde auf wundersame Weise in einen Ort intensivster Betriebsamkeit verwandelt – in ein tobendes, geräuschvolles Inferno. Aus dem Gebüsch hinter der Parkbank tauchten auf einmal Männer mit gezogenen Waffen auf. Gleichzeitig erschien auf der gegenüberliegenden Seite des Gehweges eine Gruppe von Menschen und rannte auf die beiden Männer an der Parkbank zu. Und aus beiden Richtungen des Weges – vom Parkeingang her und aus der Dunkelheit des Parks – kamen mehrere Polizisten in Uniform mit der Waffe in der Hand gelaufen. Die vier Gruppen trafen fast gleichzeitig aufeinander.

Der Mann, der die Waffe gezogen hatte und zurückgesprungen war, wartete jedoch nicht die Ankunft der Verstärkung ab. Als sein

Gegenüber mit der Hand in die Manteltasche fuhr, zielte er sorgfältig und schoß. Das Echo des Schusses hallte im Park wider. Eine orangefarbene Flamme fuhr in den Körper des schwarzgekleideten Mannes. Er taumelte vorwärts; zuckend griff er nach seiner Schulter. Seine Knie gaben nach, und er stürzte auf den Gehweg. Seine Hand steckte immer noch in der Manteltasche.

Aber die auf ihn einstürzenden Männer hielten ihn ab von allem, was er in seiner Raserei vorgehabt haben mochte. Unsanft wurden seine Arme gepackt und heruntergedrückt, so daß er die Hand nicht aus der Tasche ziehen konnte. So hielten sie ihn schweigend, bis hinter ihnen eine lebhafte Stimme erklang: »Vorsicht, Jungs – paßt auf seine Hände auf!« Inspektor Richard Queen mischte sich unter die schwer atmenden Männer. Nachdenklich stand er über der sich krümmenden Gestalt auf dem Pflaster.

»Zieh seine Hand heraus, Velie – aber immer mit der Ruhe! Halt sie fest – richtig fest, Mann! Sonst sticht er doch noch zu.«

Sergeant Thomas Velie, der den Arm fest umspannt hielt, zog ihn trotz der heftigen Bewegungen des Mannes behutsam aus der Tasche. Eine leere Hand erschien – die Muskeln hatten im letzten Moment nachgeben müssen. Sofort nahmen zwei Männer sie in ihren festen Griff.

Velie machte eine Bewegung, so als wollte er in die Tasche greifen. Mit einer scharfen Bemerkung gebot ihm der Inspektor Einhalt und beugte sich selbst hinunter zu dem niedergerungenen Mann auf dem Gehweg.

Vorsichtig, so als hinge sein Leben davon ab, ließ der alte Mann seine Hand in die Tasche gleiten und fühlte an ihren Außenseiten entlang. Er bekam etwas zu fassen, zog es genauso vorsichtig wieder hervor und hielt es gegen das Licht.

Es war eine Injektionsnadel. Die bläßliche Flüssigkeit im Innern schimmerte im Schein der Straßenlaterne.

Inspektor Queen lächelte, als er sich neben dem verwundeten Mann niederkniete. Er zog ihm den schwarzen Filzhut vom Kopf.

»Auch noch maskiert«, brummte er. Er riß den grauen Schnurrbart ab und fuhr mit seiner Hand rasch über die Furchen in seinem Gesicht. Sofort war die Haut verschmiert.

»Schön, schön!« sagte der Inspektor ruhig, während die fieberglänzenden Augen des Mannes zu ihm aufblickten. »Freut mich, Sie wiederzutreffen, Mr. Stephen Barry, Sie und Ihren guten Freund, Mr. Tetrableiäthyl!«

Zweiundzwanzigstes Kapitel

in welchem der Inspektor alles erklärt

Inspektor Queen saß an seinem Schreibtisch im Wohnzimmer und schrieb eifrig auf einen Briefbogen mit dem Aufdruck DIE QUEENS.

Es war Mittwoch morgen – ein sehr schöner Morgen; durch die Mansardenfenster schien die Sonne in das Zimmer, und die heitere Betriebsamkeit der 87. Straße drang gedämpft vom Straßenpflaster herauf. Der Inspektor trug seinen Morgenrock und Hausschuhe. Djuna war gerade damit beschäftigt, den Frühstückstisch abzuräumen.

Der alte Mann hatte geschrieben:

Mein lieber Sohn, wie ich Dir letzte nacht bereits telegrafiert habe, ist der Fall abgeschlossen. Wir haben Stephen Barry geschnappt, indem wir Michaels' Namen und Handschrift als Köder benutzt haben. Ich sollte mir wirklich selbst dazu gratulieren, wie psychologisch durchdacht mein Plan war. Barry befand sich in einer verzweifelten Lage, und wie so viele andere Verbrecher dachte auch er, er könnte sein Verbrechen wiederholen, ohne gefaßt zu werden.

Nur sehr ungern schreibe ich Dir, wie müde ich mich fühle und wie wenig mich bisweilen diese Jagd auf einen Mörder innerlich befriedigt. Wenn ich zum Beispiel an Frances, dieses arme liebenswerte Mädchen, denke, das nun vor aller Welt als das Liebchen eines Mörders dasteht ... Nun, El, es gibt nur wenig Gerechtigkeit und sicherlich kein Erbarmen in dieser Welt. Und natürlich bin ich mehr oder weniger verantwortlich für ihre Schmach ... Dennoch war Ives-Pope selbst recht freundlich, als er mich anrief, nachdem er die Neuigkeit erfahren hatte. Nun, ich nehme an, in gewisser Weise habe ich ihm und Frances damit auch einen Dienst erwiesen. Wir ...

277

Es klingelte an der Tür; Djuna trocknete sich eilig am Küchenhandtuch die Hände ab und lief zur Tür. Staatsanwalt Sampson und Timothy Cronin traten ein – beide redeten gleichzeitig und schienen glücklich und aufgeregt. Queen erhob sich; den Briefbogen bedeckte er mit einem Löschpapier.

»Q, alter Knabe!« rief Sampson und streckte ihm beide Hände entgegen. »Meine Glückwünsche! Hast du die Zeitungen heute morgen schon gelesen?«

»Ruhm und Ehre dem großen Entdecker!« sagte Cronin grinsend und hielt eine Zeitung hoch, auf deren Titelseite mit einer reißerischen Überschrift New York von der Festnahme Stephen Barrys in Kenntnis gesetzt wurde. Ein Photo des Inspektors fiel sofort ins Auge, und ein überschwenglicher Bericht, der über zwei Spalten lief, war überschrieben: ›Queen erntet neue Lorbeeren.‹

Der Inspektor jedoch schien davon seltsam unbeeindruckt. Er bot seinen Besuchern einen Platz an, verlangte nach Kaffee und begann dann, über eine geplante personelle Veränderung in einer der Abteilungen zu reden, so als würde ihn der Fall Field überhaupt nicht interessieren.

»Also wirklich«, sagte Sampson murrend. »Was ist denn mit dir los? Eigentlich solltest du mit stolzer Brust dasitzen. Man könnte meinen, du hättest gerade eine Niete gezogen, dabei hast du doch allen Grund, zufrieden zu sein.«

»Das ist es nicht, Henry«, sagte der Inspektor seufzend. »Ich kann mich ganz einfach über nichts richtig freuen, wenn Ellery nicht bei mir ist. Verdammt – ich wünschte, er wäre hier und nicht in diesen verfluchten Wäldern Maines!«

Die beiden Männer lachten. Djuna servierte den Kaffee, und eine Zeitlang war der Inspektor zu sehr mit seinem Gebäck beschäftigt, als daß er wieder ins Grübeln hätte verfallen können. Eine Zigarette rauchend, bemerkte Cronin: »Ich bin eigentlicht nur vorbeigekommen, um Ihnen meine Anerkennung auszusprechen, Inspektor, aber es gibt bei diesem Fall noch einige Aspekte, auf die ich neugierig bin … Über die ganze Untersuchung weiß ich nur das, was mir Sampson auf dem Weg hierher erzählt hat.«

»Ich selbst tappe auch noch so ziemlich im dunkeln, Q«, warf der Staatsanwalt ein. »Ich kann mir vorstellen, daß du uns einiges zu erzählen hast. Also raus damit!«

Inspektor Queen lächelte traurig. »Um mein Prestige zu retten, werde ich es so erzählen müssen, als hätte ich das meiste dazu beigetragen. Tatsächlich aber war es Ellery, der bei dieser ganzen abscheulichen Angelegenheit als einziger wirklich mit Köpfchen gearbeitet hat. Er ist ein schlauer Kerl – mein Sohn.«

Sampson und Cronin machten es sich bequem, und der Inspektor nahm eine Prise und lehnte sich in seinem Sessel zurück. Djuna ließ sich mit gespitzten Ohren in einer Ecke nieder.

»Wenn ich den Fall Field durchgehe«, fing der Inspektor an, »so muß ich hier und da auf Benjamin Morgan zu sprechen kommen, der wirklich das unschuldigste Opfer von allen ist.[1] Ich möchte, Henry, daß über das, was ich über Morgan sage, nichts nach außen dringt – weder beruflich noch im Freundeskreis. Tim hat mir sein Schweigen bereits zugesichert.«

Beide Männer nickten wortlos. Der Inspektor fuhr fort:

»Ich brauche wohl kaum eigens darauf hinzuweisen, daß die Untersuchung bei einem Mordfall zumeist mit der Suche nach einem Motiv beginnt. Oft kann man einen Verdächtigen nach dem anderen ausscheiden, wenn man den Grund für das Verbrechen kennt. Bei diesem Fall lag das Motiv lange Zeit im dunkeln. Es gab zwar bestimmte Anhaltspunkte – so etwa Benjamin Morgans Geschichte –, aber die waren nicht überzeugend. Morgan war seit Jahren von Field erpreßt worden – eine Betätigung, von der euch trotz eurer Kenntnis seiner anderen gesellschaftlichen Gepflogenheiten nichts bekannt war. Dies schien auf Erpressung als ein mögliches Tatmotiv hinzudeuten. Aber beliebig viele andere Dinge hätten als Motiv in Frage kommen können, zum Beispiel die Rache eines Verbrechers, den Field ins Kittchen gebracht hatte. Vielleicht war es auch ein Mitglied seiner Verbrecherorganisation. Field hatte eine Menge Feinde und zweifellos eine Menge ›Freunde‹, die nur deshalb seine ›Freunde‹ waren, weil Field sie in der Hand hatte. Eine Menge Leute – sowohl Männer als auch Frauen – hätten ein *Motiv* haben können, den Anwalt umzubringen. So haben wir, da wir uns an jenem Abend im Römischen Theater mit so vielen anderen dringenderen und unmittelbareren Dingen zu beschäftigen

---

1 Inspektor Queens Feststellung hier entspricht nicht ganz der Wahrheit. Benjamin Morgan war weit davon entfernt, völlig ›unschuldig‹ zu sein. Aber der Gerechtigkeitssinn des Inspektors zwang ihn dazu, den Anwalt in Schutz zu nehmen und bezüglich seines Stillschweigens Wort zu halten. – E. Q.

hatten, uns nicht allzusehr um das Motiv gekümmert. Es stand stets etwas im Hintergrund, um dann irgendwann zum Vorschein zu kommen.

Aber bleiben wir zunächst dabei. Wenn Erpressung das Motiv war – und davon gingen Ellery und ich aus, weil es am wahrscheinlichsten schien –, befanden sich sicherlich irgendwo in Fields Besitz einige Dokumente, die, um es vorsichtig auszudrücken, zumindest ein wenig weiterhelfen würden. Was wir wußten, war, daß Morgans Dokumente existierten. Cronin beharrte darauf, daß es weitere Dokumente geben mußte, die für *ihn* interessant sein würden. So hatten wir ständig die Augen offen zu halten nach irgendwelchen Papieren, handfesten Beweisstücken, die vielleicht – vielleicht aber auch nicht – Aufklärung über die eigentlichen Umstände des Verbrechens verschaffen würden.

Was nun die Dokumente angeht, so erweckte zur gleichen Zeit eine Reihe von Büchern zur Handschriftenkunde, die sich in Fields Besitz fanden, Ellerys Interesse. Wir schlossen daraus, daß jemand wie Field, der sich in *einem* Fall ganz sicher (nämlich bei Morgan) und vermutlich noch bei vielen anderen als Erpresser betätigt hatte und der ein solch großes Interesse für die Handschriftenkunde zeigte, sich zudem auch noch als Fälscher betätigt haben könnte. Wenn das zutraf – und das schien eine plausible Erklärung zu sein –, dann bedeutete das offensichtlich, daß Field es sich angewöhnt hatte, Fälschungen von seinem Erpressermaterial anzufertigen. Der einzige Grund dafür konnte nur darin liegen, daß er die Fälschungen verkaufte, um die Originale für weitere Erpressungen in der Hand zu halten. Seine Verbindungen zur Unterwelt halfen ihm zweifellos dabei, mit den Tücken dieses Geschäfts zurechtzukommen. Später fanden wir heraus, daß unsere Annahme richtig war. Zu diesem Zeitpunkt hatten wir auch endgültig Erpressung als das Motiv für das Verbrechen nachgewiesen. Nur kamen wir damit nicht weiter, da jeder der Verdächtigen von Field hätte erpreßt werden können und wir zunächst keine Möglichkeit hatten, das herauszufinden.«

Der Inspektor legte die Stirn in Falten und machte es sich in seinem Sessel etwas bequemer.

»Aber ich gehe die Auflösung von der falschen Seite an. Es zeigt wirklich nur, wie sehr man in bestimmte Gewohnheiten verfällt. Ich bin so sehr daran gewöhnt, mit dem Motiv anzufangen ... Wie auch immer! Ein wichtiger und zentraler Umstand stach von

Anfang an bei der Untersuchung hervor. Es war ein verblüffender Anhaltspunkt – oder vielmehr einer, der nicht vorhanden war. Ich meine damit den fehlenden Hut . . .

Nun hatten wir unglücklicherweise an dem Montag abend im Römischen Theater dermaßen damit zu tun, die unmittelbaren Nachforschungen voranzutreiben, daß wir zunächst nicht die ganze Bedeutung des fehlenden Zylinders erfaßten. Nicht daß uns die Tatsache an sich nicht von Anfang an seltsam vorkam – ganz im Gegenteil. Was Ellery angeht, so ist ihm das sofort aufgefallen, als er in das Theater kam und sich die Leiche näher ansah. Aber was konnten wir tun? Es mußte auf hundert verschiedene Einzelheiten geachtet werden – es galt Fragen zu stellen, Anweisungen zu geben, Unstimmigkeiten und verdächtige Umstände aufzuklären –, so daß wir, wie ich sagen muß, unsere große Chance verpaßten. Hätten wir zu dem Zeitpunkt bereits voll erkannt, was das Verschwinden des Hutes bedeutete, hätten wir vielleicht schon in jener Nacht den Fall zum Abschluß gebracht.«

»Nun, du Brummbär, allzulange hat es dennoch nicht gedauert«, sagte Sampson lachend. »Heute ist Mittwoch, und der Mord wurde Montag vor einer Woche begangen. Ganze neun Tage – was willst du eigentlich?«

Der Inspektor zuckte die Achseln. »Es hätte schon einen beträchtlichen Unterschied gemacht«, sagte er. »Wenn wir es nur gut durchdacht hätten . . . Na schön! Als wir endlich soweit waren, die Sache mit dem Hut systematisch anzugehen, stellten wir uns zunächst die Frage: Warum hatte man den Hut weggenommen? Nur zwei Antworten darauf schienen einen Sinn zu ergeben: Entweder war der Hut an sich belastend, oder aber er enthielt etwas, was der Mörder haben wollte und wofür der Mord begangen wurde. Wie sich später herausstellte, war beides richtig. Der Hut war an sich belastend, weil auf der Unterseite des ledernen Schweißbandes Stephen Barrys Name mit wasserfester Tinte geschrieben stand; und der Hut enthielt tatsächlich etwas, was der Mörder ganz entschieden in seinen Besitz bringen wollte – die Papiere, mit denen er erpreßt wurde. Zu diesem Zeitpunkt dachte er natürlich, daß es sich um die Originale handelte.

Das brachte uns nicht allzuweit, aber es war zumindest ein Anfang. Trotz einer gründlichen Suche hatten wir den fehlenden Hut noch nicht gefunden, als wir Montag nacht das Theater wieder verließen – nicht, bevor wir seine Schließung bis auf weiteres

281

veranlaßt hatten. Wir hatten jedoch keinerlei Vorstellung, ob der Hut auf irgendeine geheimnisvolle Weise bereits seinen Weg aus dem Theater gefunden hatte oder ob er sich von uns unentdeckt immer noch dort befand. Als wir dann am Donnerstag morgen noch einmal zum Theater zurückkehrten, haben wir dort ein für alle Mal die Frage nach dem Aufenthalt von Monte Fields verteufeltem Zylinder geklärt – wenn auch nur im negativen Sinne. Er befand sich *nicht* im Theater – soviel war sicher. Und da das Theater seit Montag nacht verschlossen und versiegelt war, folgte daraus, daß der Hut noch an demselben Abend aus dem Theater verschwunden sein mußte!

Nun ging jeder, der am Montag abend hinausging, nur mit *einem* Hut hinaus. Nach unserer zweiten Durchsuchung mußten wir also annehmen, daß jemand mit Monte Fields Hut in der Hand oder auf dem Kopf das Theater verlassen hatte und dabei notwendigerweise seinen eigenen Hut im Theater zurückgelassen hatte.

Er hätte den Hut nur hinausschaffen können, als er zusammen mit dem Publikum das Theater verlassen durfte. Denn bis zu diesem Zeitpunkt waren alle Ausgänge bewacht oder abgeschlossen, und im linken Seitengang standen zunächst Jess Lynch und Elinor Libby, später dann John Chase, der Platzanweiser, und noch später einer meiner Polizisten. Der rechte Seitengang bot keine Möglichkeit, etwas beiseite zu schaffen, da er keine anderen Ausgänge als die Türen zum Zuschauerraum besitzt, die den ganzen Abend über bewacht wurden.

Um nun den Gedanken fortzuführen: Da Fields Hut ein Zylinder war und da niemand, der einen normalen Anzug trug, mit einem Zylinder das Theater verlassen hat – das haben wir uns sehr genau angeschaut –, *muß* also derjenige, der den Hut weggenommen hat, in Frack und Zylinder gekleidet gewesen sein. Man könnte einwenden, daß jemand, der ein solches Verbrechen im voraus plant, ohne einen Hut ins Theater gekommen wäre, um so dann auch keinen verschwinden lassen zu müssen. Aber wenn man genauer darüber nachdenkt, wird man einsehen, daß dies äußerst unwahrscheinlich ist. Vor allem beim Betreten des Theaters wäre es ziemlich auffällig gewesen, ohne einen Zylinder dort zu erscheinen. Es war natürlich eine Möglichkeit, und wir behielten sie im Auge. Aber wir dachten uns, daß jemand, der ein solch vollendetes Verbrechen plant, nicht das unnötige Risiko eingehen würde, aufzufallen. Zudem war Ellery davon überzeugt, daß der Mörder vorher nichts von der

Bedeutung des Zylinders wußte. Das machte es noch unwahrscheinlicher, daß der Mörder ohne eigenen Hut dort ankam. Wir dachten, daß er seinen eigenen Hut vielleicht während der ersten Pause hätte verschwinden lassen können – das heißt, bevor das Verbrechen begangen wurde. Aber Ellerys Schlußfolgerung, daß der Mörder vorher nichts von dem Hut wußte, machte dies unmöglich; denn dann hätte für ihn in der ersten Pause noch nicht die *Notwendigkeit* bestanden, sich seines Hutes zu entledigen. Auf jeden Fall scheint es mir eine berechtigte Annahme gewesen zu sein, daß unser Mann seinen Hut im Theater zurücklassen mußte und daß dies nur ein Zylinder gewesen sein konnte. Ist das soweit einleuchtend?«

»Es klingt ziemlich logisch«, gab Sampson zu, »wenn auch sehr kompliziert.«

»Du machst dir keine Vorstellung, wie kompliziert das war«, sagte der Inspektor grimmig, »denn zur gleichen Zeit mußten wir auch noch die anderen Möglichkeiten im Auge behalten – wie etwa, daß derjenige, der mit Fields Hut hinausging, gar nicht der Täter, sondern nur ein Komplize war. Aber laßt uns jetzt weitermachen.

Die nächste Frage, die wir uns stellten, war: Was *passierte* mit dem Zylinder, den der Mörder im Theater zurückließ? Was machte er damit? Wo hatte er ihn versteckt ...? Ich kann euch sagen, das war ein schwieriges Problem. Wir hatten das Gebäude von oben bis unten durchwühlt. Sicher, wir fanden mehrere Hüte hinter der Bühne, die laut Mrs. Phillips, der Garderobenaufsicht, verschiedenen Schauspielern gehörten. Aber keiner davon war ein Zylinder. Wo also war der Zylinder, den der Mörder im Theater zurückgelassen hatte? Mit dem ihm eigenen Scharfsinn traf Ellery genau ins Schwarze. Er sagte sich: ›Der Zylinder des Mörders muß sich hier befinden. Wir haben keinen einzigen Zylinder gefunden, dessen Existenz auffällig oder ungewöhnlich gewesen wäre. Deshalb muß der Zylinder, nach dem wir suchen, dort sein, wo er überhaupt nicht auffällt.‹ Eigentlich lächerlich einfach, nicht wahr? Aber selbst ich bin nicht darauf gekommen.

Was für Zylinder gab es dort, an deren *Gegenwart* es so ganz und gar nichts Ungewöhnliches gab, daß sie gar nicht erst in Betracht gezogen wurden? Für das Römische Theater, das die komplette Theaterbekleidung von Le Brun bezog, schien die Antwort einfach: die geliehenen Zylinder, die für das Stück benötigt wurden. Wo befinden sich solche Zylinder gewöhnlich? Entweder in den Umkleideräumen der Schauspieler oder im allgemeinen Garderobenraum hinter der Bühne. Als Ellery zu dieser Schlußfolgerung gelangt war, nahm er Mrs. Phillips mit hinter die Bühne und überprüfte jeden Zylinder in den Umkleideräumen und in der Garderobe. Jeder Zylinder dort – sie waren komplett, keiner fehlte – gehörte zu den Requisiten und trug auf seinem Futter das Zeichen von Le Brun. Fields Hut, unzweifelhaft ein Zylinder von Browne Bros., befand sich nicht unter den zur Requisite gehörenden Zylindern und auch sonst nirgendwo hinter der Bühne.

Da niemand an jenem Montag abend das Theater mit mehr als einem Zylinder verlassen hatte und da ohne Zweifel Monte Fields Zylinder an dem gleichen Abend mit aus dem Theater genommen wurde, war damit eindeutig bewiesen, daß sich des Mörders eigener Zylinder die ganze Zeit über, in der das Römische Theater versiegelt war, dort befunden haben mußte und sich auch zum Zeitpunkt unserer zweiten Suche noch dort befand. Nun, die einzigen Zylinder, die im Theater verblieben, gehörten zur Requisite. Daraus folgt, daß der Zylinder des Mörders (den er zurücklassen mußte, weil er mit Fields Zylinder hinausging) einer der zur Requisite gehörenden Zylinder gewesen sein *muß; eine andere* Möglichkeit gab es einfach nicht.

Mit anderen Worten – einer dieser Zylinder aus der Requisite gehörte jenem Mann, der am Montag abend im Frack und mit Fields seidenem Zylinder auf dem Kopf das Theater verlassen hat.

Wenn also dieser Mann der Mörder war – sonst konnte es kaum jemand sein –, konzentrierte das unsere Nachforschungen auf ein wesentlich kleineres Umfeld. Der Mörder konnte nur einer der männlichen Mitglieder des Ensembles sein, der das Theater im vollständigen Abendanzug verließ, oder – ebenfalls im Abendanzug – jemand, der mit dem Theater sehr vertraut war. Letzterer hätte zunächst einmal von vornherein einen Zylinder aus der Requisite bei sich tragen müssen, um ihn dann zurücklassen zu können; zum zweiten hätte er ungehinderten Zugang zu den Umkleideräumen und zur Garderobe haben müssen; und drittens hätte er auch die Gelegenheit haben müssen, den Hut dort wieder unterbringen zu können.

Wir wollen nun die Möglichkeit, daß der Mörder in enger Beziehung zum Theater stand, aber selbst kein Schauspieler war, etwas näher betrachten.« Der Inspektor machte eine Pause, um eine starke Prise Schnupftabak aus seiner so sehr geschätzten Dose zu nehmen. »Die Bühnenarbeiter fielen schon einmal weg, da keiner von ihnen die entsprechende Kleidung trug, die nötig gewesen wäre, um Fields Hut mit hinauszunehmen. Die Kassierer, Platzanweiser, Türsteher und andere kleinere Angestellte konnten aus dem gleichen Grund ausgeschieden werden. Harry Neilson, der Werbeleiter, trug ebenfalls einen normalen Straßenanzug. Es stimmt zwar, daß Panzer im Abendanzug gekleidet war, aber ich machte mir die Mühe, seine Hutgröße zu überprüfen – sie war mit 6¾ ungewöhnlich klein. Es wäre für ihn praktisch unmöglich gewesen, Fields Hut mit der Größe 7⅛ auf dem Kopf zu tragen. Zwar haben wir das Theater vor ihm verlassen; aber beim Hinausgehen habe ich Thomas Velie noch ganz entschieden angewiesen, auch bei Panzer keine Ausnahme zu machen und ihn genau wie die anderen zu durchsuchen. Mehr aus einem Pflichtgefühl heraus hatte ich mir bereits früher am Abend, während ich in seinem Büro war, seinen Hut angeschaut; es war ein steifer Filzhut. Velie berichtete später, daß Panzer mit diesem Hut auf dem Kopf hinausging und keinen anderen Hut dabeihatte. Also – wenn Panzer derjenige gewesen wäre, nach dem wir suchten, dann hätte er vielleicht mit Fields Hut trotz seiner Größe hinausgehen können, indem er ihn ganz einfach in der Hand hielt. Aber als er mit einem Filzhut das Theater verließ, folgte daraus zwingend, daß er Fields Hut nicht an sich genommen haben konnte, da das Theater sofort nach seinem Weggang geschlossen wurde und niemand, wirklich niemand – darauf paßten meine Männer dort auf – das Theatergelände bis zum Donnerstag morgen betreten hat. Wenn es Panzer oder sonst jemandem vom Theaterpersonal gelungen wäre, Fields Zylinder dort irgendwo zu verbergen, hätte die betreffende Person auch der Mörder sein können. Aber diese letzte Möglichkeit wurde durch den Bericht von Edmund Crewe, unserem amtlichen Bauexperten, zunichte gemacht; Crewe stellte definitiv fest, daß es nirgendwo im Römischen Theater ein geheimes Versteck gab.

Nachdem also Panzer, Neilson und die Angestellten nicht mehr in Frage kamen, blieben nur noch die Mitglieder des Ensembles übrig. Wie wir das Netz immer enger spannten, bis wir auf Barry stießen, wollen wir hier einen Moment beiseite lassen. Der wirklich interessante Aspekt dieses Falles ist die überraschende und verwickelte Reihe von Schlußfolgerungen, über die wir durch rein logisches Denken zur Wahrheit kamen. Ich sage ›wir‹ – sollte aber lieber ›Ellery‹ sagen ...«

»Für einen Polizeiinspektor klingt das ein bißchen zu sehr nach Understatement«, sagte Cronin grinsend. »Das ist besser als ein Kriminalroman. Ich sollte jetzt eigentlich im Dienst sein, aber da mein Chef daran genauso interessiert zu sein scheint wie ich – nur weiter so, Inspektor!«

Queen lächelte und fuhr lebhaft fort.

»Die Tatsache, daß der Kreis der Verdächtigen auf die Schauspieler eingeengt werden konnte, erklärt etwas, was euch wahrscheinlich auch schon in den Sinn gekommen ist und was uns ganz am Anfang ziemliche Schwierigkeiten bereitet hat. Wir konnten zunächst nicht verstehen, warum man ein Theater als Treffpunkt für die Abwicklung dieser Art von Geschäft hätte auswählen sollen. Wenn man einmal genauer darüber nachdenkt, so kommt man zu dem Schluß, daß ein Theater unter normalen Umständen eine Menge Nachteile mit sich bringt. Zum Beispiel müssen – um nur eine Sache zu nennen – zusätzliche Eintrittskarten gekauft werden, um durch die leeren Plätze um sich herum eine ungestörte Geschäftsabwicklung zu gewährleisten. Was für ein unnützer Aufwand, wenn man das mit geeigneteren Treffpunkten vergleicht. Im Theater ist es zumeist dunkel, und die Ruhe dort ist eher störend. Jedes unglückliche Geräusch, jede Unterhaltung fällt auf. Die vielen Menschen dort stellen eine ständige Gefahr dar – man könnte erkannt werden. Jedoch erklärt sich das alles von selbst, wenn man sich vor Augen führt, daß Barry ein Mitglied des Ensembles war. Von seiner Warte aus schien das Theater ideal; denn wer würde schon im entferntesten daran denken, einen Schauspieler des Mordes zu verdächtigen, wenn das Opfer tot im Zuschauerraum gefunden wird? Field willigte natürlich ein, weil er nicht ahnte, was Barry vorhatte und daß er damit seinem eigenen Ende nachhalf. Selbst wenn er ein klein wenig mißtrauisch war – denkt daran, daß er es gewöhnt war, mit gefährlichen Leuten Geschäfte zu machen –, er fühlte sich in der Lage, für seine eigene Sicherheit zu sorgen. Vielleicht hatte er dadurch etwas zuviel Selbstvertrauen; um das herauszufinden, ist es jetzt zu spät.

Ich will nun wieder auf Ellery zurückkommen, mein Lieblingsthema«, fuhr der Inspektor vergnügt fort. »Ganz abgesehen von diesen Schlußfolgerungen, ja schon bevor sie überhaupt zu Ende geführt worden waren, hatte Ellery einen ersten Verdacht während des Treffens im Haus der Ives-Popes geschöpft. Es lag nahe, daß Frances Ives-Pope von Field nicht bloß aus amouröser Absicht während der Pause im Seitengang angesprochen worden war. Es schien Ellery, als gäbe es eine Verbindung zwischen diesen beiden Personen. Nun, das bedeutet nicht, daß Frances von dieser Verbindung hätte wissen müssen. Sie war überzeugt, daß sie niemals zuvor etwas von Field gehört oder gesehen hatte. Wir hatten keine Veranlassung, das in Zweifel zu ziehen; im Gegenteil hatten wir allen Grund, ihr zu glauben. Diese mögliche Verbindung hätte Stephen Barry sein können, vorausgesetzt, Stephen Barry und Field kannten einander, ohne daß Frances davon wußte. Wenn zum Beispiel Field am Montag abend mit dem Schauspieler eine Verabredung hatte und auf einmal Frances sah, konnte es möglich sein, daß er es in seinem halbtrunkenen Zustand gewagt hätte, sich an sie heranzumachen – vor allem, da das, was ihm und Barry am Herzen lag, auch sie sehr betraf. Sie zu erkennen, war kein Problem; Tausende von Menschen, die täglich die Zeitung lesen, kennen jeden einzelnen ihrer Gesichtszüge – sie ist eine der meistphotographierten Damen der Gesellschaft. Field hätte sich schon aus methodischer Gründlichkeit sicher mit ihrem Äußeren und ihren Gewohnheiten vertraut gemacht ... Aber um auf das Dreiecksverhältnis – Field, Frances, Barry –, auf das ich später noch näher eingehen werde, zurückzukommen: Euch ist doch klar, daß einem kein anderer aus dem Ensemble als Barry, der mit Frances verlobt war und auch öffentlich mit Photos und dem ganzen journalistischen Drum und Dran als ihr Verlobter bekanntgemacht worden war, als Antwort auf die Frage einfiel: Warum wurde Frances von Field angesprochen?

Der andere störende Umstand in bezug auf Frances, nämlich daß ihre Abendtasche in Fields Kleidung entdeckt wurde, konnte von ihr glaubhaft erklärt werden; sie ließ sie in verständlicher Erregung fallen, als sich der betrunkene Rechtsanwalt an sie heranmachte. Dies wurde später durch Jess Lynchs Aussage bestätigt, daß er sah, wie Frances' Tasche von Field aufgehoben wurde. Armes Mädchen – sie tut mir wirklich leid.« Der Inspektor seufzte.

»Um jetzt noch einmal auf den Hut zurückzukommen – wie ihr sicher merkt, kehren wir immer wieder zu diesem verfluchten Zylinder zurück –«, fuhr Queen nach einer kurzen Unterbrechung fort. »Ich habe noch nie von einem Fall gehört, in dem ein einziger Faktor so bestimmend war für den gesamten Verlauf der Untersuchung ... Jetzt gebt acht: Barry war *der einzige* aus dem ganzen Ensemble, der das Römische Theater am Montag abend in Frack und Zylinder verließ. Ellery, der den Hauptausgang am Montag abend beobachtete, während die Leute hinausgingen, ist das – wie sollte es auch anders sein – aufgefallen; außer Barry verließen alle anderen Schauspieler das Theater in normalen Anzügen. Ellery hat dies sogar später Sampson und mir gegenüber in Panzers Büro erwähnt; allerdings war sich zu diesem Zeitpunkt keiner von uns der Bedeutung dieser Tatsache bewußt ... Barry war folglich das einzige Mitglied des Ensembles, das Fields Zylinder hatte mitnehmen können. Denkt nur ein wenig darüber nach, und ihr werdet einsehen, daß wir nun – von Ellerys Hut-Schlußfolgerungen her gesehen – ohne den geringsten Zweifel Barry als den Schuldigen festgenagelt hatten.

Der nächste Schritt war nun, sich das Stück genau anzusehen; das taten wir dann am Abend des Tages, an dem Ellery zu dem entscheidenden Schluß gekommen war – am Donnerstag. Ihr könnt euch sicher vorstellen, warum. Dadurch, daß wir feststellten, ob Barry während des zweiten Akts die Zeit hatte, den Mord zu begehen, wollten wir eine Bestätigung für unsere Schlußfolgerung. Und erstaunlicherweise war Barry der einzige der gesamten Besetzung, der die Zeit dazu hatte. Er war nicht auf der Bühne zwischen 9.20 Uhr, als er die Handlung des zweiten Akts ins Rollen gebracht hatte und direkt danach wieder verschwand, und 9.50 Uhr, als er wieder auf die Bühne zurückkehrte und dort bis zum Ende des Akts blieb. Das war unbestreitbar Teil eines festen und sich nicht verändernden Zeitplans. Alle anderen Schauspieler waren entweder die ganze Zeit über auf der Bühne oder verließen sie nur für einen ganz kurzen Augenblick. Das bedeutet, daß wir bereits vor annähernd sechs Tagen – die ganze Angelegenheit hat insgesamt nur neun Tage in Anspruch genommen – unser kleines Rätsel gelöst hatten. Aber das Rätsel um die Identität des Mörders gelöst zu haben, bedeutete noch lange nicht, ihn damit auch vor Gericht gebracht zu haben. Ihr werdet gleich sehen, warum.

Die Tatsache, daß der Mörder nicht vor 9.30 Uhr das Theater betreten konnte, erklärt, warum die abgerissenen Enden der Eintrittskarten von LL32 Links und LL30 Links nicht übereinstimmen. Es war erforderlich, daß Field und Barry zu unterschiedlichen Zeiten hereinkamen. Field konnte weder zusammen mit Barry das Theater betreten noch zu einem auffällig späteren Zeitpunkt ankommen, da die Geheimhaltung für Barry äußerst wichtig war; Field sah ein – oder zumindest dachte er so –, wie nötig es war, die Heimlichtuerei mitzumachen.

Als wir dann Donnerstag abend von Barrys Schuld überzeugt waren, beschlossen wir, die anderen Mitglieder des Ensembles und auch die Bühnenarbeiter insgeheim zu befragen. Wir wollten natürlich herausfinden, ob zufällig jemand Barry hatte weggehen und wieder zurückkommen sehen. Wie sollte es auch anders sein – keiner hatte etwas gesehen. Alle waren viel zu sehr mit ihrem Auftritt, mit Umziehen oder mit Arbeiten hinter der Bühne beschäftigt. Wir führten diese kleine Nachforschung nach der Aufführung an jenem Abend durch, als Barry bereits das Theater verlassen hatte. Das Ganze war ein ziemlicher Fehlschlag.

Wir hatten uns bereits einen Lageplan des Theaters von Panzer ausgeliehen. Dieser Plan sowie eine nähere Untersuchung des Seitengangs auf der Linken und der Anordnung der Umkleideräume hinter der Bühne, die wir am Donnerstag abend direkt nach dem zweiten Akt durchführten, ließen uns erkennen, wie der Mord ausgeführt worden war.«

Sampson rührte sich. »Darüber habe ich mir bereits den Kopf zerbrochen«, gab er zu. »Schließlich war Field nicht gerade, was man als vertrauensselig bezeichnet. Dieser Barry muß ein Zauberkünstler sein, Q. Wie hat er es angestellt?«

»Jedes Rätsel erscheint simpel, wenn du erst die Antwort kennst«, erwiderte der Inspektor. »Barry, der ab 9.20 Uhr frei war, kehrte sofort in seinen Umkleideraum zurück, legte schnell, aber perfekt eine Gesichtsmaske auf, zog Cape und Zylinder, die zu seinem Bühnenkostüm gehörten, an – ihr erinnert euch sicher, daß er bereits einen Gesellschaftsanzug trug – und schlich sich aus seiner Garderobe in den Seitengang.

Ihr könnt natürlich nicht genau wissen, wie das Theater angelegt ist. Auf der linken Seite, hinter dem Seitengang, sind in mehreren Etagen übereinander die Umkleideräume angeordnet. Barrys Raum ist ganz unten auf der Etage; eine Tür führt von dort auf den Seitengang. Über eine Eisentreppe gelangt man dort hinunter.

Durch diese Tür verließ er den Umkleideraum und ging durch den düsteren Seitengang; die Türen von dort ins Theater waren während des zweiten Akts noch geschlossen. Er konnte sich hinaus auf die Straße schleichen, da dort im Seitengang zu diesem Zeitpunkt – wie er genau wußte – niemand aufpaßte. Es war

Glück für ihn, daß bis zu diesem Zeitpunkt weder Jess Lynch noch dessen Freundin dort eingetroffen waren. Dreist betrat er dann das Theater durch den regulären Vordereingang – so als wäre er ein Nachzügler. In sein Cape gehüllt und natürlich so geschminkt, daß man ihn nicht erkennen konnte, zeigte er seine Eintrittskarte – LL30 Links – am Eingang vor. Als er hineinging, warf er absichtlich den Kontrollabschnitt weg. Das schien ihm ein schlauer Zug zu sein; denn falls der Rest der Eintrittskarte dort gefunden würde, so dachte er, würde das mehr auf jemanden aus dem Publikum als Täter hindeuten als auf jemanden vom Theater. Außerdem wäre der Abschnitt, wenn man ihn im Falle des Mißlingens seines Planes bei einer anschließenden sorgfältigen Durchsuchung bei ihm gefunden hätte, ein eindeutig belastendes Indiz gewesen. Kurzum, er dachte, seine Idee mit der Eintrittskarte würde nicht nur in die Irre führen, sondern auch von ihm ablenken.«

»Aber wie hatte er es sich vorgestellt, zu seinem Platz zu gelangen, ohne dorthin geführt und damit auch gesehen zu werden?« brachte Cronin vor.

»Er konnte nicht davon ausgehen, der Platzanweiserin zu entgehen«, entgegnete der Inspektor. »Da das Stück schon lief und es im Theater schon dunkel war, hatte er natürlich gehofft, die letzte Reihe, die ja am nächsten zum Eingang liegt, zu erreichen, bevor die Platzanweiserin an ihn herantreten konnte. Aber selbst wenn die Platzanweiserin ihm zuvorgekommen wäre und ihn zu seinem Platz geführt hätte, so war er gut maskiert und im Dunkeln des Theaters dagegen gefeit, erkannt zu werden. Was ihm im ungünstigsten Fall passieren konnte, war, daß man sich daran erinnerte, wie ein unbekannter Mann, den man gerade noch in groben Umrissen beschreiben konnte, während des zweiten Aktes das Theater betrat. Wie es der Zufall wollte, trat niemand an ihn heran, da Madge O'Connell glücklich bei ihrem Geliebten saß. Es gelang ihm also, auf den Platz neben Field zu schlüpfen, ohne bemerkt zu werden.

Was ich euch gerade erzählt habe«, fuhr der Inspektor fort und räusperte sich, »beruht nicht auf unseren Schlußfolgerungen und Nachforschungen. Wir hätten solche Einzelheiten nicht herausfinden können. Barry hat gestern abend ein Geständnis abgelegt und uns darüber Aufklärung verschafft ... Da wir wußten, daß Barry der Schuldige war, hätten wir uns den ganzen Ablauf auch denken können – es ergibt sich von selbst, wenn man den Täter kennt. Nun, das war gar nicht erst nötig. Klingt das nicht wie eine faule Ausrede für Ellery und mich?« Der alte Mann zeigte ein schwaches Lächeln.

»Als er sich neben Field hinsetzte, hatte er seine Schritte sorgfältig geplant. Ihr dürft nicht vergessen, daß er an einen strengen Zeitplan gebunden war und es sich nicht leisten konnte, Zeit zu verschwenden. Auf der anderen Seite wußte auch Field, daß Barry schnell wieder zurück mußte; also verzögerte er das Ganze auch nicht unnötig. Tatsächlich hatte Barry – wie er uns mitteilte – sehr viel weniger Schwierigkeiten mit Field, als er erwartet hatte. Denn Field stand Barrys Vorschlägen offen gegenüber; wahrscheinlich deshalb, weil er ziemlich betrunken war und in Kürze den Empfang einer großen Geldsumme erwartete.

Barry verlangte zunächst die Papiere. Als Field vorsichtigerweise erst einmal das Geld zu sehen verlangte, bevor er die Dokumente hervorholte, zeigte Barry ihm eine Brieftasche, aus der scheinbar echte Banknoten hervorquollen. Es war ziemlich dunkel im Theater, und Barry fächerte die Banknoten nicht auf. Tatsächlich war es nachgemachtes Geld aus der Requisite. Eindringlich spielte er damit herum und tat dann das, was Field wohl auch erwartet hatte: Er weigerte sich, das Geld zu übergeben, bevor er nicht die Dokumente überprüft hatte. Haltet euch immer vor Augen, daß Barry ein ausgezeichneter Schauspieler ist und eine solch schwierige Situation mit dem Selbstvertrauen, das ihm seine lange Bühnenerfahrung verlieh, bewältigen konnte ... Field griff unter seinen Sitz und brachte zu Barrys maßlosem Erstaunen seinen Zylinder hervor. Barry sagt, daß Field bemerkte: ›Sie haben wohl kaum erwartet, daß ich die Papiere hier drin aufbewahre? Diesen Hut habe ich sogar ganz ausschließlich Ihrer Vergangenheit gewidmet. Sehen Sie – auf der Innenseite steht Ihr Name.‹ Und mit dieser erstaunlichen Feststellung drehte er das Band um. Im Schein seiner winzigen Taschenlampe konnte Barry seinen mit Tinte auf die Unterseite des ledernen Schweißbandes geschriebenen Namen erkennen.

Jetzt stellt euch vor, was ihm in diesem Augenblick durch den Kopf ging. Was er dort sah, schien zunächst seinen sorgfältig ausgearbeiteten Plan völlig zunichte zu machen. Wenn man Fields Zylinder untersuchen würde – natürlich würde man es tun –, nachdem man seine Leiche gefunden hatte, wäre der Name Stephen

Barry auf dem Schweißband wohl ein ziemlich starkes Beweismittel gegen ihn ... Barry hatte keine Zeit mehr, das Band herauszutrennen. Zum einen hatte er – Pech für ihn – kein Messer; zum anderen war das Schweißband eng und fest auf das harte Material genäht. Da seine Zeit knapp bemessen war, erkannte er sofort, daß der einzige Weg, der ihm offenstand, war, den Hut wegzunehmen, nachdem er Field getötet hatte. Da Field ungefähr die gleiche Statur und mit 7⅛ eine durchschnittliche Hutgröße wie er hatte, beschloß er sogleich, das Theater mit Fields Hut auf dem Kopf oder in der Hand zu verlassen. Er würde seinen eigenen Hut in der Garderobe lassen, wo er nicht weiter auffallen würde, Fields Hut aus dem Theater mitnehmen und ihn vernichten, sobald er zu Hause angekommen war. Ihm kam außerdem der Gedanke, daß – sollte er zufällig beim Verlassen des Theaters durchsucht werden – sein Name auf der Innenseite ihn von jedem Verdacht befreien würde. Wahrscheinlich war es genau diese Tatsache, die Barry das Gefühl gab, keine größere Gefahr einzugehen, obwohl er die unerwarteten Umstände nicht hatte vorhersehen können.«

»Schlauer Fuchs«, murmelte Sampson.

»Ein bißchen zu schlau, Henry, ein bißchen zu schlau«, sagte Queen ernst. »Das hat schon manchen Mann an den Galgen gebracht ... Als er sich blitzschnell entschloß, den Hut mitzunehmen, war ihm klar, daß er nicht seinen eigenen dagegen austauschen konnte. Zum einen war sein Hut ein Chapeau claque – ein Bühnenhut –, aber was noch wichtiger war, der Name von Le Brun, dem Theaterausstatter, war innen aufgedruckt. Klar, daß das sofort auf jemanden aus dem Ensemble hingewiesen hätte – was er natürlich unbedingt vermeiden wollte. Er erzählte mir außerdem, daß ihm in diesem Augenblick und während der ganzen Zeit danach bewußt war, daß die Polizei aus dem Fehlen des Hutes im äußersten Falle schließen konnte, daß er etwas Wertvolles enthalten haben mußte. Er konnte sich nicht vorstellen, wie durch diese bloße Vermutung im Zuge der Ermittlungen auch nur die Spur eines Verdachtes auf ihn fallen würde. Als ich ihm die Schlußfolgerungen, die Ellery aus der einfachen Tatsache, daß der Zylinder fehlte, gezogen hatte, auseinanderlegte, war er äußerst überrascht. Man sieht, daß der einzig wirklich schwache Punkt in seinem Verbrechen nicht auf einem Versehen oder einem Fehler von seiner Seite beruhte, sondern auf einem Vorfall, den er nicht hatte vorhersehen können. Das zwang ihn zum Handeln, und die Ereignisse nahmen ihren Lauf. Hätte Barrys Name nicht in Fields Hut gestanden, so wäre er ohne Frage immer noch ein freier Mann und bis zum heutigen Tag ohne jeden Verdacht. Die Polizeiakten hätten einen weiteren unaufgeklärten Mordfall zu verzeichnen.

Ich muß wohl nicht extra betonen, daß ihm dieser ganze Gedankengang sehr viel schneller durch den Kopf schoß, als ich zu seiner Schilderung benötigte. Er erkannte, was er zu tun hatte; auf der Stelle wurde sein Plan den neuen Gegebenheiten angepaßt ... Als Field die Dokumente aus dem Hut hervorholte, untersuchte Barry sie flüchtig unter dem wachsamen Blick des Rechtsanwalts. Die Untersuchung nahm er mit Hilfe seiner schon erwähnten winzigen Taschenlampe vor, deren schwacher Lichtschein fast vollständig von ihren Körpern abgeschirmt wurde. Die Papiere schienen in Ordnung und vollständig zu sein. Aber zu diesem Zeitpunkt verbrachte Barry nicht allzuviel Zeit über den Papieren. Kläglich lächelnd schaute er auf und sagte: ›Der Teufel soll Sie holen – es scheinen alle da zu sein.‹ Das klang sehr spontan – als herrschte zwischen ihnen Waffenstillstand und als würde er sich als guter Verlierer zeigen. Field faßte die Bemerkung auch so auf, wie sie gedacht war. Barry griff in seine Tasche – die Lampe hatte er wieder ausgemacht – und nahm aus einer kleinen Flasche mit Whisky einen kräftigen Schluck, so als ob er nervös wäre. Dann schien er sich auf einmal seiner guten Manieren zu entsinnen und fragte Field ziemlich freundlich, ob er nicht auch einen Schluck trinken wolle, um ihren Handel zu beschließen. Da Field gesehen hatte, wie Barry aus der Flasche getrunken hatte, konnte er keinen Verdacht geschöpft haben. Er hätte vermutlich noch nicht einmal im Traum daran gedacht, daß Barry versuchen würde, ihn umzubringen. Barry reichte ihm die Flasche ...

Aber es war nicht dieselbe Flasche. Im Schutze der Dunkelheit hatte er zwei verschiedene Flaschen herausgenommen – die eine, aus der er selbst getrunken hatte, befand sich in der linken Seitentasche, die Flasche, die er Field gab, kam aus der rechten Seitentasche. Er tauschte die Flaschen nur aus, bevor er sie Field reichte. Das war recht einfach, vor allem, weil es dunkel war und sich der Anwalt dazu noch in recht angesäuseltem Zustand befand ... Der Trick mit den Flaschen klappte. Aber Barry war kein Risiko eingegangen. In seiner Tasche trug er eine Spritze mit dem Gift. Wenn Field sich geweigert hätte zu trinken, war Barry darauf vorbereitet, ihn mit der Injektionsnadel in den Arm oder ins Bein zu stechen. Die Spritze in seinem Besitz hatte ihm ein Arzt vor einer Reihe von Jahren besorgt. Damals hatte er an einer Nervenkrankheit gelitten und konnte nie länger in der Obhut eines Arztes bleiben, da er mit einem Schauspielerensemble von Ort zu Ort zog. Das war so lange her, daß man die Spritze nicht mehr mit ihm hätte in Verbindung bringen können. Er war also für den Fall vorbereitet, daß Field sich zu trinken geweigert hätte. Wie ihr seht, war sein Plan selbst in diesem Detail narrensicher ...

Die Flasche, aus der Field trank, enthielt guten Whisky, der allerdings sehr reichlich mit Tetrableiäthyl vermischt war. Der leichte Äthergeruch des Giftes verlor sich im Alkoholdunst; und Field kippte sofort einen Riesenschluck hinunter, bevor er – wenn überhaupt – merkte, daß damit etwas nicht in Ordnung war. Automatisch reichte er die Flasche Barry zurück, der sie einsteckte und sagte: ›Ich denke, ich werde mir die Papiere noch einmal genauer ansehen. Es gibt wirklich keinen Grund, warum ich Ihnen trauen sollte, Field ...‹ Field, dem das zu diesem Zeitpunkt bereits äußerst gleichgültig geworden war, nickte etwas verwirrt und sank in seinem Sessel zusammen. Barry untersuchte tatsächlich die Papiere, beobachtete aber gleichzeitig wie ein Habicht aus den Augenwinkeln Field. Nach ungefähr fünf Minuten sah er, daß Field so gut wie fertig war. Er war zwar noch nicht völlig bewußtlos, aber auf dem besten Wege dorthin. Sein Gesicht war verzerrt, und er schnappte nach Luft. Er schien nicht mehr in der Lage zu sein, eine heftige Bewegung zu machen oder aufzuschreien. Bei seinem Todeskampf hatte er Barry bereits vollkommen vergessen; wahrscheinlich blieb er auch nicht mehr lange bei Bewußtsein. Die wenigen Worte, die Pusak ihn stöhnen hörte, können nur noch mit der fast übermenschlichen Anstrengung eines praktisch bereits Toten hervorgestoßen worden sein ...

Barry sah nun auf seine Uhr. Es war 9.40 Uhr. Er hatte sich nur zehn Minuten bei Field aufgehalten. Um 9.50 Uhr mußte er auf der Bühne zurück sein. Da er weniger Zeit als vorgesehen gebraucht hatte, beschloß er, noch weitere drei Minuten zu warten, um sicherzugehen, daß Field nicht doch noch Krach schlagen würde. Um genau 9.43 Uhr, als Field von seinen inneren Schmerzen schon entsetzlich geschwächt war, nahm Barry den Hut seines Opfers, ließ seinen eigenen Zylinder zusammenschnappen und unter seinem Cape verschwinden und erhob sich. Er wußte genau, wohin er sich zu wenden hatte. Eng entlang der linken Seitenwand ging er so vorsichtig und unauffällig wie möglich den Gang hinunter, bis er, ohne daß ihn jemand bemerkt hatte, die Rückseite der Logen vorne links erreicht hatte. Das Stück war gerade auf dem Höhepunkt der Spannung angelangt. Alle Augen waren auf die Bühne gerichtet.

Hinter den Logen riß er sich die falschen Haare herunter, brachte sein Gesicht rasch wieder in Ordnung und ging durch den Bühneneingang. Die Tür führte in einen schmalen Durchgang; dieser endete wiederum in einem Korridor, der zu den verschiedenen Bereichen hinter der Bühne führte. Sein Umkleideraum lag direkt am Eingang zum Korridor. Er schlüpfte hinein, warf den Requisitenzylinder zu seinen anderen Sachen, schüttete den restlichen Inhalt der todbringenden Flasche ins Waschbecken und wusch die Flasche aus. Dann leerte er den Inhalt der Spritze in den Abfluß und legte sie dann, nachdem er sie gesäubert hatte, beiseite. Wenn sie gefunden wurde – was machte das schon? Er hatte eine wirklich überzeugende Erklärung dafür, daß er sie besaß; und außerdem war der Mord überhaupt nicht mit Hilfe dieses Gegenstands begangen worden ... Er war nun bereit für sein Stichwort – ruhig, heiter und ein wenig gelangweilt. Sein Aufruf kam genau um 9.50 Uhr; er ging auf die Bühne und blieb dort auch, bis der große Tumult um 9.55 Uhr im Zuschauerraum losbrach ...«

»Jetzt erzähl weiter von diesem komplizierten Plan!« stieß Sampson hervor.

»Er ist gar nicht so kompliziert, wie er sich zunächst anhört«, entgegnete der Inspektor. »Denk immer daran, daß Barry ein überaus gewitzter junger Mann ist und darüber hinaus ein ausgezeichneter Schauspieler. *Nur* ein perfekter Schauspieler hätte einen solchen Plan ausführen können. Die Durchführung selbst war dann einfach; das Schwierigste dabei war, den Zeitplan einzuhalten. Sollte er von jemandem gesehen werden, so trug er eine ausgezeichnete Verkleidung. Der einzig gefährliche Teil in seinem Plan war das Wegkommen vom Tatort, als er den Gang hinunter und durch die Tür an den Logen hinter die Bühne ging. Auf den Gang und die Platzanweiser dort achtete er bereits, als er noch neben Field saß. Natürlich hatte er von vornherein gewußt, daß die Platzanweiser, gemäß den Erfordernissen des Stückes, mehr oder weniger pflichtgetreu auf ihren Posten blieben, aber er zählte auf seine Verkleidung und seine Injektionsnadel, die ihn durch alle möglichen Notsituationen hindurchbringen sollten. Nun, Madge O'Connell war sehr nachlässig in ihrer Pflichtauffassung, und so

295

war selbst das noch zu seinen Gunsten. Er erzählte mir gestern abend nicht ohne einen gewissen Stolz, daß er auf jede Eventualität vorbereitet war ... Was den Bühneneingang betraf, so wußte er aus Erfahrung, daß zu diesem Zeitpunkt des Stückes so gut wie jeder auf der Bühne war. Auch die Techniker waren alle auf ihren Posten sehr beschäftigt ... Bei der Planung des Verbrechens wußte er also schon im voraus über die genauen Bedingungen Bescheid, unter denen er vorzugehen hatte. Und wenn es da noch eine Spur von Unsicherheit, von Gefahr gab – ›es war nun einmal ein gewagtes Unternehmen, nicht wahr?‹ fragte er mich gestern abend und lächelte dabei; und wenn auch für sonst nichts, so konnte ich ihm für diese Einstellung meine Anerkennung nicht versagen.«

Der Inspektor machte ohne Pause weiter. »Das macht deutlich, so hoffe ich, wie Barry den Mord begangen hat. Was unsere Nachforschungen betrifft ... Trotz unserer Schlußfolgerungen bezüglich des Zylinders und unseres Wissens um die Identität des Mörders hatten wir immer noch keine Ahnung von den eigentlichen Umständen dieses Verbrechens. Wenn ihr euch noch einmal vor Augen führt, welches Beweismaterial wir bis Donnerstag abend zusammen hatten, so war das eigentlich nichts, mit dem wir etwas anfangen konnten. Das beste, was passieren konnte, war, daß sich irgendwo unter den Papieren, nach denen wir alle suchten, ein Anhaltspunkt befand, über den wir eine Verbindung zu Barry herstellen konnten. Selbst das wäre noch nicht ausreichend gewesen, aber ... Das nächste war also«, sagte der Inspektor nach einem Seufzen, »die Entdeckung der Dokumente in Fields nettem Versteck auf dem Baldachin über seinem Bett. Das war ganz und gar Ellerys Leistung. Wir hatten herausgefunden, daß Field kein Bankschließfach, kein Postfach und keinen weiteren Wohnsitz besaß und auch keine freundlichen Nachbarn oder Ladenbesitzer kannte; die Dokumente befanden sich auch nicht in seiner Kanzlei. Weil alle anderen Möglichkeiten nicht in Frage kamen, beharrte Ellery darauf, daß sie sich irgendwo in Fields Wohnung befinden müßten. Ihr wißt, wie die Suche ausging – wieder eines von Ellerys Glanzstücken. Wir fanden Morgans Papiere; wir fanden die Dokumente, hinter denen Cronin her war, die Aufschluß über Fields Verbindungen zum organisierten Verbrechen gaben. Tim, ich bin ziemlich gespannt, was passiert, wenn wir uns damit jetzt ans große Aufräumen machen! Und schließlich fanden wir noch ein Bündel verschiedener Papiere – darunter die von Michaels und Barry. Du

296

weißt sicher noch, Tim, daß Ellery aus Fields Beschäftigung mit der Handschriftenkunde geschlossen hatte, daß wir vielleicht Barrys Originaldokumente finden würden – und so war es auch.

Michaels' Fall ist hochinteressant. Daß die Anklage gegen ihn damals nur auf Diebstahl lautete, verdankte er ausschließlich Fields cleveren Schachzügen vor Gericht. Aber Field besaß Material über Michaels, und er bewahrte die schriftlichen Beweise seiner wirklichen Schuld in seinem Lieblingsversteck auf – für den Fall, daß er sie zu einem späteren Zeitpunkt noch einmal benutzen wollte. Eine wirklich sehr vorausschauende Natur, dieser Field ... Als Michaels aus dem Gefängnis entlassen wurde, setzte Field ihn ohne Skrupel für seine schmutzigen Geschäfte ein, indem er ihn ständig mit diesen Beweisen seiner Schuld unter Druck setzte.

Michaels hatte nun schon seit langem danach Ausschau gehalten. Wie ihr euch vorstellen könnt, wollte er die Papiere unbedingt haben. Bei jeder Gelegenheit durchsuchte er die Wohnung danach. Und als das jedesmal wieder erfolglos blieb, wurde er immer verzweifelter. Ohne Zweifel hat sich Field in seiner teuflisch zynischen Art köstlich darüber amüsiert, daß Michaels Tag für Tag die Zimmer durchwühlte ... Am Montag abend machte Michaels das, was er uns auch gesagt hatte – er ging nach Hause und legte sich schlafen. Aber als er Dienstag früh aus der Zeitung erfuhr, daß Field ermordet worden war, begriff er, daß das Spiel nun aus war. Er mußte noch ein letztes Mal nach den Papieren suchen; fand er sie nicht, so würde die Polizei es vielleicht tun, und er wäre in ziemlichen Schwierigkeiten. Deshalb ging er also das Risiko ein, der Polizei in die Arme zu laufen, als er am Dienstag morgen noch einmal in Fields Wohnung zurückkehrte. Die Geschichte mit dem Scheck war natürlich Unsinn.

Aber ich will jetzt auf Barry zu sprechen kommen. Die Originaldokumente, die wir in dem Hut mit der Aufschrift ›Diverses‹ gefunden haben, erzählen eine schmutzige Geschichte. Um es kurz zu machen: Stephen Barry hat einen Schuß schwarzes Blut in seinen Adern. Er kam aus einer armen Familie im Süden, und es gab einwandfreies Beweismaterial – Briefe, Geburtsregister und so etwas –, daß seine Abstammung einen schwarzen Schönheitsfleck besaß. Wie ihr wißt, war es Fields Geschäft, solche Dinge aufzustöbern. Irgendwie kam er an die Dokumente heran; wie lange das schon her ist, wissen wir nicht, sicherlich aber schon vor einiger Zeit. Als er sich Barrys Vermögenslage zu diesem Zeitpunkt anschaute, sah er, daß er nur ein Schauspieler war, der sich mühsam nach oben kämpfte, öfters abgebrannt als bei Kasse. Er beschloß, den Burschen zunächst einmal in Ruhe zu lassen. Wenn Barry irgendwann einmal zu Geld oder Ruhm kommen sollte, wäre immer noch Zeit genug, ihn zu erpressen ... Aber selbst in seinen kühnsten Träumen konnte Field nicht Barrys Verlobung mit Frances Ives-Pope, der Tochter eines Multimillionärs, einer blaublütigen Dame der feinen Gesellschaft, vorausgesehen haben. Ich brauche wohl nicht zu erklären, was es für Barry bedeutet hätte, wenn die Ives-Popes von seiner Abstammung erfahren hätten. Außerdem – und das ist auch nicht ohne Bedeutung – litt Barry wegen seiner Spielleidenschaft an permanentem Geldmangel. Alles, was er verdiente, landete in den Taschen der Buchmacher auf der Rennbahn; außerdem hatte er Riesenschulden gemacht, die er niemals hätte begleichen können, wenn die Heirat mit Frances nicht zustande gekommen wäre. Tatsächlich brauchte er so dringend Geld, daß er selbst es war, der unterschwellig auf eine schnelle Heirat drängte. Ich habe mich gefragt, welche Gefühle er wohl Frances entgegenbrachte, um fair zu sein – ich glaube nicht, daß er sie nur wegen des Geldes heiraten wollte. Wahrscheinlich liebt er sie wirklich; aber wer würde das nicht?«

Der alte Mann lächelte, in Gedanken verloren, und fuhr dann fort. »Field machte sich vor einiger Zeit mit den Dokumenten an Barry heran. Barry zahlte, soviel er konnte, aber das war jämmerlich wenig und stellte natürlich diesen unersättlichen Erpresser nicht zufrieden. Verzweifelt hielt er sich Field mit Vertröstungen vom Leib. Aber Field war selbst in Schwierigkeiten geraten und trieb nun nach und nach seine ›Außenstände‹ ein. Barry, der mit dem Rücken zur Wand stand, wurde klar, daß alles verloren war, wenn Field nicht zum Schweigen gebracht wurde. So plante er den Mord. Denn soviel war ihm klar: Selbst wenn es ihm gelingen sollte, die 50 000 Dollar, die Field verlangte, aufzutreiben – eine schiere Unmöglichkeit – und selbst wenn er in den Besitz der Originaldokumente gelangen sollte, so konnte Field immer noch alle seine Hoffnungen zunichte machen, indem er einfach die Geschichte in Umlauf brachte. Es blieb ihm nichts anderes mehr übrig – er mußte Field umbringen. Und das tat er auch.«

»Schwarzes Blut, ja?« murmelte Cronin. »Armer Teufel.«

»Seiner Erscheinung merkt man das ja wohl kaum an«, bemerkte Sampson. »Er sieht nicht weniger weiß aus als wir.«

»Barry ist weit davon entfernt, ein Vollblutneger zu sein«, wandte der Inspektor ein. »Er hat nur ein Tröpfchen davon in seinen Adern, aber das wäre schon mehr als genug für die Ives-Popes gewesen ... Nun aber weiter. Als wir die Dokumente entdeckt und gelesen hatten, wußten wir alles. Von wem, wie und warum das Verbrechen begangen wurde. So wandten wir uns unserem Beweismaterial zu, um ihn überführen zu können. Man kann niemanden unter Mordanklage vor Gericht bringen, ohne Beweise zu haben ... Nun, was glaubt ihr wohl, was wir da hatten? Nichts!

Laßt mich kurz auf die Anhaltspunkte eingehen, die vielleicht als Beweis hätten von Nutzen sein können. Die Abendtasche der jungen Dame etwa – sie gab nichts her; wertlos, wie ihr wißt ... Die Herkunft des Gifts – ein völliger Fehlschlag. Zufällig verschaffte Barry es sich genau so, wie Dr. Jones – Jones, der Toxikologe – es angedeutet hatte. Barry kaufte sich ganz gewöhnliches Benzin und gewann daraus das Tetrableiäthyl. Er hinterließ keine Spuren ... Ein anderer möglicher Anhaltspunkt, Monte Fields Zylinder, war verschwunden ... Die zusätzlichen Eintrittskarten für die sechs leeren Plätze – wir hatten sie nie zu sehen bekommen, und es schien auch kaum eine Chance zu bestehen, daß wir sie jemals sehen würden ... Das einzige weitere konkrete Beweismaterial – die Dokumente – wies auf ein Motiv hin, bewies aber gar nichts. Ebensogut hätte dann auch Morgan das Verbrechen begehen können oder irgendein Mitglied aus Fields verbrecherischer Organisation.

Unsere einzige Hoffnung, Barry zu überführen, beruhte auf unserem Vorhaben, in seine Wohnung einbrechen zu lassen; wir hofften, daß sich dort entweder der Hut, die Eintrittskarten oder ein anderer Fingerzeig wie etwa das Gift oder der Apparat zu seiner Herstellung finden lassen würden. Velie besorgte mir einen professionellen Einbrecher, und in Barrys Wohnung wurde Freitag abend, während er auf der Bühne stand, eingebrochen. Nicht die Spur eines Beweises kam ans Tageslicht. Der Hut, die Eintrittskarten, das Gift – alles war vernichtet worden. Es war zu erwarten, daß Barry das getan haben würde; wir konnten uns nur noch dessen versichern.

Voller Verzweifelung ließ ich noch einmal mehrere der Theaterbesucher von Montag abend zusammenkommen, in der Hoffnung, daß ich auf jemanden stoßen würde, der sich daran erinnerte, Field an jenem Abend gesehen zu haben. Wir ihr sicher wißt, ist es manchmal so, daß Leute sich erst später wieder an etwas erinnern, was sie wegen der Aufregung bei einer früheren Befragung völlig vergessen hatten. Aber wie es nun einmal so kommt, war auch das ein Fehlschlag. Das einzige von Wert, was dabei herauskam, war die Aussage des Jungen vom Getränkestand, daß er gesehen hatte, wie Field eine Abendtasche im Seitengang aufhob. Was Barry anbelangt, so brachte es uns aber nirgendwo hin. Und ihr wißt ja noch, daß sich aus der Befragung des Theaterensembles am Donnerstag abend auch kein konkreter Anhaltspunkt ergeben hatte.

So standen wir nun da mit einem wundervollen hypothetischen Tatbestand, aber ohne auch nur einen wirklichen Beweis. Der Fall, den wir vorzutragen hatten, hätte einem gerissenen Verteidiger keinerlei Schwierigkeiten bereitet. Es waren reine Indizienbeweise, die vor allem auf Schlußfolgerungen beruhten. Ihr wißt genausogut wie ich, welche Chancen ein solcher Fall vor Gericht gehabt hätte... Und dann fingen meine Schwierigkeiten erst richtig an, denn Ellery ging auf eine Reise.

Ich zermarterte mir den Kopf.« Queen blickte finster auf seine leere Kaffeetasse. »Es sah ziemlich schlecht aus. Wie konnte ich jemanden ohne Beweismaterial überführen? Es war zum Verrücktwerden. Aber dann tat Ellery mir noch einen letzten Gefallen, indem er mich telegrafisch auf eine Idee brachte.«

»Was für eine Idee?« fragte Cronin.

»Auf die Idee, es selbst ein wenig mit Erpressung zu versuchen.«

»Du als Erpresser?« Sampson blickte erstaunt. »Wozu hätte das denn führen sollen?«

»Wenn Ellery einen Vorschlag macht, solltet ihr ihm schon vertrauen, auch wenn es vielleicht etwas zwielichtig erscheinen mag«, erwiderte der Inspektor. »Ich erkannte sofort, daß unser einziger Ausweg darin bestand, das Beweismaterial selber zu *fabrizieren.*«

Die beiden Männer runzelten verblüfft die Stirn.

»Es war ganz einfach«, sagte Queen. »Field wurde durch ein ungewöhnliches Gift getötet. Er wurde umgebracht, weil er Barry erpreßt hatte. Lag es da nicht auf der Hand anzunehmen, daß Barry erneut Gift benutzen würde, wenn er plötzlich wieder auf die gleiche Weise erpreßt werden würde – und zwar aller Wahrscheinlichkeit nach das *gleiche* Gift? Ich brauche euch wohl nicht an den Spruch ›Einmal ein Giftmörder, immer ein Giftmörder‹ zu erinnern. Wenn ich Barry nur dazu bringen konnte, es mit diesem Tetrableiäthyl bei jemand anderem zu versuchen, dann hatte ich ihn. Dieses Gift ist nahezu unbekannt – aber das brauche ich nicht weiter auszuführen. Wenn ich ihn mit Tetrableiäthyl geschnappt hätte, wäre das ein ausreichender Beweis gewesen.

Das Ganze in die Tat umzusetzen, war eine andere Sache ... Die Idee einer Erpressung entsprach ausgezeichnet den Gegebenheiten. Ich besaß wirklich die Originaldokumente über Barrys nicht lupenreine Abstammung. Barry hatte geglaubt, sie seien vernichtet – er hatte keinen Grund zu der Annahme, daß die Dokumente, die er von Field hatte, raffinierte Fälschungen waren. Wenn ich ihn erpreßte, saß er genauso in der Klemme wie zuvor. Folglich würde er auch wieder genauso handeln.

Und so bediente ich mich unseres lieben Freundes Charly Michaels. Der einzige Grund, warum ich mich seiner bediente, war, daß es für Barry nur folgerichtig erscheinen mußte, daß sich Michaels, Fields Kumpan und ständiger Begleiter, im Besitz der Originaldokumente befand. Ich brachte Michaels dazu, einen von mir diktierten Brief zu schreiben. Ich wollte, daß Michaels ihn schrieb, weil Barry möglicherweise durch seine Verbindung zu Field mit dessen Handschrift vertraut war. Dies mag euch vielleicht unwichtig vorkommen, aber ich konnte kein Risiko eingehen. Nur ein kleiner Fehler von meiner Seite – und Barry hätte sofort alles durchschaut, und ich hätte ihn nie mehr zu fassen bekommen.

Ich legte dem Brief ein Blatt aus den Originaldokumenten bei, um zu zeigen, daß an dieser Erpressung wirklich etwas dran war. Ich legte dar, daß Barry von Field nur Kopien bekommen hatte; das beigefügte Blatt unterstrich diese Behauptung. Es gab für Barry nicht den geringsten Grund, daran zu zweifeln, daß Michaels ihn wie zuvor sein Dienstherr schröpfen würde. Ich bestimmte Ort und Zeit, und – um es kurz zu machen – unser Plan klappte ...

Ich denke, das war's, meine Herren. Barry kam; er trug seine kleine zuverlässige Spritze mit Tetrableiäthyl bei sich. Dazu noch ein Fläschchen – also abgesehen von der Örtlichkeit eine exakte Wiederholung des Verbrechens an Field. Ich hatte meinen Mann – es war Ritter – angewiesen, kein Risiko einzugehen. Sobald er Barry erkannte, hielt er ihn mit der Waffe in Schach und schlug Alarm. Glücklicherweise saßen wir fast direkt hinter ihnen im Gebüsch. Barry war völlig verzweifelt und hätte sich und auch Ritter umgebracht, wenn er Gelegenheit dazu gehabt hätte.«

Ein bedeutungsvolles Schweigen entstand, als der Inspektor zum Ende gekommen war, seufzte und sich dann nach vorne beugte, um etwas Schnupftabak zu nehmen.

Sampson rutschte ein wenig auf dem Stuhl herum. »Das klingt ja wie ein echter Reißer, Q«, sagte er voller Bewunderung. »Aber einige Punkte sind mir noch nicht ganz klar. Wenn zum Beispiel dieses Tetrableiäthyl so wenig bekannt ist, wie kam ausgerechnet Barry darauf, und wie brachte er es fertig, es sogar selbst herzustellen?«

»Ah.« Der Inspektor lächelte. »Das hat mich auch beschäftigt, seit Jones mir das Gift beschrieben hat. Selbst nach der Festnahme war ich mir darüber noch nicht im klaren. Und doch war die Antwort für mich die ganze Zeit über zum Greifen nahe; das soll nur deutlich machen, wie dumm ich manchmal bin. Du erinnerst dich sicher daran, daß uns bei unserem Treffen bei den Ives-Popes ein gewisser Dr. Cornish vorgestellt wurde. Nun, Cornish ist der persönliche Freund des alten Financiers, und beide sind sehr interessiert an der Forschung im medizinischen Bereich. Tatsächlich erinnere ich mich daran, wie Ellery einmal fragte: ›Hat Ives-Pope nicht kürzlich 100 000 Dollar für die Chemical Research Foundation gestiftet?‹ Das stimmte. Es war im Rahmen einer Zusammenkunft im Haus der Ives-Popes vor einigen Monaten, daß Barry zufällig von dem Tetrableiäthyl erfuhr. Auf Vermittlung von Dr. Cornish war eine Abordnung von Wissenschaftlern an Ives-Pope herangetreten, um eine finanzielle Unterstützung der Foundation durch ihn zu erbitten. Im Verlauf des Abends wandte man sich natürlich auch dem neuesten Medizinerklatsch und den letzten wissenschaftlichen Entdeckungen zu. Barry gab zu, mit angehört zu haben, wie einer der Direktoren der Foundation, ein berühmter Toxikologe, den Anwesenden von jenem Gift erzählt habe. Zu diesem Zeitpunkt dachte Barry noch nicht im entferntesten daran, sich dieses Wissen jemals zunutze zu machen. Erst als er beschlossen hatte, Field umzubringen, erkannte er sofort die Vorteile dieses Giftes, vor allem den, daß man seine Herkunft nicht zurückverfolgen konnte.«

»Was um alles in der Welt bedeutete dann die Botschaft, die Sie mir am Donnerstag morgen durch Louis Panzer zukommen ließen, Inspektor?« fragte Cronin neugierig. »Sie erinnern sich? Sie baten mich, Lewin und Panzer bei ihrem Aufeinandertreffen zu beobachten, um herauszufinden, ob sie sich bereits kannten. Wie ich Ihnen schon berichtete, fragte ich Lewin später danach, und er stritt jede Bekanntschaft mit Panzer ab. Was steckte dahinter?«

»Panzer«, wiederholte der Inspektor leise. »Panzer war mir nie so ganz geheuer, Tim. Zu dem Zeitpunkt, als ich ihn zu dir schickte, hatten wir die Schlußfolgerungen aus der Art seines Hutes, die ihn von aller Schuld freisprachen, noch nicht gezogen... Ich schickte ihn aus reiner Neugierde zu dir. Wenn Lewin ihn wiedererkannt hätte, so dachte ich mir, hätte das auf eine mögliche Verbindung zwischen Panzer und Field hingedeutet. Aber der Verdacht erhärtete sich nicht; es war auch von Anfang an nicht besonders vielversprechend. Panzer hätte auch, ohne daß Lewin davon Kenntnis hatte, mit Field bekannt sein können. Auf der anderen Seite war mir auch sehr daran gelegen, daß Panzer an jenem Morgen nicht im Theater herumstand; so hatte der Botengang für uns beide sein Gutes.«

»Nun, ich hoffe, Sie waren vollauf mit dem Packen Zeitungen zufrieden, den ich Ihnen auf Ihre Anweisung hin zurückbringen ließ«, sagte Cronin mit einem Grinsen.

»Was ist mit dem anonymen Brief, den Morgan erhielt? War das ein Täuschungsmanöver oder was?« fragte Sampson.

»Das war wirklich eine nette kleine Intrige«, antwortete Queen grimmig. »Barry hat mir das gestern abend erklärt. Er hatte von Morgans Morddrohung gegen Field gehört. Er wußte selbstverständlich nicht, daß Field auch Morgan erpreßte. Aber er dachte sich, daß es vielleicht eine ausgezeichnete falsche Fährte sein würde, wenn er Morgan am Montag abend ins Theater kriegen könnte – und dann noch unter solch fragwürdigen Umständen. Kam Morgan nicht, so würde das keinen Schaden anrichten. Kam er aber ... Er ging folgendermaßen vor. Er besorgte sich gewöhnliches Briefpapier, ging zu einem dieser Schreibmaschinenläden und tippte – dabei trug er Handschuhe – den Brief, unterschrieb ihn mit diesen einfach dahingekritzelten Initialen und warf ihn am Hauptpostamt ein. Er war sehr sorgfältig, was Fingerabdrücke anbelangt; das Schreiben ließ sich auf keinen Fall auf ihn zurückführen. Wie es das Glück nun einmal so will – Morgan schluckte den Köder und kam. Seine wirklich lächerliche Geschichte und die offensichtliche Unechtheit des Schreibens ließen Morgan, so wie Barry es auch beabsichtigt hatte, in einen starken Verdacht geraten. Die göttliche Vorsehung scheint aber andererseits für den Ausgleich gesorgt zu haben. Denn die Informationen, die wir von Morgan über Fields

Tätigkeit als Erpresser erhielten, haben Barry doch ziemlich zum Nachteil gereicht. Aber das konnte er nicht vorhersehen.«

Sampson nickte. »Im Moment fällt mir nur noch eine weitere Sache ein. Wie hat Barry den Kauf der Eintrittskarten bewerkstelligt? Oder ging das gar nicht von ihm aus?«

»Doch, sicher. Barry konnte Field davon überzeugen, daß es aus Gründen der Fairneß ihm gegenüber wohl angebracht wäre, daß ihr Treffen und die geschäftliche Transaktion im Theater mit der größtmöglichen Heimlichkeit abgewickelt werden. Field war einverstanden und auch leicht zu überreden, die acht Eintrittskarten an der Theaterkasse zu kaufen. Ihm war ja selbst klar, daß sie die sechs zusätzlichen Karten benötigten, um eine ungestörte Abwicklung des Geschäfts zu gewährleisten. Sieben der Karten schickte er Barry; Barry vernichtete sie natürlich alle sofort außer LL30 Links.«

Müde lächelnd erhob sich der Inspektor. »Djuna!« sagte er leise. »Noch etwas Kaffee.«

Mit einer Handbewegung hielt Sampson ihn auf. »Danke, Q, aber ich muß jetzt gehen. Cronin und ich haben noch einen Haufen Arbeit vor uns mit dieser Verbrecherorganisation. Ich hätte aber keine Ruhe gehabt, bevor ich nicht von dir selbst die ganze Geschichte gehört hätte ... Q, altes Haus«, fügte er noch etwas unbeholfen hinzu, »ganz offen möchte ich dir sagen, daß du meiner Meinung nach Außerordentliches geleistet hast.«

»Eine solche Geschichte habe ich noch nie gehört«, bemerkte Cronin ganz ehrlich. »Was für ein rätselhafter Fall, und was für eine glasklare Beweisführung vom Anfang bis zum Ende!«

»Meinen Sie wirklich?« fragte der Inspektor ruhig. »Das freut mich sehr. Aber die Ehre gebührt vor allem Ellery. Ich bin ganz schön stolz auf meinen Jungen ...«

Nachdem Sampson und Cronin gegangen waren und Djuna sich in die winzige Küche zurückgezogen hatte, um das Frühstücksgeschirr abzuwaschen, setzte sich der Inspektor wieder an den Schreibtisch und nahm den Füllfederhalter in die Hand. Rasch überlas er noch einmal das, was er seinem Sohn geschrieben hatte. Mit einem Seufzer setzte er dann wieder zu schreiben an.

Wir wollen vergessen, was ich gerade geschrieben habe. Mehr als eine Stunde ist seitdem vergangen. Sampson und Tim Cronin waren hier, und ich mußte ihnen unsere Arbeit an diesem Fall ausführlich schildern. So ein Gespann hab' ich noch nie vor mir sitzen gesehen. Beide wie die Kinder. Haben die Geschichte verschlungen, als wäre das Ganze ein Märchen ... Während ich erzählte, wurde mir mit Schrecken klar, wie wenig ich eigentlich zur Lösung des Falls beigetragen habe und wie groß Dein Anteil daran war. Ich sehne mich jetzt schon nach dem Tag, an dem Du Dir ein nettes Mädchen angeln und Dich verheiraten wirst und sich die ganze Queen-Sippe dann nach Italien davonmachen kann, um sich dort zu einem Leben voller Ruhe niederzulassen ... Nun, El, ich muß mich jetzt ankleiden und rüber ins Präsidium gehen. Eine Menge Routinearbeit hat sich seit letztem Montag angesammelt, und es ist mehr als genug zu tun ...

Wann kommst Du zurück? Glaube bitte nicht, daß ich Dich drängen möchte, aber es ist so schrecklich einsam hier, mein Sohn. Ich ... Nein, ich glaube, ich bin zu egoistisch und zu müde. Ein seniler, komischer Kauz, der verhätschelt werden will. Aber Du kommst doch bald nach Hause, nicht wahr? Djuna läßt Dir Grüße bestellen. Der Halunke macht mich noch wahnsinnig mit dem Radau, den er in der Küche veranstaltet.

Dein Dich liebender Vater

Nachwort

1929 müssen sich die glücksverheißenden Konjunktionen am literarischen Himmel gehäuft haben, erblickten doch in diesem Jahr gleich drei Detektive das Licht der Bücherwelt, denen auf unterschiedlichste Weise legendärer Erfolg beschieden war: Kommissar Maigret, Privatdetektiv Sam Spade und Ellery Queen.

Ein äußerer Anstoß führte 1928 zur Zeugung des für einige Jahrzehnte erfolgreichsten Detektivs der USA: Die Vettern Daniel Nathan (1905–1982) und Manford Lepofsky (1905–1971), die in ihrer Jugend ihre Namen zu Frederic Dannay und Manfred B. Lee amerikanisiert hatten, beteiligten sich am Kriminalroman-Wettbewerb eines Magazins. Gemäß den Bedingungen mußten alle Manuskripte unter Pseudonym eingereicht werden. So kam es zum vornehm klingenden Namen »Ellery Queen« für die gemeinsame Firma; und mit dem Sinn für den Wert eines Markenzeichens, den beide in ihren Berufen in der Werbebranche entwickelt hatten, nannten sie auch ihren Detektiv so. Beides vereinigte sich zu einer der glücklichsten Fiktionen in der Geschichte des Detektivromans, die nur noch von der um den göttlichen Holmes und seinem Propheten Watson übertroffen wird: Der Detektiv selbst ist von Beruf Schriftsteller und verarbeitet seine eigenen Erfahrungen im nachhinein zu Romanen, wobei er die in den realen Fällen auftauchenden Namen und Umstände durch Pseudonyme und leichte Veränderungen unkenntlich macht.

Bevor das tatsächlich für den Preis von 7 500 Dollar auserwählte Werk gekrönt und in Fortsetzungen veröffentlicht werden konnte, machte der Verlag Bankrott, und der neue Inhaber verlieh den Preis einem Roman, der für die in Mehrheit weibliche Leserschaft seiner Zeitschrift geeigneter schien. »Der mysteriöse Zylinder« (»The Roman Hat Mystery«) erschien statt dessen 1929 als Buch, und sein Held und ›Autor‹ Ellery Queen trat seinen Siegeszug an.

Im Unterschied zu seinem ruppigen Kollegen Sam Spade von der Westküste ist der New Yorker Ellery Queen eindeutig nach Europa hin orientiert; nicht nur seine Tweedanzüge bezieht er aus der Bond Street. Während Dashiell Hammett, aus der Tradition der populären ›Pulp Magazines‹ kommend, die typisch amerikanische Sonderentwicklung des Kriminalromans begründet, ist Ellery Queen unverkennbar beste britische Schule. Sein Landsmann S. S. van Dine ist ihm darin vorangegangen, und sein Landsmann John Dickson Carr wird ihm darin folgen; tatsächlich sind es drei Amerikaner, die zusammen mit den beiden britischen Damen Agatha Christie und Dorothy L. Sayers die populärsten Autoren der sogenannten englischen Schule sind und Ende der zwanziger, Anfang der dreißiger Jahre das ›Golden Age‹ des klassischen Detektivromans begründeten, dessen die Liebhaber der Gattung mit immerwährender Nostalgie gedenken.

Gemeinsames Ziel all dieser Autoren war es, die seit der Mitte des vorigen Jahrhunderts wild wuchernde Literatur um Verbrechen und ihre Aufklärung zu einer Literatur sui generis zu machen und die Alltagskost der einfachen Leute zu einer Spezialitätenküche für den verwöhnten Gourmet zu veredeln. Es ist zugleich eine sehr alte literarische Tradition, an die dabei bewußt angeknüpft wird und die weit hinter den Gefühlskult der Empfindsamkeit zurückreicht: Rezeptionsorgan ist, wie von der Antike bis zur Aufklärung selbstverständlich, der Kopf, nicht das Herz; Literatur wird als intellektuelles Vergnügen empfunden, das der Kenner dem Kenner bereitet, als Spiel, dessen Regeln man beherrschen muß, um es genießen zu können. Es entwickelt sich die neue Spezies des Poeta doctus des Detektivromans: Nur der kann von Kollegen noch ernstgenommen werden, der erst die Feder in die Hand nimmt, wenn er selbst seinerseits nahezu alle ernstzunehmenden Vorgänger und Mitstreiter zur Kenntnis genommen hat. Willard Huntington Wrights Kenntnis von mehr als 2 000 Werken des Genres ist bezeugt; von ihm (»The World's Great Detective Stories«, 1927) sowie von Dorothy L. Sayers (»The Omnibus of Crime«, 1929) und Ellery Queen (»101 Years of Entertainment, The Great Detective Stories, 1841–1941«, 1941) stammen die drei besten und monumentalsten Sammlungen von Detektiverzählungen.

Gerade beim letzteren ist dies ja von vornherein in der Fiktion angelegt: Er ist ja nicht nur Detektiv, sondern auch Schriftsteller im Feld des eigenen Hobbys sowie Bücherliebhaber und -sammler mit einer der vollständigsten Bibliotheken zur literarischen Gewaltdarstellung. Vetter Dannay hat hier offensichtlich seine eigene Leidenschaft auf seinen literarischen Halbsohn übertragen; trug er doch selbst im Laufe seines Lebens der Welt größte Sammlung von Detektivkurzgeschichten zusammen. Sie ist heute im Besitz der University of Texas, die Dannay aufgrund seiner Kennerschaft 1958/59 als Gastprofessor einlud – was sein Geschöpf Ellery bereits in den dreißiger Jahren an einer New Yorker Universität war. Auch John Dickson Carr liebte es, seine Romane mit Anspielungen auf literarische Vorgänger zu würzen und legendäre Heroen des Genres wie Edgar Allan Poe oder Wilkie Collins als Detektive oder ›Clue‹-Geber einzusetzen, und auch sein Detektiv Dr. Fell ist Kenner der Verbrechensgeschichte im Doppelsinn: Seine Vorlesung über »Mörder aus meiner Bekanntschaft« führt ihn an viele Universitäten, und seine berühmte »Locked Room-Lecture« im 17. Kapitel von »The Hollow Man« von 1935 ist bis heute das letzte Wort zu diesem zentralen Thema des klassischen Detektivromans. Selbst Agatha Christie, die als einzige der fünf Beherrscher des ›Golden Age‹ nicht als direkte Historikerin des eigenen Genres hervorgetreten ist, läßt Hercule Poirot Detektivromane lesen und preisen (»The Clocks«, 1963, 14. Kapitel) und hat vor allem mit der Technik des gezielten Regelverstoßes, der bewußten Lesertäuschung durch Verletzung einer ungeschriebenen, scheinbar stillschweigend gültigen Voraussetzung ihren Ruhm begründet (»The Murder of Roger Ackroyd«, 1926) und gefestigt (»Murder on the Orient Express«, 1934).

Der erste, der die für dieses Spiel dem schreibenden und dem lesenden Kenner des Genres gültigen Regeln, wie sie sich bei Generationen von Schriftstellern und Liebhabern allmählich herangebildet hatten, mit dem gebotenen Unernst kodifizierte, war Willard Huntington Wright alias S. S. van Dine. Im selben Jahr 1928, da seine »Zwanzig Regeln für das Schreiben von Detektivromanen« erscheinen, setzen die Vettern Lee und Dannay sie bei der Abfassung des »Mysteriösen Zylinders« im Grunde als gegeben voraus und wenden sich in einem »Zwischenspiel« mit einer direkten ›Herausforderung an den Leser‹, ihren Partner im Spiel: Sie bezeichnen durch ein unübersehbares Signal die Stelle, an der bei absolut gleichem Informationsstand Ellery Queen die Lösung findet und der Leser sie somit auch formulieren könnte, und sie qualifizieren diesen Leser als »aufmerksamen Kenner von Detektivgeschichten«. Der schreibende Connaisseur kommuniziert direkt mit seinem lesenden Confrater, der Poeta doctus wendet sich an den ihm verwandten Lector doctus, der Maître de cuisine an den Gourmet, der allein seine Kochkunst, seine Techniken und die verwendeten speziellen Gewürze aufgrund seiner Kenntnis von tausend verwandten Gerichten herausschmecken wird. Dannay und Lee machen damit das wichtigste Gesetz des ›Golden Age‹ und seiner Anhänger bis zum heutigen Tag bewußt und sprechen es explizit an: das Gebot des Fair play hinsichtlich der Informationsvergabe an den Leser, wie es sich bei ihren Zeitgenossen implizit herausgebildet hatte. Mit dieser ›Herausforderung an den Leser‹, die sie in den bis 1935 folgenden neun Romanen unverändert beibehalten, geben sie den entscheidenden Anstoß für den ›Krimi zum Mitraten‹ mit allen Folgen bis heute: Dennis Wheatleys »Mörder von Miami« (als »DuMont's Criminal-Rätsel« 1985 erschienen) und alle auf ihn folgenden Dokumenten- oder Ratekrimis (z. B. Lawrence Treat »Detektive auf dem Glatteis!«) stehen ebenso in ihrer Schuld wie die entsprechenden Hör- oder Fernsehspiele, die Rätsel und Lösung durch eine Pause trennen. Dannay und Lee schrieben selbst von 1939 bis 1948 eine Hörspielserie »Ellery Queens Abenteuer« mit einem Stück pro Woche. Dieser sensationelle Erfolg im (kommerziellen!) amerikanischen Rundfunk erklärt sich zum einen aus der Beliebtheit ihres Detektivs, zum andern aus der ihres Markenzeichens, der Pause zum Mitraten, mit der sie das Publikum 1929 in »Der mysteriöse Zylinder« bekanntmachten.

Ellery Queen wurde in den dreißiger und vierziger Jahren schnell zum bekanntesten Detektiv Amerikas, und das weniger wegen der Neuheit als wegen der Vertrautheit seines Charakters: Ellery erinnerte von Anfang an in vielen Zügen an den ersten großen Detektiv der Neuen Welt, den zur Entstehungszeit von »Der mysteriöse Zylinder« schon legendären Philo Vance in den erfolgreichen Romanen S. S. van Dines. Dieser wiederum ist auch von seinen glühendsten Bewunderern als nach New York verpflanzter Lord Peter Wimsey empfunden worden – der Detektivroman ist eine Variationsgattung und zeigt seinen Rang in der Wiederaufnahme und Abwandlung vorgegebener Muster. So war es auch als uneingeschränktes Lob gedacht, als Ellery von der Kritik schon bald als der legitime Erbe Sherlock Holmes' bezeichnet wurde, der sich kurz zuvor in die Dünen von Sussex zum

Bienenzüchten zurückgezogen hatte. Dannay und Lee nahmen dies Lob gern auf und nannten die Kurzgeschichten von ihrem und um ihren Helden bewußt nach den berühmten Fallsammlungen Watsons »The Adventures of Ellery Queen« oder »The Case Book of Ellery Queen« und gaben ihm analog zu Holmes' Hilfstruppen aus Straßenjungen, den »Baker Street Irregulars«, »87th Street Irregulars« zur Seite. Auch das private Museum in Queens ehemaliger Wohnung in der 87th Street ist eine direkte Hommage an 221b Baker Street, bis hin zu den dort ruhenden Dokumenten zu den bisher noch unveröffentlichten Fällen.

In seiner Grundstruktur aber ist Ellery ein etwas mehr auf sympathisches Menschenmaß reduzierter Philo Vance: Wenn Vance in Oxford studiert hat, tat Ellery das in Cambridge, Mass.; wo Vance über wahre Reichtümer verfügt, die einen eigenen Vermögensverwalter erfordern, ist Queen durch die Erbschaft eines Onkels von mütterlicher Seite finanziell unabhängig. Vance' bisweilen etwas prahlerisch oder aufgetragen wirkendes Prunken mit fundierten Kenntnissen auf den exotischsten Wissensgebieten ist bei Ellery zu einem Anflug von ›Bookishness‹ und zu einer Neigung zum leicht pedantischen Dozieren geworden; und war Vance so genial, daß sein Freund, der New Yorker Staatsanwalt Markham, ihn einfach bei jedem schwierigeren Fall zuziehen mußte, so ergibt sich das bei Ellery natürlicher daraus, daß er Sohn eines wegen seiner Gründlichkeit und unschlagbaren Erfahrung berühmten beamteten Kriminalisten ist. Aus dieser Tatsache resultiert ganz von selbst eine perfekte Zusammenarbeit zwischen dem routinierten Apparat der besten Kriminalpolizei der Welt und dem genialen Beobachter und Kombinierer, wie sie im Verhältnis zwischen Lord Peter und seinem Schwager und Vance und seinem Freund vorgebildet war.

Auch im Technischen übernahmen Dannay und Lee einige Anregungen von Wright: Dessen gegenüber der Öffentlichkeit allein in Erscheinung tretender Autor S. S. van Dine ist ja gleichzeitig, wie Ellery, eine Person der Handlung selbst, Vance' Adlatus, Rechtsanwalt und Vermögensverwalter, der als ›Watson‹ in Romanform die Fälle veröffentlicht. Auch der Einsatz des Titels als Markenzeichen ist von Wright übernommen: Hatte der ausnahmslos in allen seinen Romanen jeweils »Murder Case« mit einem Namen oder einem zentralen Motiv des Falles verbunden, so bleiben Dannay und Lee durch neun Romane hindurch der Titelstruktur des ersten treu; »The Roman Hat Mystery« hatte das Muster vorgegeben, dem sie bis 1935 folgten: ›Mystery‹ wurde neunmal mit einem wechselnden Substantiv und einem der Geographie entnommenen Adjektiv verbunden.

Daß dem so sein würde, daß man achtmal an den Erfolg des Erstlings direkt würde anknüpfen können, scheinen die Vettern aber nicht geahnt zu haben, sonst hätten sie eine andere Erzählfiktion gewählt und die fiktive Entstehung ihres Erstlings nicht nach Inspektor Queens Pensionierung und dem gemeinsamen Rückzug der Familie nach Italien angesetzt. Dannay und Lee haben damit den gleichen Fehler begangen wie Agatha Christie und George Simenon, die, ebenfalls den Dauererfolg nicht voraussehend, die Laufbahn ihrer Helden in viel zu hohem Alter beginnen ließen. Bei Simenon führt dies zu einer auf ewig nicht zu entwirrenden unmöglichen Chronologie der Fälle, bei Christie zu der Eigentümlichkeit, daß Poirot von 1920 bis 1975 als unverändert pensionierter älterer Herr recht munter Fälle löst, bis endlich nach einem erfüllten Leben von etwa 120 Jahren der ›Vorhang fällt‹.

Ellery Queen hat diesen Fehler, der offensichtlich auf einem Versehen oder einer Mystifikation von J. J. McC. beruht, der als Agent für die frühen Queens tätig wurde, unauffällig korrigiert: In späteren Bänden ist Ellery wieder entheiratet, Richard Queen wieder im Dienst, beide leben mit ihrem eigentümlichen Diener wieder in der alten Wohnung in New York und werden einfach nicht mehr älter. Genau darin liegt der ungebrochene Erfolg der Romane um Ellery begründet: Es gelang Dannay und Lee zunehmend, sie dem wechselnden Publikumsgeschmack anzupassen und ihrem Helden die Phase des Fast-Vergessenseins zu ersparen, die sein Vorbild Philo Vance trotz seines spektakulären Erfolges und seines legendären Ruhms zwischen dem Tod seines Schöpfers 1939 und der allgemeinen Wiederentdeckung der schönen Kunst des Mordens in unseren Tagen durchleben mußte. Immer wieder gelang es Dannay und Lee, unter dem gemeinsamen Firmennamen »Ellery Queen« Romane zu schreiben, die aktuelle Themen aufgriffen, klar lokalisierte Schauplätze und einwandfrei datierbare Handlungen hatten und generell mit der gesellschaftlichen Entwicklung Amerikas von den dreißiger bis zu den siebziger Jahren Schritt hielten. Auf diese Weise bildet ihr Gesamtwerk in seiner Entwicklung durch fast ein halbes Jahrhundert hindurch eine graduelle Vermittlung zwischen der forcierten Zeit- und Ortlosigkeit des

311

klassischen Detektivromans, der das für ihn spezifisch Kunstvolle gerade in seiner bewußten Künstlichkeit zeigt, und dem angeblichen Realismus der Amerikanischen Schule Hammetts und Chandlers. In der letzten Phase durften sie sogar noch den Triumph erleben, daß kunstvolle Morde outriertester Art wieder ihre Leser fanden und die meist bizarre Szenerie ihres Frühwerks, noch durch Serienmorde oder -taten nach Darwins Evolutionsstufen oder den zehn Geboten der Bibel erweitert, bei Innes oder Crispin lesenden Zeitgenossen begeisterte Zustimmung fanden.

Der Begriff der »Firma Ellery Queen«, zu der sich die Vettern zusammenschlossen, bekommt ab den vierziger Jahren einen eigentümlichen Doppelsinn: Neben dem ›Namen‹ für ihre Coproduktion bedeutet er jetzt auch eine wirkliche Firma, ja einen Konzern. Der Erfolg der Radioserie, Arbeit an Filmprojekten, eine auf Dannays Sammeltätigkeit zurückgehende regelrechte Editionsfabrik mit über 100 Anthologietiteln, die Herausgabe der niveauvollsten Genrezeitschrift, des »Ellery Queen Mystery Magazine« seit 1941, die ungebrochene Nachfrage nach neuen Romanen von und mit Ellery Queen, der Aufbau ganzer neuer Serien, die stark der Amerikanischen Schule nachempfunden wurden oder für jugendliche Leser bestimmt waren – dies alles mußte selbst die Kräfte eines von Haus aus doppelt besetzten Autors übersteigen. In den letzten Jahren wurde dann auch in Einzelfällen nachgewiesen, was generell auf der Hand lag: Im Spätwerk stammen etliche Romane von anderen Autoren, und »Ellery Queen« steht hier in der schlechten alten ›nègre‹-Tradition eines Dumas père. Dies Verfahren bot sich in seinem Fall besonders an, waren doch auch die früheren Werke in einer von den beiden nie erläuterten Kooperation entstanden, die man jetzt einfach auf weitere Autoren ausdehnte, die unter der Oberaufsicht von Dannay oder Lee arbeiteten. Auch wenn sich so prominente Namen wie Theodore Sturgeon unter den mit einem Pauschalhonorar abgefundenen Ghostwritern finden, ist ein starkes Qualitätsgefälle innerhalb dieses Corpus und zu den ›echten‹ Queens unverkennbar.

So erfreulich diese Wandlung der »Firma« zum Konzern für das Vermögen von Dannay und Lee war, so schadete sie doch dem Markenzeichen, auf das sie in ihren Anfängen so bewußt geachtet, das sie mühsam entwickelt und sorgfältig gepflegt hatten. Die Konzessionen späterer Werke an den Geschmack eines am ›hardboiled‹-Genre geschulten Publikums ließen auch in Amerika das

Gesamtwerk bis in die Umschlaggestaltung der neueren Taschenbuchserien hinein in die Nähe Mickey Spillanes und seiner Epigonen geraten und führten in Deutschland gar zu einer bei solchen Produkten branchenüblichen bedenkenlosen Kürzung mit anschließender Billigübersetzung und liebloser Edition. Nur so wird die Feststellung verständlich, mit der Helmut Heißenbüttel seinen Aufsatz über die »Spielregeln des Kriminalromans« eröffnete: »Ich habe sechs- bis siebenhundert Kriminalromane gelesen und bin weiter ein ziemlich regelmäßiger Leser dessen, was neu auf den Markt kommt oder was mir bisher entgangen ist … Manches hat sich von selbst ausgeschieden. So kann ich, nach einigen Versuchen, nur schlecht Edgar Wallace oder Ellery Queen lesen.« Zweck dieser ungekürzten Neuübersetzung ist es, »Ellery Queen« für Heißenbüttel und andere Liebhaber des klassischen Detektivromans aus dem achtzehnkarätigen ›Golden Age‹ als einen der besten dieser Klassiker wiederzuentdecken.

Volker Neuhaus

DuMont's Kriminal-Bibliothek

»Knarrende Geheimtüren, verwirrende Mordserien, schaurige Familienlegenden und, nicht zu vergessen, beherzte Helden (und bemerkenswert viele Heldinnen) sind die Zutaten, die die Lektüre der DuMont's ›Kriminal-Bibliothek‹ zu einem Lese- und Schmökervergnügen machen.

Der besondere Reiz dieser Krimi-Serie liegt in der Präsentation von hierzulande meist noch unbekannten anglo-amerikanischen Autoren, die mit repräsentativen Werken (in ausgezeichneter Übersetzung) vorgelegt werden.

Die ansprechend ausgestatteten Paperbacks sind mit kurzen Nachbemerkungen von Herausgeber Volker Neuhaus versehen, die auch auf neugierige Krimi-Fans Rücksicht nehmen, die gerne mal kiebitzen: Der Mörder wird nicht verraten. Kombiniere – zum Verschenken fast zu schade.«   *Neue Presse/Hannover*

Band 1001	Charlotte MacLeod	**»Schlaf in himmlischer Ruh'«**
Band 1002	John Dickson Carr	**Tod im Hexenwinkel**
Band 1003	Phoebe Atwood Taylor	**Kraft seines Wortes**
Band 1004	Mary Roberts Rinehart	**Die Wendeltreppe**
Band 1005	Hampton Stone	**Tod am Ententeich**
Band 1006	S. S. van Dine	**Der Mordfall Bischof**
Band 1007	Charlotte MacLeod	**»... freu dich des Lebens«**
Band 1008	Ellery Queen	**Der mysteriöse Zylinder**
Band 1009	Henry Fitzgerald Heard	**Die Honigfalle**
Band 1010	Phoebe Atwood Taylor	**Ein Jegliches hat seine Zeit**
Band 1011	Mary Roberts Rinehart	**Der große Fehler**
Band 1012	Charlotte MacLeod	**Die Familiengruft**
Band 1013	Josephine Tey	**Der singende Sand**
Band 1014	John Dickson Carr	**Der Tote im Tower**
Band 1015	Gypsy Rose Lee	**Der Varieté-Mörder**

Band 1016	Anne Perry	**Der Würger von der Cater Street**
Band 1017	Ellery Queen	**Sherlock Holmes und Jack the Ripper**
Band 1018	John Dickson Carr	**Die schottische Selbstmord-Serie**
Band 1019	Charlotte MacLeod	**»Über Stock und Runenstein«**
Band 1020	Mary Roberts Rinehart	**Das Album**
Band 1021	Phoebe Atwood Taylor	**Wie ein Stich durchs Herz**
Band 1022	Charlotte MacLeod	**Der Rauchsalon**
Band 1023	Henry Fitzgerald Heard	**Anlage: Freiumschlag**
Band 1024	C. W. Grafton	**Das Wasser löscht das Feuer nicht**
Band 1025	Anne Perry	**Callander Square**
Band 1026	Josephine Tey	**Die verfolgte Unschuld**
Band 1027	John Dickson Carr	**Die Schädelburg**
Band 1028	Leslie Thomas	**Dangerous Davies, der letzte Detektiv**
Band 1029	S. S. van Dine	**Der Mordfall Greene**
Band 1030	Timothy Holme	**Tod in Verona**
Band 1031	Charlotte MacLeod	**»Der Kater läßt das Mausen nicht«**
Band 1032	Phoebe Atwood Taylor	**Wer gern in Freuden lebt . . .**
Band 1033	Anne Perry	**Nachts am Paragon Walk**
Band 1034	John Dickson Carr	**Fünf tödliche Schachteln**
Band 1035	Charlotte MacLeod	**Madam Wilkins' Palazzo**
Band 1036	Josephine Tey	**Wie ein Hauch im Wind**
Band 1037	Charlotte MacLeod	**Der Spiegel aus Bilbao**
Band 1038	Patricia Moyes	**». . . daß Mord nur noch ein Hirngespinst«**

Band 1017
Ellery Queen
Sherlock Holmes und Jack the Ripper

Ellery Queen ist verzweifelt: Der Termin für die Manuskriptabgabe seines neuesten Kriminalromans rückt immer näher, Lust zum Schreiben aber hat er keine ... Zu ungehalten ist er also nicht, als ein langjähriger Freund Grant Ames III. ihm ein altes Journal überbringt, das ihm zugespielt worden ist. Als sich herausstellt, daß es sich um ein unveröffentlichtes Manuskript von Dr. Watson, dem getreuen Gehilfen von Sherlock Holmes, handelt, ist Ellery Queen nicht mehr zu halten – zumal das Journal einen der spektakulärsten Mordfälle der Geschichte des Verbrechens beschreibt: die Untaten von Jack the Ripper.

Band 1034
John Dickson Carr
Fünf tödliche Schachteln

Eine harte Nuß für Chefinspektor Masters: Vier illustre Mitglieder der Londoner High-Society haben sich kurz vor Mitternacht zu einer Cocktailparty getroffen. Wenig später finden der junge Arzt John Sanders und die hübsche Marcia Blystone die drei Gäste bewußtlos und den Gastgeber erstochen auf. An Verdächtigen herrscht kein Mangel – der Tote hatte in weiser Voraussicht fünf mysteriöse Schachteln mit den Namen von fünf potentiellen Tätern bei seinem Anwalt hinterlegt. Mit Elan begibt sich Masters auf die Spurensuche. Die Lösung des Rätsels bleibt jedoch seinem schwergewichtigen Erzrivalen aus dem englischen Hochadel, Sir Henry Merrivale, vorbehalten. Unterstützt von Marcia Blystone und John Sanders riskiert Merrivale Kopf und Kragen und lüftet mehr als ein dunkles Geheimnis, bevor er den überraschten Beteiligten den Mörder präsentiert.

Band 1036
Josephine Tey
Wie ein Hauch im Wind

Der junge Amerikaner Leslie Searle ist gutaussehend, freundlich und charmant – kein Wunder, daß ihn die Bewohner des kleinen Künstlerdörfchens Salcott St. Mary in der Nähe von London sofort ins Herz schließen. Um so bestürzter sind Searles neue Freunde, als dieser nach einem mehrtägigen Ausflug mit einem Kanu nicht mehr zurückkommt – ist der sympathische Fotograf ertrunken, hat er Selbstmord begangen, oder wurde er etwa umgebracht?
Inspektor Alan Grant von Scotland Yard, der die Ermittlungen aufnimmt, entdeckt sehr schnell, daß Searle keinesfalls bei allen Dorfbewohnern gleichermaßen beliebt war. Versteckte Aggressionen, verborgene Ängste, Eifersucht und Intrigen machen es dem Inspektor nicht gerade leicht, herauszufinden, warum Leslie Searle verschwinden mußte.

Band 1037
Charlotte MacLeod
Der Spiegel aus Bilbao

Nachdem die hübsche Pensionswirtin Sarah Kelling in den letzten Monaten von einem Mordfall in den nächsten gestolpert ist, fühlt sie sich mehr als erholungsbedürftig. Ihr Sommerhaus am Meer scheint der ideale Ort für einen Urlaub, zumal Sarah hofft, daß sie und ihr bevorzugter Untermieter, der Detektiv Max Bittersohn, sich noch näherkommen... Zu ihrer Enttäuschung wird die romantische Stimmung jedoch durch einen Mord empfindlich gestört – und statt in Sarahs Armen landet Max zu seinem Entsetzen als Hauptverdächtiger in einer Gefängniszelle. Schon bald stellt sich eines heraus: Ehe nicht das Geheimnis des alten Spiegels gelöst ist, der so plötzlich in Sarahs Haus auftauchte, wird es für die beiden kein Happy-End geben.

Band 1038
Patricia Moyes
»... daß Mord nur noch ein Hirngespinst«

Die Familie Manciple gilt als exzentrisch – aber die Bewohner des englischen Dorfes, in dem die Familie seit Generationen lebt, mögen sie gerade deswegen. Als der neureiche Londoner Buchmacher Raymond Mason erschossen in der Auffahrt zum Anwesen der Manciples gefunden wird, glaubt daher keiner der Nachbarn, daß der Täter einer von ihnen ist. Chefinspektor Henry Tibbet aus London, der mit den Ermittlungen betraut wird, trifft auf schießwütige pazifistische Ex-Soldaten, spiritistisch interessierte schwerhörige Großtanten, zerstreute und charmante Hausherrinnen, kreuzworträtselbesessene Bischöfe, undurchsichtige Wissenschaftler und scharfzüngige Schönheiten. Mord ist für ihn bald nur noch das kleinere Problem in diesem Fall.